Sally Rooney

Gespräche mit Freunden

Sally Rooney

Gespräche mit Freunden

Roman

Aus dem Englischen von
Zoë Beck

Luchterhand

In Krisenzeiten muss sich jeder von uns immer wieder entscheiden, wen er liebt.

FRANK O'HARA

Teil 1

1

Bobbi und ich trafen Melissa zum ersten Mal bei einer Poetry Night in der Stadt, wo wir gemeinsam auftraten. Melissa machte draußen von uns Fotos, während Bobbi rauchte und ich verlegen mein linkes Handgelenk mit der rechten Hand umklammerte, als hätte ich Angst, es würde sich von mir wegstehlen. Melissa benutzte eine große, professionelle Kamera, und in einer speziellen Kameratasche hatte sie viele unterschiedliche Objektive verstaut. Sie plauderte und rauchte, während sie fotografierte. Sie sprach über unseren Auftritt, und wir redeten über ihre Arbeit, auf die wir im Internet aufmerksam geworden waren. Gegen Mitternacht schloss die Bar. Es fing gerade an zu regnen, und Melissa lud uns auf einen Drink zu sich nach Hause ein.

Wir setzten uns alle drei auf die Rückbank eines Taxis und schnallten uns an. Bobbi saß in der Mitte, sie hatte den Kopf so gedreht, dass sie mit Melissa sprechen konnte, und ich sah auf ihren Nacken und ihr kleines, löffelartiges Ohr. Melissa nannte dem Fahrer die Adresse in Monkstown, und ich sah aus dem Fenster. Eine Stimme drang aus dem Radio und sagte: Achtziger … Pop … Klassiker. Dann ertönte ein Jingle. Ich war aufgeregt, bereit für die Herausforderung, in die Wohnung einer Fremden zu gehen, und legte mir schon Komplimente und bestimmte Mienen zurecht, um charmant zu wirken.

Wir hielten vor einer Doppelhaushälfte aus rotem Backstein mit einer Platane davor. Unter dem Licht der Straßenlampe wirkten die Blätter orange und künstlich. Ich war ein großer Fan davon, mir anderer Leute Häuser von innen anzusehen, besonders wenn die Leute ein bisschen berühmt waren, wie Melissa. Sofort beschloss ich, mir alles genau zu merken, damit ich es später unseren Freunden beschreiben konnte, mit Bobbi als Zeugin.

Als uns Melissa hineinließ, rannte uns ein kleiner roter Spaniel auf dem Flur entgegen und fing an zu bellen. Im Flur war es warm, und das Licht war an. Bei der Tür stand ein niedriger Tisch, auf dem jemand einen Haufen Kleingeld, eine Bürste und einen offenen Lippenstift hatte liegen lassen. Über der Treppe hing ein Modigliani-Druck, eine nackte Frau, die sich nach hinten lehnt. Ich dachte: Das ist ein ganzes Haus. Eine Familie hätte hier Platz.

Wir haben Gäste, rief Melissa in den Flur.

Niemand zeigte sich, also folgten wir ihr in die Küche. Ich erinnere mich, dass mir eine dunkle Holzschale mit reifen Früchten und der verglaste Wintergarten auffielen. Reiche Leute, dachte ich. Damals dachte ich ständig über reiche Leute nach. Der Hund war uns in die Küche hinterhergelaufen und schnüffelte an meinen Füßen herum, aber Melissa erwähnte den Hund nicht, also taten wir es auch nicht.

Wein?, fragte Melissa. Weiß oder rot?

Sie schenkte uns riesige, kugelförmige Gläser ein, und wir setzten uns an einen niedrigen Tisch. Melissa fragte uns, seit wann wir zusammen Spoken-Word-Gedichte aufführten. Wir waren beide gerade mit unserem dritten Jahr an der Uni fertig, aber wir traten schon seit der Schule auf. Die Prüfungen waren mittlerweile vorbei. Es war Ende Mai.

Melissas Kamera lag auf dem Tisch, und ab und zu griff sie danach, um ein Foto zu machen, und lachte dabei selbstironisch, sagte, sie sei »arbeitssüchtig«. Sie zündete sich eine Zigarette an und aschte in einen kitschigen Aschenbecher aus Glas. Im Haus roch es überhaupt nicht nach Rauch, und ich fragte mich, ob sie sonst auch drinnen rauchte oder nicht.

Ich hab neue Leute kennengelernt, sagte sie.

Ihr Ehemann stand in der Küchentür. Er hob zur Begrüßung die Hand, und der Hund raste kläffend und winselnd um ihn herum.

Das ist Frances, sagte Melissa, und das ist Bobbi. Sie sind Lyrikerinnen.

Er nahm sich eine Flasche Bier aus dem Kühlschrank und öffnete sie auf der Küchentheke.

Komm, setz dich zu uns, sagte Melissa.

Ja, würd ich gern, sagte er, aber ich muss vor meinem Flug echt ein bisschen versuchen zu schlafen.

Der Hund sprang auf einen Küchenstuhl in seiner Nähe, und er streckte geistesabwesend die Hand aus, um ihn am Kopf zu streicheln. Er fragte Melissa, ob sie den Hund gefüttert hatte, sie sagte nein. Er nahm den Hund auf den Arm und ließ sich Gesicht und Hals ablecken. Er sagte, er würde ihn füttern, und dann verließ er die Küche wieder.

Nick dreht morgen früh in Cardiff, sagte Melissa.

Wir wussten schon, dass ihr Ehemann Schauspieler war. Er und Melissa wurden regelmäßig zusammen auf Veranstaltungen fotografiert, und Freunde von Freunden hatten sie bereits kennengelernt. Er hatte ein großes, schönes Gesicht und sah aus, als könne er sich Melissa bequem unter den Arm klemmen und mit dem anderen Eindringlinge abwehren.

Er ist sehr groß, sagte Bobbi.

Melissa lächelte, als wäre »groß« eine Untertreibung, aber nicht zwingend für etwas Schmeichelhaftes. Das Gespräch entwickelte sich. Wir diskutierten kurz über die Regierung und die katholische Kirche. Melissa wollte von uns wissen, ob wir religiös waren, und wir verneinten. Sie sagte, sie finde religiöse Anlässe wie Beerdigungen oder Hochzeiten »auf sedierende Art tröstlich«. Sie stiften Gemeinschaft, sagte sie. Für neurotische Individualisten ist das ganz nett. Und ich war auf einer Klosterschule, ich kann immer noch die meisten Gebete auswendig.

Wir waren auch auf einer Klosterschule, sagte Bobbi. Da gab es Probleme.

Melissa grinste und fragte: Welche?

Na ja, ich bin lesbisch, sagte Bobbi. Und Frances ist Kommunistin.

Ich glaube auch nicht, dass ich mich noch an irgendwelche Gebete erinnern kann, sagte ich.

Wir saßen lange zusammen und redeten und tranken. Ich weiß noch, dass wir über die Lyrikerin Patricia Lockwood sprachen, die wir bewunderten, und darüber, was Bobbi abfällig »Lohngefälle-Feminismus« nannte. Ich wurde langsam müde und etwas betrunken. Mir fiel nichts Witziges mehr ein, und ich hatte Mühe, mein Gesicht so zu kontrollieren, dass mein Sinn für Humor erkennbar war. Ich glaube, ich lachte und nickte viel. Melissa erzählte uns, dass sie an einem neuen Essayband arbeitete. Bobbi hatte ihren ersten gelesen, ich nicht.

Der ist nicht so gut, sagte Melissa zu mir. Warte, bis der nächste rauskommt.

Gegen drei Uhr zeigte sie uns das Gästezimmer und sagte, wie großartig sie es fand, uns kennengelernt zu haben, und wie sehr sie sich darüber freute, dass wir blieben. Als wir im Bett lagen, starrte ich an die Decke und fühlte mich sehr betrunken. Das Zimmer kreiste immer wieder in kurzen, aufeinanderfolgenden Umdrehungen. Sobald sich meine Augen an eine Drehung gewöhnt hatten, fing sofort die nächste an. Ich fragte Bobbi, ob es ihr auch so ging, aber sie sagte nein.

Sie ist großartig, oder?, fragte Bobbi. Melissa.

Ich mag sie, sagte ich.

Wir konnten ihre Stimme auf dem Flur hören, und ihre Schritte, die von Raum zu Raum wanderten. Als der Hund einmal bellte, konnten wir sie etwas rufen hören, und dann die Stimme ihres Ehemanns. Aber danach schliefen wir ein. Wir hörten nicht, wie er das Haus verließ.

*

Bobbi und ich hatten uns am Gymnasium kennengelernt. Damals war Bobbi sehr eigensinnig und musste regelmäßig wegen des Verhaltensregelverstoßes nachsitzen, den unsere Schule »Stören des Lehrens und Lernens« nannte. Als wir sechzehn waren, ließ sie sich die Nase piercen und fing an zu rauchen. Niemand mochte sie. Einmal wurde sie vorübergehend suspendiert, weil sie »Scheiß aufs Patriarchat« an die Wand neben den Gipsabdruck eines Kruzifixes geschrieben hatte. Es entstand kein Zusammengehörigkeitsgefühl wegen des Vorfalls. Bobbi galt als Angeberin. Sogar ich musste zugeben, dass das Lehren und Lernen in der Woche, in der sie fort war, sehr viel besser lief.

Als wir siebzehn waren, mussten wir an einem Wohltätigkeitsball in der Schulaula teilnehmen, in der eine halb kaputte Diskokugel Licht an die Decke und die vergitterten Fenster warf. Bobbi trug ein hauchdünnes Sommerkleidchen und sah aus, als hätte sie sich die Haare nicht gekämmt. Sie sah umwerfend gut aus, was bedeutete, dass sich alle verdammt anstrengen mussten, um ihr keine Beachtung zu schenken. Ich sagte ihr, dass mir ihr Kleid gefiel. Sie gab mir von dem Wodka ab, den sie aus einer Colaflasche trank, und fragte mich, ob der Rest der Schule abgeschlossen war. Wir überprüften die Tür, die zum hinteren Treppenhaus führte. Sie war offen. Alle Lichter waren aus, und niemand war dort oben. Wir konnten die Musik durch die Holzdielen wummern hören, wie einen Klingelton, der zu jemand anderem gehörte. Bobbi bot mir noch mal Wodka an und fragte mich, ob ich Mädchen mochte. Es fiel mir leicht, in ihrer Gegenwart cool zu bleiben. Ich sagte einfach: Klar.

Ich hinterging niemanden, indem ich Bobbis Freundin

wurde. Ich war mit niemandem eng befreundet, und während der Mittagspause saß ich allein in der Schulbibliothek und las Fachbücher. Ich mochte die anderen Mädchen, ich ließ sie Hausaufgaben von mir abschreiben, aber ich war einsam und fand, ich hätte es nicht verdient, wirklich mit jemandem befreundet zu sein. Ich erstellte eine Liste mit allem, was ich an mir verbessern musste. Als Bobbi und ich zusammen waren, änderte sich alles. Niemand wollte mehr meine Hausaufgaben abschreiben. Mittags gingen wir Händchen haltend über den Parkplatz, und die Leute wandten gehässig ihre Blicke von uns ab. Es machte Spaß, es war der erste echte Spaß, den ich je hatte.

Nach der Schule lagen wir normalerweise in ihrem Zimmer und hörten Musik und redeten darüber, warum wir uns mochten. Es waren lange und intensive Gespräche, und sie kamen mir so bedeutsam vor, dass ich abends Teile davon heimlich aus dem Gedächtnis aufschrieb. Wenn Bobbi über mich sprach, kam es mir so vor, als würde ich mich zum ersten Mal im Spiegel sehen. Ich sah von nun an auch öfter in echte Spiegel. Ich fing an, mich sehr für mein Gesicht und meinen Körper zu interessieren, was ich vorher nie getan hatte. Ich fragte Bobbi Sachen wie: Habe ich lange Beine? Oder kurze?

Bei unserer Schulabschlussfeier führten wir gemeinsam ein Spoken-Word-Stück auf. Von den Eltern weinten einige, aber unsere Klassenkameradinnen sahen nur aus den Fenstern der Aula oder unterhielten sich leise miteinander. Ein paar Monate später, nachdem wir über ein Jahr zusammen gewesen waren, machten Bobbi und ich Schluss.

*

Melissa wollte ein kurzes Porträt über uns schreiben. Sie fragte uns per E-Mail, ob wir daran Interesse hätten, und hängte ein paar Fotos an, die sie vor der Bar gemacht hatte. Ich war allein in meinem Zimmer, als ich eine der Dateien herunterlud und im Vollbildmodus öffnete. Bobbi sah mich verschmitzt an, in ihrer rechten Hand hielt sie eine Zigarette, mit der linken zupfte sie an ihrer Pelzstola. Ich stand neben ihr und sah gelangweilt und interessant aus. Ich versuchte, mir meinen Namen in einem Porträt vorzustellen, in einer Serifenschrift mit dicken Linien. Ich nahm mir vor, Melissa beim nächsten Mal mehr zu beeindrucken.

Bobbi rief mich fast direkt, nachdem die E-Mail eingetroffen war, an.

Hast du die Bilder gesehen?, fragte sie. Ich glaube, ich bin in sie verliebt.

Ich hielt mein Telefon in der einen Hand und zoomte mit der anderen auf Bobbis Gesicht. Es war ein hochauflösendes Bild, aber ich zoomte, bis ich die Pixelung sehen konnte.

Vielleicht bist du einfach nur in dein eigenes Gesicht verliebt, sagte ich.

Nur weil ich ein schönes Gesicht habe, heißt das nicht, dass ich eine Narzisstin bin.

Ich ließ es auf sich beruhen. Ich war noch damit beschäftigt, auf das Bild zu zoomen. Ich wusste, dass Melissa für einige große literarische Webseiten schrieb und dass ihre Beiträge online große Verbreitung fanden. Sie hatte einen berühmten Essay über die Oscars verfasst, den alle jedes Jahr um die Preisverleihung herum erneut teilten. Manchmal schrieb sie auch Porträts über lokale Künstler, die ihre Arbeiten auf der Grafton Street verkauften, oder Straßenmusiker in London; die Artikel waren stets mit schönen Fotos garniert, und die Porträtierten, Melissas Objekte, sahen darauf menschlich und charaktervoll aus. Ich zoomte wieder raus und versuchte, mir mein eigenes Gesicht anzusehen, als wäre ich eine Fremde, die ich zum ersten Mal im Internet sah. Es war rund und weiß, mit Augenbrauen wie umgekippten runden Klammern, die Augen von der Linse abgewandt, fast geschlossen. Selbst ich konnte sehen, dass ich Charakter hatte.

Wir mailten ihr zurück, wir seien von ihrem Vorschlag entzückt, und sie lud uns zum Abendessen ein, um über unsere Arbeit zu sprechen und noch ein paar zusätzliche Bilder zu machen. Sie bat mich, ihr ein paar unserer Gedichte zu schicken, und ich suchte drei oder vier unserer besten Stücke aus. Bobbi und ich berieten ausführlich, was Bobbi zum Abendessen tragen sollte, indem wir so taten, als redeten wir darüber, was wir beide tragen würden. Ich lag in meinem Zimmer und sah ihr dabei zu, wie sie sich selbst im Spiegel betrachtete und Haarsträhnen kritisch vor- und zurückschob.

Du hast gesagt, du wärst in Melissa verliebt, sagte ich.

Ich hab mich in sie verknallt, ja.

Du weißt, dass sie verheiratet ist?

Glaubst du, sie mag mich nicht?, fragte Bobbi.

Sie hielt eins meiner weißen Flanellhemden vor den Spiegel.

Wie meinst du das, dich mögen?, fragte ich. Reden wir hier ernsthaft, oder machen wir nur Spaß?

Ich meine das halb ernst. Ich glaube, sie mag mich.

Im Sinne von außereheliche Affäre?

Bobbi lachte nur darüber. Bei anderen Leuten hatte ich normalerweise ein gutes Gefühl dafür, was ernst zu nehmen war und was nicht, aber bei Bobbi war das unmöglich. Sie schien etwas nie völlig ernst oder völlig im Spaß zu meinen. Also hatte ich gelernt, die seltsamen Dinge, die sie sagte, mit einer Art Zen-Gelassenheit zu akzeptieren. Ich sah ihr dabei zu, wie sie ihre Bluse aus- und das weiße Hemd anzog. Sorgfältig krempelte sie die Ärmel hoch.

Gut?, fragte sie. Oder furchtbar?

Gut. Es sieht gut aus.

2

Der Tag, an dem das Abendessen bei Melissa stattfand, war komplett verregnet. Ich saß morgens im Bett und schrieb Gedichte, drückte auf die Return-Taste, wann immer es mir passte. Schließlich zog ich die Jalousien hoch, las die Nachrichten online und duschte. Meine Wohnung hatte eine Tür, die in den Innenhof des Gebäudes führte, der großzügig begrünt war und in dem in der gegenüberliegenden Ecke ein japanischer Kirschbaum stand. Es war schon fast Juni, aber im April waren seine Blüten so hell und seidig wie Konfetti. Das Paar nebenan hatte ein Baby, das manchmal nachts weinte. Ich wohnte gern dort.

Bobbi und ich trafen uns an jenem Abend in der Stadt und nahmen den Bus nach Monkstown. Den Weg zu Melissas Haus wiederzufinden hatte etwas von einer Schnitzeljagd. Ich sagte es zu Bobbi, und sie antwortete: Und was kriegt der Sieger?

Da reden wir nach dem Essen drüber, sagte ich.

Wir klingelten, und Melissa öffnete die Tür, die Kamera über der Schulter. Sie bedankte sich, dass wir gekommen waren. Sie schenkte uns ein ausdrucksvolles, verschwörerisches Lächeln, und ich vermutete, dass sie alle ihre Objekte damit bedachte, wie um zu sagen: Du bist für mich kein gewöhnliches Objekt, du bist mein besonderer Liebling. Ich wusste bereits, dass ich dieses Lächeln später voller Neid vor dem Spiegel üben würde. Der Spaniel kläffte im Durchgang zur Küche, während wir unsere Jacken aufhängten.

In der Küche schnitt ihr Ehemann Gemüse. Der Hund war wegen unserer kleinen Versammlung richtig aufgeregt. Er sprang auf einen Küchenstuhl und bellte zehn, zwanzig Sekunden lang, bevor Nick ihm sagte, er solle aufhören.

Wollt ihr beide ein Glas Wein?, fragte Melissa.

Wir wollten, und Nick schenkte uns ein. Ich hatte ihn nach unserem ersten Treffen im Internet gesucht, zum Teil, weil ich in echt keine Schauspieler kannte. Er hatte hauptsächlich am Theater gearbeitet, aber auch Fernseh- und Kinofilme gedreht. Vor ein paar Jahren war er einmal für einen bedeutenden Preis nominiert gewesen, hatte ihn aber nicht bekommen. Ich war auf eine ganze Sammlung von Fotos mit nacktem Oberkörper gestoßen, auf den meisten war er jünger, kam gerade aus einem Swimmingpool oder duschte in einer Fernsehserie, die schon seit längerer Zeit nicht mehr lief. Ich schickte Bobbi den Link zu einem dieser Fotos und schrieb dazu: Vorzeigeehemann.

Von Melissa gab es kaum Fotos im Internet, obwohl ihre Essays sehr viel Aufmerksamkeit bekommen hatten.

Ich wusste nicht, seit wann sie mit Nick verheiratet war. Sie waren beide nicht bekannt genug, online war diese Information nicht zu finden.

Ihr zwei schreibt also alles zusammen?, fragte Melissa.

O Gott, nein, sagte Bobbi. Frances schreibt alles. Ich helfe nicht mal dabei.

Das stimmt nicht, sagte ich. Das stimmt nicht, natürlich hilfst du mir. Sie sagt das jetzt einfach nur so.

Melissa legte den Kopf schief und stieß so etwas wie ein Lachen aus.

Na gut, also, welche von euch lügt?, fragte sie.

Ich hatte gelogen. Einmal abgesehen davon, dass Bobbi mein Leben bereicherte, beim Schreiben half sie mir nicht. Soweit ich wusste, hatte sie selbst noch nie etwas geschrieben. Es gefiel ihr, dramatische Monologe aufzuführen und Antikriegsballaden zu singen. Auf der Bühne war sie die Hauptinterpretin, und ich sah oft nervös zu ihr hin, damit mir wieder einfiel, was zu tun war.

Zum Abendessen gab es Spaghetti mit einer sämigen Weißweinsoße, dazu viel Knoblauchbrot. Nick war die meiste Zeit still, während uns Melissa Fragen stellte. Sie brachte uns häufig zum Lachen, aber auf dieselbe Art, wie man Leute dazu bringt, etwas zu essen, obwohl sie es nicht unbedingt mögen. Ich war mir nicht sicher, ob mir diese gezwungene Fröhlichkeit gefiel, aber Bobbi genoss sie ganz offensichtlich. Sie lachte viel mehr, als sie eigentlich musste.

Ich wusste zwar nicht genau, warum, aber ich war mir sicher, dass sich Melissa nicht mehr so brennend für unseren Schreibprozess interessierte, jetzt, da sie wusste, dass ich alles allein schrieb. Diese Veränderung war subtil genug, dass Bobbi sie später leugnen würde, was mich so sehr nervte, als wäre es bereits geschehen. Ich merkte, wie ich mich innerlich entfernte, als hätte sich die Dynamik der ganzen Konstellation bereits offenbart und würde mich nicht interessieren oder auch nur betreffen. Ich hätte versuchen können, mich stärker zu engagieren, aber vermutlich ärgerte es mich, dass ich mich anstrengen musste, um wahrgenommen zu werden.

Nach dem Abendessen räumte Nick den Tisch ab, und Melissa machte Fotos. Bobbi saß auf dem Fenstersims, betrachtete eine brennende Kerze, lachte und zog niedliche Grimassen. Ich saß am Esstisch, ohne mich zu bewegen, und trank mein drittes Glas Wein.

Das mit dem Fenster mag ich sehr, sagte Melissa. Können wir was Ähnliches machen, nur im Wintergarten?

Eine Doppeltür führte von der Küche in den Wintergarten. Bobbi folgte Melissa, die die Türen hinter ihnen schloss. Ich sah, wie sich Bobbi auf den Fenstersims setzte und lachte, aber ich konnte ihr Lachen nicht hören. Nick ließ heißes Wasser ins Spülbecken. Ich sagte ihm noch einmal, wie gut mir das Essen geschmeckt hatte, und er sah auf und sagte: Oh, danke.

Durch das Glas konnte ich zusehen, wie sich Bobbi einen Make-up-Fleck unter dem Auge abwischte. Ihre Handgelenke waren schlank, und sie hatte lange, elegante Hände. Manchmal, wenn ich etwas Langweiliges machte, zum Beispiel wenn ich von der Arbeit nach Hause ging oder Wäsche aufhängte, stellte ich mir gern vor, ich sähe wie Bobbi aus. Sie hatte eine bessere Körperhaltung als ich und ein wunderschönes Gesicht, das man so leicht nicht vergaß. Ich steigerte mich so sehr hinein, dass ich es selbst glaubte, und wenn ich dann zufällig mein Spiegelbild sah, überkam mich ein seltsam entpersonalisierender Schrecken. Jetzt fiel es mir schwerer, weil Bobbi direkt in meinem Blickfeld saß, aber ich versuchte es trotzdem. Ich hatte Lust, etwas Provokantes und Dummes zu sagen.

Ich fürchte, ich bin hier überflüssig wie ein Kropf, sagte ich.

Nick sah zum Wintergarten, wo Bobbi gerade etwas mit ihrem Haar machte.

Glaubst du, Melissa mag sie lieber?, fragte er. Ich kann mit ihr reden, wenn du möchtest.

Schon gut. Alle mögen Bobbi lieber.

Wirklich? Ich tendiere ja eher zu dir, muss ich sagen.

Wir sahen uns an. Ich merkte, dass er mitspielte, also lächelte ich.

Ja, wir hatten da gleich so einen ganz besonderen Draht, sagte ich.

Ich hab eine Schwäche für den poetischen Typ.

Ah ja. Ich habe ein reiches Innenleben, glaub mir.

Er lachte, als ich das sagte. Mir war klar, dass ich mich etwas unangebracht benahm, aber ich hatte deshalb kein allzu schlechtes Gewissen. Draußen im Wintergarten hatte sich Melissa eine Zigarette angezündet und ihre Kamera auf einen gläsernen Beistelltisch gelegt. Bobbi nickte eifrig.

Ich dachte schon, dieser Abend würde ein Albtraum werden, aber eigentlich lief er ganz gut, sagte er.

Er setzte sich wieder zu mir an den Tisch. Mir gefiel seine spontane Offenheit. Und mir fiel ein, dass ich mir im Internet Bilder von ihm mit freiem Oberkörper angesehen hatte, ohne dass er davon wusste, und in dem Moment fand ich diesen Umstand sehr amüsant und wollte ihm fast schon davon erzählen.

Ich bin jetzt auch nicht so der Dinnerparty-Typ, sagte ich.

Dafür hast du dich aber ziemlich gut geschlagen.

Du aber auch. Du warst toll.

Er lächelte mich an. Ich versuchte, mich an alles zu erinnern, was er gesagt hatte, damit ich es später für Bobbi wiederholen konnte, aber in meinem Kopf hörte es sich nicht mehr ganz so lustig an.

Die Türen öffneten sich, und Melissa kam wieder rein. Sie hielt ihre Kamera in beiden Händen. Sie machte ein Foto von uns am Tisch, auf dem Nick sein Glas in einer Hand hielt und ich leer in die Linse starrte. Dann setzte sie sich uns gegenüber und sah auf das Kameradisplay. Bobbi kam zurück und schenkte sich Wein nach, ohne zu fragen. Ihr Gesicht hatte einen glückseligen Ausdruck, und ich wusste, dass sie betrunken war. Nick sah ihr zu, sagte aber nichts.

Ich schlug vor, dass wir uns rechtzeitig verabschieden sollten, um den letzten Bus zu bekommen, und Melissa versprach, uns die Fotos zu schicken. Bobbis Lächeln verrutschte etwas, aber es war zu spät, um vorzuschlagen, dass wir noch etwas länger bleiben sollten. Man reichte uns bereits unsere Jacken. Ich fühlte mich ziemlich aufgedreht, und jetzt, da Bobbi still war, lachte ich die ganze Zeit allein über nichts.

Wir gingen zehn Minuten bis zur Bushaltestelle. Bobbi wirkte zunächst etwas gedämpft, weshalb ich vermutete, dass sie verärgert oder genervt war.

Hattest du einen schönen Abend?, fragte ich.

Ich mache mir Sorgen um Melissa.

Bitte was?

Ich glaube, sie ist unglücklich, sagte Bobbi.

Wie meinst du das, unglücklich? Hat sie mit dir darüber geredet?

Ich glaube, sie und Nick sind nicht sehr glücklich miteinander.

Echt?

Das ist so traurig.

Ich wies Bobbi nicht darauf hin, dass sie Melissa erst zweimal gesehen hatte, aber vielleicht hätte ich es tun sollen. Zugegebenermaßen schienen Nick und Melissa nicht gerade verrückt nacheinander zu sein. Er hatte mir aus heiterem Himmel gestanden, er habe befürchtet, die Dinnerparty, die sie organisiert hatte, würde »ein Albtraum« werden.

Ich fand ihn ganz witzig, sagte ich.

Er hat kaum den Mund aufgemacht.

Ja, ihn umgab so eine humorvolle Stille.

Bobbi lachte nicht. Ich ließ es bleiben. Im Bus sprachen wir kaum ein Wort, weil ich merkte, dass sie sich nicht für den besonderen Draht, den ich zu Melissas Vorzeigeehemann hatte, interessieren würde, und mir nichts anderes einfiel.

Als ich in meine Wohnung kam, fühlte ich mich betrunkener als zuvor. Bobbi war nach Hause gegangen, und ich war allein. Ich machte überall das Licht an, bevor ich mich ins Bett legte. Manchmal machte ich das.

*

Bobbis Eltern durchliefen in jenem Sommer eine bittere Trennung. Bobbis Mutter Eleanor war schon immer extrem emotional und neigte zu ausgiebigen unspezifischen Erkrankungen, und so war ihr Vater Jerry bei der Trennung der Beliebtere von beiden. Bobbi nannte ihre Eltern immer beim Vornamen. Vermutlich hatte sie das einmal rebellisch gemeint, aber jetzt wirkte es einfach kollegial, als wäre ihre Familie ein kleines Unternehmen, das sie gemeinsam führten. Bobbis Schwester Lydia war vierzehn und schien die Angelegenheit nicht mit derselben Fassung zu tragen wie Bobbi.

Meine Eltern hatten sich getrennt, als ich zwölf war, und mein Vater war wieder nach Ballina gezogen, wo sie sich kennengelernt hatten. Ich wohnte bis zum Schulabschluss bei meiner Mutter in Dublin, und dann ging auch sie zurück nach Ballina. Als ich mit dem Studium anfing, zog ich in eine Wohnung in den Liberties, die dem Bruder meines Vaters gehörte. Während des Studienjahrs vermietete er das zweite Zimmer an eine andere Studentin, und ich musste mich abends ruhig verhalten und höflich hallo sagen, wenn ich meine Mitbewohnerin in der Küche sah. Aber in der vorlesungsfreien Zeit im Sommer, wenn die Mitbewohnerin nach Hause gefahren war, durfte ich dort ganz allein wohnen und Kaffee kochen, wann ich wollte, und überall Bücher aufgeschlagen herumliegen lassen.

Ich machte zu der Zeit ein Praktikum bei einer Literaturagentur. Es gab noch einen anderen Praktikanten, Philip, den ich von der Uni kannte. Unsere Aufgabe bestand darin, stapelweise Manuskripte zu lesen und einseitige Beurteilungen über ihren literarischen Wert zu verfassen.

Fast immer hatten sie nahezu keinen Wert. Manchmal las mir Philip süffisant schlechte Formulierungen laut vor, und dann musste ich lachen, aber das machten wir nie vor den Erwachsenen, die dort arbeiteten. Wir arbeiteten drei Tage pro Woche und bekamen dafür »ein Stipendium«, was im Grunde bedeutete, dass wir gar nicht bezahlt wurden. Ich brauchte nur etwas zu essen, und Philip wohnte noch zu Hause, also machte es uns nicht viel aus.

So werden Privilegien weitergereicht, sagte Philip einmal im Büro zu mir. Reiche Arschlöcher wie wir machen unbezahlte Praktika und nehmen anderen dann die Jobs weg.

Kann sein, dass das auf dich zutrifft, sagte ich. Ich werde nie einen Job annehmen.

3

Bobbi und ich traten in jenem Sommer oft bei Spoken-Word- und Open-Mic-Veranstaltungen auf. Wenn wir draußen standen und rauchten und die männlichen Performer mit uns sprechen wollten, atmete Bobbi immer betont aus und sagte nichts, so dass ich als unsere Repräsentantin herhalten musste. Das hieß, viel lächeln und sich an die Details ihrer Aufführung erinnern. Es gefiel mir, diese Rolle zu spielen, das lächelnde Mädchen, das sich erinnerte. Bobbi sagte, ich hätte keine »echte Persönlichkeit«, aber sie sagte auch, es sei ein Kompliment. Ich stimmte ihrer Einschätzung im Großen und Ganzen zu. Ich hatte das Gefühl, immer und überall sagen zu können, was ich wollte, und erst hinterher dachte ich: Oh, so ein Mensch bin ich also.

Melissa schickte uns ein paar Tage später die Bilddateien von dem Abendessen. Ich hatte erwartet, dass Bobbi am häufigsten zu sehen sein würde, vielleicht noch mit ein oder zwei verschwommenen Alibifotos von mir, wie ich hinter einer brennenden Kerze sitze und eine Gabel Spaghetti in der Hand halte. Tatsächlich aber gab es von mir ebenso viele Fotos wie von Bobbi, immer perfekt belichtet, immer wunderschön komponiert. Nick war auch auf den Fotos, womit ich nicht gerechnet hatte. Er war strahlend schön, viel schöner als in echt. Ich fragte mich, ob er deshalb so ein erfolgreicher Schauspieler war. Man konnte sich die Fotos nicht ansehen, ohne den Eindruck zu bekommen, dass er die wichtigste Person im Raum war, was ich zu dem Zeitpunkt absolut nicht so empfunden hatte.

Melissa war auf keinem der Bilder zu sehen. Dadurch hatte das Geschehen, das auf den Fotos abgebildet war, nur entfernt mit dem Abendessen zu tun, an dem wir tatsächlich teilgenommen hatten. In Wirklichkeit hatten sich alle unsere Gespräche um Melissa gedreht. Sie hatte die unterschiedlichen Emotionen wie Unsicherheit oder Bewunderung auf unseren Gesichtern provoziert. Über ihre Witze hatten wir immer gelacht. Ohne sie bekam das Abendessen auf den Fotos einen anderen Charakter und bewegte sich in eine heikle und merkwürdige Richtung. Die Beziehungen zwischen den Menschen, die auf den Bildern zu sehen waren, wurden ohne Melissa unklar.

Auf meinem Lieblingsbild schaue ich mit verträumtem Blick direkt in die Kamera, und Nick sieht mich an, als warte er darauf, dass ich etwas sage. Sein Mund ist leicht geöffnet. Es wirkt, als hätte er die Kamera nicht bemerkt. Es war ein gutes Foto, aber natürlich hatte ich zu dem Zeitpunkt zu Melissa hochgeschaut, und Nick hatte sie einfach nicht durch die Tür kommen sehen. Das Bild fing eine Intimität ein, die so nie wirklich stattgefunden hatte, etwas Unvollständiges und irgendwie Angespanntes. Ich speicherte es in meinem Download-Ordner, um es mir später anzusehen.

Bobbi schickte mir ungefähr eine Stunde, nachdem die Fotos angekommen waren, eine Nachricht.

Bobbi: sehen wir gut aus oder was?
Bobbi: ich überlege, ob wir die als facebook profilbilder nehmen können.
ich: nein
Bobbi: sie sagt, der artikel kommt wohl erst im september?
ich: wer sagt das
Bobbi: melissa
Bobbi: wollen wir heut abend was zusammen machen?
Bobbi: nen film gucken oder so was

Melissa und sie hatten Kontakt miteinander gehabt, und ich nicht. Bobbi wollte, dass ich das wusste. Es beeindruckte mich, was beabsichtigt war, aber ich fühlte mich auch schlecht. Ich wusste, dass Melissa Bobbi lieber mochte als mich, und ich wusste nicht, wie ich mich ihrer neuen Freundschaft anschließen sollte, ohne um ihre Aufmerksamkeit zu buhlen. Ich hatte mir gewünscht, dass sich Melissa für mich interessiert, weil wir beide schrieben, aber stattdessen schien sie mich nicht zu mögen, und ich war mir nicht einmal sicher, ob ich sie überhaupt mochte. Die Möglichkeit, sie einfach nicht ernst zu nehmen, hatte ich nicht, weil sie schon ein Buch veröffentlicht hatte, was ja nur bewies, dass viele andere Leute sie ernst nahmen, selbst wenn ich es nicht tat. Ich hatte mit einundzwanzig keine Erfolge oder Besitztümer, die mich als ernstzunehmende Person auswiesen.

Ich hatte zu Nick gesagt, alle würden Bobbi mir vorziehen, aber das stimmte nicht ganz. Bobbi konnte so grob und unbeherrscht sein, dass manche Leute sich unwohl fühlten, während ich dazu neigte, ermutigend höflich zu sein. Mütter mochten mich zum Beispiel immer sehr. Und weil sich Bobbi Männern gegenüber meist belustigt oder verächtlich gab, mochten mich üblicherweise auch die Männer lieber. Natürlich zog mich Bobbi deshalb auf. Einmal mailte sie mir ein Bild von Angela Lansbury aus *Mord ist ihr Hobby* mit der Überschrift: deine Kernzielgruppe.

Bobbi kam an jenem Abend vorbei, aber sie erwähnte Melissa mit keinem Wort. Ich wusste, dass sie strategisch vorging und wollte, dass ich sie fragte, aber das tat ich nicht. Das klingt passiv-aggressiver, als es tatsächlich war. Wir hatten eigentlich einen schönen Abend. Wir blieben lange auf und redeten, und dann schlief Bobbi auf der Matratze in meinem Zimmer.

*

In dieser Nacht wachte ich schweißgebadet unter der Decke auf. Es kam mir erst wie ein Traum oder vielleicht wie ein Film vor. Ich fühlte mich in meinem Zimmer desorientiert, als wäre ich weiter von Fenster und Tür entfernt, als ich es sein sollte. Ich versuchte, mich aufzusetzen, und spürte dann einen seltsamen, reißenden Schmerz im Becken, der mich laut aufstöhnen ließ.

Bobbi?, sagte ich.

Sie wälzte sich herum. Ich versuchte, die Hand nach ihr auszustrecken und an ihrer Schulter zu rütteln, aber ich schaffte es nicht und war von dem Versuch schon erschöpft. Gleichzeitig versetzte mich die Ernsthaftigkeit meines Schmerzes in Aufregung, als würde er mein Leben auf ungeahnte Weise verändern können.

Bobbi, sagte ich. Bobbi, wach auf.

Sie wachte nicht auf. Ich schob meine Beine aus dem Bett und schaffte es aufzustehen. Der Schmerz ließ sich leichter ertragen, wenn ich mich vornüberbeugte und fest meinen Unterleib umklammerte. Ich ging um ihre Matratze herum und aus dem Zimmer ins Bad. Der Regen prasselte laut gegen die Wandlüftung. Ich setzte mich auf den Badewannenrand. Ich blutete. Es waren nur Periodenkrämpfe. Ich stützte den Kopf in die Hände. Meine Finger zitterten. Dann glitt ich auf den Boden und lehnte mein Gesicht an den kühlen Wannenrand.

Nach einer Weile klopfte Bobbi an die Tür.

Was ist los?, fragte sie von draußen. Geht's dir gut?

Nur die Periode.

Oh. Hast du da drin Schmerztabletten?

Nein, sagte ich.

Ich hol dir welche.

Ihre Schritte entfernten sich. Ich schlug meine Stirn gegen den Wannenrand, um mich von dem Schmerz im Becken abzulenken. Es war ein heißer Schmerz, als würden sich alle meine Innereien zu einem kleinen Knoten zusammenziehen. Die Schritte kamen zurück, und die Badezimmertür öffnete sich ein paar Zentimeter. Sie schob ein Päckchen Ibuprofen durch den Spalt. Ich kroch rüber und nahm sie, und Bobbi ging wieder.

Draußen wurde es schließlich hell. Bobbi wachte auf und kam rein, um mir aufs Wohnzimmersofa zu helfen. Sie machte mir Pfefferminztee, und ich saß gekrümmt da und hielt mir die Tasse gegen das T-Shirt, direkt über das Schambein, bis ich mich fast verbrannte.

Du leidest, sagte sie.

Jeder leidet.

Ah, sagte Bobbi. Tiefgründig.

*

Es war kein Scherz gewesen, als ich zu Philip gesagt hatte, ich würde keinen Job wollen. Ich wollte keinen. Ich hatte keinerlei Pläne, was meine finanzielle Zukunft anging: Ich hatte nie Geld mit irgendetwas verdienen wollen. Ich hatte verschiedene Niedriglohnjobs in den vergangenen Sommerferien gehabt – E-Mails verschicken, Telefonakquise, solche Sachen –, und ich ging davon aus, dass es nach meinem Abschluss so weitergehen würde. Auch wenn ich wusste, dass ich irgendwann eine Vollzeitstelle antreten musste, phantasierte ich garantiert nie von einer strahlenden Zukunft, in der ich dafür bezahlt wurde, eine wirtschaftlich relevante Rolle einzunehmen.

Manchmal kam es mir so vor, als würde ich es nicht schaffen, mich für mein eigenes Leben zu interessieren, und das deprimierte mich. Andererseits fand ich, dass mein Desinteresse an Reichtum ideologisch gesund war. Ich hatte nachgesehen, wie hoch das durchschnittliche Jahreseinkommen wäre, wenn das Weltbruttosozialprodukt gerecht auf alle verteilt wäre, und laut Wikipedia läge es bei $ 16 100. Ich sah keinen Grund, weder politisch noch finanziell, warum ich mehr als diese Summe verdienen sollte.

Unsere Chefin in der Literaturagentur hieß Sunny. Sowohl Philip als auch ich mochten Sunny wirklich gern, aber Sunny bevorzugte mich. Philip nahm das sportlich. Er sagte, er bevorzuge mich ebenfalls. Ich vermute, Sunny wusste tief im Innersten, dass ich nicht als Literaturagentin arbeiten wollte, und vielleicht war es dieser Umstand, der mich in ihren Augen auszeichnete. Philip war offensichtlich total begeistert davon, für die Agentur zu arbeiten, und obwohl ich ihn nicht dafür verurteilte, Pläne für sein Leben zu schmieden, ging ich doch wählerischer mit meiner Begeisterung um.

Sunny war an meiner beruflichen Zukunft interessiert. Sie war ein sehr ehrlicher Mensch und machte stets erfrischend ehrliche Bemerkungen, was zu den Dingen gehörte, die Philip und ich am meisten an ihr schätzten.

Was ist mit Journalismus?, fragte sie mich.

Ich reichte ihr einen Stapel bearbeiteter Manuskripte.

Du interessierst dich für die Welt, sagte sie. Du bist klug. Du magst Politik.

Tu ich das?

Sie lachte und schüttelte den Kopf.

Du bist intelligent, sagte sie. Irgendetwas wirst du tun müssen.

Vielleicht heirate ich reich.

Sie winkte mich weg.

Geh und mach deine Arbeit, sagte sie.

*

Am Freitag traten wir bei einer Lesung im Stadtzentrum auf. Ich konnte jedes Gedicht ungefähr sechs Monate lang, nachdem ich es geschrieben hatte, aufführen, aber danach ertrug ich es nicht mehr, mich damit zu beschäftigen oder es gar öffentlich vorzutragen. Ich hatte keine Ahnung, was diesen Prozess auslöste, aber ich war froh, dass die Gedichte immer nur vorgetragen und nie publiziert wurden. Sie schwebten ätherisch im Lärm des Beifalls davon. Echte Schriftsteller, auch Maler, mussten sich ihre miesen Sachen, die sie irgendwann einmal fabriziert hatten, auf ewig ansehen. Ich hasste es, dass alles, was ich schrieb, so mies war, aber auch, dass mir der Mut fehlte, mich damit auseinanderzusetzen, wie mies es war. Ich hatte diese Theorie Philip erklärt, aber der hatte nur gesagt: Mach dich nicht so runter, du bist eine echte Schriftstellerin.

Auf dem Klo des Veranstaltungsorts trugen Bobbi und ich unser Make-up auf, und wir sprachen dabei über meine neuesten Gedichte.

Mir gefällt ja an deinen männlichen Figuren, dass sie alle so fürchterlich sind, sagte Bobbi.

Die sind gar nicht alle fürchterlich.

Bestenfalls sind sie moralisch zweifelhaft.

Sind wir das nicht alle?, fragte ich.

Du solltest mal über Philip schreiben, der ist gar nicht problematisch. Der ist »nett«.

Sie malte die Anführungszeichen um das Wort nett in die Luft, obwohl sie wirklich so über Philip dachte. Bobbi würde nie jemanden ohne Anführungszeichen als nett beschreiben.

Melissa hatte angekündigt, dass sie an diesem Abend vorbeikommen würde, aber wir sahen sie erst hinterher, so gegen halb elf oder elf. Sie und Nick saßen beieinander, und Nick trug einen Anzug. Melissa gratulierte uns und sagte, ihr hätte unser Auftritt wirklich sehr gut gefallen. Bobbi sah zu Nick, als wartete sie darauf, dass auch er uns beglückwünschte, was ihn zum Lachen brachte.

Ich hab euren Auftritt gar nicht gesehen, sagte er. Ich bin gerade erst gekommen.

Nick spielt diesen Monat im Royal, sagte Melissa. In *Die Katze auf dem heißen Blechdach*.

Aber ich bin davon überzeugt, dass ihr toll wart, sagte er.

Ich hol euch beiden was zu trinken, sagte Melissa.

Bobbi ging mit ihr an die Bar, und ich blieb allein mit Nick am Tisch. Er trug keine Krawatte, und sein Anzug sah teuer aus. Mir war viel zu heiß, und ich hatte Angst, ich würde schwitzen.

Wie war das Stück?, fragte ich.

Oh, was, heute Abend? Ganz okay, danke.

Er nahm die Manschettenknöpfe ab und legte sie auf den Tisch neben sein Glas. Mir fiel auf, dass sie aus bemalter Emaille waren und nach Art déco aussahen. Ich überlegte, ob ich sie laut bewundern sollte, fühlte mich dazu aber nicht in der Lage. Stattdessen tat ich so, als würde ich mich nach Melissa und Bobbi umsehen. Als ich mich wieder umdrehte, hatte er sein Telefon herausgeholt.

Ich würde es mir gern mal ansehen, sagte ich. Ich mag das Stück.

Dann solltest du mal vorbeikommen, ich kann dir Karten zurücklegen lassen.

Er hob nicht den Blick, als er das sagte, weshalb ich mir sicher war, dass er es nicht ernst meinte oder es zumindest schnell vergessen würde. Ich murmelte etwas Zustimmendes und Unverbindliches. Da er mir gerade keine Aufmerksamkeit schenkte, konnte ich ihn mir näher ansehen. Er war wirklich außergewöhnlich attraktiv. Ich fragte mich, ob man sich einfach daran gewöhnte, so gut auszusehen, und es irgendwann langweilig fand, aber das konnte ich mir schwer vorstellen. Ich dachte, wenn ich so gut aussähe wie Nick, würde ich wahrscheinlich die ganze Zeit Spaß haben.

Tut mir leid, dass ich so unhöflich bin, Frances, sagte er. Meine Mutter schreibt mir. Ich sollte ihr sagen, dass ich gerade mit einer Dichterin spreche, das würde sie sehr beeindrucken.

Ach, das weißt du nicht. Vielleicht bin ich eine fürchterliche Dichterin.

Er lächelte und steckte das Telefon zurück in die Innentasche. Ich sah auf seine Hand, dann sah ich weg.

Da hab ich was anderes gehört, sagte er. Aber das nächste Mal mache ich mir vielleicht selbst ein Bild davon.

Melissa und Bobbi kamen mit den Getränken zurück. Mir fiel auf, dass Nick meinen Namen während unserer Unterhaltung genannt hatte, wie um mir zu zeigen, dass er sich an mich und unser letztes Gespräch erinnerte. Natürlich wusste ich auch noch seinen Namen, aber er war älter und irgendwie berühmt, deshalb schmeichelte mir seine Aufmerksamkeit sehr.

Es stellte sich heraus, dass Melissa mit dem gemeinsamen Auto in die Stadt gefahren war, so dass Nick gezwungen war, sich uns nach seiner Aufführung anzuschließen, um nach Hause zu kommen. Bei dieser Vereinbarung schien es nicht darum gegangen zu sein, was für ihn am bequemsten war, und er wirkte die meiste Zeit müde und gelangweilt.

Melissa schickte mir am nächsten Tag eine E-Mail, um mir mitzuteilen, dass sie zwei Theaterkarten für uns für nächsten Donnerstag hatten zurücklegen lassen aber dass wir kein schlechtes Gewissen haben sollten, falls wir da schon etwas anderes vorhatten. Sie fügte Nicks E-Mail-Adresse hinzu und schrieb: Falls du ihn direkt kontaktieren musst.

4

Bobbi war am Donnerstag mit ihrem Vater zum Abendessen verabredet, also boten wir Philip die zweite Theaterkarte an. Philip fragte andauernd, ob wir uns hinterher mit Nick unterhalten mussten, aber ich hatte keine Ahnung. Ich bezweifelte, dass er extra rauskommen würde, um mit uns zu reden, also sagte ich, wir könnten bestimmt einfach hinterher ganz normal gehen. Philip war Nick noch nie begegnet, aber er kannte ihn aus dem Fernsehen und fand sein Aussehen »einschüchternd«. Er stellte mir eine Menge Fragen darüber, wie Nick im echten Leben so war, und ich sah mich außerstande, ihm irgendeine vernünftige Antwort zu geben. Als wir das Programmheft kauften, blätterte Philip gleich zu den Schauspielerviten und zeigte mir Nicks Foto. In dem schwachen Licht konnte man gerade mal die Konturen eines Gesichts erkennen.

Sieh dir nur das Kinn an, sagte er.

Ja, ich seh's.

Auf der Bühne gingen die Lichter an, und die Schauspielerin, die Maggie spielte, fing an, mit einem Südstaatenakzent herumzubrüllen. Ihr Akzent war nicht schlecht, aber er hörte sich trotzdem geschauspielert an. Sie zog ihr Kleid aus und stand da in einem weißen Slip, wie Elizabeth Taylors weißer Slip in dem Film, nur wirkte die Schauspielerin weniger künstlich und zugleich aber auch weniger überzeugend. Ich konnte das Pflegeetikett am Saum ihres Slips sehen, was für mich den Realitätseffekt zerstörte, auch wenn Slip und Pflegeetikett unzweifelhaft real waren. Ich schloss daraus, dass manche Sorten Realität einen unrealistischen Effekt haben, und musste an den Theoretiker Jean Baudrillard denken, obwohl ich seine Bücher nie gelesen hatte und er wahrscheinlich auch gar nicht über diese Themen schrieb.

Endlich erschien Nick, er kam durch eine Tür auf der linken Bühnenseite und knöpfte sich ein Hemd zu. Ich fühlte mich befangen, als hätte sich das gesamte Publikum in diesem Moment zu mir umgedreht, um meine Reaktion zu beobachten. Er sah auf der Bühne ganz anders aus, und er sprach mit einer unkenntlichen anderen Stimme. Sein Auftreten war kühl und distanziert auf eine Art, die sexuelle Brutalität nahelegte. Ich atmete ein paar Mal durch den Mund ein und aus und befeuchtete immer wieder meine Lippen mit der Zunge. Die Produktion war insgesamt nicht sonderlich gut. Die anderen Schauspieler sprachen mit schlecht nachgemachtem Akzent, und alles auf der Bühne sah nach Requisiten aus, die darauf warteten, eingesetzt zu werden. Aber irgendwie unterstrich das nur, wie unfassbar schön Nick war, und das ließ sein Elend sehr viel echter wirken.

Als wir aus dem Theater kamen, regnete es wieder. Ich fühlte mich rein und winzig wie ein Neugeborenes. Philip öffnete seinen Schirm, und wir gingen zusammen zu seiner Bushaltestelle, während ich wie eine Irre vor mich hin grinste und mir ständig ans Haar fasste.

Das war interessant, sagte Philip.

Ich fand, dass Nick wahrscheinlich sehr viel besser war als die anderen Schauspieler.

Ja, insgesamt war es anstrengend, oder? Aber er war ziemlich gut.

Ich lachte viel zu laut über diese Bemerkung und hörte abrupt auf, als mir klar wurde, dass daran nichts lustig war. Ein leichter, kühler Regen strich über den Schirm, und ich versuchte, mir eine interessante Bemerkung über das Wetter einfallen zu lassen.

Er ist sehr attraktiv, hörte ich mich sagen.

Auf fast schon abstoßende Weise.

Wir erreichten Philips Bushaltestelle und stritten kurz, wer von uns den Schirm bekommen sollte. Letzten Endes nahm ich ihn. Es regnete heftig und wurde dunkel. Ich hätte gern noch länger über das Stück gesprochen, aber Philips Bus fuhr bereits vor. Ich wusste zwar, dass er ohnehin nicht weiterreden wollte, aber ich war trotzdem enttäuscht. Er zählte das Geld für sein Ticket ab und verabschiedete sich. Ich ging allein zurück zu meiner Wohnung.

Als ich reinkam, stellte ich den Schirm neben die Hintertür und öffnete meinen Laptop, um Nicks E-Mail-Adresse zu suchen. Ich fand, ich sollte ihm eine kurze

Dankesmail wegen der Karten schreiben, aber ich wurde dauernd von irgendwelchen Sachen im Zimmer abgelenkt, zum Beispiel dem Toulouse-Lautrec-Poster, das ich über den Kamin gehängt hatte, und einem bestimmten Schmutzfleck auf dem Fenster zum Innenhof. Ich stand auf und ging eine Weile herum, um nachzudenken. Ich entfernte den Schmutzfleck mit einem feuchten Tuch, dann machte ich mir eine Tasse Tee. Ich überlegte, Bobbi anzurufen, um sie zu fragen, ob es normal wäre, eine E-Mail zu schreiben oder nicht, aber dann fiel mir ein, dass sie bei ihrem Vater war. Ich schrieb ein formelles Dankeschön, dann löschte ich den Entwurf, damit ich ihn nicht aus Versehen abschickte. Dann schrieb ich noch einmal das Gleiche.

Ich starrte auf meinen Laptopbildschirm, bis er schwarz wurde. Mir sind solche Dinge wichtiger als normalen Leuten, dachte ich. Ich muss mich entspannen und einfach loslassen. Ich sollte mit Drogen experimentieren. Diese Gedanken waren für mich nichts Ungewöhnliches. Ich legte *Astral Weeks* auf der Stereoanlage im Wohnzimmer auf und setzte mich gleich dort auf den Boden, um zuzuhören. Obwohl ich versuchte, nicht mehr an das Stück zu denken, ertappte ich mich dabei, wie ich Nick vor mir sah, der auf der Bühne rief: Ich will mich nicht auf deine Schulter stützen, ich will meine Krücke. Ich fragte mich, ob es Philip ebenso ging oder ob es bei mir etwas Persönlicheres war. Ich muss fröhlich und sympathisch sein, dachte ich. Ein fröhlicher Mensch würde eine Dankesmail schicken.

Ich stand auf und tippte eine kurze Nachricht, in der ich Nick zu seiner Aufführung gratulierte und meinen

Dank für die Karten ausdrückte. Ich schob die Sätze von hier nach dort, und dann, mehr oder weniger zufällig, drückte ich auf Senden. Danach klappte ich meinen Laptop zu und setzte mich wieder auf den Boden.

Ich rechnete damit, dass sich Bobbi nach ihrem Abendessen mit Jerry meldete, und als das Album zu Ende war, rief sie auch an. Ich saß immer noch auf dem Boden, an die Wand gelehnt, als ich ranging. Bobbis Vater war ein hochrangiger Beamter im Gesundheitsministerium. Ihre ansonsten rigorosen Anti-Establishment-Prinzipien wandte sie nicht auf ihre Beziehung zu Jerry an, oder jedenfalls nicht sehr konsequent. Er hatte mit ihr in einem sehr teuren Restaurant gegessen, und es hatte drei Gänge mit Wein gegeben.

Er versucht nur zu betonen, dass ich jetzt ein erwachsenes Familienmitglied bin, sagte Bobbi. Und dass er mich ernst nimmt, blablabla.

Wie kommt deine Mutter klar?

Oh, da ist wieder Migräne-Saison. Wir schleichen alle auf Zehenspitzen um sie herum, wie so beschissene Trappistenmönche. Wie war das Stück?

Nick war echt richtig gut, sagte ich.

Oh, da bin ich aber froh! Ich hatte so das Gefühl, es würde schrecklich werden.

Doch, war es auch. Entschuldige, jetzt fällt mir deine Frage wieder ein. Das Stück war schlecht.

Bobbi summte etwas Unmelodisches vor sich hin und unterließ jede weitere Bemerkung.

Weißt du noch, als wir das letzte Mal bei ihnen zu Hause waren, da hast du hinterher gesagt, du denkst, ihre Ehe wäre unglücklich, sagte ich. Warum hast du das gesagt?

Meiner Meinung nach war Melissa deprimiert.

Aber warum, wegen ihrer Ehe?

Na ja, findest du nicht, dass sich Nick ihr gegenüber feindselig benimmt?, fragte Bobbi.

Nein. Du etwa?

Als wir zum ersten Mal bei ihnen waren, weißt du noch, wie er uns die ganze Zeit nur böse Blicke zugeworfen und sie dann angebrüllt hat, als es darum ging, den Hund zu füttern? Und dass wir hören konnten, wie sie sich stritten, als wir schlafen gingen?

Jetzt erinnerte ich mich wieder daran, eine gewisse Feindseligkeit zwischen ihnen zu diesem Zeitpunkt bemerkt zu haben, aber dass er gebrüllt hätte, bestritt ich.

War sie da?, fragte Bobbi. Bei der Aufführung?

Nein. Na ja, ich weiß es nicht, wir haben sie nicht gesehen.

Sie mag Tennessee Williams sowieso nicht. Sie findet ihn manieriert.

Ich konnte Bobbis ironisches Lächeln hören. Ihr war bewusst, dass sie prahlte. Ich war eifersüchtig, hatte aber auch das Gefühl, an etwas teilzuhaben, von dem Bobbi nichts wusste, weil ich das Stück gesehen hatte. Für sie war Nick immer noch eine Nebenfigur, die keine andere Bedeutung hatte, als Melissas Ehemann zu sein. Hätte ich ihr erzählt, dass ich ihm gerade eine E-Mail geschickt hatte, um mich bei ihm für die Karten zu bedanken, würde sie nicht verstehen, dass ich ebenfalls prahlte, weil für sie Nick nur ein Faktor von Melissas Unzufriedenheit und an sich uninteressant war. Es schien unwahrscheinlich, dass sie sich das Stück jetzt noch ansehen würde, und mir fiel keine andere Möglichkeit ein, wie ich sie mit Nicks Bedeutung als Person beeindrucken konnte. Als ich ihr sagte, dass er sich demnächst einen unserer Auftritte ansehen wollte, fragte sie nur, ob Melissa dann auch mitkommen würde.

Am folgenden Nachmittag beantwortete Nick meine E-Mail, komplett in Kleinbuchstaben. Er bedankte sich bei mir, dass ich mir das Stück angesehen hatte, und fragte, wann Bobbi und ich das nächste Mal auftraten. Er sagte, dass jeden Abend im Royal eine Vorstellung lief und an den Wochenenden Matineen, weshalb er ziemlich sicher unseren Auftritt verpassen würde, es sei denn, er finge erst nach halb elf an. Ich schrieb ihm, ich würde mal sehen, was ich tun könne, aber er solle kein schlechtes Gewissen haben, wenn er es nicht schaffe. Er schrieb zurück: Na ja, aber das wäre dann kein sehr guter Ausgleich, oder?

5

Im Sommer fehlten mir die Phasen intensiver akademischer Konzentration, die mir während des Studienjahrs halfen, mich zu entspannen. Ich saß gern in der Bibliothek, um Essays zu schreiben, und ließ zu, dass sich mein Gefühl für Zeit und Selbst auflöste, während vor den Fenstern das Licht schwand. Ich hatte dann fünfzehn Browsertabs offen und produzierte Phrasen wie »epistemische Reartikulation« und »operante diskursive Methoden«. Meistens vergaß ich an solchen Tagen zu essen und ging mit schönen, gellenden Kopfschmerzen in den Abend hinaus. Körperliche Empfindungen traten an mich heran, als wären sie etwas gänzlich Unbekanntes: Eine Brise fühlte sich neu an, ebenso der Gesang der Vögel vor dem Long Room. Speisen und Softdrinks schmeckten unerhört gut. Hinterher druckte ich den Essay aus, ohne ihn noch einmal durchzulesen. Wenn ich die Bewertung bekam, stand in den Kommentaren am Rand immer so etwas wie »gut argumentiert« und manchmal »brillant«. Wann immer ich ein »brillant« bekam, machte ich davon ein Foto und schickte es an Bobbi. Sie schrieb dann zurück: Glückwunsch, dein Ego ist überwältigend.

Mein Ego war immer ein Thema gewesen. Ich wusste, dass intellektuelle Leistung moralisch bestenfalls neutral zu bewerten war, aber wenn mir etwas Schlechtes widerfuhr, ging es mir besser, wenn ich daran dachte, wie klug ich war.

Konnte ich als Kind keine Freundschaften schließen, stellte ich mir vor, dass ich klüger als alle meine Lehrer war, klüger als alle Schüler, die jemals an dieser Schule waren, ein Genie, das sich unter normalen Menschen verbarg. Dann fühlte ich mich wie eine Spionin.

Als Teenager fing ich an, in Internetforen zu schreiben, und freundete mich mit einem sechsundzwanzigjährigen amerikanischen Studenten an. Er hatte sehr weiße Zähne auf seinen Fotos, und er schrieb mir, dass er fand, ich hätte den Intellekt einer Physikerin. Ich schickte ihm spätabends Nachrichten, in denen ich gestand, dass ich mich in der Schule einsam fühlte, dass die anderen Mädchen mich nicht zu verstehen schienen. Ich wünschte, ich hätte einen Freund, schrieb ich. Eines Abends schickte er mir ein Bild von seinen Genitalien. Es war mit Blitz aufgenommen und zoomte auf den erigierten Penis, wie für eine medizinische Untersuchung. Noch Tage später fühlte ich mich schuldig und war entsetzt, als hätte ich irgendein krankes Internetverbrechen begangen, das jeden Moment entdeckt werden könnte. Ich löschte meinen Account und benutzte die E-Mail-Adresse nicht mehr, mit der ich mich dort angemeldet hatte. Ich erzählte niemandem davon, es gab niemanden, dem ich es hätte erzählen können.

*

Am Samstag sprach ich mit dem Organisator der Veranstaltung und ließ unseren Auftritt auf halb elf verschieben. Ich sagte Bobbi nicht, dass ich es getan hatte oder warum. Wir hatten eine Flasche Weißwein reingeschmuggelt, die wir uns unten auf dem Klo teilten. Wir tranken gern ein oder zwei Gläser Wein vor einer Performance, aber nicht mehr. Wir saßen auf den Waschbecken, füllten unsere Plastikbecher nach und sprachen über die neuen Sachen, die wir aufführen würden.

Ich wollte Bobbi nicht sagen, dass ich nervös war, aber es stimmte. Es machte mich sogar nervös, in den Spiegel zu sehen. Ich fand nicht, dass ich furchtbar aussah. Mein Gesicht war zwar unscheinbar, aber da ich extrem dünn war, sah ich interessant aus, und ich unterstrich diesen Effekt durch meine Kleidung. Ich trug oft dunkle Farben und halsnahe Ausschnitte. An jenem Abend hatte ich rötlich-braunen Lippenstift aufgetragen, und in der seltsamen Klobeleuchtung sah ich krank und blass aus. Allmählich schienen sich meine Gesichtszüge voneinander zu lösen, oder zumindest gaben sie die übliche Beziehung zueinander auf, wie ein Wort, das man so oft liest, dass es keinen Sinn mehr ergibt. Ich fragte mich, ob ich eine Panikattacke bekam. Dann sagte Bobbi, ich solle aufhören, mich selbst anzustarren, und ich hörte auf.

Als wir raufgingen, sahen wir Melissa allein dort sitzen,

mit einem Glas Wein und ihrer Kamera. Der Stuhl neben ihr war leer. Ich sah mich um, aber mir war klar, vielleicht wegen der Ausstrahlung des Raums oder der Geräusche, dass Nick nicht da war. Ich dachte, ich würde dadurch ruhiger werden, aber ich lag falsch. Ich leckte mir ein paar Mal über die Zähne und wartete darauf, dass der Mann unsere Namen ins Mikrofon sprach.

Auf der Bühne war Bobbi immer präzise. Ich musste einfach nur versuchen, mich in ihren eigenen Rhythmus einzufinden, und solange ich das hinbekam, gab es kein Problem. Manchmal war ich gut, manchmal war ich nur okay. Aber Bobbi war immer auf den Punkt. An jenem Abend brachte sie alle zum Lachen und bekam sehr viel Beifall. Wir standen eine Weile dort im Licht, ließen uns beklatschen und deuteten aufeinander, wie um zu sagen: Das gilt alles ihr. Zu dem Zeitpunkt sah ich Nick hinten durch die Tür hereinkommen. Er wirkte etwas außer Atem, als wäre er zu schnell die Treppen hinaufgerannt. Ich sah sofort weg und tat so, als hätte ich ihn nicht bemerkt. Aber ich registrierte, dass er versuchte, meine Aufmerksamkeit zu erlangen, und wenn ich seinen Blick erwiderte, würde er mit einer entschuldigenden Miene antworten. Darüber wollte ich nicht nachdenken, die Vorstellung war mir zu intensiv, wie das blendende Licht einer nackten Glühbirne. Das Publikum klatschte weiter, und ich spürte, wie Nick uns betrachtete, als wir die Bühne verließen.

Hinterher an der Bar brachte uns Philip eine Runde Getränke und sagte, das neue Gedicht gefalle ihm am besten. Ich hatte vergessen, ihm seinen Schirm mitzubringen.

Siehst du, und dabei sagen alle, ich würde Männer hassen, sagte Bobbi. Aber dich mag ich wirklich, Philip.

Ich kippte die Hälfte von meinem Gin Tonic in zwei Schlucken runter. Ich überlegte mir, einfach zu gehen, ohne jemanden zu begrüßen. Ich könnte gehen, dachte ich, und darüber nachzudenken fühlte sich gut an, als hätte ich wieder die Kontrolle über mein Leben.

Lass uns Melissa suchen, sagte Bobbi. Wir können dich ihr vorstellen.

Mittlerweile saß Nick neben Melissa und trank bereits ein Bier. Es war mir gar nicht so recht, dass wir zu ihnen gingen. Als ich ihn das letzte Mal gesehen hatte, hatte er mit einem falschen Akzent gesprochen und andere Kleidung getragen, und ich war mir nicht sicher, ob ich bereit war, seinen echten Akzent zu hören. Aber Melissa hatte uns ohnehin schon bemerkt. Sie winkte uns zu sich.

Bobbi stellte Melissa und Nick Philip vor, und Philip schüttelte ihnen die Hand. Melissa sagte, sie erinnere sich daran, ihn schon einmal getroffen zu haben, was ihn freute. Nick sagte, es tue ihm leid, dass er unsere Aufführung verpasst hatte, obwohl ich ihn immer noch nicht ansah. Ich kippte den Rest von meinem Gin Tonic runter und ließ die Eiswürfel im Glas hin- und herklimpern. Philip gratulierte Nick zu seinem Stück, und sie unterhielten sich über Tennessee Williams. Melissa nannte ihn wieder »manieriert«, und ich tat so, als wüsste ich nicht, dass sie diese Feststellung schon einmal getätigt hatte.

Nachdem wir eine neue Runde Getränke geholt hatten, wollte Melissa zum Rauchen rausgehen. Der Raucherbereich war ein kleiner, von einer Mauer umgebener Garten, und er war nicht besonders voll, weil es regnete. Ich hatte vorher nie gesehen, dass Nick rauchte, und ich nahm mir auch eine Zigarette, obwohl ich keine wollte. Bobbi imitierte einen der Männer, die vor uns aufgetreten waren. Es war eine sehr lustige, zugleich aber auch grausame Imitation. Wir mussten alle lachen. Plötzlich regnete es heftiger, und wir sammelten uns unter dem flachen Fenstervorsprung. Wir redeten noch eine Weile, in erster Linie Bobbi.

Ich finde es cool, dass du eine schwule Figur spielst, sagte Bobbi zu Nick.

Ist Brick schwul?, fragte er. Ich dachte, vielleicht ist er ja nur bisexuell.

Sag nicht »nur bisexuell«, sagte sie. Frances ist bisexuell, weißt du.

Das wusste ich gar nicht, sagte Melissa.

Ich nahm einen tiefen Zug von meiner Zigarette, bevor ich etwas sagte. Ich wusste, dass alle auf meine Antwort warteten.

Na ja, sagte ich. Ich bin wohl so eine Art Allesfresser.

Melissa lachte darüber. Nick sah mich an und lächelte amüsiert, so dass ich schnell wegsah und so tat, als würde ich mich sehr für mein Glas interessieren.

Ich auch, sagte Melissa.

Ich merkte, dass Bobbi von dieser Aussage begeistert war. Sie fragte Melissa etwas, aber ich hörte nicht zu. Philip sagte, er müsse aufs Klo, und ließ sein Getränk auf dem Fenstersims stehen. Ich strich über meine Kette und spürte, wie mich der Alkohol innerlich wärmte.

Tut mir leid, dass ich zu spät war, sagte Nick.

Er redete mit mir. Es sah tatsächlich so aus, als hätte er darauf gewartet, dass Philip uns allein ließ, um diesen Satz zu mir sagen zu können. Ich sagte ihm, das sei nicht schlimm. Er hielt die Zigarette zwischen Zeige- und Mittelfinger. Sie sah in seiner breiten Hand winzig aus. Mir war bewusst, dass er jede Rolle spielen konnte, die er wollte, und ich fragte mich, ob auch ihm »echte Persönlichkeit« fehlte, so wie mir.

Ich war rechtzeitig für den Wahnsinnsapplaus da, sagte er. Ich gehe also nur vom Besten aus. Übrigens hab ich deine Texte gelesen, oder ist es blöd, wenn ich das sage? Melissa hat sie mir weitergeleitet, sie denkt, ich mag Literatur.

In diesem Augenblick spürte ich einen merkwürdigen Verlust von Selbstwahrnehmung, und ich merkte, dass ich mir mein eigenes Gesicht oder meinen Körper gar nicht mehr vorstellen konnte. Es war, als hätte jemand das Ende eines unsichtbaren Bleistifts gehoben und behutsam mein gesamtes Erscheinungsbild ausradiert. Das war seltsam und eigentlich nicht unangenehm, obwohl ich mir zugleich darüber im Klaren war, dass ich fror und möglicherweise zitterte.

Sie hat mir nicht gesagt, dass sie sie irgendwem weiterleiten würde, sagte ich.

Nicht irgendwem, nur mir. Ich schreibe dir noch eine E-Mail. Wenn ich dir jetzt ein Kompliment mache, denkst du bloß, dass ich das einfach nur so sage, aber die E-Mail wird sehr schmeichelhaft.

Oh, das ist nett. Ich bekomme gern Komplimente, wenn ich den Leuten dabei nicht in die Augen sehen muss.

Darüber lachte er, was mich freute. Es regnete noch heftiger, und Philip war vom Klo zurückgekommen, um sich wieder zu uns unter den Vorsprung zu stellen. Mein

Arm berührte den von Nick, und ich spürte eine angenehme unerlaubte körperliche Nähe.

Es ist seltsam, wenn man jemanden nur flüchtig kennt, sagte er, und dann findet man später heraus, dass diese Person ständig alles beobachtet. Da denkt man: O Gott, was hat sie bloß bei mir beobachtet?

Wir sahen uns an. Nicks Gesicht war von ganz genereller Schönheit: klare Haut, ausgeprägte Knochenstruktur, der Mund ein wenig weich. Aber sein Mienenspiel schien eine gewisse Subtilität und Intelligenz zu verraten, was seinem Blick Charisma verlieh. Wenn er mich ansah, fühlte ich mich ihm gegenüber verletzlich, aber ich spürte auch ganz deutlich, dass er es zuließ, beobachtet zu werden, dass er bemerkt hatte, wie sehr ich daran interessiert war, mir ein Bild von ihm zu machen, und dass er neugierig darauf war, wie es ausfiel.

Ja, sagte ich. Eine Menge fieser Dinge.

Und du bist wie alt, vierundzwanzig?

Ich bin einundzwanzig.

Einige Sekunden lang sah er mich mit großen Augen und hochgezogenen Augenbrauen an, als würde ich ihn auf den Arm nehmen, und dann schüttelte er den Kopf. Schauspieler lernen, wie man Dinge kommuniziert, ohne sie wirklich zu fühlen, dachte ich. Er wusste bereits, dass ich einundzwanzig war. Vielleicht wollte er auch zum Ausdruck bringen, wie sehr er sich unseres Altersunterschieds bewusst war, oder leichtes Missfallen oder Enttäuschung darüber. Aus dem Internet wusste ich, dass er zweiunddreißig war.

Aber das sollte keine Auswirkungen auf unseren ganz besonderen Draht zueinander haben, sagte ich.

Er sah mich einen Moment lang an, dann lächelte er mehrdeutig, was mir so gut gefiel, dass mir mein Mund sehr bewusst wurde. Er stand leicht offen.

Nein, auf gar keinen Fall, sagte er.

Philip sagte, er würde jetzt den letzten Bus nehmen, und Melissa sagte, sie hätte einen Termin morgen früh und müsse auch gehen. Kurz darauf zerstreute sich die ganze Gruppe. Bobbi nahm den DART nach Sandymount, und ich ging an der Uferstraße entlang zurück. Die Liffey war angeschwollen und wirkte gereizt. Ein Taxi- und Autoschwarm zog vorbei, und ein betrunkener Mann auf der anderen Seite der Straße brüllte, dass er mich liebe.

Als ich meine Wohnung aufschloss, dachte ich an Nick und wie er den Raum betreten hatte, während alle Beifall klatschten. Für mich fühlte es sich nun perfekt an, so perfekt, dass ich froh darüber war, dass er den Auftritt verpasst hatte. Nick hatte gesehen, wie gut mich andere fanden, ohne dass ich irgendein Risiko hatte eingehen müssen, um mir seine ganz persönliche Anerkennung zu verdienen, und vielleicht war es mir deswegen möglich gewesen, wieder so mit ihm zu sprechen, als wäre auch ich eine wichtige Person mit vielen Bewunderern, so wie er, als gäbe es an mir nichts Minderwertiges. Aber der Applaus fühlte sich auch wie ein Teil der Aufführung selbst an, der beste Teil und der reinste Ausdruck dessen, was ich zu tun versuchte: mich in eine Person zu verwandeln, die es verdiente, gelobt zu werden, geliebt zu werden.

6

Danach sahen wir Melissa nur noch sporadisch, und sie schickte uns gelegentlich E-Mails mit Updates über das Porträt. Wir besuchten sie nicht mehr zu Hause, aber wir liefen ihr hier und da bei literarischen Veranstaltungen über den Weg. Normalerweise überlegte ich vorher, ob sie oder Nick auftauchen würden, weil ich sie mochte, und ich mochte es auch, wenn andere Leute mitbekamen, mit welcher Wärme sie mir begegneten. Sie stellten mich Lektoren und Agenten vor, die so taten, als seien sie hocherfreut, mich kennenzulernen, und mir interessante Fragen über meine Arbeit stellten. Nick war immer freundlich und lobte mich manchmal sogar vor anderen Leuten, aber er schien nie besonders erpicht darauf, sich mit mir zu unterhalten, und ich gewöhnte mich daran, seinem Blick zu begegnen, ohne nervös zu werden.

Bobbi und ich gingen zusammen zu diesen Veranstaltungen, aber für Bobbi zählte eigentlich nur Melissas Aufmerksamkeit. Bei einer Buchpremiere in der Dawson Street sagte sie zu Nick, sie hätte »nichts gegen Schauspieler«, und er sagte: Oh, danke, Bobbi, das ist so großzügig von dir. Als er einmal allein auftauchte, fragte Bobbi: Nur du? Wo ist deine wunderschöne Frau?

Trügt mich mein Gefühl, oder magst du mich wirklich nicht?, fragte Nick.

Nimm's nicht persönlich, sagte ich. Sie hasst Männer.

Wenn es dich glücklich macht, ich kann dich auch persönlich nicht ausstehen, sagte Bobbi.

Nick und ich hatten nach dem Abend, an dem er unseren Auftritt verpasst hatte, angefangen, uns E-Mails zu schicken. In der Nachricht über meine Arbeit, die er mir versprochen hatte, beschrieb er ein bestimmtes Bild als »wunderschön«. Es wäre vermutlich wahr, wenn ich sagte, dass ich Nicks Darbietung in dem Stück »wunderschön« gefunden hatte, aber ich hätte das nie in einer E-Mail geschrieben. Andererseits hing seine Darstellung mit der Körperlichkeit seiner Existenz auf eine Weise zusammen, wie es bei einem Gedicht, in einer Standardschrift getippt und von jemand anderem weitergeleitet, gar nicht möglich war. Auf einer gewissen Abstraktionsebene hätte dieses Gedicht von jedem sein können, aber das fühlte sich auch nicht wahr an. Es schien, als ob er in Wirklichkeit sagen wollte: Die Art und Weise, wie du denkst und fühlst, hat etwas Wunderschönes, oder: Wie du die Welt erlebst, ist auf gewisse Art wunderschön. Diese Bemerkung fiel mir noch Tage danach immer wieder ein. Ich musste lächeln, wenn ich daran dachte, als würde ich mich an einen Insiderwitz erinnern.

Es fiel mir leicht, Nick zu schreiben, aber es war auch aufregend und hatte etwas von einem Wettstreit, wie ein Tischtennisspiel. Wir hatten immer einen flapsigen Ton. Als er erfuhr, dass meine Eltern in Mayo wohnten, schrieb er:

> wir hatten ein ferienhaus auf achill (wie garantiert jede reiche familie aus süd-dublin).

Ich antwortete:

> Wie schön, dass die Heimat meiner Vorfahren dir dabei behilflich sein konnte, deine Klassenidentität zu nähren.
> P.S. Ferienhäuser egal wo zu haben sollte gesetzlich verboten sein.

Er war der erste Mensch seit Bobbi, mit dem ich ein Gespräch auf dieselbe irrationale und sinnliche Weise genoss wie Kaffee oder laute Musik. Er brachte mich zum Lachen. Einmal erwähnte er, dass er und Melissa in getrennten Zimmern schliefen. Ich erzählte Bobbi nichts, aber ich dachte viel darüber nach. Ich fragte mich, ob sie sich immer noch »liebten«, obwohl es schwer vorstellbar war, dass Nick bei irgendwas so unironisch war.

Er schien nie vor den frühen Morgenstunden schlafen zu gehen, und wir mailten uns zunehmend spät in der Nacht. Er erzählte mir, dass er Englisch und Französisch am Trinity College studiert hatte, und wir hatten sogar teilweise dieselben Dozenten gehabt. Er hatte seine Prüfung in Englisch gemacht und seine Abschlussarbeit über Caryl Churchill geschrieben. Manchmal gab ich seinen

Namen bei Google ein, wenn wir uns unterhielten, und ich sah mir Fotos von ihm an, um mich daran zu erinnern, wie er aussah. Ich las alles über ihn, was es im Netz gab, und oft mailte ich ihm Zitate aus seinen Interviews, selbst nachdem er mich gebeten hatte, damit aufzuhören. Er sagte, er fände das »superpeinlich«. Ich sagte: dann hör auf, mir morgens um 3 uhr 34 zu mailen (tu das bitte nicht). Er antwortete: ich soll einer 21-jährigen mitten in der nacht mails schreiben? ich weiß nicht, wovon du redest. so etwas würde ich nie tun.

Eines Abends bei der Präsentation einer neuen Gedichtanthologie waren Melissa und ich plötzlich allein im Gespräch mit einem Romanautor, dessen Bücher ich nie gelesen hatte. Die anderen holten sich gerade etwas zu trinken. Wir waren in einer Bar etwas abseits der Dame Street, und mir taten die Füße weh, weil ich Schuhe trug, die mir zu klein waren. Der Autor fragte mich, wen ich gern las, und ich hob nur die Schultern. Ich überlegte, ob ich einfach still bleiben konnte, bis er mich in Ruhe ließ, oder ob das ein Fehler wäre, schließlich wusste ich nicht, wie wichtig seine Bücher waren.

Du hast da echt so eine Coolness an dir, sagte er zu mir. Stimmt doch?

Melissa nickte, aber nicht sonderlich begeistert. Meine Coolness, sofern vorhanden, hatte sie nie berührt.

Danke, sagte ich.

Und du kannst ein Kompliment annehmen, das ist gut, sagte er. Die meisten Leute versuchen dann, sich runterzumachen, aber du hast die richtige Einstellung.

Ja, Komplimente kann ich wirklich gut annehmen, sagte ich.

In dem Moment konnte ich sehen, wie er versuchte, mit Melissa Blicke auszutauschen, aber sie blieb desinteressiert. Er schien sogar fast so weit, ihr zuzuzwinkern, tat es aber nicht. Dann wandte er sich mit einem Grinsen wieder mir zu.

Jetzt werd mal nicht frech, sagte er.

Nick und Bobbi kamen in dem Moment zu uns zurück. Der Autor sagte etwas zu Nick, und Nick antwortete mit dem Wort »Mann«, so in etwa: Oh, tut mir leid, Mann. Später machte ich mich in einer E-Mail über dieses Getue lustig. Bobbi legte ihren Kopf auf Melissas Schulter.

Als der Autor die Unterhaltung verließ, trank Melissa ihr Glas Wein aus und grinste mich an.

Den hast du ja ganz schön verzaubert, sagte sie.

Meinst du das sarkastisch?, fragte ich.

Er hat versucht, mit dir zu flirten. Er hat gesagt, dass er dich cool findet.

Ich war mir sehr bewusst darüber, dass Nick direkt neben mir stand, auch wenn ich sein Gesicht nicht sehen konnte. Ich wollte dringend die Kontrolle über dieses Gespräch behalten.

Ja, ja, Männer sagen mir gern, dass ich cool bin, sagte ich. Sie wollen nur, dass ich so tue, als hätte ich so was noch nie gehört.

Melissa lachte daraufhin tatsächlich. Ich war überrascht, dass ich sie derart zum Lachen bringen konnte. Einen Moment lang glaubte ich, sie falsch eingeschätzt zu haben, vor allem, was ihr Verhalten mir gegenüber betraf. Dann merkte ich, dass auch Nick lachte, und was in Melissa vor sich ging, interessierte mich nicht mehr.

Wie herzlos, sagte er.

Glaub nicht, dass du davon ausgenommen bist, sagte Bobbi.

Oh, ich bin definitiv ein böser Junge, sagte Nick. Deshalb lache ich nicht.

*

Ende Juni fuhr ich für zwei Tage nach Ballina, um meine Eltern zu besuchen. Meine Mutter forderte die Besuche nicht ein, aber wenn wir in letzter Zeit telefoniert hatten, waren von ihr Dinge gekommen wie: Oh, du lebst ja noch, was? Ob ich dich wohl erkenne, wenn du das nächste Mal nach Hause kommst, oder musst du dir eine Blume ans Revers stecken? Schließlich kaufte ich mir ein Zugticket. Ich schickte ihr eine SMS, wann ich ankommen würde, und verabschiedete mich mit: im Geiste kindlicher Pflicht, deine getreue Tochter.

Bobbi und meine Mutter kamen grandios miteinander aus. Bobbi studierte Geschichte und Politik, der Meinung meiner Mutter nach ernsthafte Fächer. Echte Themen, sagte sie dann mit hochgezogenen Augenbrauen zu mir. Meine Mutter war eine Art Sozialdemokratin, und ich glaube, zu der Zeit bezeichnete sich Bobbi als kommunitaristische Anarchistin. Wenn meine Mutter nach Dublin kam, stürzten sie sich enthusiastisch in ihre kleinen Streitgespräche, zum Beispiel über den Spanischen Bürgerkrieg. Manchmal wandte sich Bobbi an mich und sagte: Frances, du bist Kommunistin, hilf mir! Und meine Mutter lachte dann jedes Mal und sagte: Was willst du mit der! Da kannst du genauso gut die Teekanne fragen.

Sie hatte sich nie großartig für mein Sozial- oder Privatleben interessiert, eine Regelung, die uns beiden gut passte, aber als ich mit Bobbi Schluss machte, nannte sie es »eine wahre Schande«.

Nachdem sie mich am Samstag vom Zug abgeholt hatte, verbrachten wir den Nachmittag im Garten. Das Gras war frisch gemäht und duftete warm und allergisierend. Der Himmel war so weich wie ein Tuch, und Vögel zogen in langen Fäden vorüber. Meine Mutter jätete Unkraut, und ich tat so, als würde ich auch jäten, redete aber eigentlich nur. Ich entdeckte in mir eine ungeahnte Begeisterung, über die ganzen Lektoren und Autoren zu sprechen, die ich in Dublin kennengelernt hatte. Ich zog irgendwann meine Handschuhe aus, um mir über die Stirn zu wischen, und zog sie nicht wieder an. Ich fragte meine Mutter, ob ich Tee kochen sollte, und sie ignorierte mich. Dann setzte ich mich unter die Fuchsie und zupfte kleine Blüten von den Zweigen und sprach wieder über berühmte Leute. Die Wörter flogen mir nur so aus dem Mund. Mir war nicht bewusst gewesen, dass ich so viel zu erzählen hatte oder dass es mir so große Freude bereiten würde.

Schließlich zog meine Mutter ihre Handschuhe aus und setzte sich auf den Gartenstuhl. Ich saß im Schneidersitz und betrachtete die Spitzen meiner Sneakers.

Du scheinst von dieser Melissa sehr beeindruckt zu sein, sagte sie.

Findest du?

Sie hat dich doch vielen Leuten vorgestellt.

Sie mag Bobbi lieber als mich, sagte ich.

Aber ihr Mann mag dich.

Ich zuckte die Schultern und sagte, ich wisse es nicht. Dann befeuchtete ich meinen Daumen und rieb über eine dreckige Stelle auf meinem Sneaker.

Und reich sind sie auch, oder?, fragte meine Mutter.

Ich glaube schon. Der Mann stammt aus einer wohlhabenden Familie. Und sie haben ein wirklich schönes Haus.

Es passt gar nicht zu dir, von schicken Häusern beeindruckt zu sein.

Dieser Kommentar traf mich. Ich rieb weiter an meinem Schuh herum, als wäre mir ihr Ton gar nicht aufgefallen.

Ich bin gar nicht beeindruckt, sagte ich. Ich erzähle nur, wie ihr Haus aussieht.

Ich muss schon sagen, das klingt für mich alles ziemlich merkwürdig. Ich habe keine Ahnung, warum diese Frau sich in ihrem Alter mit Studentinnen abgibt.

Sie ist siebenunddreißig, nicht fünfzig. Und sie schreibt ein Porträt über uns, das hab ich dir schon erzählt.

Meine Mutter stand vom Gartenstuhl auf und wischte sich die Hände an ihren Gärtnerhosen aus Leinen ab.

Na ja, sagte sie. Du bist ein gutes Stück entfernt von den schönen Häusern in Monkstown aufgewachsen.

Ich lachte, und sie streckte mir ihre Hand entgegen, um mir aufzuhelfen. Ihre Hände waren groß und bleich, ganz anders als meine. Sie strahlten all das Praktische aus, das mir fehlte, und meine Hand passte in sie hinein wie etwas, das eine Reparatur benötigte.

Triffst du dich heute Abend mit deinem Vater?, fragte sie.

Ich zog meine Hand zurück und steckte sie in die Tasche.

Vielleicht, sagte ich.

*

Ich hatte schon als kleines Kind begriffen, dass sich meine Eltern offensichtlich nicht mochten. Paare in Filmen und im Fernsehen erledigten gemeinsam Dinge im Haushalt und sprachen liebevoll über gemeinsame Erinnerungen. Ich konnte mich nicht erinnern, meine Mutter und meinen Vater je im selben Raum gesehen zu haben, es sei denn, sie aßen zusammen.

Mein Vater hatte »Launen«. Manchmal während seiner Launen fuhr meine Mutter mit mir zu ihrer Schwester Bernie in Clontarf, und dann saßen die beiden in der Küche und redeten und schüttelten den Kopf, während ich meinem Cousin Alan dabei zusah, wie er *Ocarina of Time* spielte. Ich wusste, dass Alkohol eine Rolle bei diesen Vorfällen spielte, aber seine genaue Funktionsweise blieb mir ein Rätsel.

Ich war gern bei Bernie. Dort durfte ich so viele Vollkornkekse essen, wie ich wollte, und wenn wir zurückkamen, war mein Vater entweder fort oder sehr zerknirscht. Ich fand es gut, wenn er fort war. Während seiner zerknirschten Phasen versuchte er, sich mit mir über die Schule zu unterhalten, und ich musste mich entscheiden, ob ich ihn geduldig ertragen oder ignorieren sollte. Wenn ich ihn ertrug, fühlte ich mich verlogen und schwach, ein ungeschütztes Ziel. Wenn ich ihn ignorierte, schlug mein Herz ganz heftig, und hinterher konnte ich nicht mehr in den Spiegel sehen. Außerdem brachte es meine Mutter zum Weinen.

Es lässt sich schwer beschreiben, wie die Launen meines Vaters aussahen. Manchmal verschwand er für zwei Tage, und wenn er wiederkam, erwischten wir ihn dabei, wie er Geld aus meiner Bank-of-Ireland-Spardose nahm, oder der Fernseher war verschwunden. Manchmal stieß er gegen ein Möbelstück und verlor dann die Beherrschung. Einmal schleuderte er mir einen meiner Schulschuhe ins Gesicht, nachdem er darüber gestolpert war. Er traf nicht, der Schuh flog in den Kamin, und ich sah ihm beim Schwelen zu, als würde mein Gesicht schwelen. Ich lernte, keine Angst zu zeigen, weil ihn das nur provozierte. Ich war kalt wie ein Fisch. Hinterher sagte meine Mutter: Warum hast du den Schuh nicht aus dem Feuer genommen? Hättest du es nicht wenigstens versuchen können? Ich hob die Schultern. Ich hätte auch mein Gesicht im Feuer brennen lassen.

Wenn er abends von der Arbeit nach Hause kam, erstarrte ich zu vollkommener Reglosigkeit, und nach ein paar Sekunden wusste ich mit absoluter Sicherheit, ob er eine seiner Launen hatte oder nicht. Etwas an der Art, wie er die Tür schloss oder mit den Schlüsseln hantierte, verriet es mir so deutlich, als hätte er das Haus zusammengebrüllt. Ich sagte dann zu meiner Mutter: Er hat jetzt seine Laune. Und sie sagte dann: Hör auf damit. Aber sie wusste es genauso gut wie ich. Eines Tages, als ich zwölf war, tauchte er unerwartet nach der Schule auf, um mich abzuholen. Er brachte mich nicht nach Hause, wir fuhren stattdessen aus der Stadt hinaus, in Richtung Blackrock. Der DART fuhr links an uns vorbei, und ich konnte die Poolbeg-Türme aus dem Autofenster sehen. Deine Mutter will unsere Familie auseinanderreißen, sagte mein Vater. Ich antwortete sofort: Bitte lass mich aussteigen. Diese Bemerkung war meinem Vater später der Beweis für seine Theorie, dass meine Mutter mich gegen ihn aufgehetzt hätte.

Nachdem er nach Ballina gezogen war, besuchte ich ihn jedes zweite Wochenende. Er benahm sich dann normalerweise gut, und wir holten uns was zum Abendessen und gingen manchmal ins Kino. Ich war ständig auf der Hut vor dem Flackern in seinem Blick, das bedeutete, dass seine gute Laune vorbei war und schlimme Dinge geschehen würden. Es konnte alles sein. Aber wenn wir nachmittags zu McCarthy's gingen, fragten seine Freunde immer: Das ist also dein kleines Wunderkind, was, Dennis? Und sie fragten mich nach Lösungswörtern für das Kreuzworträtsel in der Zeitung oder wie man sehr lange Wörter buchstabiert. Wenn ich richtiglag, klopften sie mir auf den Rücken und kauften mir rote Limonade.

Sie wird eines Tages für die NASA arbeiten, sagte sein Freund Paul. Dann hast du im Leben ausgesorgt.

Sie wird tun, was ihr Spaß macht, sagte mein Vater.

Bobbi traf ihn nur einmal, bei unserer Schulabschlussfeier. Er kam dafür nach Dublin, trug ein Hemd und eine lilafarbene Krawatte. Meine Mutter hatte ihm von Bobbi erzählt, und als er sie nach der Feierlichkeit traf, schüttelte er ihr die Hand und sagte: Das war eine großartige Aufführung. Wir waren in der Schulbibliothek, aßen dreieckige Sandwiches und tranken Cola. Sie sehen aus wie Frances, sagte Bobbi. Mein Vater und ich sahen uns an, und er lachte unsicher. Keine Ahnung, sagte er. Hinterher meinte er zu mir, sie sei ein »hübsches Mädchen«, und gab mir zum Abschied einen Kuss auf die Wange.

Als ich zur Uni ging, besuchte ich ihn nicht mehr so oft. Ich fuhr nur noch einmal im Monat nach Ballina und wohnte dann bei meiner Mutter. Nachdem er in Rente gegangen war, wurden die Launen meines Vaters noch unberechenbarer. Mir wurde klar, wie viel Zeit ich damit verbrachte, ihn zu beschwichtigen, so zu tun, als sei ich fröhlich, und die Sachen aufzuräumen, die er umgeworfen hatte. Mein Kinn fühlte sich steif an, und ich merkte, wie ich bei kleinen Geräuschen bereits zusammenzuckte. Unsere Gespräche waren qualvoll, und mehr als einmal warf er mir vor, ich hätte meinen Akzent verändert. Du blickst auf mich herab, sagte er während eines Streits. Sei nicht so dämlich, antwortete ich. Er lachte und sagte: Oh, da haben wir's. Endlich kommt die Wahrheit ans Licht.

*

Nach dem Abendessen sagte ich zu meiner Mutter, dass ich ihn besuchen würde. Sie drückte meine Schulter und sagte, sie fände es eine gute Idee. Das ist eine großartige Idee, sagte sie. Gute Frau.

Mit in den Jackentaschen vergrabenen Händen ging ich durch den Ort. Die Sonne ging unter, und ich überlegte, was gerade im Fernsehen lief. Ich spürte, wie sich Kopfschmerzen ankündigten, als kämen sie aus dem Himmel direkt in mein Gehirn. Ich stampfte so laut mit den Füßen auf, wie ich konnte, um mich von schlechten Gedanken abzulenken, aber die Leute sahen mich komisch an, und ich fühlte mich eingeschüchtert. Ich wusste, dass dies eine Schwäche von mir war. Bobbi ließ sich nie von Fremden einschüchtern.

Mein Vater wohnte in einem kleinen Reihenhaus nahe der Tankstelle. Ich klingelte und steckte meine Hände zurück in die Taschen. Nichts geschah. Ich klingelte wieder, und dann probierte ich es mit der Türklinke, die sich schmierig anfühlte. Die Tür ging auf, und ich trat ein.

Dad?, rief ich. Hallo?

Das Haus roch nach Frittieröl und Essig. Der Teppich im Flur hatte ein Muster gehabt, als Dad eingezogen war, jetzt war er plattgetreten und braun. Ein Familienfoto aus einem Urlaub auf Mallorca hing über dem Telefon, es zeigte mich mit vier Jahren in einem gelben T-Shirt. Auf dem T-Shirt stand BE HAPPY.

Hallo?, rief ich.

Mein Vater kam aus der Küchentür.

Bist du das, Frances?, fragte er.

Ja.

Komm rein, ich esse gerade.

Das hohe, fleckige Küchenfenster führte zu einem Betoninnenhof. Dreckige Teller stapelten sich neben der Spüle, und der Mülleimer quoll bereits auf den Boden über: Einkaufsquittungen, Kartoffelschalen. Mein Vater trat im Vorbeigehen drauf, als hätte er es nicht bemerkt. Er aß etwas aus einer braunen Tüte, die er auf einem kleinen blauen Teller abgesetzt hatte.

Du hast schon gegessen, oder?, fragte er.

Hab ich, ja.

Dann erzähl mal, was gibt's Neues in Dublin?

Nicht viel, fürchte ich.

Nachdem er aufgegessen hatte, machte ich Wasser heiß

und schüttete es in die Spüle, gab Spülmittel dazu, das nach Zitrone roch. Mein Vater ging ins andere Zimmer und sah fern. Das Wasser war zu heiß, und wenn ich meine Hände herausnahm, sah ich, dass sie bereits rosa leuchteten. Ich spülte die Gläser und das Besteck zuerst, dann die Teller, dann die Töpfe und Pfannen. Als alles sauber war, ließ ich das Wasser aus der Spüle, wischte die Oberflächen sauber und kehrte die Kartoffelschalen in den Mülleimer. Während ich zusah, wie die Seifenblasen leise an den Klingen der Küchenmesser hinabglitten, hatte ich das dringende Bedürfnis, mir selbst wehzutun. Stattdessen räumte ich Salz- und Pfefferstreuer weg und ging ins Wohnzimmer.

Ich geh dann, sagte ich.

Du musst los, was?

Der Müll muss rausgebracht werden.

Dann bis bald, sagte mein Vater.

7

Im Juli lud uns Melissa zu ihrer Geburtstagsparty ein. Wir hatten sie eine Weile nicht gesehen, und Bobbi zerbrach sich den Kopf, was wir ihr schenken sollten und ob wir getrennte Geschenke kaufen sollten oder nur eins von uns beiden gemeinsam. Ich sagte, ich würde ihr sowieso nur eine Flasche Wein mitbringen, also war die Diskussion für mich damit beendet. Wenn wir uns bei Veranstaltungen begegneten, vermieden Melissa und ich zunehmend den Blickkontakt. Sie und Bobbi flüsterten miteinander und lachten, als wären sie in der Schule. Ich hatte nicht den Mut, sie vollends abzulehnen, aber ich wünschte es mir.

Bobbi trug ein enges, bauchfreies T-Shirt und schwarze Jeans zu der Party. Ich trug ein Sommerkleid mit winzigen, tüfteligen Trägerchen. Es war ein warmer Abend, und es wurde gerade erst dunkel, als wir ankamen. Die

Wolken waren grün, und die Sterne erinnerten mich an Zucker. Wir konnten den Hund im Garten bellen hören. Ich hatte Nick im wahren Leben eine gefühlte Ewigkeit nicht mehr gesehen, und ich war ein wenig nervös, weil ich mich in den ganzen E-Mails so drollig und gleichgültig gegeben hatte.

Melissa öffnete selbst die Tür. Sie umarmte uns der Reihe nach und platzierte einen pudrigen Kuss auf meinem linken Wangenknochen. Sie roch nach einem Parfüm, das mir bekannt vorkam.

Ihr solltet mir doch nichts schenken!, sagte sie. Wie großzügig von euch! Kommt rein, nehmt euch was zu trinken. Ich freu mich so, euch zu sehen.

Wir folgten ihr in die dämmrige Küche, die voller Musik und Menschen mit langen Halsketten war. Alles wirkte sauber und geräumig. Ein paar Sekunden lang stellte ich mir vor, dies wäre mein Zuhause, ich wäre hier aufgewachsen, und alles hier würde mir gehören.

Auf der Küchentheke steht Wein, und die härteren Sachen sind hinten in der Waschküche, sagte Melissa. Nehmt euch einfach.

Bobbi goss sich ein riesiges Glas Rotwein ein und folgte Melissa in den Wintergarten. Ich hatte keine Lust, mich ihnen anzuschließen, deshalb tat ich so, als wollte ich etwas Härteres.

Die Waschküche war eine Räumlichkeit von der Größe eines Kleiderschranks, in die man durch eine Tür am hinteren Ende der Küche gelangte. Darin befanden sich fünf Leute, die einen Joint rauchten und laut über etwas lachten. Einer von ihnen war Nick. Als ich hereinkam, sagte jemand: O nein, es sind die Bullen! Dann lachten sie wieder. Ich stand da und fühlte mich jünger als sie und dachte daran, wie tief mein Kleid am Rücken ausgeschnitten war. Nick saß auf der Waschmaschine und trank Bier aus der Flasche. Er trug ein weißes, am Kragen offenes Hemd, und mir fiel auf, dass sein Gesicht erhitzt war. Es war sehr warm und verraucht in dem Raum, viel wärmer als in der Küche.

Melissa hat gesagt, hier wären die härteren Sachen, sagte ich.

Ja, sagte Nick. Was möchtest du?

Ich sagte, ich hätte gern ein Glas Gin, während mich alle auf eine friedliche, bekiffte Art ansahen. Außer Nick waren dort noch zwei Frauen und zwei Männer. Die Frauen sahen sich nicht an. Ich senkte den Blick auf meine eigenen Fingernägel, um mich zu versichern, dass sie sauber waren.

Bist du auch Schauspielerin?, fragte jemand.

Sie ist Schriftstellerin, sagte Nick.

Dann stellte er mich den anderen Leuten vor, und ich vergaß ihre Namen sofort wieder. Er goss sehr viel Gin in ein großes Wasserglas und sagte, irgendwo gäbe es noch Tonic, also wartete ich darauf, dass er es fand.

Ich wollte nicht unhöflich sein, sagte der Typ, es gibt viele Schauspielerinnen.

Ja, Nick muss aufpassen, wohin er sieht, sagte jemand anders.

Nick sah mich an, aber es war schwer zu sagen, ob er peinlich berührt oder einfach nur high war. Die Bemerkung war eindeutig eine sexuelle Anspielung, obwohl mir nicht ganz klar war, was genau gemeint war.

Nein, muss ich nicht, sagte er.

Demnach ist Melissa neuerdings ziemlich tolerant, sagte jemand anders.

Alle lachten, außer Nick. Ich hatte mittlerweile begriffen, dass man mich als eine Art sexuellen Störfaktor interpretierte, um Witze reißen zu können. Es war mir gleichgültig, und ich dachte sogar darüber nach, wie lustig ich in einer E-Mail darüber schreiben könnte. Nick reichte mir das Glas mit Gin Tonic, und ich lächelte, ohne meine Zähne zu zeigen. Ich wusste nicht, ob er von mir erwartete, dass ich ging, weil ich jetzt mein Getränk hatte, oder ob das unhöflich gewesen wäre.

Wie war's zu Hause?, fragte er.

Oh, gut, sagte ich. Den Eltern geht's gut. Danke der Nachfrage.

Woher kommst du, Frances?, fragte einer der Männer.

Ich komme aus Dublin, aber meine Eltern wohnen in Ballina.

Dann bist du ein Landei, sagte der Mann. Ich wusste gar nicht, dass Nick mit Landeiern befreundet ist.

Na ja, ich bin in Sandymount aufgewachsen, sagte ich.

Für welches County bist du beim All Ireland?, fragte jemand.

Ich inhalierte den ausgeatmeten Rauch durch den Mund, den süßen, widerlichen Geschmack. Als Frau bin ich für kein County, sagte ich. Es tat gut, Nicks Freunde runterzumachen, obwohl sie harmlos wirkten. Nick lachte, wie über etwas, an das er sich gerade erinnerte.

Jemand in der Küche rief etwas von Kuchen, und alle verließen die Waschküche, außer uns beiden. Der Hund kam herein, und Nick schob ihn mit dem Fuß raus und schloss die Tür. Mit einem Mal wirkte er auf mich schüchtern, aber vielleicht lag es daran, dass er immer noch so erhitzt aussah. »Retrograde« von James Blake lief draußen in der Küche. Nick hatte einmal in einer E-Mail erwähnt, wie sehr er das Album mochte, und ich fragte mich, ob er die Musik für die Party ausgesucht hatte.

Tut mir leid, sagte er. Ich bin so high, ich kann nicht mal geradeaus schauen.

Ich bin neidisch.

Ich lehnte mich mit dem Rücken an den Kühlschrank und fächelte mir mit der Hand Luft zu. Er hielt seine Bierflasche an meine Wange. Das Glas fühlte sich herrlich kühl und feucht an, so dass ich rasch ausatmete, ohne es zu wollen.

Ist das gut?, fragte er.

Ja, das ist unglaublich. Geht das auch hier?

Ich schob einen meiner Träger zur Seite, und er ließ die Flasche auf meinem Schlüsselbein ruhen. Ein kalter Tropfen Kondenswasser lief über meine Haut, und ich bebte.

Das tut so gut, sagte ich.

Er erwiderte nichts. Seine Ohren waren rot, das fiel mir auf.

Mach das an meinem Bein, sagte ich.

Er nahm die Flasche in die andere Hand und hielt sie an die Rückseite meines Oberschenkels. Seine Fingerspitzen fühlten sich kühl an, als sie meine Haut streiften.

So?, fragte er.

Komm näher.

Flirten wir gerade?

Ich küsste ihn. Er ließ es zu. Sein Mund war heiß, und er legte seine freie Hand auf meine Taille, als wollte er mich berühren. Ich begehrte ihn so sehr, dass ich mir vollkommen dumm vorkam und nicht in der Lage war, irgendetwas zu tun oder zu sagen.

Er wandte sich nach ein paar Sekunden von mir ab und wischte sich über den Mund, aber sanft, wie um sicher zu sein, dass er noch an seinem Platz war.

Wir sollten das wohl besser nicht hier drin machen, sagte er.

Ich schluckte. Ich sagte: Ich muss los. Dann verließ ich die Waschküche, kniff mir in die Unterlippe und versuchte, ein ausdrucksloses Gesicht zu machen.

Im Wintergarten saß Bobbi auf einer Fensterbank und unterhielt sich mit Melissa. Sie winkte mir zu, und ich fühlte mich verpflichtet, zu ihnen zu gehen, obwohl ich nicht wollte. Sie aßen kleine, glatte Kuchenstücke mit zwei dünnen Streifen aus Sahne und Marmelade, die wie Zahnpasta aussahen. Bobbi aß mit den Fingern, Melissa hatte eine Gabel. Ich lächelte und berührte wieder zwanghaft meine Lippen. Obwohl ich im selben Moment wusste, dass es eine schlechte Idee war, konnte ich es nicht bleiben lassen.

Ich habe Melissa gerade erzählt, wie sehr wir sie vergöttern, sagte Bobbi.

Melissa warf mir einen ruhigen Blick zu und zog ein Päckchen Zigaretten hervor.

Ich glaube nicht, dass Frances irgendjemanden vergöttert, sagte sie.

Ich hob hilflos die Schultern. Ich hatte meinen Gin Tonic ausgetrunken und goss mir Weißwein ein. Ich wollte, dass Nick zurück in die Küche kam, damit ich ihn über die Theke hinweg ansehen konnte. Stattdessen sah ich Melissa an und dachte: Ich hasse dich. Dieser Gedanke kam aus dem Nichts, wie ein Witz oder ein Ausruf. Ich wusste nicht einmal, ob ich sie wirklich hasste, aber die Worte hörten und fühlten sich richtig an, wie ein Songtext, an den ich mich gerade erinnerte.

Stunden vergingen, und ich sah Nick gar nicht mehr. Bobbi und ich hatten im Gästezimmer übernachten wollen, aber die meisten Gäste blieben bis vier oder fünf Uhr morgens. Um diese Zeit wusste ich nicht mehr, wo Bobbi war. Ich ging ins Gästezimmer, um nach ihr zu suchen, aber es war leer. Ich legte mich angezogen aufs Bett und fragte mich, ob ich etwas Bestimmtes fühlen würde, so etwas wie Trauer oder Reue. Stattdessen überkamen mich eine Menge Gefühle, die ich nicht näher zuordnen konnte. Schließlich schlief ich ein, und als ich aufwachte, war Bobbi nicht da. Draußen war der Morgen ganz grau, und ich verließ allein das Haus, ohne jemandem zu begegnen, und nahm den Bus zurück in die Stadt.

8

An jenem Nachmittag lag ich bei offenem Fenster rauchend auf meinem Bett und trug nur ein Hemdchen und meine Unterwäsche. Ich hatte einen Kater, und Bobbi hatte sich immer noch nicht gemeldet. Durch das Fenster konnte ich sehen, wie ein leichter Wind das Blattwerk neu ordnete, und zwei Kinder erschienen hinter einem Baum und verschwanden wieder, eins von ihnen trug ein Lichtschwert aus Plastik. Ich fand es entspannend, zumindest lenkte es mich davon ab, mich schrecklich zu fühlen. Ich fror etwas, aber ich wollte den Bann nicht brechen, indem ich mich anzog.

Gegen drei oder vier Uhr nachmittags stand ich endlich auf. Ich hatte keine Lust, etwas zu schreiben. Vielmehr hatte ich das Gefühl, dass ich jetzt nur mieses, überhebliches Zeug produzieren würde. Ich war nicht, wer ich vorgab zu sein. Ich dachte daran, wie ich versucht hatte, vor Nicks Freunden in der Waschküche witzig zu sein, und mir wurde schlecht. Ich gehörte nicht in die Häuser reicher Leute. Ich wurde nur wegen Bobbi dorthin eingeladen, die überall hingehörte und etwas an sich hatte, was mich in ihrer Gegenwart unsichtbar machte.

Abends bekam ich eine E-Mail von Nick.

> hi frances, es tut mir wirklich leid was gestern abend passiert ist. es war so verdammt dumm von mir und ich fühle mich schrecklich. ich will nicht so ein mensch sein, und ich will auch nicht dass du von mir denkst ich wäre so ein mensch. ich habe deshalb ein furchtbar schlechtes gewissen. ich hätte dich niemals in diese situation bringen dürfen. ich hoffe, es geht dir heute gut.

Ich zwang mich, eine Stunde zu warten, bevor ich antwortete. Ich sah mir Cartoons im Internet an und kochte Kaffee. Dann las ich seine E-Mail noch ein paar Mal durch. Ich war erleichtert, dass er alles in Kleinbuchstaben geschrieben hatte, so wie immer. Es wäre dramatisch gewesen, Großschreibung in einer so angespannten Lage einzuführen. Schließlich schrieb ich, dass es mein Fehler gewesen war, ihn zu küssen, und dass es mir leidtat.

Er antwortete sofort.

> nein, es war nicht dein fehler. ich bin elf jahre älter als du und es war außerdem der geburtstag meiner frau. ich habe mich schrecklich benommen, ich will wirklich nicht dass du deshalb ein schlechtes gewissen hast.

Draußen wurde es dunkel. Ich fühlte mich benommen und unruhig. Ich dachte über einen Spaziergang nach, aber es regnete, und ich hatte zu viel Kaffee getrunken. Mein Herz schlug zu schnell für meinen Körper. Ich klickte auf Antwort.

Küsst du oft junge Frauen auf Partys?

Er antwortete nach zwanzig Minuten.

nicht mehr seit ich verheiratet bin. wobei ich glaube dass es das nur noch schlimmer macht.

Mein Telefon klingelte, und ich ging dran, obwohl ich noch die E-Mail las.

Wollen wir heute was machen und zusammen *Brazil* schauen?, fragte Bobbi.

Was?

Wollen wir uns zusammen *Brazil* anschauen? Hallo? Der dystopische Film mit dem Typen von Monty Python. Du hast gesagt, dass du ihn dir ansehen willst.

Was? Ja, klar. Heute?

Hast du geschlafen oder so was? Du klingst so komisch.

Nein, ich hab nicht geschlafen. Tut mir leid. Ich hab nur gerade was im Netz angeschaut. Klar, lass uns was machen.

Sie brauchte ungefähr eine halbe Stunde zu meiner Wohnung. Als sie ankam, fragte sie, ob sie über Nacht bleiben könne. Ich sagte ja. Wir saßen rauchend auf meinem Bett und sprachen über die Party vom Vorabend. Mein Herz schlug schnell, weil ich sie hinterging, aber nach außen war ich eine fähige Lügnerin, sogar eine wettbewerbsfähige.

Deine Haare sind echt lang geworden, sagte Bobbi.

Findest du, wir sollten sie schneiden?

Wir beschlossen, sie zu schneiden. Ich setzte mich auf einen Stuhl vor den Wohnzimmerspiegel, umgeben von alten Zeitungsseiten. Bobbi benutzte dieselbe Schere, mit der ich Küchensachen aufschnitt, aber sie wusch sie erst mit kochendem Wasser und Spüli ab.

Glaubst du immer noch, dass Melissa dich mag?, fragte ich.

Bobbi schenkte mir ein mildes Lächeln, als hätte sie diese Theorie niemals wirklich geäußert.

Alle mögen mich, sagte sie.

Aber was ich meine, ist, ob du glaubst, dass sie eine besondere Verbindung mit dir spürt, im Vergleich zu anderen Leuten. Du weißt, was ich meine.

Ich weiß es nicht, sie ist schwer einzuschätzen.

Das finde ich auch, sagte ich. Manchmal habe ich das Gefühl, sie hasst mich.

Nein, sie mag dich ganz sicher als Mensch. Ich glaube, du erinnerst sie an sich selbst.

Ich kam mir in dem Moment noch unehrlicher vor, und ich spürte, wie mir heiß wurde, bis in die Ohren. Vielleicht fühlte ich mich wie eine Lügnerin, weil ich wusste, dass ich Melissas Vertrauen missbraucht hatte, vielleicht bedeutete diese eingebildete Verbindung zwischen uns aber auch etwas anderes. Ich war schließlich diejenige, die Nick geküsst hatte, nicht umgekehrt, aber ich glaube auch, dass er es wollte. Wenn ich Melissa an sie selbst erinnerte, war es dann möglich, dass ich Nick ebenfalls an Melissa erinnerte?

Wir könnten dir einen Pony schneiden, sagte Bobbi.

Nein, wir werden sowieso schon dauernd verwechselt.

Ich finde es beleidigend, wie sehr dich das beleidigt.

Nachdem sie mir die Haare geschnitten hatte, kochten wir uns eine Kanne Kaffee und setzten uns aufs Sofa, um über die Feministische Gesellschaft an der Uni zu reden. Bobbi war im vergangenen Jahr ausgetreten, nachdem dort eine britische Gastrednerin eingeladen gewesen war, die die Irakinvasion unterstützt hatte. Die Präsidentin der Gesellschaft hatte Bobbis Einwände gegen die Einladung auf der Facebookseite der Gruppe als »aggressiv« und »sektiererisch« bezeichnet, und wir persönlich waren uns alle einig, dass das totaler Unfug war, aber weil die Rednerin die Einladung gar nicht angenommen hatte, waren Philip und ich nicht so weit gegangen, unsere Mitgliedschaft formell zu beenden. Bobbis Einstellung zu dieser Entscheidung variierte sehr und eignete sich als Gradmesser dafür, wie gut sie und ich gerade miteinander klarkamen. Wenn alles gut war, betrachtete sie es als Zeichen meiner Toleranz und sogar Selbstaufopferung für die Genderrevolution. Wenn wir eine kleine Meinungsverschiedenheit wegen irgendetwas hatten, sah sie darin ein Beispiel für meine Illoyalität und meine ideologische Rückgratlosigkeit.

Haben sie dieser Tage auch eine Haltung zum Sexismus?, fragte sie. Oder gibt es da auch wieder zwei Seiten?

Sie wollen definitiv mehr weibliche Führungskräfte.

Weißt du, ich denke ja schon lange, dass es eigentlich viel zu wenige Waffenhändlerinnen gibt.

Wir ließen endlich den Film laufen, aber Bobbi schlief dabei ein. Ich fragte mich, ob sie lieber in meiner Wohnung schlief, weil sie in der Nähe ihrer Eltern Angstzustände bekam. Sie hatte es nicht erwähnt, und sie war normalerweise sehr offen, wenn es um Details aus ihrem Gefühlsleben ging, aber bei Familienangelegenheiten war es etwas anderes. Ich hatte keine Lust, mir den Film allein anzusehen, also schaltete ich ihn aus und surfte stattdessen im Netz. Irgendwann wachte Bobbi auf und legte sich auf der Matratze in meinem Zimmer richtig schlafen. Es gefiel mir, wenn sie bei mir schlief, während ich wach war. Es hatte etwas Beruhigendes.

In jener Nacht, während sie im Bett lag, öffnete ich meinen Laptop und beantwortete Nicks letzte E-Mail.

*

Danach überlegte ich hin und her, ob ich Bobbi erzählen sollte, dass ich Nick geküsst hatte. Unabhängig von meiner endgültigen Entscheidung hatte ich minutiös einstudiert, wie ich es ihr sagen, welche Details ich betonen und welche ich auslassen würde.

Es ist einfach so passiert, würde ich sagen.

Das ist verrückt, würde Bobbi antworten. Aber ich hab mir die ganze Zeit schon gedacht, dass er dich mag.

Ich weiß nicht. Er war echt high, das war dumm.

Aber in seiner E-Mail sagt er doch ganz deutlich, dass es seine Schuld war, oder?

Ich merkte, dass ich die Bobbi-Figur vor allem dazu benutzte, mir selbst zu versichern, dass sich Nick für mich interessierte, und ich wusste, im wahren Leben würde Bobbi nicht so reagieren, also hörte ich auf. Ich hatte durchaus den Drang, mit jemandem zu reden, der die Situation verstehen könnte, aber ich wollte auch nicht riskieren, dass Bobbi es Melissa erzählte, was ich für möglich hielt – nicht dass sie einen bewussten Verrat begehen würde, sondern dass sie versuchen würde, tiefer in Melissas Leben einzudringen.

Ich beschloss, ihr nichts zu sagen, was bedeutete, dass ich mit niemandem darüber reden konnte, zumindest niemandem, der es verstand. Ich erwähnte Philip gegenüber, dass ich jemanden geküsst hatte, den ich nicht hätte küssen sollen, aber er hatte keine Ahnung, wovon ich sprach.

Meinst du Bobbi?, fragte er.

Nein, nicht Bobbi.

Schlimmer oder besser, als Bobbi zu küssen?

Schlimmer, sagte ich. Sehr viel schlimmer. Vergiss es einfach.

Mein Gott, ich hätte nicht gedacht, dass irgendetwas schlimmer sein könnte als das.

Es hatte keinen Zweck, es ihm zu erzählen.

Ich habe einmal auf einer Party eine Ex geküsst, sagte er. Ein wochenlanges Drama. Ich konnte mich auf nichts mehr konzentrieren.

Ach was.

Sie hatte ja einen Freund, was die Sache sehr verkomplizierte.

Da wett ich drauf, sagte ich.

*

Am nächsten Abend fand eine Präsentation in der Buchhandlung Hodges Figgis statt, und Bobbi wollte hingehen, um sich ein Buch signieren zu lassen. Es war ein sehr warmer Julinachmittag, und ich saß während der Stunde vor der Präsentation zu Hause und zupfte mir Knoten aus den Haaren. Ich zupfte so fest, dass sich kleine Haarsträhnen verwirrten und abrissen. Ich dachte: Wahrscheinlich sind sie gar nicht da, und ich muss dann nach Hause gehen und diese ganzen Haarsträhnen zusammenfegen und werde mich schrecklich fühlen. Wahrscheinlich wird nie wieder irgendetwas Wichtiges in meinem Leben geschehen, und ich werde einfach nur Dinge zusammenfegen, bis ich sterbe.

Ich sah Bobbi an der Tür zur Buchhandlung, und sie winkte mir zu. An ihrem linken Handgelenk trug sie mehrere Armreifen, die elegant an ihrem Arm herabrasselten, als sie ihn zum Winken hob. Ich dachte häufig, dass mir nichts Schlimmes zustoßen könnte, wenn ich wie Bobbi aussähe. Es wäre nicht so, als würde ich mit einem neuen, fremden Gesicht aufwachen. Ich würde mit einem Gesicht aufwachen, das ich bereits kannte, ein Gesicht, von dem ich mir bereits vorgestellt hatte, es wäre meins, weshalb es sich ganz natürlich anfühlen würde.

Als wir nach oben zur Präsentation gingen, sah ich Nick und Melissa durch das Treppengeländer. Sie standen neben einem Bücherdisplay. Melissas Waden waren nackt und sehr bleich, und sie trug flache Schuhe mit einem Fesselriemchen. Ich blieb stehen und berührte mein Schlüsselbein.

Bobbi, sagte ich. Glänze ich im Gesicht?

Bobbi sah mich an und kniff die Augen zusammen, um mich zu mustern.

Ja, ein bisschen, sagte sie.

Ich stieß leise Luft aus. Es gab ohnehin nichts mehr,

was ich tun konnte, weil ich schon auf der Treppe war. Ich wünschte, ich hätte nicht gefragt.

Aber nicht schlimm, sagte sie. Du siehst niedlich aus, warum?

Ich schüttelte den Kopf, und wir gingen weiter die Treppe hinauf. Die Lesung hatte noch nicht angefangen, weshalb alle noch herumliefen und erwartungsvoll ihre Weingläser in den Händen hielten. Es war sehr warm in dem Raum, obwohl alle Fenster, die zur Straße führten, geöffnet waren, und ein kühler Windhauch zog an meinem linken Arm vorbei und ließ mich erschauern. Ich schwitzte. Bobbi sagte mir irgendetwas ins Ohr, und ich nickte und tat so, als würde ich zuhören.

Schließlich sah Nick zu mir rüber, und ich erwiderte seinen Blick. Ich spürte, wie sich ein Schlüssel in meinem Körper mit solcher Kraft umdrehte, dass ich nichts tun konnte, um ihn aufzuhalten. Seine Lippen öffneten sich, als wollte er etwas sagen, aber er atmete nur ein und schien dann zu schlucken. Keiner von uns grüßte oder winkte, wir sahen uns nur an, als führten wir bereits ein privates Gespräch, das niemand sonst hören konnte.

Nach ein paar Sekunden wurde mir bewusst, dass Bobbi aufgehört hatte zu reden, und als ich mich zu ihr umdrehte, sah sie ebenfalls zu Nick rüber, die Unterlippe etwas vorgeschoben, als wollte sie sagen: Oh, jetzt seh ich, wen du anstarrst. Ich sehnte mich nach einem Glas, um es mir ans Gesicht zu halten.

Na ja, wenigstens weiß er, wie man sich anzieht, sagte sie.

Ich tat erst gar nicht so, als sei ich verwirrt. Er trug ein weißes T-Shirt und Wildlederschuhe, die Sorte, die damals alle trugen, Desert Boots. Sogar ich trug Desert Boots. Er sah nur attraktiv aus, weil er attraktiv war, auch wenn Bobbi für die Wirkung von Schönheit nicht so empfänglich war wie ich.

Oder Melissa sagt ihm, was er anziehen soll, sagte Bobbi.

Sie lächelte in sich hinein, als wolle sie ein Geheimnis bewahren, obwohl ihr Verhalten nicht im Geringsten geheimnisvoll war. Ich fuhr mir mit der Hand durch die Haare und sah weg. Ein weißes Quadrat aus Sonnenlicht hatte sich wie Schnee über den Teppichboden gelegt.

Sie schlafen nicht einmal im selben Zimmer, sagte ich.

Unsere Blicke trafen sich, und Bobbi hob kaum merklich das Kinn.

Ich weiß, sagte sie.

Während der Lesung flüsterten wir uns nicht gegenseitig ins Ohr wie sonst. Es war eine Kurzgeschichtensammlung von einer Autorin. Ich warf Bobbi einen Blick zu, aber sie sah stur geradeaus, und ich wusste, dass ich für irgendetwas bestraft wurde.

Wir trafen Nick und Melissa, nachdem die Lesung vorbei war. Bobbi ging zu ihnen, und ich folgte ihr, kühlte dabei mein Gesicht mit dem Handrücken. Sie standen bei dem Tisch mit den Erfrischungen, und Melissa griff nach den Weingläsern. Weiß oder rot?, fragte sie.

Weiß, sagte ich. Immer weiß.

Bobbi sagte: Wenn sie roten trinkt, wird ihr Mund immer so – und sie zeichnete einen kleinen Kreis um ihren eigenen Mund. Melissa reichte mir ein Glas und sagte: Oh, das verstehe ich. Ich finde das aber nicht so schlimm. Es hat etwas anziehend Böses. Bobbi stimmte ihr zu. Als hätte man Blut getrunken, sagte sie. Und Melissa lachte und sagte: Ja, Jungfrauen geopfert.

Ich starrte in den Wein, der durchsichtig und fast grünlich-gelb war, die Farbe von gemähtem Gras. Als ich den Blick zu Nick hob, sah er mich gerade an. Ich spürte das Licht, das durch das Fenster fiel, heiß in meinem Nacken. Ich hatte mich schon gefragt, ob du kommst, sagte er. Schön, dich zu sehen. Und er schob seine Hand in die Hosentasche, als hätte er Angst vor dem, was er sonst noch mit ihr tun könnte. Melissa und Bobbi unterhielten sich immer noch. Niemand achtete auf uns. Ja, sagte ich. Ich freu mich auch.

9

In der folgenden Woche arbeitete Melissa in London. Es war die heißeste Woche des Jahres, und Bobbi und ich saßen auf dem leeren Unicampus und aßen Eis und versuchten, braun zu werden. Eines Nachmittags schrieb ich Nick eine E-Mail und fragte, ob ich vorbeikommen könne, ich wolle mit ihm reden. Er war einverstanden. Ich sagte Bobbi nichts davon. Ich hatte meine Zahnbürste dabei.

Als ich dort ankam, waren alle Fenster und Türen geöffnet. Ich klingelte trotzdem an der Haustür und hörte, wie er von der Küche aus »Herein« rief, ohne nachzusehen, wer es war. Ich schloss trotzdem die Tür hinter mir. Als ich hereinkam, trocknete er sich die Hände an einem Geschirrtuch, als hätte er gerade gespült. Er lächelte und sagte, es habe ihn nervös gemacht, dass er mich wiedersehen würde. Der Hund lag auf dem Sofa. Ich hatte ihn vorher noch nie auf dem Sofa liegen sehen und fragte mich, ob Melissa es ihm vielleicht nicht erlaubte, dort zu schlafen. Ich fragte Nick, warum er nervös war, und er lachte und zuckte leicht die Schultern, was aber eher entspannt als angespannt wirkte. Ich lehnte mich gegen die Küchentheke, während er das Geschirrtuch zusammenlegte.

Also, du bist verheiratet, sagte ich.

Ja, sieht ganz so aus. Willst du was trinken?

Ich ließ mir eine kleine Flasche Bier geben, aber nur, weil ich etwas brauchte, um mich daran festzuhalten. Ich fühlte mich unruhig, so wie man sich fühlt, wenn man bereits etwas Falsches getan und dann Angst vor den Konsequenzen hat. Ich sagte ihm, ich wolle kein Störfaktor oder so etwas sein. Er lachte darüber.

Das ist lustig, sagte er. Was meinst du damit?

Ich meine, du hast vorher nie eine Affäre gehabt. Ich will deine Ehe nicht kaputtmachen.

Oh, also, diese Ehe hat so einige Affären überlebt, ich war nur nie an ihnen beteiligt.

Er sagte es ganz vergnügt, und ich musste lachen, es führte allerdings – vermutlich beabsichtigt – auch dazu, dass ich mich entspannte, was die Moral der Sache betraf. Ich hatte kein Mitgefühl für Melissa haben wollen, und jetzt merkte ich, wie sie völlig aus dem Bild geriet, was mein Mitgefühl anging, so als wäre sie Teil einer anderen Geschichte mit anderen Figuren.

Als wir raufgingen, sagte ich zu Nick, dass ich noch nie zuvor mit einem Mann geschlafen hatte. Er fragte, ob das eine große Sache sei, und ich sagte, wahrscheinlich nicht, aber es wäre vermutlich komisch, wenn er es später herausfand. Während wir uns auszogen, versuchte ich, ruhig zu wirken und nicht zu heftig zu beben. Es machte mir Angst, mich vor ihm auszuziehen, mir fiel nicht ein, wie ich meinen Körper abschirmen konnte, ohne dass es unbeholfen oder unattraktiv wirkte. Er hatte einen sehr beeindruckenden Oberkörper, wie eine Statue. Mir fehlte die Distanz, die zwischen uns gewesen war, als er beobachtet hatte, wie man mir applaudierte. Jetzt schien sie mir schützend, sogar notwendig. Aber als er mich fragte, ob ich mir sicher sei, dass ich das hier tun wolle, hörte ich mich sagen: Ich bin nicht wirklich den ganzen Weg hier rausgekommen, nur um zu reden.

Im Bett fragte er mich oft, was sich gut anfühle. Ich sagte, alles fühle sich gut an. Ich fühlte mich sehr erhitzt, und ich gab ständig Laute von mir, aber nur einzelne Silben, keine echten Wörter. Ich schloss die Augen. Das Innere meines Körpers war so heiß wie Öl. Eine überwältigende und heftige Energie hatte Besitz von mir ergriffen und schien mich zu bedrohen. Bitte, sagte ich. Bitte, bitte. Irgendwann setzte sich Nick auf, nahm eine Packung Kondome aus seinem Nachttisch, und ich dachte: Ich werde nach dieser Sache nie wieder ein Wort rausbringen. Aber ich gab mich ohne Widerstand hin. Nick murmelte das Wort »Entschuldige«, als stellten die wenigen Sekunden, die ich wartend dort gelegen hatte, ein minderschweres Unrecht seinerseits dar.

Als es vorbei war, lag ich zitternd auf dem Rücken. Ich war die ganze Zeit über so schrecklich laut und theatralisch gewesen, dass es nun unmöglich war, mich gleichgültig zu geben, wie ich es in den E-Mails tat.

Das fühlte sich ganz okay an, sagte ich.

Ah ja?

Ich glaube, es hat mir besser gefallen als dir.

Nick lachte und hob den Arm, um die Hand hinter seinen Kopf zu legen.

Nein, sagte er, hat es nicht.

Du warst sehr lieb zu mir.

Ja?

Ernsthaft, ich weiß es wirklich zu schätzen, wie lieb du warst, sagte ich.

Warte. Hey. Ist alles in Ordnung?

Kleine Tränen traten mir aus den Augen und tropften auf das Kissen. Ich war nicht traurig, ich wusste nicht, warum ich weinte. Ich hatte dieses Problem vorher schon gehabt, mit Bobbi, die glaubte, dass es ein Ausdruck meiner unterdrückten Gefühle war. Ich konnte die Tränen nicht aufhalten, also lachte ich stattdessen einfach zurückhaltend, um zu zeigen, dass ich das Weinen nicht für wichtig hielt. Ich wusste, dass ich mich schrecklich blamierte, aber ich konnte nichts daran ändern.

Das passiert, sagte ich. Es hat gar nichts mit dir zu tun.

Nick legte seine Hand auf meinen Körper, direkt unter meine Brust. Ich fühlte mich beruhigt, als wäre ich ein Tier, und weinte noch mehr.

Bist du sicher?, fragte er.

Ja. Du kannst Bobbi fragen. Ich meine, tu's nicht.

Er lächelte und sagte: Bestimmt nicht. Er streichelte mich mit den Fingerspitzen, so wie er seinen Hund liebkoste. Ich wischte mir barsch das Gesicht ab.

Du bist wirklich sehr schön, sagte ich.

Er lachte.

Mehr hast du nicht für mich?, fragte er. Ich dachte, du magst meine Persönlichkeit.

Hast du denn eine?

Er drehte sich auf den Rücken und sah gedankenversunken an die Decke. Ich kann nicht glauben, dass wir das getan haben, sagte er. Da wusste ich, dass das Weinen vorüber war. Ich fühlte mich wohl mit allem, woran ich denken konnte. Ich berührte die Innenseite seines Handgelenks und sagte: Doch, kannst du.

Am nächsten Morgen erwachte ich spät. Nick machte Arme Ritter zum Frühstück, und ich nahm den Bus zurück in die Stadt. Ich saß hinten, neben dem Fenster, und die Sonne bohrte sich in mein Gesicht, und der Stoff des Sitzes fühlte sich großartig an auf meiner nackten Haut.

*

An jenem Abend sagte Bobbi, sie müsse irgendwo anders wohnen, um von der »häuslichen Situation« wegzukommen. Offenbar hatte Eleanor am Wochenende einige von Jerrys Sachen weggeworfen, und auf dem Höhepunkt des folgenden Streits hatte sich Lydia im Bad eingesperrt und gebrüllt, dass sie sterben wolle.

Zutiefst uncool, sagte Bobbi.

Ich sagte ihr, sie könne bei mir wohnen. Ich wusste nicht, was ich sonst sagen sollte. Sie wusste, dass meine Wohnung leer war. Am Abend klimperte sie auf meinem elektrischen Klavier herum und benutzte meinen Laptop, um sich Noten aus dem Internet zu suchen, und ich checkte meine E-Mails auf dem Handy. Niemand hatte mir geschrieben. Ich nahm mir ein Buch, hatte aber keine Lust zu lesen. Ich hatte morgens nichts geschrieben, und auch nicht am Morgen davor. Ich hatte damit angefangen, lange Interviews mit berühmten Autoren zu lesen, und mir war aufgefallen, dass ich ganz anders war als sie.

Du hast eine Nachricht in deinem Chatdings, sagte Bobbi.

Lies sie nicht. Ich seh sie mir an.

Warum sagst du, ich soll sie nicht lesen?

Ich will nicht, dass du sie liest, sagte ich. Gib mir den Laptop.

Sie reichte mir den Laptop, ging aber nicht ans Klavier zurück. Die Nachricht war von Nick.

Nick: ich weiß, ich bin ein schlechter mensch.
Nick: willst du diese woche noch mal vorbeikommen?

Von wem ist sie?, fragte Bobbi.

Kannst du dich mal entspannen?

Warum hast du gleich gesagt: »Lies sie nicht«?

Weil ich nicht wollte, dass du sie liest, sagte ich.

Sie biss sich kokett auf den Daumennagel und setzte sich dann zu mir aufs Bett. Ich klappte den Laptop zu, worüber sie lachte.

Ich habe sie nicht geöffnet, sagte sie. Aber ich hab gesehen, von wem sie war.

Okay, schön für dich.

Du magst ihn wirklich, oder?

Ich habe keine Ahnung, wovon du sprichst, sagte ich.

Melissas Ehemann. Du stehst echt auf ihn.

Ich verdrehte die Augen. Bobbi ließ sich auf den Rücken fallen und grinste. Ich hasste sie in diesem Moment und wollte ihr sogar wehtun.

Warum, bist du eifersüchtig?, fragte ich.

Sie lächelte, aber abwesend, als würde sie über etwas anderes nachdenken. Ich wusste nicht, was ich noch sagen sollte. Sie stand auf und ging zurück ans Klavier, und nach einer Weile wollte sie schlafen gehen. Als ich am nächsten Morgen aufwachte, war sie bereits gegangen.

*

Ich blieb in den meisten Nächten in dieser Woche bei Nick. Er arbeitete nicht, also ging er morgens für zwei Stunden ins Fitnessstudio, und ich ging in die Agentur oder streifte durch die Geschäfte. Dann am Abend machte er Essen, und ich spielte mit dem Spaniel. Ich sagte Nick, dass ich in meinem ganzen Leben noch nie so viel gegessen hatte, was stimmte. Zu Hause hatten meine Eltern nie mit Chorizo oder Aubergine gekocht. Ich hatte auch noch nie frische Avocado probiert, aber ich sagte Nick nichts davon.

Eines Abends fragte ich ihn, ob er fürchtete, Melissa könnte das mit uns herausfinden, und er sagte, er glaube nicht, dass sie es herausfinden würde.

Aber du hast es herausgefunden, sagte ich. Wenn sie Affären hatte.

Nein, sie hat es mir gesagt.

Was, wirklich? Einfach so?

Beim ersten Mal, ja, sagte er. Es war sehr surreal. Sie war auf einem dieser Literaturfestivals, und sie rief mich so um fünf Uhr morgens an und sagte, sie müsse mir etwas erzählen, und das war's.

Scheiße.

Aber es war nur eine einmalige Sache, sie sahen sich danach nicht wieder. Das andere Mal war sehr viel komplizierter. Ich sollte dir diese ganzen Geheimnisse wahrscheinlich gar nicht erzählen. Ich will sie nicht in ein schlechtes Licht rücken. Glaube ich jedenfalls. Ich weiß es nicht.

Beim Abendessen tauschten wir ein paar Details aus unserem Leben aus. Ich erklärte ihm, dass ich den Kapitalismus zerstören wolle und dass ich Männlichkeit persönlich als unterdrückend empfand. Nick sagte mir, er sei »grundsätzlich« ein Marxist, und er wolle nicht, dass ich ihn verurteilte, weil er ein Haus besaß. Entweder so oder für immer Miete zahlen, sagte er. Aber ich gebe zu, dass es schwierig ist. Für mich hörte es sich so an, als sei seine Familie sehr wohlhabend, aber ich hielt es für besser, der Sache nicht auf den Grund zu gehen, weil ich mich schon unwohl genug damit fühlte, nie für irgendetwas zu bezahlen. Seine Eltern waren immer noch verheiratet, und er hatte zwei Geschwister.

Während dieser Gespräche lachte Nick über all meine Witze. Ich sagte ihm, ich ließe mich leicht von Leuten verführen, die über meine Witze lachten, und er sagte, er lasse sich leicht von Leuten verführen, die klüger waren als er.

Von denen gibt's vermutlich nur nicht so viele, sagte ich.

Siehst du, ist es nicht schön, sich gegenseitig Komplimente zu machen?

Der Sex war so gut, dass ich oft schon währenddessen weinte. Nick mochte es, wenn ich auf ihm saß, so dass er sich an das Kopfende lehnen konnte, und wir redeten leise. Ich merkte, dass es ihm gefiel, wenn ich ihm sagte, wie gut es sich anfühlte. Es war sehr leicht, ihn dazu zu bringen, dass er kam, wenn ich zu viel darüber sprach. Manchmal tat ich es, nur um meine Macht über ihn zu spüren, und hinterher sagte er dann: O Gott, es tut mir leid, das ist so peinlich. Es gefiel mir sogar noch besser als der Sex an sich, wenn er das sagte.

Ich war ganz vernarrt in das Haus, in dem er lebte: wie makellos alles war und wie kühl sich die Holzdielen am Morgen anfühlten. Es gab eine elektrische Kaffeemühle in der Küche, und Nick kaufte immer ganze Bohnen und füllte vor dem Frühstück eine kleine Portion in die Mühle. Ich war mir nicht sicher, ob es Angeberei war oder nicht, aber der Kaffee schmeckte unglaublich gut. Ich sagte trotzdem, dass ich es für Angeberei hielt, und er sagte: Was trinkst du denn? Scheiß-Nescafé? Du bist Studentin, tu nicht so, als hättest du Geschmack. Natürlich mochte ich insgeheim die ganzen teuren Utensilien, die es in ihrer Küche gab, so wie es mir auch gefiel, Nick dabei zuzusehen, wie er den Pressstempel im Kaffee so langsam herunterdrückte, dass sich eine dunkle cremige Schicht auf der Oberfläche bildete.

Er sprach so ziemlich jeden Tag während dieser Woche mit Melissa. Üblicherweise rief sie abends an, und er ging mit dem Telefon in einen anderen Raum, während ich auf dem Sofa lag und fernsah oder rausging, um zu rauchen. Diese Gespräche dauerten oft zwanzig Minuten oder länger. Einmal sah ich eine ganze Folge von *Arrested De-*

velopment, bevor er zurückkam, es war die Folge, in der sie den Bananenstand niederbrennen. Ich konnte nie hören, was Nick am Telefon sagte. Einmal fragte ich: Sie ist aber nicht misstrauisch oder so was? Und er schüttelte nur den Kopf und sagte nein, es ist alles in Ordnung. Nick zeigte mir außerhalb seines Zimmers keine körperliche Zuneigung. Wir sahen zusammen fern, als würden wir darauf warten, dass Melissa von der Arbeit nach Hause kommt. Er ließ zwar zu, dass ich ihn küsste, wenn ich wollte, aber die Initiative ging immer von mir aus.

Wie sich Nick wirklich fühlte, war schwer zu sagen. Im Bett übte er nie Druck auf mich aus, irgendetwas zu tun, und er nahm immer sehr viel Rücksicht auf das, was ich wollte. Und doch gab es da eine Leerstelle, als würde er etwas zurückhalten. Er sagte nie etwas Nettes über mein Aussehen. Er berührte oder küsste mich nie spontan. Ich war immer noch nervös, wenn wir uns auszogen, und als ich ihm zum ersten Mal einen blies, war er so ruhig, dass ich aufhörte, um zu fragen, ob ich ihm wehtat. Er sagte nein, aber als ich weitermachte, blieb er vollkommen still. Er berührte mich nicht, ich wusste nicht einmal, ob er mich ansah. Als es vorbei war, fühlte ich mich schrecklich, als hätte ich ihn gezwungen, etwas über sich ergehen zu lassen, was keinem von uns beiden Spaß machte.

Nachdem ich am Donnerstag in jener Woche die Agentur verlassen hatte, ging ich in der Stadt an ihm vorbei. Philip war bei mir, wir wollten uns einen Kaffee holen, und wir sahen Nick mit einer hochgewachsenen Frau, die mit der einen Hand einen Kinderwagen schob und mit der anderen telefonierte. Nick hatte ein Baby auf dem Arm. Das Baby trug einen roten Hut. Nick winkte uns zu, als sie an uns vorbeigingen, und wir sahen uns sogar kurz an, aber sie blieben nicht stehen, um sich mit uns zu unterhalten. Am Morgen hatte er noch im Bett gelegen, die Hände hinterm Kopf, und mir dabei zugesehen, wie ich mich anzog.

Das ist nicht sein Kind, oder?, fragte Philip.

Ich kam mir vor, als würde ich ein Videospiel spielen, ohne zu wissen, wie man die Konsole bediente. Ich hob nur die Schultern und sagte: Ich glaube nicht, dass er Kinder hat. Ich bekam kurz danach eine SMS von Nick, in der stand: Meine Schwester Laura und ihre Tochter. Tut mir leid, dass wir einfach weitergegangen sind, sie hatten es eilig. Ich schrieb zurück: Niedliches Baby. Kann ich heute Abend vorbeikommen?

Beim Abendessen fragte er mich: Fandst du das Baby wirklich niedlich? Ich sagte ihm, ich hätte es nicht richtig sehen können, aber auf die Entfernung schien es mir niedlich zu sein. Oh, sie ist die Beste, sagte Nick. Rachel. Es gibt nicht viel, was ich im Leben liebe, aber dieses Kind liebe ich wirklich. Als ich sie zum ersten Mal sah, musste ich weinen, weil sie so winzig war. Das war bei Weitem das Gefühlvollste, was ich von Nick je gehört hatte, und ich war eifersüchtig. Ich wollte schon einen Witz darüber machen, wie eifersüchtig ich war, aber es kam mir gruselig vor, auf ein Baby eifersüchtig zu sein, und ich bezweifelte, dass es Nick gefallen würde. Das ist süß, sagte ich. Er schien meine mangelnde Begeisterung zu spüren und sagte verlegen: Du bist wahrscheinlich zu jung, um dich für Babys zu interessieren. Das tat mir weh, und ich zog still meine Gabel durch den Risotto. Dann sagte ich: Nein, ich fand das wirklich süß von dir. Untypisch.

Was, bin ich sonst schroff und aggressiv?, fragte er.

Ich hob die Schultern. Wir aßen weiter. Ich wusste, dass ich ihn langsam nervös machte, ich merkte, wie er mich über den Tisch hinweg beobachtete. Er war nicht im Mindesten schroff oder aggressiv, und ich hob mir die Frage für später auf, weil er anscheinend ungewollt eine tiefe Angst offenbart hatte.

Als wir uns an jenem Abend auszogen, fühlte sich das Bettlaken auf meiner Haut eiskalt an, und ich erwähnte, wie kalt es war. Hier im Haus?, fragte er. Findest du es hier nachts kalt?

Nein, ich meinte nur jetzt, sagte ich.

Ich küsste ihn, und er ließ es zu, aber geistesabwesend und ohne echte Gefühle. Dann wandte er sich ab und sagte: Wenn dir nachts kalt ist, kann ich die Heizung anstellen.

Mir ist nicht kalt, sagte ich. Das Laken fühlte sich nur gerade kalt an, das ist alles.

Gut.

Wir hatten Sex, es war schön, und hinterher lagen wir nebeneinander und sahen an die Decke. Luft strömte in meine Lunge, und ich fühlte mich friedlich. Nick berührte meine Hand und sagte: Ist dir jetzt warm? Mir ist warm, sagte ich. Wie du dich um meine Temperatur sorgst, ist wirklich rührend. Ach, na ja, sagte er. Es sähe schlecht für mich aus, würdest du hier erfrieren. Aber er streichelte meine Hand dabei. Die Polizei hätte dann wohl ein paar Fragen, sagte ich. Er lachte. Ja, sagte er. Zum Beispiel, was macht diese schöne Leiche bei Ihnen im Bett, Nick? Es war nur ein Witz, er würde mich niemals schön nennen. Aber ich mochte den Witz trotzdem.

Am Freitagabend, bevor Melissa aus London zurückkam, sahen wir uns *Der unsichtbare Dritte* an und teilten uns eine Flasche Wein. Nick verließ in der kommenden Woche das Land, um in Edinburgh zu drehen, deshalb würde ich ihn eine Weile nicht sehen. Ich kann mich an das meiste, was wir in jener Nacht sagten, nicht mehr erinnern. Ich erinnere mich an die Szene im Zug, wo die Figur, die von Cary Grant gespielt wird, mit der blonden Frau flirtet, und dass ich aus irgendeinem Grund einen ihrer Sätze mit abgehacktem amerikanischem Akzent laut wiederholte. Ich sagte: Und ich mag das Buch, das ich angefangen habe, nicht besonders. Das brachte Nick gewaltig zum Lachen, ganz ohne Grund, vielleicht aber auch, weil mein Akzent so schlecht war.

Jetzt mach du Cary Grant, sagte ich.

Mit mittelatlantischer Kinostimme sagte Nick: Sobald ich eine attraktive Frau treffe, muss ich so tun, als hätte ich kein Interesse daran, mit ihr zu schlafen.

Tust du üblicherweise lange so?, fragte ich.

Sag du's mir, sagte Nick mit normaler Stimme.

Ich glaube, ich habe es ziemlich schnell mitbekommen. Aber ich hatte Angst, dass ich mir da nur etwas einbilde.

Oh, mir ging es umgekehrt genauso mit dir.

Er hatte die Flasche genommen und füllte unsere Gläser nach.

Also ist das hier nur Sex, oder magst du mich wirklich?, fragte ich.

Frances, du bist betrunken.

Du kannst es mir sagen, ich bin nicht beleidigt.

Nein, das weiß ich, sagte er. Ich glaube, du willst, dass ich sage, es sei nur Sex.

Ich lachte. Ich war glücklich, dass er das sagte, weil es das war, was er denken sollte, und weil ich dachte, er wüsste es auch und würde nur Spaß machen.

Du musst dich nicht schlecht fühlen, sagte ich. Es macht ganz schrecklichen Spaß. Ich habe das möglicherweise schon mal erwähnt.

Erst ein paar Mal. Aber ich hätte es gern schriftlich, wenn möglich. Nur etwas von Dauer, das ich auf meinem Sterbebett ansehen kann.

Dann schob er seine Hand zwischen meine Knie. Ich trug ein gestreiftes Kleid, und meine Beine waren nackt. Als er mich berührte, wurde mir augenblicklich heiß, und ich fühlte mich passiv, als würde ich schlafen. Alle Kraft, die ich hatte, schien mich ganz und gar zu verlassen, und als ich versuchte, etwas zu sagen, stammelte ich.

Was ist, wenn deine Frau heimkommt?, fragte ich.

Na, dann lassen wir uns was einfallen.

10

Ich hatte mit Bobbi nicht mehr gesprochen, seit sie in meiner Wohnung übernachtet hatte. Weil ich bei Nick war und an nichts anderes dachte, hatte ich nicht versucht, sie zu erreichen, und ich hatte mir auch keine Gedanken darüber gemacht, warum sie mich nicht anrief. Dann, nachdem Melissa nach Dublin zurückgekehrt war, bekam ich eine E-Mail von Bobbi mit dem Betreff: »eifersüchtig???«

hör zu, es ist mir egal, ob du in nick verknallt bist, und ich wollte dich nicht in verlegenheit bringen oder so was. tut mir leid, wenn es so rüberkam. (und ich werde jetzt auch nicht mit moral kommen, weil er verheiratet ist, ich bin mir ziemlich sicher, dass melissa sowieso affären hat.) ABER es war echt scheiße von dir, mir vorzuwerfen, ich sei eifersüchtig auf ihn. es ist so was von stereotypisch homophob, einer lesbischen frau vorzuwerfen, sie sei insgeheim eifersüchtig auf männer, und ich weiß, dass du das weißt. aber viel schlimmer ist, dass du unsere freundschaft herabsetzt, indem du behauptest, ich würde mit einem mann um deine aufmerksamkeit konkurrieren. was sagt das darüber, wie du mich siehst? ist dir unsere beziehung wirklich weniger wert als dein vorübergehendes sexuelles interesse an einem verheirateten mann mittleren alters? du hast meine gefühle verdammt noch mal echt verletzt.

Ich war bei der Arbeit, als die E-Mail kam, aber niemand von den anderen Angestellten war gerade da. Ich las mir die Nachricht ein paar Mal durch. Aus irgendeinem Grund löschte ich sie kurz, und dann holte ich sie gleich im Anschluss aus dem Papierkorb. Dann markierte ich sie als ungelesen und öffnete sie, um sie wieder zu lesen, als wäre es das erste Mal. Natürlich hatte Bobbi recht. Ich hatte ihr vorgeworfen, eifersüchtig zu sein, um ihr wehzutun. Ich hatte nur nicht gewusst, dass es tatsächlich funktioniert hatte oder dass es überhaupt möglich war, ihr wehzutun. Die Erkenntnis, dass es nicht nur in meiner Macht stand, Bobbis Gefühle zu verletzen, sondern dass ich es praktisch spontan und ohne es zu bemerken getan hatte, bereitete mir Unbehagen. Ich irrte durch das Büro und füllte mir einen Plastikbecher am Wasserspender, obwohl ich nicht durstig war. Dann setzte ich mich wieder hin.

Ich brauchte einige Anläufe, um meine Antwort zu schreiben.

Hey, du hast recht, es war dämlich und falsch von mir, so etwas zu sagen, und ich hätte es nicht sagen dürfen. Ich hatte das Gefühl, mich verteidigen zu müssen, und wollte dich nur wütend machen. Ich habe ein schlechtes Gewissen, weil ich wegen einer so dummen Sache deine Gefühle verletzt habe. Es tut mir leid.

Ich schickte sie ab und loggte mich aus meinen Mails aus, um arbeiten zu können.

Philip kam gegen elf, und wir unterhielten uns kurz. Ich sagte ihm, dass ich seit einer Woche nichts geschrieben hatte, und er hob die Augenbrauen.

Ich dachte, du wärst so diszipliniert, sagte er.

War ich.

Hast du gerade einen komischen Monat? Du siehst nämlich ganz danach aus.

In der Mittagspause loggte ich mich wieder in meine Mails ein. Bobbi hatte geantwortet.

ok ich verzeihe dir. aber mal im ernst, nick? stehst du jetzt auf so was? ich glaube ja, dass er wahrscheinlich total unironisch artikel liest zum thema »mit diesem ungewöhnlichen trick zu den perfekten bauchmuskeln«.

wenn es schon unbedingt ein mann sein muss, hatte ich gehofft, es würde so ein mädchenhaftes weichei sein wie philip, das kam jetzt echt unerwartet.

Ich antwortete nicht darauf. Bobbi und ich waren uns immer einig in unserer Verachtung für das kultische Streben nach männlicher physischer Dominanz. Erst kürzlich hatte man uns bei Tesco rausgeworfen, weil wir dümmliche Passagen aus Männermagazinen laut im Verkaufsraum vorgelesen hatten. Aber Bobbi lag bei Nick falsch.

Er war nicht so. Er war vielmehr jemand, der über Bobbis grausame Imitation seiner selbst lachen und nicht versuchen würde, sie zu korrigieren. Aber ich konnte ihr das nicht erklären. Und ich konnte ihr erst recht nicht sagen, was für mich das Liebenswerteste an ihm war, nämlich dass er sich zu unscheinbaren und gefühlskalten Frauen wie mir hingezogen fühlte.

Als ich mit der Arbeit fertig war, fühlte ich mich müde und bekam Kopfschmerzen, ganz schlimme. Ich ging nach Hause und beschloss, mich einen Moment hinzulegen. Es war fünf Uhr. Ich wachte erst gegen Mitternacht auf.

*

Ich sah Nick nicht mehr vor seiner Abreise nach Schottland. Weil er immer schon frühmorgens am Set sein musste, konnten wir nur spätnachts online reden. Er war dann normalerweise schon müde und wirkte zurückhaltend, und ich antwortete nur noch lapidar auf seine Nachrichten oder gar nicht. Online sprach er über belanglose Sachen, wie sehr er zum Beispiel seine Kollegen hasste. Er sagte nie, dass er mich vermisste oder überhaupt an mich dachte. Wenn ich mich auf die Zeit bezog, die wir zusammen in seinem Haus verbracht hatten, überging er das Thema und sprach über etwas anderes. Im Gegenzug merkte ich, wie ich kalt und sarkastisch wurde.

Nick: der einzig vernünftige mensch am set ist stephanie
ich: warum hast du dann keine Affäre mit ihr
Nick: na ja ich fürchte, das würde unsere arbeitsbeziehung stören
ich: ist das eine Anspielung

Nick: außerdem ist sie mindestens 60
ich: und du bist wie alt … 63?
Nick: lustig
Nick: ich besprech das mal mit ihr wenn du magst
ich: o ja bitte

Zu Hause sah ich mir Youtube-Videos von seinen Film- und Fernsehauftritten an. Einmal hatte er in einer Folge einer schon lange laufenden Krimiserie den jungen Vater eines Entführungsopfers gespielt, und in einer Szene brach er weinend auf dem Polizeirevier zusammen. Dieses Video sah ich mir am häufigsten an. Er weinte genau so, wie er in meiner Vorstellung im wahren Leben weinen würde: sich dafür hassend, dass er weinte, und zwar so sehr, dass er nur noch mehr weinen musste. Ich merkte, dass ich wohlwollender ihm gegenüber war, wenn ich dieses Video ansah, bevor wir nachts miteinander sprachen. Er hatte eine sehr schlichte HTML-Fanseite im Netz, die seit 2011 nicht mehr erneuert worden war. Ich sah sie mir manchmal an, während wir sprachen.

Zu der Zeit war ich krank, ich hatte eine Blasenentzündung. Eine Weile empfand ich die ständigen Beschwerden und das leichte Fieber als psychologisch angemessen, und ich unternahm nichts dagegen, aber schließlich ging ich doch zur Universitätsärztin, und sie verschrieb mir ein Antibiotikum und Schmerztabletten, die mich benommen machten. Ich verbrachte die Abende damit, meine Hände anzustarren, oder ich versuchte, mich auf meinen Laptopbildschirm zu konzentrieren. Ich fühlte mich widerwärtig, als wäre mein Körper voller bösartiger Bakterien. Ich wusste, dass Nick an keinen vergleichbaren

Nachwirkungen litt. Zwischen uns gab es nichts Gleichwertiges. Er hatte mich wie ein Stück Papier zusammengeknüllt und weggeworfen.

Ich versuchte, wieder zu schreiben, aber alles, was ich zustande brachte, strotzte nur so vor Bitterkeit, wofür ich mich schämte. Manches davon löschte ich, manches versteckte ich in Ordnern, die ich mir nie ansah. Ich nahm die Dinge wieder viel zu ernst. Ich versteifte mich auf vermeintliches Unrecht, das Nick mir zugefügt hatte, herzlose Dinge, die er gesagt oder gemeint hatte, so dass ich ihn hassen und dadurch die Intensität meiner Gefühle für ihn als reinen Hass rechtfertigen konnte. Aber ich musste erkennen, dass er mir nur mit einer Sache wehgetan hatte: indem er seine Zuneigung zurückgenommen hatte, und dazu hatte er jedes Recht. Sonst war er auf jede erdenkliche Weise zuvorkommend und rücksichtsvoll gewesen. Manchmal glaubte ich, dies wäre das schlimmste Elend, das mir je im Leben widerfahren war, aber es handelte sich auch um ein ziemlich oberflächliches Elend, das jederzeit durch nur ein Wort von ihm vollkommen aufgelöst und in idiotisches Glück verwandelt werden konnte.

Eines Nachts fragte ich ihn online, ob er sadistisch veranlagt war.

Nick: nicht dass ich wüsste
Nick: warum fragst du?
ich: weil du mir so vorkommst
Nick: hm
Nick: das beunruhigt mich

Es verstrich eine Weile. Ich starrte auf den Bildschirm, tippte aber nichts ein. Ich musste mein Antibiotikum nur noch einen Tag lang nehmen.

Nick: hast du da vielleicht ein beispiel?
ich: nein
Nick: ok
Nick: ich denke mal, wenn ich menschen verletze geschieht das eher aus egoismus
Nick: nicht zum Selbstzweck
Nick: hab ich was getan, was dich verletzt hat?
ich: nein
Nick: bist du sicher?

Ich ließ wieder Zeit verstreichen. Mit der Fingerspitze verbarg ich seinen Namen auf meinem Bildschirm.

Nick: bist du noch da?
ich: ja
Nick: oh
Nick: ich schätze, du hast wohl gerade keine lust zu reden
Nick: das ist ok, ich sollte jetzt sowieso ins bett gehen

Am nächsten Morgen schickte er mir eine E-Mail:

ich merke, dass du im moment keine lust hast mit mir in verbindung zu bleiben, also höre ich auf dir nachrichten zu schicken ok? wir sehen uns, wenn ich zurück bin.

Ich dachte darüber nach, mit einer boshaften E-Mail zu antworten, aber stattdessen reagierte ich gar nicht.

Am folgenden Abend schlug Bobbi vor, dass wir uns einen von Nicks Filmen ansehen könnten.

Das wäre komisch, sagte ich.

Er ist unser Freund, warum wäre das komisch?

Sie saß an meinem Laptop und suchte auf Netflix. Ich hatte uns eine Kanne Pfefferminztee gemacht, und wir ließen ihn noch eine Weile ziehen.

Hier ist er, sagte sie. Ich hab ihn hier gesehen. Es ist der mit der Brautjungfer, die ihren Chef heiratet.

Warum suchst du überhaupt nach seinen Filmen?

Er spielt eine ziemlich kleine Rolle, aber er zieht irgendwann sein Hemd aus. Da stehst du doch drauf, oder?

Ernsthaft, hör bitte auf, sagte ich.

Sie hörte auf. Sie saß im Schneidersitz auf dem Boden, griff nach der Kanne und schenkte sich etwas Tee ein, um zu sehen, ob er schon fertig war.

Magst du ihn als Mensch?, fragte sie. Oder ist es, weil er gut aussieht und mit jemand Interessantem verheiratet ist?

Ich merkte, dass sie immer noch wegen der Eifersuchtsbemerkung beleidigt war, aber ich hatte mich schon entschuldigt. Ich wollte ihrer Feindseligkeit Nick gegenüber nicht nachgeben, zumal ich gerade keinen Kontakt mit ihm hatte. Es war für mich offensichtlich, dass Bobbis Gefühle nicht mehr ernsthaft verletzt waren, falls das je gestimmt hatte, und dass es ihr schlicht gefiel, sich über mich lustig zu machen, wann immer ich romantische Gefühle entwickelte. Ich sah sie an, als wäre sie ganz weit von mir entfernt, eine Freundin, die ich mal hatte, oder jemand, dessen Name mir nicht mehr einfiel.

So interessant ist Melissa nicht, sagte ich.

Als Bobbi nach Hause ging, suchte ich nach dem Film, von dem sie gesprochen hatte. Er war sechs Jahre zuvor herausgekommen, als ich fünfzehn war. Nick spielte darin eine Figur, mit der die Protagonistin einen bedauerlichen One-Night-Stand hat. Ich fand den Link zu einem Video und sprang zu der Szene vor, in der er am nächsten Morgen aus der Dusche kam. Er sah jünger aus, und sein Gesicht war anders, obwohl er sogar in diesem Video älter war als ich. Ich sah mir die Szene zweimal an. Nachdem er gegangen war, rief die Protagonistin ihre Freundin an, und sie lachten hysterisch darüber, was für ein Trottel Nicks Figur war, und für ihre Freundschaft war dies ein verbindender Moment.

Ich schickte ihm eine E-Mail, nachdem ich es mir angesehen hatte. Ich schrieb:

> Klar, wenn es das ist, was du willst. Ich hoffe, der Dreh läuft gut.

Er antwortete gegen ein Uhr morgens.

> ich hätte dir das schon früher sagen sollen, aber ich werde fast den ganzen august mit melissa und ein paar anderen leuten in nordfrankreich sein. wir sind in einem riesigen haus und das dorf heißt etables. es wird ein ständiges kommen und gehen, das heißt du bist herzlich willkommen ebenfalls eine weile zu bleiben wenn du möchtest, auch wenn ich verstehe warum das vielleicht nicht sehr reizvoll ist.

Ich saß im Schneidersitz im Bett und versuchte, an einem Spoken-Word-Ding zu arbeiten, als die E-Mail-Benachrichtigung hereinkam. Ich antwortete:

Wie ist das, haben wir noch eine Affäre, oder ist das jetzt vorbei?

Er antwortete eine Weile nicht. Ich vermutete, dass er schlafen gegangen war, aber die Möglichkeit, dass er noch wach war, ließ mich nicht arbeiten. Ich machte mir eine Tasse Instantkaffee und sah mir ein paar YouTube-Videos von anderen Spoken-Word-Künstlern an.

Schließlich bekam ich eine Chat-Nachricht.

Nick: bist du wach
ich: ja
Nick: also hör zu
Nick: ich weiß nicht was du willst
Nick: offensichtlich können wir uns nicht sehr oft sehen
Nick: und eine affäre zu haben ist ziemlich stressig
ich: haha
ich: machst du mit mir Schluss
Nick: wenn wir uns im grunde nie sehen
Nick: dann besteht die affäre nur aus so etwas wie
Nick: sich sorgen über die affäre zu machen
Nick: verstehst du was ich meine
ich: Ich kann nicht glauben, dass du im Chat mit mir Schluss machst
ich: Ich dachte, du verlässt deine Frau, und wir würden zusammen durchbrennen
Nick: du brauchst nicht gleich in die defensive zu gehen
ich: Woher willst du wissen, was ich brauche

ich: Vielleicht bin ich ja gerade wirklich ganz aufgelöst
Nick: bist du das
Nick: ich weiß nie was du in welchem moment gerade fühlst
ich: Na, das ist ja dann jetzt auch wirklich egal, oder

Er musste am Morgen wieder früh am Set sein, also ging er schlafen. Ich dachte die ganze Zeit daran, wie ich ihm einen geblasen hatte, während er nur still dalag und mich machen ließ. Ich habe das noch nie zuvor getan, wollte ich ihm erklären. Du hättest mir sagen können, was daran so schlecht war, statt mich einfach weitermachen zu lassen. Das war nicht nett. Ich kam mir so dumm vor. Aber ich wusste natürlich, dass er nichts falsch gemacht hatte. Ich dachte darüber nach, Bobbi anzurufen und ihr alles in der Hoffnung zu erzählen, dass sie damit zu Melissa gehen würde, und dann wäre Nicks Leben ruiniert. Aber ich entschied dann, dass es eine viel zu demütigende Geschichte war, um sie zu erzählen.

11

Am nächsten Tag verschlief ich und schaffte es nicht rechtzeitig zur Arbeit. Ich schickte Sunny eine Mail, in der ich um Gnade winselte, und sie antwortete: Wir haben es überlebt. Als ich duschte, war es bereits Mittag. Ich zog ein schwarzes T-Shirt-Kleid an und machte einen Spaziergang, obwohl es zu heiß war, um ihn zu genießen. Die Luft schien hilflos auf den Straßen gefangen. Schaufenster reflektierten grelle Sonnenstrahlen, und meine Haut war feucht. Ich setzte mich allein an das Kricketspielfeld des Campus und rauchte zwei Zigaretten, eine nach der anderen. Ich hatte Kopfschmerzen, ich hatte nichts gegessen. Mein Körper fühlte sich aufgebraucht und nutzlos an. Ich wollte ihm kein Essen und keine Medizin mehr geben.

Als ich nachmittags zurückkam, hatte ich eine neue E-Mail von Nick.

ich fand ja unser gespräch gestern nacht etwas holprig. mir fällt es ganz offensichtlich schwer zu erkennen was du wirklich willst, und ich weiß ehrlich nicht ob du einen spaß gemacht hast, als es darum ging dass ich dir wehgetan hätte. es ist sehr anstrengend sich online mit dir zu unterhalten. ich hoffe, du bist nicht verärgert oder so.

Ich schrieb zurück:

Vergiss es einfach. Dann bis September, ich hoffe, in Frankreich ist das Wetter schön.

Danach mailte er mir nicht mehr.

Drei Tage später lud Melissa Bobbi und mich ein, ein paar Tage im August in das Haus nach Étables zu kommen. Bobbi schickte mir ständig Links zu der Ryanair-Webseite und sagte, wir sollten für eine Woche hinfliegen, oder wenigstens für fünf Tage. Ich konnte mir die Flüge leisten, und Sunny hatte kein Problem damit, dass ich mir freinahm.

Schließlich sagte ich: Gut. Machen wir.

*

Bobbi und ich waren schon einige Male zusammen im Ausland gewesen. Wir nahmen immer die billigsten Flüge, früh am Morgen oder spätabends, was dazu führte, dass wir üblicherweise den ersten Tag unserer Reise mies drauf waren und versuchten, kostenloses WLAN zu finden. An dem einzigen Tag, den ich je in Budapest war, saßen wir mit unserem Gepäck in einem Coffeeshop, während Bobbi Espressi trank und in eine hitzige Online-Diskussion über Drohnenangriffe involviert war, die sie mir lautstark übermittelte. Als ich ihr sagte, dass ich nicht sonderlich daran interessiert war, etwas über diese Diskussion zu erfahren, sagte sie: Es sterben Kinder, Frances. Danach sprachen wir einige Stunden lang kein Wort miteinander.

In den Tagen vor unserer Reise schickte mir Bobbi ständig Textnachrichten mit den Sachen, die ich beim Packen nicht vergessen sollte. Ich war diejenige, die immer wusste, was sie brauchte, Bobbi hingegen ganz und gar nicht. Eines Abends kam sie mit einer Liste bei mir vorbei, und als ich ihr die Tür öffnete, hatte sie das Telefon zwischen Schulter und Ohr geklemmt.

Hey, ich bin jetzt gerade bei Frances, sagte sie. Ist es okay, wenn ich dich auf Lautsprecher stelle?

Bobbi schloss die Tür und folgte mir ins Wohnzimmer, wo sie das Handy kurzerhand auf den Tisch warf, die Lautsprecherfunktion eingeschaltet.

Hi, Frances, sagte Melissas Stimme.

Ich sagte hallo, obwohl ich eigentlich meinte: Ich hoffe, du weißt nicht, dass ich mit deinem Ehemann geschlafen habe.

Und wem genau gehört das Haus?, fragte Bobbi.

Es gehört einer Freundin von mir, sie heißt Valerie, sagte Melissa. Also, ich sage zwar Freundin, aber sie ist eher eine Mentorin, sie ist über sechzig. Sie hat mir zum Beispiel sehr dabei geholfen, mein Buch zu veröffentlichen. Jedenfalls, ganz altes Geld. Und sie mag es, wenn Leute in ihren vielen Häusern wohnen, wenn sie nicht da ist.

Ich sagte, dass sie interessant klang.

Du würdest sie mögen, sagte Melissa. Vielleicht werdet ihr sie kennenlernen, manchmal verbringt sie ein oder zwei Tage in dem Haus. Normalerweise lebt sie in Paris.

Reiche Leute machen mich krank, sagte Bobbi. Aber ja, sie ist bestimmt großartig.

Wie geht es dir denn, Frances?, fragte Melissa. Es kommt mir vor, als hätten wir uns schon Ewigkeiten nicht mehr gesehen.

Ich hielt inne, dann sagte ich: Mir geht's gut, danke. Und dir? Melissa hielt ebenfalls inne und antwortete dann: Gut.

Wie war's in London?, fragte ich. Du warst doch letzten Monat dort, oder?

War das letzten Monat?, fragte sie. Zeit ist ja so lustig.

Sie sagte, sie müsse jetzt zum Abendessen, und legte auf. Ich fand nicht, dass Zeit auch nur im Entferntesten lustig war, und schon gar nicht »so lustig«.

Nachdem Bobbi an jenem Abend gegangen war, schrieb ich für anderthalb Stunden Gedichte, in denen ich mir meinen eigenen Körper als ein Stück Müll vorstellte, eine leere Verpackung oder ein angebissenes und weggeworfenes Stück Obst. Indem ich meinen Selbsthass auf diese Art verarbeitete, fühlte ich mich zwar nicht besser, aber es machte mich müde. Hinterher legte ich mich auf die Seite, *Kritik der postkolonialen Vernunft* halb geöffnet auf dem Kissen neben mir. Gelegentlich hob ich einen Finger zum Umblättern und ließ die schwere, verwirrende Syntax durch meine Augen in mein Gehirn fließen. Ich werde mich weiterbilden, dachte ich. Ich werde irgendwann so klug sein, dass mich niemand mehr versteht.

Bevor wir das Land verließen, schickte ich Nick eine E-Mail, um ihm zu sagen, dass wir für ein paar Tage kamen. Ich schrieb: Melissa hat es dir bestimmt schon erzählt, ich wollte dir nur versichern, dass ich nicht vorhabe, eine Szene zu machen. Er antwortete: cool, ich freu mich, dich zu sehen. Ich starrte immer wieder auf diese Nachricht, öffnete sie sogar mehrfach aufs Neue, um sie wieder anstarren zu können. Sie besaß so wenig Klang und Bedeutung, dass ich wütend wurde. Es war, als hätte er mich direkt in meinen vorherigen Status als Bekannte zurückbefördert, jetzt, wo unsere Beziehung beendet war. Die Affäre ist vielleicht vorbei, dachte ich, aber es ist ein Unterschied, ob etwas vorbei ist oder ob es nie geschehen ist. In meiner Wut durchsuchte ich meine E-Mails und Textnachrichten nach »Beweisen« für unsere Affäre, die nur aus ein paar langweiligen logistischen Nachrichten bestanden, wann er wieder zu Hause wäre und wann ich kommen sollte. Es gab keine leidenschaftlichen Liebeserklärungen oder sexuell anschaulichen SMS. Das war nur logisch, weil die Affäre im wahren Leben stattgefunden hatte und nicht online, aber es kam mir dennoch so vor, als hätte man mich beraubt.

Im Flugzeug teilte ich mir mit Bobbi meine Kopfhörer, weil sie ihre vergessen hatte. Wir mussten die Lautstärke voll aufdrehen, um etwas durch den Maschinenlärm zu hören. Bobbi war beim Fliegen immer nervös, jedenfalls behauptete sie das, aber ich glaube, dass sie es zum Spaß aufbauschte. Wenn wir zusammen flogen, musste ich ihre Hand halten. Ich wünschte, ich könnte sie fragen, was ich ihrer Meinung nach tun sollte, aber ich war mir sicher, sie wäre entsetzt, dass ich überhaupt nach Étables mitkam, wenn sie wüsste, was zwischen Nick und mir geschehen war. In gewisser Weise war ich auch entsetzt, aber zugleich fasziniert. Vor jenem Sommer hätte ich mir nicht träumen lassen, dass ich eine solche Einladung von einer Frau akzeptieren würde, mit deren Ehemann ich mehrfach geschlafen hatte. Ich hatte ein krankhaftes Interesse an solchen Informationen über mich selbst.

Bobbi schlief während des Flugs die meiste Zeit und wachte erst bei der Landung auf. Sie drückte meine Hand, während die anderen Passagiere aufstanden, um ihr Gepäck zu holen, und sagte: Mit dir zu fliegen ist so entspannend. Du bist sehr stoisch. Der Flughafen roch nach künstlichem Lufterfrischer, und Bobbi besorgte uns zwei schwarze Kaffee, während ich versuchte herauszufinden, welchen Bus wir nehmen mussten. Bobbi hatte Deutsch in der Schule gehabt und sprach kein Französisch, aber ganz egal, wohin wir fuhren, sie schaffte es immer, mit Händen und Gesicht erfolgreich zu kommunizieren. Ich sah, wie der Mann hinter der Kaffeetheke sie anlächelte, als wäre sie seine liebste Cousine, während ich verzweifelt die Namen der Orte und Busverbindungen für die Frau am Fahrkartenschalter wiederholte.

Bobbi hatte eine Art an sich, mit der sie überall dazugehörte. Obwohl sie sagte, sie hasse die Reichen, war ihre Familie reich, und andere wohlhabende Menschen erkannten sie als eine der ihren an. Ihre radikale politische Einstellung betrachteten sie als so etwas wie bourgeoise Selbstkritik, nichts allzu Ernsthaftes, und sprachen mit ihr über Restaurants oder wo man in Rom wohnte. Ich fühlte mich in diesen Situationen fehl am Platz, unwissend und bitter, hatte aber auch Angst davor, als halbwegs armer Mensch und Kommunistin identifiziert zu werden. Gleichzeitig hatte ich Mühe, mich mit Leuten zu unterhalten, die dieselbe Herkunft hatten wie meine Eltern, weil ich befürchtete, meine Aussprache könne überheblich klingen, oder mein großer Flohmarktmantel lasse mich reich aussehen. Philip litt ebenfalls darunter, reich auszusehen, wobei es in seinem Fall auch stimmte. Wir beide schwiegen meistens, wenn Bobbi mühelos mit Taxifahrern über aktuelle Nachrichten plauderte.

Um sechs Uhr morgens stiegen wir in den Bus nach Étables. Ich war erschöpft, und hinter meinen Augen setzten sich Kopfschmerzen fest, so dass ich blinzeln musste, um die Fahrscheine zu lesen. Der Bus fuhr uns durch grüne Landschaften, über die sich weißer Nebel gelegt hatte, den Sonnenstrahlen durchbrachen. Aus dem Busradio drang heiteres französisches Geschnatter, und dann lief Musik. Wir passierten Ackerland und Weinberge mit handgemalten Schildern und makellose Drive-in-Bäckereien, die mit ordentlicher serifenloser Schrift beworben wurden. Nur wenige Autos waren auf den Straßen, es war früh.

Gegen sieben hatten sich die Wolken gelichtet, und der Himmel zeigte ein weiches, randloses Blau. Bobbi schlief an meiner Schulter. Ich schlief ebenfalls ein und träumte, ich hätte ein Problem mit meinem Zahn. Meine Mutter saß sehr weit von mir entfernt, am anderen Ende des Raums, und sie sagte: Es ist teuer, so etwas richten zu lassen, weißt du? Gehorsam schob ich meine Zunge unter den Zahn, bis er sich lockerte und ausfiel, und ich spuckte ihn in meine Hand. War's das?, fragte meine Mutter, aber ich konnte nicht antworten, weil Blut aus dem Loch in meinem Mund strömte. Das Blut schmeckte dick, geronnen und salzig. Ich konnte lebhaft spüren, wie es in meinen Hals lief. Na, spuck es aus, sagte meine Mutter. Ich spuckte es hilflos auf den Boden. Mein Blut hatte die Farbe von Brombeeren. Als ich aufwachte, sagte der Busfahrer: Étables. Und Bobbi zog sanft an meinen Haaren.

12

Melissa wartete auf uns an der Bushaltestelle, die direkt am Hafen lag. Sie trug ein rotes, tief ausgeschnittenes Wickelkleid mit einer Schleife an der Taille. Sie hatte große Brüste, eine großzügige Figur, ganz anders als ich. Sie lehnte an der Brüstung und sah aufs Meer, das so flach war wie eine Plastikplane. Sie wollte uns mit unserem Gepäck helfen, aber wir sagten, wir würden es selbst tragen, und sie hob nur die Schultern. Die Haut auf ihrer Nase schälte sich. Sie sah hübsch aus.

Als wir zu dem Haus kamen, rannte der Hund draußen herum und fing an zu kläffen und hüpfte auf den Hinterbeinen wie ein kleines Zirkustier. Melissa ignorierte ihn und öffnete das Tor. Das Haus hatte eine riesige Steinfassade mit blau gestrichenen Fensterläden, und eine weiße Treppe führte zur Haustür hinauf. Innen war alles makellos sauber, und es roch schwach nach Reinigungsmitteln und Sonnencreme. Die Wände waren mit einem Segelbootmuster tapeziert, und die Regale standen voll mit französischen Romanen. Unsere Zimmer waren unten im Erdgeschoss. Das von Bobbi ging zum Hof hinaus, während ich von meinem aus das Meer sehen konnte. Wir ließen unser Gepäck dort, und Melissa sagte uns, dass die anderen draußen hinter dem Haus frühstückten.

Im Garten überspannte ein großes weißes Zelt einen Tisch mit Stühlen. Die Zeltwände waren nach oben gerollt und festgebunden. Der Hund folgte mir bei Fuß und bettelte quietschend um meine Aufmerksamkeit. Melissa stellte uns ihren Freunden vor, ein Paar namens Evelyn und Derek. Sie sahen so alt aus wie Melissa, oder vielleicht ein bisschen älter. Sie legten gerade das Besteck auf den Tisch. Der Hund kläffte mich wieder an, und Melissa sagte: Oh, er mag dich wohl sehr. Weißt du, dass er einen Pass braucht, um ins Ausland zu reisen? Als hätte man ein Kleinkind. Ich lachte über nichts, während der Hund seinen Kopf gegen mein Schienbein stieß und winselte.

Nick kam aus dem Haus. Er trug Teller. Ich merkte, wie ich fest schluckte. Er sah dünn und sehr müde aus. Die Sonne blendete ihn, und er blinzelte in unsere Richtung, als hätte er uns noch nicht gesehen. Dann sah er uns. Er sagte: Oh, hallo, wie war die Reise? Er wandte den Blick von mir ab, und der Hund jaulte. Ohne besondere Vorkommnisse, sagte Bobbi. Nick stellte die Teller ab und wischte sich mit der Hand über die Stirn, als wäre sie feucht, obwohl sie nicht danach aussah.

Warst du schon immer so dünn?, fragte Bobbi. Ich hab dich kräftiger in Erinnerung.

Er war krank, sagte Derek. Er hatte eine Bronchitis, da ist er sehr empfindlich.

Es war eine Lungenentzündung, sagte Nick.

Aber jetzt geht's dir gut?, fragte ich.

Nick sah in die Richtung meiner Schuhe und nickte. Er sagte: Ja, klar, mir geht's gut. Er sah nicht so aus, sein Gesicht war dünner, und er hatte feuchte Ringe unter den Augen. Er sagte, er sei gerade mit seinem Antibiotikum durch. Ich zwickte mir fest ins Ohrläppchen, um mich abzulenken.

Melissa deckte den Tisch, und ich setzte mich neben Bobbi, die lustige Sachen erzählte und viel lachte. Alle schienen von ihr verzaubert. Eine etwas klebrige Plastikdecke lag auf dem Tisch, und darauf massenhaft frische Croissants und verschiedene Marmeladen und heißer Kaffee. Mir fiel nichts ein, was ich sagen konnte, ohne mich unbeliebt zu machen. Ich blieb still und schenkte mir dreimal Kaffee nach. In einer kleinen Schüssel neben meinem Ellenbogen befanden sich haufenweise glitzernde weiße Zuckerwürfel, die ich in meiner Tasse versenkte und nach und nach verrührte.

Irgendwann sagte Bobbi etwas über den Flughafen in Dublin, und Derek sagte: Ah, Nicks alter Lieblingsplatz.

Hast du eine besondere Vorliebe für den Flughafen?, fragte Bobbi.

Er ist ein Jetsetter, sagte Evelyn. Er wohnt praktisch dort.

Er hatte sogar mal eine wilde Affäre mit einer Stewardess, sagte Derek.

Mein Brustkorb verengte sich, aber ich hob nicht den Blick. Obwohl mein Kaffee schon viel zu süß war, nahm ich noch einen Zuckerwürfel und legte ihn auf meine Untertasse.

Sie war keine Stewardess, sagte Melissa. Sie arbeitete bei Starbucks.

Hör auf, sagte Nick. Sie denken sonst noch, du meinst es ernst.

Wie hieß sie noch mal?, fragte Evelyn. Lola?

Louisa, sagte Nick.

Ich sah ihn schließlich an, aber er sah mich nicht an. Er hatte seinen Mund zu einem halben Lächeln verzogen.

Nick hatte ein Date mit einem Mädchen, das er am Flughafen kennengelernt hatte, sagte Evelyn zu uns.

Unabsichtlich, sagte Nick.

Na ja, ein bisschen absichtlich, sagte Derek.

Nick sah dann zu Bobbi und täuschte Verzweiflung vor, so in etwa: Okay, wenn's unbedingt sein muss. Aber in Wahrheit schien es ihm nichts auszumachen, die Geschichte zu erzählen.

Das war vor gut drei Jahren, sagte Nick. Ich war da ständig am Flughafen, also kannte ich sie vom Sehen, wir unterhielten uns manchmal, wenn ich auf meine Bestellung wartete. Jedenfalls, eines Tages fragte sie mich, ob wir uns auf einen Kaffee in der Stadt treffen. Ich dachte …

Die anderen fingen alle gleichzeitig an zu reden, sie lachten und machten Bemerkungen.

Ich dachte, wiederholte Nick, dass sie wirklich nur Kaffee trinken wollte.

Was ist passiert?, fragte Bobbi.

Na ja, als ich dorthin kam, wurde mir klar, dass es ein Date sein sollte, sagte Nick. Und ich bekam totale Panik, ich fühlte mich furchtbar.

Die anderen fingen wieder an dazwischenzureden, Evelyn lachte, Derek sagte, er bezweifle, dass sich Nick so furchtbar gefühlt hatte. Ohne von ihrem Teller aufzusehen, sagte Melissa etwas, was ich nicht verstehen konnte.

Also sagte ich ihr, dass ich verheiratet bin, sagte Nick.

Du musst es doch irgendwie gemerkt haben, sagte Derek. Was sie wirklich wollte.

Ehrlich, sagte Nick. Menschen trinken ständig zusammen Kaffee, es ist mir gar nicht in den Sinn gekommen.

Es ist eine tolle Legende, sagte Evelyn. Falls du doch eine Affäre mit ihr hattest.

War sie attraktiv?, fragte Bobbi.

Nick lachte und hob eine Hand mit der Handfläche nach oben, wie um zu sagen: Was denkst du denn? Umwerfend, sagte er.

Melissa lachte darüber, und er lächelte, den Blick auf seinen Schoß gerichtet, als wäre er zufrieden mit sich selbst, weil er sie zum Lachen gebracht hatte. Unterm Tisch trat ich mir mit dem Absatz meiner Sandale selbst auf die Zehen.

Und sie war irrsinnig jung, oder?, fragte Derek. Dreiundzwanzig oder so.

Vielleicht wusste sie, dass du verheiratet bist, sagte Evelyn. Es gibt Frauen, die mögen verheiratete Männer, sie sind eine Herausforderung.

Ich trat mir so fest auf den Fuß, dass der Schmerz durch mein Bein schoss, und ich musste mir auf die Unterlippe beißen, um ruhig zu bleiben. Als ich den Absatz von meinen Zehen nahm, pochten sie.

Das glaube ich nicht, sagte Nick. Sie schien auch ziemlich enttäuscht, als ich es erwähnte.

Evelyn und Derek gingen nach dem Frühstück runter zum Strand, während Bobbi und ich im Haus blieben, um unsere Sachen auszupacken. Wir konnten Melissa und Nick oben reden hören, aber nur ihren Tonfall, keine Wörter. Eine Hummel flog durch das offene Fenster und warf ein Schattenkomma auf die Tapete, bevor sie wieder rausflog. Als ich mit Auspacken fertig war, duschte ich und zog ein ärmelloses graues Baumwollkleid an, während Bobbi nebenan ein Lied von Françoise Hardy sang.

Es war zwei oder drei Uhr, als wir alle zusammen das Haus verließen. Der Weg zum Strand führte einen kleinen, gepflasterten Hügel hinab, vorbei an zwei weißen Häusern, und mündete dann in einem Zickzack aus Stufen in der Felswand. Am Strand waren lauter junge Familien, die auf bunten Handtüchern lagen und sich gegenseitig die Rücken mit Sonnenmilch eincremten. Das Meer hatte sich hinter eine Kruste aus getrocknetem grünem Seetang zurückgezogen, und ein paar Teenager spielten bei den Felsen Volleyball. Wir konnten sie mit ausländischem Akzent rufen hören. Die Sonne knallte auf den Sand, und ich fing an zu schwitzen. Wir sahen Evelyn und Derek, die uns zuwinkten. Evelyn trug einen braunen Badeanzug, ihre Oberschenkel waren so pockig wie die Struktur von Schlagsahne.

Wir legten unsere Handtücher hin, und Melissa cremte Bobbis Nacken mit Sonnenmilch ein. Derek sagte zu Nick, das Wasser sei »erfrischend«. Der Geruch von Salz brannte mir im Hals. Bobbi zog sich bis auf den Bikini aus. Ich wandte meinen Blick von Nick und Melissa ab, während sie sich auszogen. Sie fragte ihn etwas, und ich hörte ihn sagen: Nein, mir geht's gut. Evelyn sagte: Du wirst einen Sonnenbrand kriegen.

Willst du nicht ins Wasser, Frances?, fragte Derek.

Alle drehten sich zu mir. Ich fasste an meine Sonnenbrille und hob eine Schulter, es war nicht einmal ein richtiges Schulterzucken.

Ich liege lieber in der Sonne, sagte ich.

In Wahrheit wollte ich mich nicht vor ihnen bis auf den Badeanzug ausziehen. Ich fand, dass ich das meinem Körper schuldig war. Niemanden schien es zu stören, sie ließen mich in Ruhe. Als sie weg waren, setzte ich die Sonnenbrille ab, um keine Bräunungsstreifen im Gesicht zu bekommen. Kinder spielten mit Plastikspielzeug in meiner Nähe und brüllten sich auf Französisch an, was für mich urban und elegant klang, weil ich es nicht verstand. Ich lag auf dem Bauch, so dass ich die Gesichter der Kinder nicht sehen konnte, aber manchmal nahm ich im Augenwinkel verschwommen Primärfarben wahr, einen Spaten oder Eimer oder einen vorbeihuschenden Knöchel. Meine Gelenke wogen so schwer wie Sand. Ich dachte an die Hitze morgens im Bus.

Nachdem ich mich auf den Rücken gedreht hatte, kam Bobbi aus dem Wasser, sie zitterte und war ganz weiß. Sie wickelte sich in ein riesiges Strandtuch und legte sich ein hellblaues Handtuch über den Kopf, so dass sie wie die Jungfrau Maria aussah.

Es ist eisig, sagte sie. Ich dachte, mir bleibt das Herz stehen.

Du hättest hierbleiben sollen. Wenn überhaupt, ist es mir ein bisschen zu warm.

Sie nahm das Handtuch vom Kopf und schüttelte ihre

Haare aus wie ein Hund, bis Wassertropfen auf meine nackte Haut prasselten und ich anfing zu fluchen. Du hast es verdient, sagte sie. Dann setzte sie sich hin und schlug ihr Buch auf, immer noch in das große Strandtuch gewickelt, auf dem ein Bild von Super Mario war.

Auf dem Weg zum Wasser haben alle über dich gesprochen, sagte sie.

Was?

Ja, es fand ein kleines Gruppengespräch über dich statt. Offenbar bist du sehr beeindruckend. Was mir selbstverständlich neu ist.

Wer sagt das?, fragte ich.

Können wir am Strand rauchen oder nicht?

Ich sagte ihr, dass wir wahrscheinlich nicht am Strand rauchen durften. Sie seufzte demonstrativ und presste noch etwas Meerwasser aus ihren Haaren. Bobbi wollte mir nicht sagen, wer mir ein Kompliment gemacht hatte, und deshalb war ich mir sicher, dass es Bobbi selbst gewesen war.

Nick hat nicht wirklich etwas gesagt, sagte sie. Darüber, ob du beeindruckend bist. Ich habe ihn aber genau beobachtet, er wirkte sehr verlegen.

Vielleicht weil du ihn beobachtet hast.

Oder vielleicht wegen Melissa.

Ich hustete und sagte nichts. Bobbi kramte einen Müsliriegel aus den Untiefen ihrer Handtasche und fing an, darauf herumzukauen.

Also, wie schlimm bist du verliebt, auf einer Skala von eins bis zehn?, fragte sie. Zehn ist die Sorte Verliebtsein, wie du es in mich warst, damals in der Schule.

Und eins ist dann richtig ernsthaft verliebt?

Sie lachte, obwohl sie den Mund voller Müsliriegel hatte.

Egal, sagte sie. Wie ist es, macht es dir Spaß, dich online mit ihm zu unterhalten, oder willst du ihn aufschlitzen und sein Blut trinken?

Ich will doch nicht sein Blut trinken.

Meine Betonung landete etwas schwer auf dem Wort Blut, ohne dass ich es beabsichtigt hatte, was Bobbi losprusten ließ. Ich will gar nicht wissen, was du ansonsten trinken möchtest, sagte sie. Ist das scheiße! Ich überlegte mir, ihr zu sagen, was zwischen mir und Nick geschehen war, weil ich es als Witz verpacken könnte, und außerdem war es jetzt vorbei. Aber aus irgendeinem Grund sagte ich nichts, und sie sagte nur: Sex mit Männern, das ist so seltsam.

13

Am nächsten Tag deckten wir gerade den Frühstückstisch ab, als Melissa Nick fragte, ob er mit dem Auto zum Einkaufszentrum außerhalb des Orts fahren könne, um ein paar neue Liegestühle zu besorgen. Sie sagte, sie hätte das eigentlich am Vortag erledigen wollen, es dann aber vergessen. Nick schien nicht besonders wild darauf zu sein. Er sagte so etwas wie: Oh, das ist scheißweit weg. Aber ohne besondere Überzeugung. Er spülte das Geschirr im Spülbecken, und ich trocknete ab und reichte Melissa die Sachen, damit sie sie in den Schrank stellte. Wie ich so zwischen ihnen stand, kam ich mir unbeholfen und unerwünscht vor, und ich war mir sicher, dass Bobbi sehen konnte, wie ich rot wurde. Sie saß am Küchentisch, ließ die Beine baumeln und aß ein Stück Obst.

Dann nimm doch die Mädchen mit, sagte Melissa.

Nenn uns nicht Mädchen, Melissa, bitte, sagte Bobbi.

Melissa warf ihr einen Blick zu, und Bobbi biss unschuldig in ihre Nektarine.

Dann nimm doch die jungen Frauen mit, sagte Melissa.

Was denn, zu meinem Vergnügen?, fragte Nick. Die wollen bestimmt lieber an den Strand gehen.

Du könntest mit ihnen an den See fahren, sagte Melissa. Oder nach Châtelaudren.

Ist der Laden dort immer noch geöffnet?, fragte er.

Sie diskutierten, ob der Laden in Châtelaudren immer noch geöffnet war. Dann wandte sich Nick zu Bobbi um. Seine Hände und Handgelenke waren feucht.

Was hältst du von langen Autofahrten?, fragte er.

Hör nicht auf ihn, so weit ist es nicht, sagte Melissa. Es wird euch Spaß machen.

Dabei lachte sie, wie um zu zeigen, dass sie ganz genau wusste, es würde keinen Spaß machen. Sie gab uns Gebäck und eine Flasche Rosé mit, falls wir ein Picknick machen wollten. Und sie drückte schnell Nicks Hand, als sie sich bei ihm bedankte.

Das Auto hatte den ganzen Morgen in der Sonne gestanden, und wir mussten die Fenster öffnen, bevor wir überhaupt einsteigen konnten. Innen roch es nach Staub und heißem Plastik. Ich saß hinten, und Bobbi hielt ihr kleines Gesicht aus dem Beifahrerfenster wie ein Terrier. Nick schaltete das Radio ein, und Bobbi fragte: Hast du keinen CD-Player? Können wir Musik hören? Nick sagte: Klar, okay. Bobbi sah die CDs durch und fing an zu raten, welche ihm gehörten und welche Melissa.

Wer mag Animal Collective, du oder Melissa?, fragte sie.

Ich glaube, wir beide.

Aber wer hat die CD gekauft?

Das weiß ich nicht mehr, sagte er. Weißt du, wir teilen uns solche Sachen, ich weiß nicht mehr, was wem gehört.

Bobbi warf mir über die Rückenlehne einen Blick zu. Ich ignorierte sie.

Frances?, fragte sie. Wusstest du, dass Nick 1992 in einer Channel-4-Doku über begabte Kinder war?

Ich sah sie an und sagte: Was? Nick sagte gerade: Wo hast du das denn gehört? Bobbi hatte sich ein Gebäckstück aus dem Picknickkorb genommen, irgendwas mit Schlagsahne, und sie löffelte sich die Sahne mit dem Zeigefinger in den Mund.

Melissa hat es mir gesagt, sagte sie. Frances war auch ein begabtes Kind, deshalb dachte ich, es würde sie interessieren. Sie war aber in keiner Doku. Sie war 1992 noch nicht mal geboren.

Danach ging es mit mir bergab, sagte er. Warum erzählt dir Melissa solche Sachen?

Sie sah ihn an, saugte dabei die Schlagsahne von ihrem Finger, was eher anmaßend als verführerisch wirkte.

Sie vertraut sich mir an, sagte sie.

Ich sah Nick im Rückspiegel an, aber sein Blick war auf die Straße gerichtet.

Ich komme echt gut bei ihr an, sagte Bobbi. Ich weiß allerdings nicht, ob es zu etwas führt, ich glaube, sie ist verheiratet.

Nur mit so einem Schauspieler, sagte Nick.

Bobbi brauchte drei oder vier Bissen, um das Gebäck aufzuessen. Dann legte sie die Animal-Collective-CD ein und drehte die Lautstärke voll auf. Als wir den Haushaltswarenladen erreichten, blieben Bobbi und ich auf dem

Parkplatz und rauchten, während Nick reinging und die Liegestühle holte. Er trug sie unterm Arm, als er zurückkam, und sah dabei sehr männlich aus. Ich zertrat meine Zigarette mit der Sohle meiner Sandale, während er den Kofferraum öffnete und sagte: Ich fürchte, dieser See wird eine Riesenenttäuschung.

Zwanzig Minuten später parkte Nick den Wagen, und wir gingen einen schmalen, von Bäumen gesäumten Pfad entlang. Der See war blau und flach, der Himmel spiegelte sich in ihm. Niemand war in der Nähe. Wir setzten uns am Wasser ins Gras, in den Schatten einer Weide, und aßen Sahneschnitten. Bobbi und ich tranken abwechselnd den Wein aus der Flasche, der warm und süß schmeckte.

Kann man darin schwimmen?, fragte Bobbi. Im See.

Ja, ich denke schon, sagte Nick.

Sie streckte ihre Beine im Gras aus. Sie sagte, sie wolle schwimmen.

Du hast keinen Badeanzug dabei, sagte ich.

Und? Hier ist doch niemand.

Ich bin hier, sagte ich.

Bobbi lachte darüber. Sie warf den Kopf zurück und lachte in die Bäume hinauf. Sie trug eine ärmellose, mit Blümchen bedruckte Baumwollbluse, und ihre Arme sahen im Schatten schlank und dunkel aus. Sie fing an, ihre Bluse aufzuknöpfen. Bobbi, sagte ich. Nicht.

Er kann sein Hemd ausziehen, und ich nicht?, fragte sie.

Ich warf die Hände hoch. Nick hustete, es war ein amüsiertes leises Husten.

Ich wollte mein Hemd eigentlich gar nicht ausziehen, sagte Nick.

Ich bin beleidigt, wenn du protestierst, sagte Bobbi.

Frances protestiert, nicht ich.

Ach, sie, sagte Bobbi. Sie wird's überleben.

Dann ließ sie ihre Kleider zusammengefaltet im Gras liegen und ging zum See. Ihre Rückenmuskeln bewegten sich sanft unter ihrer Haut, und im blendenden Sonnenlicht waren ihre Bräunungsstreifen fast unsichtbar, so dass sie voll und ganz perfekt schien. Das einzige Geräusch danach war das ihrer Glieder, dic sich durch das Wasser bewegten.

Es war sehr heiß, und wir hatten das ganze Gebäck aufgegessen. Das Licht war gewandert, wir saßen nicht mehr im Schatten. Ich trank einen Schluck Wein und hielt nach Bobbi Ausschau.

Sie ist buchstäblich schamlos, sagte ich. Ich wünschte, ich wäre mehr wie sie.

Nick und ich saßen ziemlich nah nebeneinander, so dass ich meinen Kopf auf seine Schulter hätte legen können. Das Sonnenlicht war unmäßig hell. Ich schloss die Augen, und seltsame Muster entstanden hinter meinen Lidern. Die Hitze ergoss sich über mein Haar, und kleine Insekten surrten im Gestrüpp. Ich konnte Nicks frisch gewaschene Kleidung riechen und das Orangenöl-Duschgel, das ich benutzt hatte, als ich bei ihm war.

Das war unangenehm gestern, sagte er. Mit dem Mädchen am Flughafen.

Ich versuchte, ihn niedlich und neutral anzulächeln, aber sein Tonfall machte es mir schwer, gleichmäßig zu atmen. Es klang, als hätte er auf eine Gelegenheit gewartet, mit mir allein zu reden, und sofort zog er mich wieder ins Vertrauen.

Manche Mädchen stehen nun mal auf verheiratete Männer, sagte ich.

Er lachte, ich hörte ihn. Ich hielt meine Augen geschlossen, und die roten Formen in meinen Augenlidern entfalteten sich wie Kaleidoskope.

Ich sagte, dass ich das nicht glaube, sagte er.

Wie loyal von dir.

Ich hatte Angst, du könntest denken, sie meinten das ernst.

Du mochtest sie also nicht?, fragte ich.

Louisa? Oh, na ja. Sie war nett. Von ihr habe ich nachts nicht geträumt.

Nick hatte mir definitiv nie gesagt, er hätte nachts von mir geträumt, oder auch nur, dass er mich besonders gernhätte. In Sachen mündlicher Bekanntgabe war »Von ihr habe ich nachts nicht geträumt« in meiner Erinnerung das Erste überhaupt, womit er andeutete, dass ich für ihn einen besonderen Stellenwert hatte.

Bist du gerade mit jemandem zusammen?, fragte er.

Ich öffnete die Augen. Er sah mich nicht an, betrachtete stattdessen eine Pusteblume, die er zwischen Daumen und Zeigefinger hielt. Er schien das nicht als Scherz gemeint zu haben. Ich presste meine Beine eng zusammen.

Na ja, eine Zeitlang schon, sagte ich. Aber ich fürchte, er hat dann Schluss gemacht.

Er drehte den Blumenstängel hin und her und lächelte zögerlich.

Echt? Was hat er sich dabei gedacht?

Ach, wenn ich das wüsste.

Er sah mich an, und mir war angst und bange vor dem Gesicht, das ich gerade machte.

Ich freue mich sehr, dass du hier bist, sagte er. Es ist schön, dich wiederzusehen.

Ich hob eine Augenbraue und wandte dann das Gesicht ab. Ich konnte Bobbis Kopf in dem silbernen Wasser wie eine Robbe auf- und abtauchen sehen.

Und es tut mir leid, sagte er.

Ich lächelte mechanisch und sagte: Oh, dass du meine Gefühle verletzt hast? Nick seufzte, als würde er gerade etwas sehr Schweres abstellen. Er entspannte sich, das merkte ich daran, wie sich seine Haltung veränderte. Ich legte mich zurück und spürte die Grashalme an meinen Schultern.

Sicher, falls du welche hast, sagte er.

Hast du jemals irgendetwas in deinem Leben gesagt, was du ernst gemeint hast?

Ich habe gesagt, dass es mir leidtut, das war ernst gemeint. Ich habe versucht, dir zu sagen, wie schön es ist, dich wiederzusehen. Was willst du? Ich könnte um Vergebung betteln, aber ich glaube nicht, dass du jemand bist, dem das gefällt.

Was glaubst du, wie gut du mich kennst?, fragte ich.

Er warf mir einen Blick zu, als würde er endlich eine Maske fallen lassen, die er lange getragen hatte. Es war ein guter Blick, aber ich wusste, dass er ihn genauso gut eingeübt haben konnte wie alle anderen.

Na ja, ich würde dich gern besser kennenlernen, sagte er.

Wir sahen, dass Bobbi jetzt aus dem Wasser kam, aber ich blieb in Nicks Schatten liegen, und er nahm seinen Arm nicht von der Stelle, wo er fast meine Wange berührte. Bobbi trottete bibbernd das Ufer herauf und wrang ihre Haare aus. Als sie sich wieder anzog, klebte die Bluse an ihrer feuchten Haut, so dass sie fast durchsichtig war. Wir sahen zu ihr hoch und fragten sie, wie das Wasser war, und sie sagte: So kalt, es war unglaublich.

Auf dem Rückweg saß ich auf dem Beifahrersitz, und Bobbi streckte ihre Beine auf dem Rücksitz aus. Wenn sich Nicks und meine Blicke trafen, sahen wir schnell weg, aber nicht schnell genug, um zu verhindern, dass wir lächelten. Vom Rücksitz aus fragte Bobbi: Was ist so lustig? Aber sie fragte es ganz träge und drängte nicht auf eine Antwort. Ich legte ein Joni-Mitchell-Album in den CD-Player und kühlte mein Gesicht im Fahrtwind. Am späten Nachmittag waren wir zurück in dem Haus.

*

An jenem Abend saßen Nick und ich nebeneinander. Nach dem Essen öffnete Melissa noch eine Flasche Wein, und Nick beugte sich zu mir, um mir Feuer zu geben. Als er das Streichholz ausmachte, legte er seinen Arm wie beiläufig auf die Rückenlehne meines Stuhls. Niemand schien es zu bemerken, wahrscheinlich sah es wirklich völlig normal aus, aber ich konnte mich unmöglich konzentrieren, solange sein Arm da lag. Die anderen sprachen über Flüchtlinge. Evelyn sagte dauernd: Einige dieser Menschen haben Studienabschlüsse, wir sprechen da von Doktoren und Professoren. Mir war schon vorher die Neigung mancher Leute aufgefallen, die berufliche Qualifikation von Flüchtlingen zu betonen. Derek sagte: Mal abgesehen von den anderen, stellt euch vor, man würde Ärzte wegschicken. Das ist doch verrückt.

Was soll das heißen?, fragte Bobbi. Lasst sie nicht rein, es sei denn, sie haben Medizin studiert?

Evelyn sagte, dass Derek es so nicht gemeint hätte, und Derek unterbrach Evelyn, um etwas über westliche Wertesysteme und kulturellen Relativismus zu sagen. Bobbi sagte, dass das allgemeine Asylrecht verfassungsgebender Bestandteil des »westlichen Wertesystems« sei, falls so etwas überhaupt existiere. Sie malte Anführungszeichen in die Luft.

Der naive Traum des Multikulturalismus, sagte Derek. Žižek beschreibt das sehr gut. Grenzen gibt es aus gutem Grund.

Du weißt ja gar nicht, wie recht du hast, sagte Bobbi. Aber ich wette, wir stimmen nicht darin überein, was den Grund angeht.

Nick fing an zu lachen. Melissa sah einfach weg, als würde sie dem Gespräch gar keine Aufmerksamkeit schenken. Ich schob meine Schultern ein winziges Stück zurück, um Nicks Arm an meiner Haut zu spüren.

Wir sind hier doch alle auf derselben Seite, sagte Derek. Nick, du bist ein tyrannischer weißer Mann, du musst mich unterstützen.

Eigentlich stimme ich Bobbi zu, sagte Nick. Natürlich bin ich trotzdem tyrannisch.

Oh, Gott steh uns bei, sagte Derek. Wer braucht schon liberale Demokratie? Vielleicht sollten wir einfach die Regierungsgebäude niederbrennen und abwarten, wohin uns das führt.

Ich weiß, dass du übertreibst, sagte Nick, aber es fällt zunehmend schwer zu erkennen, was daran so schlecht sein sollte.

Wann bist du so radikal geworden?, fragte Evelyn. Du verbringst zu viel Zeit mit Studenten, sie setzen dir Flöhe ins Ohr.

Melissa streifte die Asche ihrer Zigarette in den Aschenbecher, den sie in ihrer linken Hand hielt. Sie lächelte dabei, es war ein skurriles kleines Lächeln.

Ja, Nick, du hast den Polizeistaat einmal geliebt, sagte Melissa. Was ist passiert?

Du hast diese ganzen Studentinnen zu uns in den Urlaub eingeladen, sagte er. Ich war machtlos und konnte nicht widerstehen.

Sie lehnte sich zurück und sah ihn durch den flimmernden Rauch an. Er hob seinen Arm von meiner Rückenlehne und drückte seine Zigarette im Aschenbecher aus. Die Temperatur schien spürbar zu sinken, und ich sah alles in dunkleren Farben.

Wart ihr vorhin noch beim See?, fragte sie.

Auf dem Rückweg, ja, sagte Nick.

Frances hat sich einen Sonnenbrand geholt, sagte Bobbi.

Eigentlich hatte ich mich nicht wirklich verbrannt, aber mein Gesicht und meine Arme waren etwas gerötet und fühlten sich warm an. Ich hob die Schultern.

Na ja, Bobbi bestand darauf, sich auszuziehen und ins Wasser zu gehen, sagte ich.

Du Petze, sagte Bobbi. Ich schäme mich für dich.

Melissa sah immer noch zu Nick. Es schien ihn keineswegs aus der Fassung zu bringen; er erwiderte ihren Blick und lächelte, es war ein entspanntes und spontanes Lächeln, das ihn sehr attraktiv aussehen ließ. Sie schüttelte auf eine Art den Kopf, als wäre sie amüsiert oder verärgert, und sah schließlich weg.

Wir alle gingen an jenem Abend spät schlafen, es war bereits zwei Uhr morgens. Zehn oder zwanzig Minuten lang lag ich in der Dunkelheit in meinem Bett und hörte, wie sich die Holzdielen über mir leise beschwerten und Türen geschlossen wurden. Keine Stimmen. In Bobbis Zimmer nebenan war es vollkommen still. Ich setzte mich auf und legte mich dann wieder hin. In mir reifte der Plan, raufzugehen und mir ein Glas Wasser zu holen, obwohl ich gar nicht durstig war. Ich stellte mir sogar vor, wie ich meinen Durst mit dem Wein rechtfertigte, den ich beim Abendessen getrunken hatte, so als würde ich später dazu befragt werden, warum ich hochgegangen war. Ich setzte mich wieder auf, befühlte meine Stirn, die normale Temperatur hatte. Leise kroch ich in meinem weißen Nachthemd mit den winzigen Rosenknospen darauf aus dem Bett und die Treppe hinauf. In der Küche brannte Licht. Mein Herz schlug schneller.

Nick stellte in der Küche saubere Weingläser in den Schrank. Er sah mich an und sagte: Oh, hallo. Sofort antwortete ich, als würde ich einen Text aufsagen: Ich hatte Lust auf ein Glas Wasser. Er zog ein amüsiertes Gesicht, als würde er mir nicht recht glauben, gab mir aber trotzdem ein Glas. Ich schenkte mir Wasser ein, lehnte mich an die Kühlschranktür und trank einen Schluck. Es war lauwarm und schmeckte nach Chlor. Irgendwann stand Nick direkt vor mir und sagte: Da sind keine Weingläser mehr, also.

Wir sahen uns an. Ich sagte ihm, er sei total peinlich, und er sagte, er sei sich dessen »völlig bewusst«. Er legte seine Hand auf meine Taille, und ich spürte, wie mein ganzer Körper zu ihm drängte. Ich berührte seine Gürtelschnalle und sagte: Wir können miteinander schlafen, wenn du willst, aber du musst wissen, dass ich das nur ironisch tue.

Nicks Zimmer war im selben Stockwerk wie die Küche. Es war das einzige Schlafzimmer in diesem Stockwerk. Die anderen waren oben oder so wie meins im Erdgeschoss. Sein Fenster stand offen und ging zum Meer, und er zog leise die Fensterläden zu und schloss es, während ich mich aufs Bett legte. Als er in mir drin war, drückte ich mein Gesicht gegen seine Schulter und fragte: Fühlt es sich gut an?

Ich will mich die ganze Zeit bedanken, sagte er. Das ist schräg, oder?

Ich sagte ihm, er solle es tun, und er machte es. Dann sagte ich ihm, ich würde kommen, und er schloss die Augen und sagte: Oh. Hinterher saß ich mit dem Rücken an die Wand gelehnt da und betrachtete ihn, wie er neben mir lag und schwer atmete.

Die letzten Wochen waren ziemlich heftig, sagte er. Tut mir leid wegen dieser Sache da im Internet.

Ich weiß, ich war dir gegenüber ziemlich kalt. Ich wusste nicht, dass du eine Lungenentzündung hast.

Er lächelte und berührte die weiche Haut in meiner Kniekehle.

Ich dachte, du willst, dass ich dich in Ruhe lasse, sagte er. Ich war wirklich sehr krank und einsam. Es kam mir so vor, als wolltest du nichts mit mir zu tun haben.

Ich überlegte mir, so etwas zu sagen wie: Ich wollte, dass du mir sagst, dass du nachts von mir träumst.

Mir ging es auch nicht so gut, sagte ich. Vergessen wir es einfach.

Na, das ist großzügig. Ich finde, ich hätte sehr viel besser damit umgehen können.

Aber ich verzeihe dir, also ist jetzt alles in Ordnung.

Er stützte sich auf seinen Ellenbogen und sah mich an.

Ja, aber ich meine, du hast mir sehr schnell verziehen, sagte er. Wenn man bedenkt, dass ich versucht habe, mit dir Schluss zu machen. Du hättest es sehr viel mehr in die Länge ziehen können, wenn du gewollt hättest.

Nein, ich wollte einfach nur wieder mit dir ins Bett.

Er lachte, als würde er sich darüber freuen. Er legte sich wieder hin, das Gesicht vom Licht abgewandt, die Augen geschlossen.

Ich dachte nicht, dass ich so gut bin, sagte er.

Du bist okay.

Ich dachte, ich wäre total peinlich.

Bist du auch, aber ich habe Mitleid mit dir, sagte ich. Und der Sex ist sehr nett.

Er sagte nichts. Ich konnte sowieso nicht in seinem Zimmer schlafen, weil mich jemand am nächsten Morgen herauskommen sehen könnte. Also ging ich runter, legte mich allein in mein eigenes Bett und rollte mich so klein zusammen, wie es ging.

14

Am nächsten Tag fühlte ich mich warm und schläfrig, wie ein Kind. Ich aß vier Scheiben Brot zum Frühstück und trank zwei große Tassen Kaffee mit Sahne und Zucker. Bobbi nannte mich ein Ferkel, sagte aber, sie meine das »auf eine niedliche Art«. Und ich berührte Nicks Bein unterm Tisch und sah, wie er versuchte, nicht zu lachen. In mir breitete sich überschwängliche, ja fast schon boshafte Freude aus.

Drei ganze Tage vergingen auf diese Art in Étables. Beim Essen draußen im Garten saßen Nick und Bobbi und ich zusammen an einem Tischende und fielen uns häufig gegenseitig ins Wort. Nick und ich fanden Bobbi zum Schreien komisch, und wir lachten ständig über alles, was sie sagte. Einmal lachte Nick Tränen beim Frühstück, als Bobbi einen ihrer Freunde namens David nachahmte. Wir hatten David nur einmal kurz bei einem

Literaturding in Dublin getroffen, aber Bobbi konnte seine Stimme perfekt nachahmen. Nick half uns auch dabei, unsere Sprachkenntnisse zu verbessern, indem er mit uns Französisch sprach und immer wieder den r-Laut auf Nachfrage wiederholte. Bobbi sagte ihm, ich könne bereits Französisch sprechen und täte nur so hilflos, um von ihm unterrichtet zu werden. Wir sahen beide, dass er rot wurde, und sie warf mir einen Blick quer durch den Raum zu.

Nachmittags am Strand saß Melissa unter einem Sonnenschirm und las Zeitung, während wir in der Sonne lagen und Wasser aus Flaschen tranken und uns immer wieder gegenseitig Sonnenmilch auf die Schultern schmierten. Nick ging gern schwimmen und kam dann nass glänzend zurück und sah aus wie eine Parfümwerbung. Derek sagte, er fände das entmannend. Ich blätterte eine Seite in meinem Robert-Fisk-Buch um und tat so, als würde ich nicht zuhören. Derek sagte: Melissa, verbringt er viel Zeit damit, sich aufzuhübschen? Melissa sah nicht von ihrer Zeitung auf. Sie sagte: Nein, ich fürchte, er ist von Natur aus einfach hinreißend. Das hat man davon, wenn man jemanden wegen seines Aussehens heiratet. Nick lachte. Ich blätterte eine weitere Seite um, obwohl ich die davor gar nicht gelesen hatte.

Zwei Nächte in Folge legte ich mich allein ins Bett, bis es im ganzen Haus still war, und dann ging ich rauf zu Nick. Ich war nicht zu müde, um lange aufzubleiben, schlief dafür tagsüber oft am Strand oder im Garten ein. Wir bekamen kaum mehr als vier oder fünf Stunden Schlaf, aber er beschwerte sich nicht über Müdigkeit und schickte mich auch nicht weg, wenn es schon sehr spät war. Nach der ersten Nacht hörte er beim Abendessen mit dem Weintrinken auf. Ich glaube, er trank gar nichts mehr. Derek wies regelmäßig darauf hin, und mir fiel auf, dass Melissa ihm weiter Wein anbot, selbst nachdem er gesagt hatte, dass er keinen mehr wollte.

Als wir einmal nach dem Schwimmen zusammen aus dem Meer kamen, fragte ich ihn: Die wissen nichts, oder? Wir waren immer noch bis zu den Hüften im Wasser. Er schirmte die Augen mit der flachen Hand ab und sah mich an. Die anderen waren mit ihren Handtüchern an der Küste, wir konnten sie sehen. Im Sonnenlicht waren meine Arme lila-weißlich und mit Gänsehaut übersät.

Nein, sagte er. Ich glaube nicht.

Vielleicht hören sie nachts etwas.

Ich denke, wir sind ziemlich leise.

Es kommt mir wahnsinnig riskant vor, was wir tun, sagte ich.

Ja, natürlich. Ist dir das gerade erst aufgefallen?

Ich tauchte meine Hände ins Wasser, und das Salz brannte. Ich schöpfte eine Handvoll und ließ es zurücktröpfeln.

Warum machst du es dann?, fragte ich.

Er nahm die Hand von den Augen und schüttelte den Kopf. Er war ganz weiß, wie Marmor. Sein Anblick hatte etwas Asketisches.

Flirtest du mit mir?, fragte er.

Komm schon. Sag mir, dass du dich nach mir verzehrst.

Er spritzte mir Wasser auf die nackte Haut. Es klatschte mir ins Gesicht und fühlte sich so kalt an, dass es fast schmerzte. Ich sah hinauf in den wolkenlosen blauen Himmel.

Fick dich, sagte er.

Ich mochte ihn, aber das musste er nicht wissen.

*

Am vierten Abend machten wir alle zusammen einen Spaziergang ins Dorf. Der Himmel über dem Hafen war in ein blasses Korallenrot getaucht, und das Meer war so dunkel wie Blei. Jachten schaukelten reihenweise im Hafenbecken, und gutaussehende Menschen trugen barfuß Weinflaschen über Deck. Melissa hatte die Kamera über der Schulter hängen, und gelegentlich machte sie Fotos. Ich trug ein marineblaues Leinenkleid mit Knopfleiste.

Vor der Eisdiele klingelte mein Telefon. Es war mein Vater. Ich wandte mich instinktiv von den anderen ab, als ich den Anruf annahm, wie um mich abzuschirmen. Seine Stimme klang gedämpft, und laute Hintergrundgeräusche waren zu hören. Ich fing an, an meinem Daumennagel zu kauen, während er sprach, spürte das grobe Horn unter meinen Zähnen.

Ist alles in Ordnung?, fragte ich.

Oh, sehr nett. Darf ich etwa meine einzige Tochter nicht gelegentlich mal anrufen?

Seine Stimme wanderte beim Sprechen die Tonleiter rauf und runter. Durch seine Trunkenheit fühlte ich mich schmutzig. Ich wollte mich duschen oder frisches Obst essen. Ich schlenderte etwas weiter von den anderen weg, aber ich wollte sie nicht ganz hinter mir lassen. Stattdessen drückte ich mich um einen Laternenpfosten herum, während die anderen diskutierten, ob sie sich Eis holen sollten oder nicht.

Doch, offensichtlich schon, sagte ich.

Also, wie läuft's so? Was macht die Arbeit?

Du weißt, dass ich in Frankreich bin, oder?

Bitte was?, fragte er.

Ich bin in Frankreich.

Ich kam mir komisch vor, einen derart einfachen Satz zu wiederholen, obwohl wahrscheinlich niemand sonst zuhörte.

Oh, du bist in Frankreich, was?, sagte er. Stimmt ja, tut mir leid. Wie ist es da denn so?

Sehr schön, danke.

Toll. Hör mal zu, deine Mutter gibt dir nächsten Monat den Zuschuss, okay? Für die Uni.

Okay, schön, sagte ich. Das ist gut.

Bobbi gab mir ein Zeichen, dass sie in die Eisdiele gehen wollten, und ich lächelte, was vermutlich ziemlich wahnsinnig aussah, und winkte zurück.

Du bist doch nicht knapp bei Kasse, oder?, fragte mein Vater.

Was? Nein.

Das gute alte Sparen, was? Das ist schon eine tolle Angewohnheit.

Ja, sagte ich.

Durch das Fenster der Eisdiele konnte ich die große Auswahl an Eissorten sehen, und Evelyns Umrisse an der Theke, wie sie gestikulierte.

Wie viel hast du denn so gespart?, fragte er.

Ich weiß es nicht. Nicht viel.

Eine tolle Angewohnheit, Frances. Hm? Dieses Sparen.

Das Gespräch endete kurz darauf. Als die anderen aus der Eisdiele kamen, hielt Bobbi zwei Eistüten in den Händen und gab mir eine davon. Ich war schrecklich dankbar dafür, dass sie mir ein Eis gekauft hatte. Ich nahm die Tüte und bedankte mich, und sie betrachtete mein Gesicht und fragte: Ist alles in Ordnung? Mit wem hast du telefoniert? Ich blinzelte und sagte: Nur mein Dad. Nichts Neues. Sie grinste und sagte: Oh, na gut. Also, das mit dem Eis hab ich gern gemacht. Ich esse es, wenn du es nicht willst. Aus dem Augenwinkel konnte ich sehen, wie Melissa ihre Kamera hob, und ich wandte mich gereizt ab, als hätte Melissa mir unrecht damit getan, die Kamera zu heben, oder schon vor einer Weile mit etwas anderem. Ich wusste, es war eine Trotzreaktion, aber ich bin mir nicht sicher, ob Melissa es bemerkte.

*

Wir rauchten an jenem Abend sehr viel, und Nick war immer noch irgendwie high, als ich in sein Zimmer kam, nachdem alle anderen schon schliefen. Er war vollständig bekleidet, saß auf der Bettkante und las etwas auf seinem MacBook, aber er kniff die Augen zusammen, als könnte er den Text nicht richtig sehen oder als wäre das, was er las, verwirrend. Er sah dabei gut aus. Er hatte vielleicht einen leichten Sonnenbrand. Ich denke, ich war vermutlich auch high. Ich setzte mich auf den Boden zu seinen Füßen und lehnte meinen Kopf an seine Wade.

Warum sitzt du auf dem Boden?, fragte er.

Es gefällt mir hier unten.

Ach, sag mal, wer hat dich denn vorhin angerufen?

Ich schloss die Augen und drückte meinen Kopf fester gegen ihn, bis er sagte: Hör auf.

Das war mein Dad, sagte ich.

Wusste er nicht, dass du hier bist?

Ich stand auf, setzte mich hinter Nick aufs Bett und legte die Arme um seine Taille. Ich konnte sehen, was er gerade las, es war ein langer Artikel über das Camp-David-Abkommen. Ich lachte und fragte: Das machst du also, wenn du high bist, du liest Reportagen über den Nahen Osten?

Das ist interessant, sagte er. Also, dein Dad wusste nicht, dass du hier bist, oder wie?

Ich hab es ihm gesagt, aber er ist kein besonders guter Zuhörer.

Ich rieb mir leicht die Nase, dann legte ich die Stirn an Nicks Rücken, gegen den weißen T-Shirt-Stoff. Er roch sauber, wie Seife, und auch ein wenig nach Meerwasser.

Er hat ein Alkoholproblem, sagte ich.

Dein Vater? Das hast du mir nie erzählt.

Er klappte sein MacBook zu und drehte sich zu mir um.

Ich erzähle das nie, sagte ich.

Nick lehnte sich gegen das Kopfende und sagte: Wie sieht dieses Problem aus?

Er scheint oft betrunken zu sein, wenn er mich anruft, sagte ich. Wir haben uns darüber nie ausführlicher unterhalten oder so. Wir stehen uns nicht sehr nah.

Ich setzte mich auf Nicks Schoß, so dass wir uns ansahen, und er strich mechanisch mit der Hand über mein Haar, als hielte er mich für jemand anderen. Auf diese

Weise berührte er mich normalerweise nicht. Aber er sah mich an, also wusste er wohl, wen er vor sich hatte.

Weiß deine Mutter Bescheid?, fragte Nick. Ich meine, ich weiß ja, dass sie nicht mehr zusammen sind.

Ich hob die Schultern und sagte, dass er schon immer so war. Ich bin eine ziemlich furchtbare Tochter, sagte ich. Ich unterhalte mich eigentlich nie mit meinem Dad. Aber er gibt mir einen Zuschuss zum Studium, das ist schlimm, oder?

Warum?, fragte er. Glaubst du, dass du ihn nur bestärkst, wenn du Geld von ihm nimmst, aber nichts gegen die Trinkerei sagst?

Ich sah Nick an, und er erwiderte leicht glasig und ernst meinen Blick. Mir wurde klar, dass er es wirklich ernst meinte und dass er mein Haar wirklich so hatte berühren wollen, auf diese liebevolle Art. Ja, sagte ich. Wahrscheinlich.

Aber was sollst du denn sonst tun?, fragte er. Diese ganze finanzielle Abhängigkeit ist eine solche Scheiße. Bei mir wurde definitiv alles besser, als ich mir kein Geld mehr von meinen Eltern leihen musste.

Aber du magst deine Eltern. Du kommst mit ihnen klar.

Er lachte und sagte: O Gott, nein, tu ich nicht. Machst du Witze? Du darfst nicht vergessen, dass das die Leute sind, die mich in einen beschissenen Blazer gesteckt und vor die Kamera gezerrt haben, als ich zehn war, damit ich was über Plato erzähle.

Sie haben dich gezwungen?, fragte ich. Ich dachte, das war deine Idee.

O nein. Ich war zu der Zeit ziemlich gestört. Frag meinen Psychiater.

Gehst du wirklich zum Psychiater, oder ist das auch nur ein Witz?

Er machte ein Geräusch, das nach hmmm klang, und berührte irgendwie neugierig meine Hand. Er war definitiv immer noch high.

Nein, ich habe depressive Episoden, sagte er. Ich nehme Tabletten und alles.

Echt?

Ja, ich war letztes Jahr eine Zeitlang ziemlich krank. Und, äh, ich hatte ein oder zwei schlechte Wochen in Edinburgh, wegen der Lungenentzündung und so. Das ist für dich wahrscheinlich alles ziemlich uninteressant. Aber mir geht's jetzt auch wieder ganz gut.

Das ist nicht uninteressant, sagte ich.

Ich dachte daran, dass Bobbi wissen würde, was man in so einer Situation sagte, weil sie durchaus meinungsstark war, wenn es um psychische Gesundheit im öffentlichen Diskurs ging. Laut sagte ich: Bobbi findet, dass Depressionen die menschliche Antwort auf die Zustände des Spätkapitalismus sind. Er musste lächeln. Ich fragte ihn, ob er über seine Krankheit reden wollte, und er sagte nein, nicht zwingend. Er hatte mit seinen Fingern durch mein Haar gestrichen und seine Hand in meinen Nacken gelegt, und seine Berührung weckte in mir den Wunsch, still zu sein.

Eine Weile küssten wir uns und sprachen nicht, nur gelegentlich sagte ich so etwas wie: Ich will es so sehr. Dann atmete er schwer und sagte so etwas wie: Hmm, und: Oh, gut. So wie immer. Er schob seine Hand unter mein Kleid und streichelte die Innenseite meiner Oberschenkel. Ich packte einem Impuls folgend sein Handgelenk, und er sah mich an. Ist es das, was du willst?, fragte ich. Er wirkte verwundert, als hätte ich ihm ein Rätsel gestellt, dessen Lösung ich kannte, falls er nicht von selbst darauf kam. Nun, ja, sagte er. Ist es … das, was du willst? Ich merkte, wie sich meine Kiefer fest aufeinanderpressten.

Weißt du, manchmal wirkst du nicht so wahnsinnig begeistert, sagte ich.

Er lachte, was wirklich nicht die mitfühlende Reaktion war, die ich erwartet hatte. Er sah mit leicht rotem Kopf zu Boden. Nicht?, sagte er.

Das verletzte mich, und ich sagte: Ich meine, ich sage ganz oft, wie sehr ich dich will und wie viel Spaß es mir macht, und es kommt nie wirklich etwas zurück. Ich habe manchmal den Eindruck, dass ich dir nicht genüge.

Er hob seine Hand und fing an, sich den Nacken zu reiben. Oh, sagte er. Okay. Also, es tut mir leid.

Ich geb mir Mühe, ja? Wenn ich etwas falsch mache, musst du es mir sagen.

Mit leicht gequälter Stimme sagte er: Du machst gar nichts falsch. Es liegt an mir, ich bin einfach unbeholfen.

Mehr kam von ihm nicht. Ich wusste wirklich nicht, was ich noch sagen sollte, und es schien ohnehin klar, dass er nichts zu meiner Beruhigung beitragen würde, egal wie plump ich darum bettelte. Wir küssten uns wieder, und ich versuchte, nicht mehr daran zu denken. Er fragte mich, ob ich mich diesmal auf alle viere begeben wolle, und ich sagte, klar. Wir zogen uns aus, ohne uns dabei zuzusehen. Ich legte mein Gesicht auf die Matratze und spürte, wie er mein Haar berührte. Er legte seinen Arm um mich und sagte: Komm mal kurz her. Ich richtete mich auf, ich konnte seine Brust an meinem Rücken spüren, und als ich meinen Kopf umwandte, berührte sein Mund den Rand meines Ohrs. Frances, ich will dich so sehr, sagte er. Ich schloss die Augen. Die Worte schienen an meinem Verstand vorbeizugehen, als würden sie direkt in meinen Körper dringen und dort bleiben. Meine Stimme klang tief und sinnlich, als ich ihn fragte: Stirbst du, wenn du mich nicht haben kannst? Und er sagte: Ja.

Als er in mir war, kam es mir vor, als wüsste ich nicht mehr, wie man atmet. Seine Hände umklammerten meine Taille. Ich bat ihn immer wieder, es mir härter zu machen, obwohl es ein bisschen wehtat. Er fragte dann so etwas wie: Sicher, dass es nicht wehtut? Ich sagte ihm, dass ich es so wollte, aber ich weiß nicht, ob ich es wirklich so wollte. Und Nick sagte nur: Okay. Nach einer Weile fühlte es sich so gut an, dass ich nicht mehr klar sehen konnte, und ich war mir nicht mehr sicher, ob ich noch ganze Sätze bilden konnte. Ich sagte immer wieder: Bitte, bitte, obwohl ich nicht wusste, worum ich ihn bat. Er legte einen Finger auf meine Lippen, als wollte er, dass ich ruhig bin, und ich nahm ihn in den Mund, bis er mich hinten im Hals berührte. Ich hörte ihn sagen: O nein, nicht. Aber es war bereits zu spät, er kam. Er schwitzte sehr und sagte ständig: Mist, es tut mir so leid. Oh, Mist. Ich zitterte heftig. Ich hatte das Gefühl, dass ich nicht verstand, was zwischen uns geschah.

Aber dann dämmerte es draußen, und ich musste gehen. Nick setzte sich auf und sah zu, wie ich mein Kleid anzog. Ich wusste nicht, was ich sagen sollte. Wir sahen uns mit gequälten Mienen an und wandten dann den Blick ab. Unten in meinem Zimmer konnte ich nicht schlafen. Ich saß auf meinem Bett, die Knie an die Brust gezogen, und sah zu, wie das Licht durch den Spalt in den Fensterläden wanderte. Schließlich öffnete ich das Fenster und sah hinaus aufs Meer. Es war hell, und der Himmel war silbrig blau und wundervoll. Ich konnte hören, wie Nick im Zimmer über mir umherging. Wenn ich meine Augen schloss, fühlte ich mich ihm sehr nah, nah genug, um seinen Atem zu hören. So saß ich am Fenster, bis ich hörte, wie sich oben Türen öffneten und der Hund bellte und die Kaffeemaschine für das Frühstück eingeschaltet wurde.

15

Am nächsten Abend schlug Evelyn ein Spiel vor, bei dem wir uns in Teams aufteilten und Namen berühmter Menschen in eine große Schale warfen. Einer zog einen Namen aus der Schale, und seine Teammitglieder mussten Ja-Nein-Fragen stellen und raten, um wen es sich handelte. Es war dunkel, wir saßen bei Licht und geöffneten Fensterläden im Wohnzimmer. Ab und zu flog eine Motte durch das Fenster, und Nick fing sie mit der Hand und warf sie wieder raus, während Derek ihn aufforderte, sie zu töten. Bobbi sagte Derek, er solle aufhören, und er erwiderte: Jetzt sag mir nicht, dass Tierrechte auch noch für Motten gelten! Bobbis Lippen waren vom Rotwein dunkel gefärbt, sie war betrunken.

Nein, sagte Bobbi. Aber wenn du willst, dass sie stirbt, dann töte sie selbst.

Melissa und Derek und ich waren in einem Team, und

Nick und Bobbi und Evelyn im anderen. Während wir die Namen aufschrieben und sie in die Schale warfen, öffnete Melissa noch eine Flasche Wein, obwohl wir schon beim Abendessen viel getrunken hatten. Nick legte die Hand über sein leeres Wasserglas, als Melissa ihm etwas anbot. Sie schienen einen gewissen Blick auszutauschen, bevor sie sich selbst etwas einschenkte.

Das andere Team fing an, und Nick zog einen Namen. Er las ihn und runzelte erst die Stirn und sagte dann: Oh, okay. Bobbi fragte, ob es ein Mann war, und er sagte nein. Ist es eine Frau?, fragte sie. Ja, ja. Evelyn fragte, ob es sich um eine Politikerin handelte oder eine Schauspielerin oder eine Sportlerin, aber sie war nichts dergleichen. Bobbi fragte: Eine Musikerin? Und Nick sagte: Nicht, dass ich wüsste, nein.

Ist sie berühmt?, fragte Bobbi.

Na ja, definiere berühmt, sagte er.

Kennen wir alle diese Person?, fragte Evelyn.

Ihr zwei auf jeden Fall, sagte Nick.

Oh, sagte Bobbi. Okay, also ist es jemand, den wir im wirklichen Leben kennen?

Er bestätigte es. Melissa und Derek und ich saßen wortlos dabei und sahen zu. Mir wurde das Weinglas in meiner Hand sehr bewusst, ich presste den Daumen zu fest gegen den Stiel.

Ist es jemand, den du magst?, fragte Bobbi. Oder nicht magst?

Ich persönlich? Ja, ich mag sie.

Und mag sie dich auch?, fragte Bobbi.

Hilft das wirklich dabei, herauszufinden, wer sie ist?, fragte er.

Könnte sein, sagte Bobbi.

Ich weiß es nicht, sagte er.

Also, du magst sie, aber du weißt nicht, ob sie dich mag, sagte Bobbi. Kennst du sie nicht besonders gut, oder ist sie so geheimnisvoll?

Er schüttelte den Kopf und lachte in sich hinein, als fände er diese Art der Befragung extrem dumm. Ich merkte, dass Melissa und Derek und ich ziemlich still geworden waren. Niemand von uns redete oder trank noch.

Ich denke, es ist von beidem etwas, sagte er.

Du kennst sie nicht besonders gut, und sie ist geheimnisvoll?, fragte Evelyn.

Ist sie klüger als du?, fragte Bobbi.

Ja, aber das sind viele Menschen. Diese Fragen erscheinen mir nicht besonders strategisch.

Okay, okay, sagte Bobbi. Ist die Person eher emotional oder rational?

Oh, ich denke, rational.

Also unemotional, sagte Bobbi. Emotional unintelligent.

Was? Nein. Das hab ich nicht gesagt.

Stumpfe Hitze stieg mir ins Gesicht, und ich sah in mein Glas. Ich fand, dass Nick etwas fahrig wirkte, oder zumindest nicht so cool und entspannt, wie er sich sonst gab, und dann fragte ich mich, wann ich beschlossen hatte, dass er sich nur so gab.

Extrovertiert oder introvertiert?, fragte Evelyn.

Introvertiert, würde ich meinen, sagte Nick.

Jung oder alt?, sagte Evelyn.

Jung, definitiv jung.

Ist die Person ein Kind?, fragte Bobbi.

Nein, nein, eine Erwachsene. Herrgott.

Eine erwachsene Frau, okay, sagte Bobbi. Und denkst du, du fändest sie im Badeanzug attraktiv?

Nick sah Bobbi eine unerträglich lange Sekunde an, dann legte er den Zettel hin.

Bobbi weiß schon, wer es ist, sagte Nick.

Das wissen wir alle, sagte Melissa leise.

Ich nicht, sagte Evelyn. Wer denn? Du, Bobbi?

Bobbi grinste ein wenig boshaft und sagte, es sei Frances. Ich betrachtete sie, aber ich konnte mir nicht erklären, auf wen diese Aktion abzielen sollte. Bobbi selbst war die einzige Person, die das amüsant fand, aber das schien sie nicht zu stören; sie wirkte, als wäre alles nach Plan gelaufen. Mir wurde, idiotisch spät, klar, dass mit ziemlicher Sicherheit sie meinen Namen in die Schale geworfen hatte. Es erinnerte mich an ihre Wildheit, an ihre Neigung, in etwas einzudringen, um es dann aufzubrechen, und sie machte mir Angst, nicht zum ersten Mal. Sie wollte irgendwelche innersten Gefühle von mir offenlegen, um aus einem Geheimnis so etwas wie einen Witz oder ein Spiel zu machen.

Die Atmosphäre im Raum änderte sich, nachdem die Runde beendet war. Zuerst hatte ich Angst, dass die anderen über uns Bescheid wussten, dass uns jemand letzte Nacht gehört hatte, dass sogar Melissa etwas wusste, aber dann bemerkte ich, dass die Spannungen andere Ursachen hatten. Derek und Evelyn schien es eher für Nick peinlich zu sein, so als dächten sie, er hätte versucht, seine Gefühle vor mir zu verbergen. Und mir brachten sie stillschweigende Besorgnis entgegen, weil ich vielleicht beleidigt oder verärgert sein könnte. Evelyn warf mir immer wieder mitleidige Blicke zu. Nachdem Melissa den Namen Bill Clinton richtig geraten hatte, entschuldigte ich mich und ging ins Bad, das am Ende des Flurs lag. Ich ließ kaltes Wasser über meine Hände laufen und tupfte es mir unter die Augen, dann trocknete ich mein Gesicht mit einem sauberen Handtuch.

Draußen im Flur wartete Melissa, um das Bad zu benutzen. Bevor ich an ihr vorbeigehen konnte, sagte sie: Ist alles in Ordnung?

Mir geht's gut, sagte ich. Warum?

Sie kniff die Lippen zusammen. Sie trug an jenem Tag ein blaues Kleid mit einem tiefen Ausschnitt und einem Faltenrock. Ich hatte hochgekrempelte Jeans und ein zerknittertes weißes Hemd an.

Er hat nichts getan, oder?, fragte sie. Ich meine, er behelligt dich doch nicht.

Mir wurde klar, dass sie Nick meinte, und ich fühlte mich schwach.

Wer?, fragte ich.

Sie warf mir daraufhin einen unliebsamen Blick zu, der nahelegte, dass sie von mir enttäuscht war.

Schon in Ordnung, sagte sie. Vergiss es.

Ich fühlte mich schlecht, weil ich wusste, dass sie versuchte, mir beizustehen, was ihr vermutlich nicht leichtfiel. Ich sagte leise: Nein, hör zu, natürlich hat er nichts getan. Ich weiß auch nicht … Es ist wahrscheinlich nichts. Tut mir leid. Es ist alles nur wegen Bobbi.

Na ja, es ist wohl nur eine kleine Verliebtheit, sagte sie. Bestimmt ist es ganz harmlos, ich möchte nur, dass du weißt, dass du jederzeit zu mir kommen kannst, wenn etwas passiert, womit du dich nicht wohlfühlst.

Das ist wirklich sehr nett von dir, ich weiß das zu schätzen. Aber es … es stört mich wirklich nicht.

Sie lächelte mich an, als wäre sie erleichtert, dass es mir gutging und dass ihr Ehemann nichts Ungehöriges getan hatte. Ich lächelte dankbar zurück, und sie wischte mit den Händen über den Rock ihres Kleids.

Das ist gar nicht seine Art, sagte sie. Aber du bist vermutlich sein Typ.

Ich senkte den Blick auf unsere Füße, mir war etwas schwindelig.

Oder schmeichele ich mir gerade?, fragte sie.

Ich erwiderte daraufhin ihren Blick und merkte, dass sie versuchte, mich zum Lachen zu bringen. Ich lachte auch, aus Dankbarkeit für ihre Freundlichkeit und ihr augenscheinliches Vertrauen.

Ich sollte wohl diejenige sein, die sich geschmeichelt fühlt, sagte ich.

Nicht wegen ihm, er ist völlig nutzlos. Aber er hat einen guten Frauengeschmack.

Sie deutete auf das Badezimmer. Ich machte den Weg frei, und sie ging hinein. Ich wischte mir mit dem Handgelenk übers Gesicht und merkte, dass es feucht war. Ich fragte mich, was sie damit gemeint hatte, als sie Nick »nutzlos« nannte. Ich wusste nicht, ob es liebevoll oder gehässig gemeint war; bei ihr schien es irgendwie dasselbe zu sein.

Wir spielten danach nicht mehr lange weiter. Ich sprach mit Bobbi kein Wort mehr, bevor sie schlafen ging. Ich saß auf dem Sofa, bis alle anderen fort waren, und nach ein paar Minuten kam Nick zurück. Er schloss die Fensterläden und lehnte sich an die Fensterbank. Ich gähnte und fuhr mir durchs Haar. Er sagte: Hey, das war komisch, oder? Das mit Bobbi. Ich stimmte ihm zu. Nick schien, was Bobbi betraf, vorsichtig zu sein, als wäre er sich nicht sicher, wie ich zu ihr stand.

Hast du aufgehört zu trinken?, fragte ich.

Es macht mich einfach nur müde. Und für das Ganze hier bin ich sowieso lieber nüchtern.

Er setzte sich auf die Sofalehne, als erwartete er, dass wir gleich wieder aufstünden. Ich fragte: Was meinst du mit dem Ganzen hier? Und er sagte: Oh, unsere ganzen anregenden nächtlichen Gespräche.

Du hast nicht gern Sex, wenn du betrunken bist?, fragte ich.

Ich denke, es ist wahrscheinlich besser für alle, wenn ich es nicht bin.

Was, geht es um deine Leistungsfähigkeit? Da kann ich mich nicht beschweren.

Nein, du bist leicht zufriedenzustellen, sagte er.

Es gefiel mir nicht, dass er das sagte, obwohl es stimmte und er es wahrscheinlich so meinte. Er berührte die Innenseite meines Handgelenks, und ich merkte, wie ich erschauerte.

Nicht wirklich, sagte ich. Ich weiß nur, dass es dir gefällt, wenn ich daliege und dir sage, wie toll du bist.

Er verzog das Gesicht und sagte: Das ist hart.

Ich lachte und sagte: Oje, verderbe ich dir die Phantasie? Dann werde ich wieder seufzen, wie stark und männlich du bist, wenn dir das lieber ist.

Darauf sagte er nichts.

Ich sollte jetzt ohnehin besser ins Bett gehen, sagte ich. Ich bin müde.

Er legte sanft seine Hand auf meinen Rücken, was für ihn eine ungewöhnlich zärtliche Geste war. Ich rührte mich nicht.

Warum hast du vorher noch nie eine Affäre gehabt?, fragte ich.

Oh. Wahrscheinlich, weil ich niemanden kennengelernt habe.

Was heißt das?

Eine Sekunde lang dachte ich wirklich, er würde sagen: Ich habe noch niemanden kennengelernt, den ich begehrte, so wie ich dich begehre. Stattdessen sagte er: Ach, ich weiß nicht. Wir waren recht lange ziemlich glücklich, also hab ich eigentlich nie darüber nachgedacht. Weißt du, wenn man verliebt ist, denkt man über so etwas nicht nach.

Wann hast du aufgehört, verliebt zu sein?

Er nahm seine Hand weg, so dass sich keine Teile unserer Körper mehr berührten.

Ich glaube nicht, dass ich einfach damit aufgehört habe.

Das heißt, du liebst sie immer noch.

Na ja, ja.

Ich starrte auf den Leuchtkörper an der Decke. Er war ausgeschaltet. Wir hatten stattdessen die Tischlampe eingeschaltet, bevor das Spiel losgegangen war, und sie warf längliche Schatten in Richtung Fenster.

Es tut mir leid, wenn ich dich damit verletze, sagte er.

Nein, nein, schon gut. Aber sag, spielst du ein Spiel mit ihr? Versuchst du, ihre Aufmerksamkeit zu bekommen, indem du eine Affäre mit einer Studentin hast?

Wow. Okay. Ihre Aufmerksamkeit?

Und? Sie hat schließlich gesehen, wie du mich ansiehst.

Sie hat mich vorhin gefragt, ob ich mich in deiner Gegenwart unwohl fühle.

Herrgott, sagte er. Okay. Ist es so?

Mir war nicht danach, nein zu sagen, also verdrehte ich die Augen, stand vom Sofa auf und glättete mein Oberteil.

Du gehst also ins Bett, sagte er.

Ich sagte ja. Ich steckte mein Telefon in die Handtasche, um es mit nach unten zu nehmen, und sah ihn nicht an.

Weißt du, das hat wehgetan, sagte er. Was du gerade gesagt hast.

Ich hob meine Strickjacke vom Boden auf und warf sie über meine Tasche. Meine Sandalen standen ordentlich neben dem Kamin.

Du glaubst, ich würde das nur tun, um Aufmerksamkeit zu bekommen, sagte er. Wieso denkst du so etwas über mich?

Vielleicht, weil du immer noch in deine Frau verliebt bist, obwohl sie sich nicht mehr für dich interessiert.

Er lachte, aber ich schaute ihn nicht an. Ich warf einen Blick in den Spiegel über dem Kamin, und mein Gesicht sah furchtbar aus, so schlimm, dass ich erschrak. Meine Wangen waren fleckig, als hätte mich jemand geohrfeigt, und meine Lippen waren trocken und fast weiß.

Du bist doch nicht eifersüchtig, Frances, oder?, fragte er.

Glaubst du etwa, ich würde etwas für dich empfinden? Sei nicht so peinlich.

Dann ging ich nach unten. Als ich in meinem Bett lag, fühlte ich mich schrecklich, nicht etwa, weil ich traurig war, sondern schockiert und merkwürdig erschöpft. Es war, als hätte mich jemand an den Schultern gepackt und kräftig durchgeschüttelt, obwohl ich darum gebettelt hatte, er möge aufhören. Ich wusste, dass es mein Fehler war: Ich hatte es darauf angelegt, Nick zu einem Streit zu provozieren. Jetzt, da ich allein in dem stillen Haus lag, kam es mir vor, als hätte ich komplett die Kontrolle verloren. Ich konnte nur entscheiden, ob ich Sex mit Nick haben würde oder nicht. Ich konnte nicht entscheiden, wie ich mich dabei fühlte oder was es bedeutete. Und obwohl ich entscheiden konnte, ob ich mit ihm streiten wollte und worüber wir stritten, konnte ich nicht entscheiden, was er sagen oder wie sehr es mich verletzen würde. Im Bett zusammengerollt, die Arme um mich geschlungen, dachte ich bitter: Er hat alle Macht, und ich habe keine. Das entsprach nicht ganz der Wahrheit, aber in jener Nacht wurde mir zum ersten Mal klar, wie schrecklich ich meine Verwundbarkeit unterschätzt hatte. Ich hatte alle angelogen, Melissa und sogar Bobbi, nur um mit Nick zusammen sein zu können. Ich hatte niemanden mehr, dem ich mich anvertrauen konnte, niemanden, der Verständnis haben würde für das, was ich getan hatte. Und letzten Endes liebte er jemand anderen. Ich schloss ganz fest die Augen und drückte meinen Kopf tief ins Kissen. Ich dachte an die vergangene Nacht, als er mir gesagt hatte, dass er mich wollte, und wie es sich angefühlt hatte. Gib es zu, dachte ich. Er liebt dich nicht. Das ist es, was wehtut.

16

Am nächsten Morgen beim Frühstück, es war der Tag, bevor Bobbi und ich nach Hause flogen, sagte uns Melissa, dass Valerie zu Besuch kommen würde. Es wurde darüber diskutiert, welches Zimmer hergerichtet werden sollte, während ich einem metallisch aussehenden roten Marienkäfer dabei zusah, wie er beherzt über den Tisch zu den Zuckerwürfeln krabbelte. Das Insekt sah wie ein Miniroboter mit Roboterbeinen aus.

Und wir müssen was zum Abendessen einkaufen, sagte Melissa. Ein paar von euch können doch in den Supermarkt fahren, oder? Ich schreib eine Liste.

Ich kann das machen, sagte Evelyn.

Melissa verteilte gesalzene Butter auf einem aufgeschnittenen Croissant und wedelte dann vage mit dem Messer, während sie sprach.

Nick kann dich fahren, sagte sie. Wir brauchen einen

Nachtisch, so einen netten frischen. Und Blumen. Nimm noch jemanden mit. Nimm Frances mit. Es macht dir doch nichts aus, oder?

Der Marienkäfer hatte es zur Zuckerdose geschafft und fing an, den glasierten weißen Rand hinaufzuklettern. Ich hob den Blick mit einem, wie ich hoffte, höflichen Ausdruck und sagte: Natürlich nicht.

Und Derek, du kannst für uns den größeren Esstisch im Garten aufstellen, sagte Melissa. Und Bobbi und ich räumen das Haus auf.

Nachdem der Tagesplan besprochen war, beendeten wir das Frühstück und brachten die Teller rein. Nick machte sich auf die Suche nach dem Autoschlüssel, und Evelyn setzte sich auf die vordere Treppe, die Ellenbogen auf den Knien, wodurch sie hinter ihrer Brille ganz jugendlich wirkte. Melissa lehnte am Sims des Küchenfensters und schrieb die Einkaufsliste, während Nick die Sofakissen hochhob und fragte: Hat irgendjemand ihn gesehen? Ich stand im Flur, den Rücken flach gegen die Wand gepresst, und versuchte, niemandem im Weg zu sein. Er hängt am Schlüsselbrett, sagte ich, aber so leise, dass er mich nicht hörte. Vielleicht habe ich ihn in einer Tasche oder so, sagte Nick. Melissa öffnete Schränke, um nach bestimmten Zutaten zu suchen. Hast du ihn gesehen?, fragte er, aber sie ignorierte ihn.

Schließlich nahm ich den Schlüssel lautlos vom Brett und drückte ihn Nick in die Hand, als er vorbeiging. Oh, aha, sagte er. Ja dann, danke. Er wich meinem Blick aus, aber es war nichts Persönliches. Er schien allen Blicken auszuweichen. Hast du ihn gefunden?, fragte Melissa aus der Küche. Hast du am Schlüsselbrett nachgesehen?

Evelyn und Nick und ich gingen zum Wagen. Es war ein nebliger Morgen, aber Melissa hatte gesagt, es würde später aufklaren. Bobbi erschien an ihrem Schlafzimmerfenster, als ich mich gerade umdrehte, um nach ihr zu sehen. Sie öffnete die Fensterläden. Ja, genau, sagte sie. Lass mich ruhig im Stich. Hab Spaß mit deinen neuen Freunden im Supermarkt.

Vielleicht komme ich nie wieder zurück, sagte ich.

Musst du nicht, sagte Bobbi.

Ich stieg hinten ein und schnallte mich an. Evelyn und Nick stiegen ebenfalls ein und machten hinter sich die Türen zu, schlossen uns in einer gemeinsamen Privatsphäre ein, zu der ich mich nicht zugehörig fühlte. Evelyn seufzte betont erschöpft, und Nick ließ den Motor an.

Habt ihr eigentlich die Sache mit dem Auto geregelt?, fragte er Evelyn.

Nein, Derek wollte nicht, dass ich beim Autohaus anrufe, sagte sie. Er »kümmert sich drum«.

Wir fuhren aus der Einfahrt auf die Straße, die zum Strand hinunterführte. Evelyn rieb sich die Augen hinter den Brillengläsern und schüttelte den Kopf. Der Nebel war grau, wie ein Schleier. Ich stellte mir vor, ich würde mir selbst in den Magen schlagen.

Oh, er kümmert sich drum, okay, sagte Nick.

Du weißt doch, wie er ist.

Nick machte ein vielsagendes Geräusch wie: Hm. Wir fuhren am Hafen entlang, wo die Schiffe wie Ideen hinter dem Nebel wirkten. Ich drückte meine Nase ans Autofenster.

Sie benimmt sich ziemlich gut, sagte Evelyn. Fand ich. Bis heute.

Na ja, das ist die Valerie-Inszenierung, sagte er.

Aber bis das alles losging, sagte Evelyn. Da war sie relativ entspannt, oder?

Doch, du hast recht. Das war sie.

Nick blinkte, um links abzubiegen, und ich sagte nichts. Es war klar, dass sie über Melissa sprachen. Evelyn hatte ihre Brille abgenommen und putzte die Gläser mit dem weichen Baumwollstoff ihres Rocks. Dann setzte sie sie wieder auf und betrachtete sich im Spiegel. Sie bemerkte mein Spiegelbild und verzog das Gesicht.

Heirate bloß nie, Frances, sagte sie.

Nick lachte und sagte dann: Frances würde sich niemals zu einer derart bürgerlichen Einrichtung herablassen. Er drehte das Lenkrad, um den Wagen um eine Ecke zu lenken, und hielt den Blick auf die Straße gerichtet. Evelyn lächelte nur und schaute durchs Fenster auf die Schiffe.

Ich wusste nicht, dass Valerie kommen würde, sagte ich.

Habe ich dir das nicht gesagt?, fragte Nick. Das wollte ich eigentlich gestern Abend machen. Sie kommt nur zum Abendessen, bleibt wahrscheinlich nicht mal über Nacht. Aber sie erhält immer das volle Programm für königlichen Nachwuchs.

Melissa hat so einen kleinen Fimmel mit ihr, sagte Evelyn.

Nick warf einen Blick über die Schulter durch die Heckscheibe, aber er sah mich nicht an. Es gefiel mir, dass er mit Fahren beschäftigt war, weil es bedeutete, dass wir reden konnten, ohne uns gegenseitig zur Kenntnis nehmen zu müssen, was immer Intensität involvierte. Natürlich hatte er Valerie am Abend zuvor nicht erwähnt, weil er mir stattdessen mitgeteilt hatte, dass er seine Frau immer noch liebte und dass ich ihm nichts bedeutete. Der Austausch über Valerie, den er geplant hatte, setzte eine Intimität voraus, von der ich jetzt glaubte, dass wir sie für immer verloren hatten.

Es geht sicher alles gut, sagte Evelyn.

Nick sagte nichts, und ich auch nicht. Sein Schweigen war bedeutsam, meins war es nicht, weil seine Meinung zur Entwicklung der Dinge wichtig war, ganz anders als meine.

Wenigstens kann es nicht vollkommen unerträglich werden, sagte sie. Immerhin sind Frances und Bobbi da, um die Spannung zu entschärfen.

Ach ja? Da bin ich mir nicht so sicher, sagte er.

Evelyn schenkte mir wieder ein kleines Lächeln im Spiegel und sagte: Na ja, sie sind auf jeden Fall auch sehr dekorativ.

Also, dem widerspreche ich, sagte er. Entschieden.

Bei dem Supermarkt handelte es sich um ein großes, verglastes Gebäude außerhalb der Stadt mit einer gewaltigen Klimaanlage. Nick holte einen Einkaufswagen, und wir gingen hinter ihm her durch den schmalen Einlass in die Abteilung mit den Taschenbüchern und Männerarmbanduhren, die in diebstahlgesicherten Plastikschachteln ausgestellt waren. Nick sagte, das Einzige, was wirklich von Hand getragen werden musste, waren die Nachspeise und die Blumen, alles andere konnte in den Einkaufswagen. Er und Evelyn besprachen, welcher Nachtisch am unwahrscheinlichsten zu Streitereien führen würde, und entschieden sich für etwas Teures mit vielen glasierten

Erdbeeren. Sie bog zu den Süßspeisen ab, und Nick und ich gingen allein weiter.

Ich hol dich auf dem Weg nach draußen ab, und wir kümmern uns zusammen um die Blumen, sagte er.

Das musst du nicht.

Na ja, wenn wir die falschen besorgen, nehme ich die Schuld lieber auf mich.

Wir standen im Gang mit dem Kaffee, und Nick hatte aufgehört, die gemahlenen Kaffeesorten in den unterschiedlich großen Päckchen zu studieren.

Du musst nicht so ritterlich sein, sagte ich.

Nein, ich glaube nur, dass ich es heute nicht auch noch ertragen würde, wenn du und Melissa euch streitet.

Ich schob die Hände in meine Rocktaschen, während er mehrere schwarz verpackte Kaffeepäckchen in den Einkaufswagen legte.

Wenigstens wissen wir, zu wem du halten würdest, sagte ich.

Er hob den Blick, ein Päckchen äthiopischen Kaffee in der linken Hand, und machte ein annähernd heiteres Gesicht.

Zu wem denn?, fragte er. Zu der, die sich nicht mehr für mich interessiert, oder zu der anderen, die mich nur sexuell ausnutzt?

Ich spürte, wie ich knallrot anlief. Nick legte das Kaffeepäckchen ab, aber bevor er noch etwas sagen konnte, war ich schon gegangen. Ich ging bis zur Feinkosttheke und dem Aquarium mit den lebendigen Krustentieren am hinteren Ende des Supermarkts. Die Hummer sahen uralt aus, wie mythologische Ruinen. Sie schlugen ihre Klauen sinnlos gegen die Glaswände und starrten mich vorwurfsvoll an. Ich hielt mir die kalte Hand ans Gesicht und blickte böse zurück.

Evelyn kam durch die Feinkostabteilung und trug eine große Schachtel aus dünnem, bläulichem Plastik, in der sich eine Erdbeertorte befand.

Jetzt sag nicht, dass Hummer auf der Liste stehen, sagte sie.

Nicht, dass ich wüsste, nein.

Sie sah mich an und schenkte mir wieder ein aufmunterndes Lächeln. Aufmunterung schien aus irgendeinem Grund Evelyns bevorzugte Methode zu sein, um mit mir zu kommunizieren.

Heute sind alle einfach nur ein bisschen überempfindlich, sagte sie.

Wir sahen, wie Nick mit dem Einkaufswagen aus einem anderen Gang kam, aber er bog ab, ohne uns zu sehen. Er hielt Melissas handgeschriebene Liste in der rechten Hand und lenkte den Einkaufswagen mit der linken.

Letztes Jahr gab es einen Vorfall mit Valerie, sagte sie.

Oh.

Wir folgten gemeinsam Nicks Einkaufswagen, während ich darauf wartete, dass sie ins Detail ging, aber sie sagte nichts mehr. Im Supermarkt gab es einen Blumenladen in der Nähe der Kassen, mit frisch eingetopften Pflanzen und Eimern voller Nelken und Chrysanthemen. Nick entschied sich für zwei Sträuße mit pinkfarbenen Rosen und einen gemischten Strauß. Die Rosen hatten riesige, sinnliche Blütenblätter, im Zentrum eng zusammengerollt und verschlossen, wie ein sexueller Albtraum. Ich sah ihn nicht an, als er mir die Sträuße reichte. Ich trug sie wortlos zur Kasse.

Wir verließen gemeinsam den Supermarkt und sprachen nicht viel. Regen perlte auf unsere Haut und unsere Haare, und die geparkten Autos sahen wie tote Insekten aus. Evelyn erzählte, wie sie und Derek einmal ihr Auto auf der Fähre mitgenommen hatten und auf dem Weg nach Étables ein Reifen platzte und Nick mit seinem Wagen kommen musste, um ihnen den Reifen zu wechseln. Ich nahm an, dass die Geschichte indirekt und vielleicht nicht einmal bewusst dazu dienen sollte, Nick aufzumuntern, indem er an nette Dinge erinnert wurde, die er getan hatte. Ich hab mich noch nie so sehr gefreut, dich zu sehen, sagte Evelyn. Ihr hättet den Reifen selbst wechseln können, sagte Nick. Wenn du nicht mit einem Autokraten verheiratet wärst.

Als wir später wieder vorm Haus parkten, lief Bobbi draußen mit dem Hund zu ihren Füßen herum. Es war immer noch neblig, obwohl es schon fast Mittag war. Bobbi trug Leinenshorts, und ihre Beine wirkten lang und gebräunt. Der Hund jaulte zweimal auf. Ich helfe euch, sagte Bobbi. Nick reichte ihr gehorsam eine Tasche mit Einkäufen, und sie sah ihn an, als versuchte sie, ihm etwas mitzuteilen.

War alles in Ordnung, während wir weg waren?, fragte er.

Helle Aufregung, sagte Bobbi.

O Gott, sagte Nick.

Er reichte ihr noch eine Tasche, die sie sich gegen den Bauch hielt. Er trug die restlichen Einkäufe hinein, während Evelyn und ich wie zwei trübsinnige edwardianische Dienstmädchen vorsichtig mit den Blumen und dem Nachtisch folgten.

Melissa war in der Küche, die ohne die Stühle und den Tisch leer aussah. Bobbi ging nach oben, um Valeries Schlafzimmer fertig zu putzen. Nick stellte die Einkaufstaschen wortlos auf dem Fenstersims ab und räumte dann die Lebensmittel weg, während Evelyn die Schachtel mit dem Nachtisch auf den Kühlschrank stellte. Ich wusste nicht genau, was ich mit den Blumen machen sollte, weshalb ich sie einfach festhielt. Sie rochen frisch und verdächtig.

Melissa fuhr sich mit dem Handrücken über den Mund und sagte: Oh, ihr habt euch also doch entschlossen zurückzukommen.

So lange waren wir jetzt auch wieder nicht weg, sagte Nick.

Es wird ganz offensichtlich regnen, sagte Melissa, deshalb mussten wir den Tisch und die Stühle ins vordere Esszimmer bringen. Es sieht fürchterlich aus, die Stühle passen gar nicht zusammen.

Es sind Valeries Stühle, sagte er. Ich bin mir sicher, dass sie weiß, ob sie zusammenpassen oder nicht.

Es kam mir nicht so vor, als würde sich Nick die allergrößte Mühe geben, um Melissas Ärger zu beschwichtigen. Ich stand dort, umklammerte die Blumen und wartete darauf, dass ich so etwas sagte wie: Soll ich die irgendwo hinbringen? Aber die Wörter kamen nicht. Evelyn half jetzt Nick beim Auspacken der Sachen, während sich Melissa das Obst ansah, das wir gekauft hatten.

Und du hast an die Zitronen gedacht, ja?, fragte Melissa.

Nein, sagte Nick. Standen sie auf der Liste?

Melissa ließ die Hand von den Nektarinen sinken, dann hob sie sie an die Stirn, als würde sie jeden Moment ohnmächtig werden.

Das glaub ich jetzt nicht, sagte sie. Ich hab's dir gesagt, als du zur Tür rausgegangen bist, ich hab ausdrücklich gesagt, vergiss die Zitronen nicht.

Tja, ich hab dich nicht gehört, sagte er.

Einen Moment herrschte Stille. Ich merkte, dass der weiche Hautballen an meiner Daumenwurzel auf einen Dorn drückte und langsam violett anlief. Ich versuchte, die Blumen so umzuordnen, dass sie mich nicht verletzten, aber ohne Aufmerksamkeit auf meine fortwährende Anwesenheit im Raum zu lenken.

Ich hole welche im Laden an der Ecke, sagte Nick endlich. Davon geht die Welt nicht unter.

Ich glaub es einfach nicht, sagte Melissa.

Soll ich die irgendwo hinbringen?, fragte ich. Ich meine, kann ich sie in eine Vase stellen oder so?

Alle im Raum drehten sich zu mir und sahen mich an. Melissa nahm mir einen Strauß ab und sah ihn sich an. Die Stängel müssen angeschnitten werden, sagte sie.

Das mach ich, sagte ich.

Gut, sagte Melissa. Nick kann dir zeigen, wo die Vasen sind. Ich helfe Derek dabei, das Esszimmer fertig zu machen. Herzlichen Dank euch allen für eure harte Arbeit heute Morgen.

Sie ging aus dem Raum und knallte die Tür hinter sich zu. Ich dachte: Diese Frau? Du liebst diese Frau? Nick nahm mir die Blumen ab und legte sie auf die Küchentheke. Die Vasen befanden sich in einem Schrank unter der Spüle. Evelyn betrachtete Nick voller Sorge.

Es tut mir leid, sagte Evelyn,

Du musst dich doch nicht entschuldigen, sagte Nick.

Vielleicht sollte ich da mithelfen.

Klar, mach das.

Nick nahm eine Schere und schnitt die Sträuße aus ihrer Plastikverpackung, als Evelyn ging. Das kann ich doch alles machen, sagte ich. Du holst die Zitronen. Er sah mich nicht an. Sie will, dass die Stängel diagonal angeschnitten sind, sagte er. Weißt du, was ich mit diagonal meine? So. Und er schnitt das Ende eines Stängels schräg ab. Ich habe auch nicht gehört, dass sie etwas von Zitronen gesagt hätte, sagte ich. Da lächelte er, und in dem Augenblick kam Bobbi hinter uns in die Küche. Dann bist du jetzt auf meiner Seite?, fragte er.

Wusst ich's doch, dass ihr euch anfreundet, sobald ich nicht dabei bin, sagte Bobbi.

Ich dachte, du machst das Schlafzimmer sauber, sagte Nick.

Das ist ein Zimmer, sagte Bobbi. Irgendwann ist es einfach sauber. Versucht ihr, mich loszuwerden?

Was ist passiert, als wir weg waren?, fragte er.

Bobbi schwang sich auf die Fensterbank und ließ ihre Beine baumeln, während ich Stängel für Stängel die Blumen diagonal anschnitt und die Enden in die Spüle fallen ließ.

Ich glaube, deine Frau ist heute ein wenig gereizt, sagte Bobbi. Vorhin war sie von meiner Tischwäschefalttechnik nicht sonderlich begeistert. Außerdem hat sie mir gesagt, ich solle keine »abfälligen Bemerkungen über reiche Leute« machen, wenn Valerie hier ist. Zitat.

Nick lachte herzhaft darüber. Über Bobbi konnte er

sich immer amüsieren, während ich ihm unterm Strich wahrscheinlich mehr Leid als Freude bereitet hatte.

Den restlichen Nachmittag scheuchte uns Melissa für diverse niedere Tätigkeiten herum. Sie fand, die Gläser seien nicht richtig sauber, also spülte ich sie noch mal ab. Derek brachte eine Blumenvase rauf in Valeries Schlafzimmer, zusammen mit einer Flasche Mineralwasser und einem sauberen Glas für den Nachttisch. Bobbi und Evelyn bügelten im Wohnzimmer Kissenbezüge. Nick ging Zitronen kaufen, und später zog er noch mal los, um Zuckerwürfel zu besorgen. Früh am Abend, als Melissa kochte und Derek das Silberbesteck polierte, saßen Nick und Evelyn und Bobbi und ich mit leerem Blick in Nicks Zimmer und sagten kaum etwas. Wie ungezogene Kinder, sagte Evelyn.

Machen wir eine Flasche Wein auf, sagte Nick.

Hast du Todessehnsucht?, fragte Bobbi.

Doch, das machen wir, sagte Evelyn.

Nick ging runter in die Garage und kam mit ein paar Plastikbechern und einer Flasche Sancerre zurück. Bobbi lag auf dem Rücken auf seinem Bett, so wie ich dort normalerweise lag, nachdem er es mir gemacht hatte. Evelyn und ich saßen nebeneinander auf dem Boden. Nick schenkte Wein in die Becher ein, und wir hörten, wie sich Derek und Melissa in der Küche unterhielten.

Wie ist Valerie eigentlich?, fragte Bobbi.

Evelyn hustete und sagte nichts.

Oh, sagte Bobbi.

Nachdem wir alle unseren ersten Becher geleert hatten, hörten wir Melissa aus der Küche nach Nick rufen. Er stand auf und reichte mir die Flasche. Evelyn sagte:

Ich komme mit. Sie gingen zusammen raus und schlossen die Tür. Bobbi und ich saßen schweigend im Zimmer. Valerie hatte gesagt, sie würde gegen sieben in der Stadt sein. Jetzt war es halb sieben. Ich schenkte Bobbi und mir nach, dann setzte ich mich wieder hin und lehnte mich mit dem Rücken an das Bett.

Du weißt, dass Nick auf dich steht, oder?, fragte Bobbi. Das ist inzwischen allen hier aufgefallen. Er sieht immer zu dir rüber, um zu checken, ob du über seine Witze lachst.

Ich kaute auf dem Rand meines Plastikbechers herum, bis ich ihn krachen hörte. Ich sah es mir an, vom Rand aus hatte sich eine vertikale weiße Linie gebildet. Ich dachte daran, wie sich Bobbi bei dem Spiel am vergangenen Abend aufgeführt hatte.

Wir verstehen uns gut, sagte ich schließlich.

Das könnte echt was werden. Er ist ein gescheiterter Schauspieler, und seine Ehe ist tot, das sind die perfekten Zutaten.

Ist er nicht eher ein mäßig erfolgreicher Schauspieler?

Na ja, offensichtlich hat man erwartet, dass er berühmt wird, und das wurde er nicht, und jetzt ist er dafür wohl zu alt. Eine Affäre mit einer jüngeren Frau wäre vermutlich gut für sein Selbstbewusstsein.

Er ist erst zweiunddreißig, sagte ich.

Ich glaube, sein Agent hat ihn rausgeworfen. Jedenfalls scheint er sich fast dafür zu schämen, überhaupt am Leben zu sein.

Ich spürte Angst in mir wachsen, eine dünne und körperliche Angst, die in meinen Schultern ihren Ursprung hatte, während ich zuhörte. Zuerst konnte ich mir nicht erklären, was es war. Es war wie ein Schwindelgefühl oder wie die seltsam verschwommene Wahrnehmung, die sich einstellt, bevor einem entsetzlich übel wird. Ich versuchte, darüber nachzudenken, was der Auslöser sein könnte, vielleicht etwas, was ich gegessen hatte, oder die Autofahrt früher am Tag. Erst als ich mich an die Nacht zuvor erinnerte, wusste ich, was los war. Ich fühlte mich schuldig.

Ich bin mir ziemlich sicher, dass er Melissa immer noch liebt, sagte ich.

Man kann jemanden lieben und trotzdem Affären haben.

Es würde mich deprimieren, mit jemandem zu schlafen, der jemand anderen liebt.

Bobbi setzte sich daraufhin auf, ich konnte es hören. Sie schwang ihre Beine vom Bett, und ich wusste, dass sie auf mich herabsah, auf meinen Kopf.

Ich habe den Eindruck, dass du darüber schon nachgedacht hast, sagte sie. Hat er dich angemacht oder so was?

Nicht wirklich. Ich glaube nur einfach nicht, dass es mir gefallen würde, bei jemandem die zweite Wahl zu sein.

Nicht wirklich?

Ich meine, vielleicht versucht er nur, sie eifersüchtig zu machen, sagte ich.

Sie glitt mit der Weinflasche in der Hand vom Bett und reichte sie mir. Wir saßen zusammen auf dem Boden, die Oberarme aneinandergepresst. Ich goss mir einen kleinen Schluck Wein in den gesprungenen Plastikbecher.

Man kann mehr als nur einen Menschen lieben, sagte sie.

Darüber lässt sich streiten.

Man hat ja auch mehrere Freunde, was soll daran anders sein? Du bist mit mir befreundet, und du hast noch andere Freunde, bedeutet das denn, dass du mich nicht richtig schätzt?

Ich habe keine anderen Freunde, sagte ich.

Sie hob die Schultern und nahm die Flasche wieder an sich. Ich drehte den Becher, damit nichts aus dem Riss laufen konnte, und nahm schnell hintereinander zwei warme Schlucke.

Hat er dich angegraben?, fragte sie.

Nein. Ich meine doch nur, dass ich kein Interesse hätte, wenn er es versuchen würde.

Weißt du, ich habe Melissa mal geküsst. Das hab ich dir nie erzählt, oder?

Ich drehte mich um und starrte sie an, verbog mir den Hals, um sie ansehen zu können. Sie lachte. Ihr Gesicht hatte einen komischen, verträumten Ausdruck, wodurch sie noch attraktiver wirkte als sonst.

Was? Wann?

Ich weiß, ich weiß. Es war auf ihrer Geburtstagsparty, draußen im Garten. Wir waren beide betrunken, du lagst schon im Bett. Es war dumm.

Sie starrte in die Weinflasche. Ich betrachtete ihr Gesicht im Profil, diese seltsame halbe Form. Neben ihrem Ohr war ein winziger Schnitt, vielleicht hatte sie sich gekratzt, und er war leuchtend rot wie eine Blume.

Was?, fragte sie. Verurteilst du mich?

Nein, nein.

Ich hörte Valeries Auto draußen in der Einfahrt, und wir versteckten die Weinflasche unter Nicks Kissen. Bobbi hakte sich bei mir unter und gab mir einen kleinen Kuss auf die Wange, was mich überraschte. Ihre Haut war ganz weich, und ihr Haar roch nach Vanille. Ich habe mich in Melissa getäuscht, sagte sie. Ich schluckte und sagte: Wir haben uns alle schon mal getäuscht.

17

Zum Abendessen gab es Ente mit gerösteten Drillingen und Salat. Das Fleisch schmeckte süßlich wie Apfelmost und fiel in dunklen, buttrigen Stückchen vom Knochen. Ich versuchte, höflich zu sein und langsam zu essen, aber ich war hungrig und erschöpft. Das Esszimmer war groß, holzgetäfelt und hatte ein Fenster, das hinaus zur verregneten Straße führte. Valeries Englisch hatte einen Akzent, der nach viel Geld klang, zu viel Geld, um lustig zu sein. Sie und Derek sprachen über die Verlagsbranche, und wir anderen waren still. Valerie fand, dass viele Menschen in der Verlagsbranche Pfuscher und Schaumschläger waren, aber sie schien das eher lustig als deprimierend zu finden. Es kam der Moment, an dem sie mit der Spitze ihrer Serviette einen Fleck von ihrem Weinglas entfernte, und wir sahen alle zu Melissa, deren Gesicht sich wie ein Federdraht zusammenzog und dann ganz lang wurde.

Obwohl Melissa dafür gesorgt hatte, dass wir ihr zu Beginn des Abendessens alle vorgestellt wurden, fragte Valerie während des Nachtischs, welche von uns beiden Bobbi war. Als Bobbi sich zu erkennen gab, antwortete Valerie: O ja, natürlich. Aber ein solches Gesicht vergeht irgendwann, fürchte ich. Das kann ich Ihnen versichern, weil ich jetzt eine alte Frau bin.

Glücklicherweise ist Bobbi mit mehr als nur gutem Aussehen gesegnet, sagte Evelyn.

Nun, heiraten Sie, solange Sie jung sind, das rate ich Ihnen, sagte Valerie. Männer sind sehr unbeständig.

Cool, sagte Bobbi. Aber ich bin eigentlich lesbisch.

Melissa errötete und starrte in ihr Glas. Ich presste wortlos die Lippen aufeinander. Valerie hob eine Augenbraue und deutete mit ihrer Gabel erst auf Bobbi, dann auf mich.

Verstehe, sagte Valerie. Und Sie beide sind …?

Oh, nein, sagte Bobbi. Früher mal, aber nein.

Nein, dann wohl nicht, sagte Valerie.

Bobbi und ich warfen uns einen Blick zu und sahen schnell wieder weg, um nicht zu lachen oder zu schreien.

Frances ist Schriftstellerin, sagte Evelyn.

Na ja, auf eine Art, sagte ich.

Sag das nicht so, sagte Melissa. Sie ist Dichterin.

Kann sie denn was?, fragte Valerie.

Sie hatte mich während dieses Austauschs kein einziges Mal angesehen.

Ja, sie ist gut, sagte Melissa.

Na dann, sagte Valerie. Ich finde ja immer, dass Lyrik so gar keine Zukunft hat.

Als Anfängerin ohne wirkliche Meinung, was die Zukunft der Lyrik betrifft, und weil mich Valerie ohnehin nicht wahrzunehmen schien, sagte ich nichts. Bobbi trat mir unter dem Tisch auf den Fuß und hustete. Nach dem Nachtisch ging Nick in die Küche, um Kaffee zu kochen, und sobald er verschwunden war, legte Valerie ihre Gabel hin und spähte zur geschlossenen Tür hinüber.

Er sieht nicht besonders gut aus, oder?, sagte sie. Wie geht es ihm gesundheitlich?

Ich starrte sie an. Sie hatte noch keinen einzigen Kommentar und keine Frage an mich direkt gerichtet, und mir war klar, sie würde so tun, als bemerkte sie gar nicht, wie ich sie ansah.

Mal besser, mal schlechter, sagte Melissa. Eine Zeitlang ging es ihm großartig, aber ich glaube, er hatte letzten Monat einen kleinen Schub. Als er in Edinburgh war.

Na ja, er hatte eine Lungenentzündung, sagte Evelyn.

Das war nicht nur eine Lungenentzündung, sagte Melissa.

Jammerschade, sagte Valerie. Aber er ist auch wirklich sehr passiv. Er lässt sich von diesen Dingen zu sehr überwältigen. Du weißt ja noch, letztes Jahr.

Wir müssen doch die Mädchen nicht damit belasten, oder?, sagte Evelyn.

Es gibt keinen Grund, daraus ein Geheimnis zu machen, sagte Valerie. Wir sind doch hier unter Freunden. Ich fürchte, Nick leidet an Depressionen.

Ja, sagte ich. Ich weiß.

Melissa sah mich an, und ich ignorierte sie. Valerie sah auf das Blumenarrangement und schob geistesabwesend eine Blüte etwas nach links.

Du bist also eine Freundin von ihm, Frances?, fragte Valerie.

Ich dachte, wir alle hier sind Freunde, sagte ich.

Endlich sah sie mich an. Sie trug kunstvollen braunen Schmuck aus Gießharz und einige hübsche Ringe an den Fingern.

Na ja, ich weiß, es würde ihm nichts ausmachen, wenn ich mich nach seinem Befinden erkundige, sagte Valerie.

Dann können Sie sich ja vielleicht danach erkundigen, sobald er wieder in diesem Raum ist, sagte ich.

Frances, sagte Melissa. Valerie ist eine sehr alte Freundin von uns.

Valerie lachte und sagte: Bitte, Melissa, so alt bin ich nun auch nicht, oder? Mein Kinn bebte. Ich schob den Stuhl zurück und entschuldigte mich. Evelyn und Bobbi sahen mir hinterher, wie kleine Wackeldackel auf der Hutablage eines sich entfernenden Autos. Nick war im Flur und trug zwei Tassen mit Kaffee. Hallo, sagte er. Ist was passiert? Ich schüttelte den Kopf und hob die Schultern, alberne Gesten, die nichts zu bedeuten hatten. Ich ging an ihm vorbei, die Hintertreppe hinunter und in den Garten. Ich hörte nicht, ob er mir folgte, ich vermutete, er war zu den anderen ins Esszimmer gegangen.

Ich ging ans Ende des Gartens und öffnete das Tor, das auf eine kleine Gasse führte. Es regnete, und ich trug eine kurzärmelige Bluse, aber mir war nicht kalt. Ich knallte das Tor zu und marschierte weiter in Richtung Strand. Meine Füße wurden nass, und ich rieb mir fest mit dem Handrücken über das Gesicht. Die Scheinwerfer vorbeifahrender Autos waren wie weiße Flammen, es gab keine anderen Spaziergänger. Der Pfad zum Strand war nicht beleuchtet, und mir wurde langsam doch kalt. Ich konnte nicht zum Haus zurückgehen. Ich stand mit verschränkten Armen bibbernd da, spürte, wie der Regen meine Bluse durchnässte, wie der Stoff an meiner Haut klebte.

Es erschien mir unwahrscheinlich, dass sich Nick über Valeries Bemerkungen aufregte. Er würde es vermutlich gelassen hinnehmen, selbst wenn er es herausfände. Dass ich mich seinetwegen so quälte, schien mit dem, was er persönlich empfinden könnte, nichts zu tun zu haben, ein Phänomen, das ich bereits zuvor an mir beobachtet hatte. Während unseres letzten Schuljahrs hatte sich Bobbi als Schulsprecherin zur Wahl gestellt, und ein anderes Mädchen hatte sie mit vierunddreißig zu zwölf Stimmen geschlagen. Bobbi war enttäuscht gewesen, das hatte ich sehen können, aber nicht verzweifelt. Sie hatte gelächelt und der Gewinnerin gratuliert, und dann hatte es geklingelt, und wir hatten unsere Bücher zusammengepackt. Statt zum Unterricht zu gehen, hatte ich mich oben in eine Klokabine eingeschlossen und geweint, bis ich die Mittagspausenklingel hörte, geweint, bis meine Lunge wehtat und ich mir mein Gesicht ganz wundgerieben hatte. Ich konnte nicht erklären, warum ich diese wütende, verzehrende Qual empfunden hatte, aber manchmal musste ich nur an diese Wahl denken, und mir stiegen jetzt noch dummerweise Tränen in die Augen.

Ich hörte schließlich, wie sich das Tor öffnete, dann das Klappern von Sandalen, und Bobbis Stimme sagte: Du dumme Nuss. Was machst du denn? Komm rein und trink einen Kaffee. Ich konnte sie erst in der Dunkelheit nicht sehen, aber dann spürte ich, wie sie sich bei mir unterhakte, hörte ihren Regenmantel rascheln. Das war eine hübsche kleine Vorstellung, sagte sie. Ich habe lang nicht mehr erlebt, dass du so die Beherrschung verlierst.

Scheiß drauf, sagte ich.

Ärger dich nicht.

Sie kuschelte ihren kleinen warmen Kopf an meinen Hals. Ich dachte daran, wie sie sich am See ganz ausgezogen hatte.

Ich hasse diese Frau, sagte ich.

Ich spürte Bobbis Atem auf meinem Gesicht, den bitteren Nachgeschmack von ungesüßtem Kaffee, und dann küsste sie mich auf den Mund. Ich hielt ihr Handgelenk fest, als sie sich von mir löste, versuchte sie anzustarren, aber es war zu dunkel. Sie entglitt meinem Griff wie ein Gedanke.

Das sollten wir nicht tun, sagte sie. Ganz klar. Aber du bist so reizend, wenn du selbstgerecht bist.

Ich ließ meinen nutzlosen Arm sinken, und sie ging zurück zum Haus. Als sie von vorbeifahrenden Scheinwerfern angestrahlt wurde, sah ich, dass sie ihre Hände in den Taschen ihres Regenmantels vergraben hatte und durch die Pfützen platschte. Ich folgte ihr, ohne dass ich noch irgendetwas zu sagen gehabt hätte.

Im Haus hatte sich die kleine Gesellschaft auf Wohnzimmer und Küche verteilt, und es lief Musik. Ich war tropfnass, und mein Gesicht war im Spiegel unnatürlich gerötet. Ich ging mit Bobbi in die Küche, wo Evelyn und Derek und Nick standen und ihren Kaffee tranken. Oh, Frances, sagte Evelyn. Du bist ja klitschnass. Nick stand an die Spüle gelehnt, goss Kaffee aus der Kanne in eine Tasse und reichte sie mir. Unsere Blicke schienen ihr ganz eigenes Gespräch zu führen. Tut mir leid, sagte ich. Evelyn berührte mich am Arm. Ich trank den Kaffee, und Bobbi sagte: Ich hole ihr ein Handtuch, ja? Leute, also echt. Sie schloss die Tür hinter sich.

Tut mir leid, sagte ich wieder. Ich habe die Beherrschung verloren.

Ja, mir tut's leid, dass ich das verpasst habe, sagte Nick. Ich wusste gar nicht, dass du überhaupt jemals die Beherrschung verlierst.

Wir sahen uns weiter an. Bobbi kam zurück und reichte mir ein Handtuch. Ich dachte an ihren Mund, seinen seltsam vertrauten Geschmack, und erzitterte. Ich schien keine Kontrolle mehr darüber zu haben, was passierte oder was passieren würde. Es war, als hätte ich ein langwieriges Fieber und könnte nur daliegen und darauf warten, dass die Krankheit vorüberging.

Als mein Haar trocken war, gesellten wir uns zu Melissa und Valerie in dem anderen Zimmer. Valerie gab sich übertrieben erfreut, mich zu sehen, und drückte ihr Interesse daran aus, etwas von mir zu lesen. Ich lächelte schwach und suchte nach etwas, was ich sagen oder tun könnte. Klar, sagte ich. Ich kann Ihnen etwas schicken, natürlich. Nick holte den Brandy, und als er Valerie davon einschenkte, packte sie ihn mütterlich am Handgelenk und sagte: Ach, Nick, wenn doch nur meine Söhne so schön wären wie du. Er reichte ihr das Glas und sagte: Ist das irgendjemand?

Nachdem Valerie zu Bett gegangen war, verfielen wir in eine angespannte, gereizte Stille. Evelyn und Bobbi versuchten, sich über einen Film zu unterhalten, den sie beide gesehen hatten, aber es stellte sich heraus, dass sie von zwei unterschiedlichen Filmen sprachen, was die Unterhaltung ersterben ließ. Melissa stand auf, um die leeren Gläser in die Küche zu bringen, und sagte: Frances, würdest du mir helfen? Ich stand auf. Ich merkte, dass mich Nick beobachtete, wie ein Schulkind, dessen Mutter ins Büro des Direktors ging.

Wir sammelten die Gläser ein und gingen in die dunkle Küche. Melissa schaltete nicht das Licht an. Sie stellte die Gläser in die Spüle, und dann stand sie da, die Hände vors Gesicht geschlagen. Ich ließ die Gläser, die ich trug, auf der Küchentheke stehen und fragte, ob mit ihr alles in Ordnung sei. Sie zögerte so lange, dass ich dachte, sie würde jeden Moment anfangen zu schreien oder mit etwas zu werfen. Dann drehte sie mit einer schnellen Bewegung den Hahn auf und ließ Wasser ins Becken.

Weißt du, ich mag sie auch nicht, sagte Melissa.

Ich sah sie nur an. In der fast vollständigen Dunkelheit wirkte ihre Haut silbern und geisterhaft.

Ich will nicht, dass du denkst, ich würde sie mögen, sagte Melissa, oder dass es mir gefällt, wie sie über Nick spricht, oder dass ich ihr Verhalten angemessen finde. Dem ist nicht so. Es tut mir leid, dass du dich beim Abendessen geärgert hast.

Nein, mir tut es leid, sagte ich. Es tut mir leid, dass ich so eine Szene gemacht habe. Ich weiß gar nicht, wie es dazu kam.

Du musst dich nicht entschuldigen. Ich hätte dasselbe getan, wenn ich Rückgrat hätte.

Ich schluckte. Melissa drehte den Wasserhahn zu und spülte nachlässig die Gläser im Becken, ohne sonderlich darauf zu achten, ob sie noch fleckig waren.

Ich glaube nicht, dass ich mein nächstes Buch ohne sie veröffentlichen kann, sagte Melissa. Es ist ziemlich demütigend, dir das zu erzählen.

Nein, das sollte es nicht sein.

Und es tut mir leid, dass ich heute Nachmittag so unmöglich war. Ich weiß, was du von mir denken musst. Ich war nur so nervös wegen alldem, was letztes Jahr passiert ist. Aber ich möchte dir sagen, dass ich normalerweise nicht so mit Nick rede. Offensichtlich ist nicht alles perfekt zwischen uns, aber ich liebe ihn, weißt du, das tu ich wirklich.

Natürlich, sagte ich.

Sie spülte weiter die Gläser. Ich stand dort neben dem Kühlschrank und wusste nicht, was ich sagen sollte. Sie hob eine feuchte Hand und tupfte etwas unter ihrem Auge ab, und dann widmete sie sich wieder dem Becken.

Du schläfst aber nicht mit ihm, oder, Frances?, fragte sie.

Herrgott, nein, sagte ich.

Okay. Tut mir leid. Ich hätte dich das nicht fragen dürfen.

Er ist dein Ehemann.

Ja, das ist mir klar.

Ich stand immer noch neben dem Kühlschrank. Mir war der Schweiß ausgebrochen. Ich spürte, wie er mir vom Nacken aus zwischen die Schultern lief. Ich sagte nichts, ich biss mir auf die Zunge.

Du kannst ruhig zu den anderen gehen, wenn du willst, sagte sie.

Ich weiß nicht, was ich sagen soll, Melissa.

Geh ruhig, es ist schon in Ordnung.

Ich ging zurück ins Wohnzimmer. Alle wandten sich mir zu und sahen mich an. Ich glaube, ich geh besser schlafen, sagte ich. Alle stimmten mir zu, dass es eine gute Idee sei.

*

Als ich in jener Nacht an Nicks Tür klopfte, brannte kein Licht in seinem Schlafzimmer. Ich hörte, wie er »Herein« sagte, und als ich die Tür hinter mir schloss, flüsterte ich: Ich bin's, Frances. Na, das will ich doch hoffen, sagte er. Er setzte sich auf und schaltete die Lampe an, und ich blieb neben seinem Bett stehen. Ich erzählte ihm, was mich Melissa gefragt hatte, und er sagte, sie habe ihn dasselbe gefragt, nur früher, während ich mich draußen hatte vollregnen lassen.

Ich hab nein gesagt, sagte Nick. Hast du nein gesagt?

Natürlich hab ich nein gesagt.

Die Flasche Sancerre stand auf seinem Nachttisch. Ich hob sie hoch und drehte den Korken heraus. Nick sah zu, wie ich trank, und nahm dann die Flasche entgegen, als ich sie ihm anbot. Er trank den Rest aus und stellte sie zurück auf den Nachttisch. Er sah auf seine Fingernägel, dann an die Decke.

Mir fallen solche Gespräche nicht besonders leicht, sagte er.

Wir müssen nicht reden, sagte ich.

Okay.

Ich legte mich ins Bett, und er zog mir das Nachthemd aus. Ich schlang die Arme um seinen Hals und zog ihn eng an mich. Er küsste meinen festen Bauch, den ich ihm entgegenstreckte, er küsste die Innenseite meiner Schenkel. Als er mich leckte, biss ich mir fest in die Hand, um still zu bleiben. Sein Mund fühlte sich fest an. Meine Zähne gruben sich so tief in meinen Daumen, dass er blutete, und mein Gesicht war feucht.

Als er zu mir aufsah, fragte er: Ist es gut so? Ich nickte und spürte, wie das Kopfbrett an die Wand stieß. Er richtete sich auf den Knien auf, und ich formte mit meinem Mund eine lange, gemurmelte Silbe, wie ein Tier sie ausstoßen würde. Nick berührte mich, und ich schloss die Beine und sagte: Nein, ich bin jetzt zu nah dran. Oh, das ist gut, sagte er.

Er nahm die Schachtel aus dem Nachttisch, und ich schloss die Augen. Dann spürte ich seinen Körper, seine Wärme und sein Gewicht. Ich hielt seine Hand fest zwischen Daumen und Zeigefinger, als versuchte ich, sie in eine absorbierbare Größe zu pressen. Ja, sagte ich. Ich gab mir Mühe, damit es nicht zu schnell vorbei war. Er war so tief in mir drin, dass ich dachte, ich würde sterben. Ich schlang meine Beine um seinen Rücken, und er sagte: Gott, ich liebe es, ich liebe es, wenn du das machst. Wir flüsterten immer wieder unsere Namen. Dann war es vorbei.

Hinterher lag ich mit dem Kopf auf seiner Brust und lauschte seinem Herzschlag.

Melissa scheint ein guter Mensch zu sein, sagte ich. Du weißt schon, tief in ihr drin, meine ich.

Ja, das glaube ich auch.

Sind wir deshalb schlechte Menschen?

Ich hoffe nicht, sagte er. Du jedenfalls nicht. Ich vielleicht.

Sein Herz schlug wie eine aufgeregte oder unglückliche Uhr. Ich dachte an Bobbis trockene, dezidierte Bemerkungen über nicht-monogame Liebe, und ich hätte Nick gern davon erzählt, vielleicht als Witz, nicht vollkommen ernst gemeint, nur eine angedeutete Möglichkeit, um zu sehen, was er darüber dachte.

Hast du darüber nachgedacht, ihr von uns zu erzählen?, fragte ich.

Er seufzte, es war die Sorte hörbarer Seufzer, die wie ein Wort ist. Ich setzte mich auf, und er sah mich traurig an, als lastete das Thema schwer auf ihm.

Ich weiß, dass ich es ihr sagen sollte. Ich habe ein schlechtes Gewissen, weil du wegen mir lügen musst. Und ich bin nicht mal ein guter Lügner, sagte er. Melissa fragte mich letztens, ob ich etwas für dich empfinden würde, und ich sagte ja.

Meine Hand ruhte auf seinem Brustbein, und ich konnte immer noch spüren, wie das Blut unter seiner Haut im Takt seines Herzens floss. Oh, sagte ich.

Aber was passiert, wenn ich es ihr sage?, fragte er. Ich meine, was soll denn deiner Meinung nach geschehen? Ich habe nicht den Eindruck, dass du möchtest, dass ich bei dir einziehe.

Ich lachte, und er stimmte ein. Obwohl wir über die Unmöglichkeit unserer Beziehung lachten, fühlte es sich schön an.

Nein, sagte ich. Aber sie hat Affären gehabt, und sie ist noch nie ausgezogen.

Ja, aber da waren die Umstände andere. Weißt du, idealerweise erzähle ich ihr davon, und sie sagt: Na gut, leb dein Leben, mir doch egal. Ich sage nicht mal, dass es nicht so kommen wird, ich sage nur, es könnte anders kommen.

Ich fuhr mit dem Finger über sein Schlüsselbein und sagte: Ich weiß gar nicht, ob ich am Anfang darüber nachgedacht habe. Dass es unglücklich enden muss.

Er nickte und sah mich dabei an. Ich schon, sagte er. Ich dachte nur, das ist es wert.

Ein paar Sekunden lang waren wir still. Was denkst du jetzt?, fragte ich. Kommt wohl darauf an, wie unglücklich es endet.

Nein, sagte Nick. Es ist komisch, aber ich glaube, dass es anders kommt. Aber hör zu, ich werde es ihr sagen, in Ordnung? Wir schaffen das schon.

Bevor ich etwas erwidern konnte, hörten wir Schritte von unten die Treppe heraufkommen. Wir blieben beide ganz still, während die Schritte vor der Tür haltmachten. Es klopfte, und Bobbis Stimme sagte: Nick? Er schaltete das Licht aus und sagte: Ja, einen Moment. Er stieg aus dem Bett und zog sich eine Jogginghose an. Ich lag auf der Matratze und sah ihm dabei zu. Dann ging er an die Tür. Ich konnte Bobbi durch den Türspalt im Licht nicht sehen, nur die Umrisse von Nicks Rücken und seinen Arm, der am Türrahmen lehnte.

Frances ist nicht in ihrem Zimmer, sagte Bobbi. Ich weiß nicht, wo sie ist.

Oh.

Ich habe im Bad nachgesehen und draußen im Garten. Meinst du, ich sollte nach ihr suchen? Sollen wir die anderen wecken?

Nein, nicht, sagte Nick. Sie ist, ähm. Oh, verdammt. Sie ist hier bei mir.

Es folgte eine lange Pause. Ich konnte weder Bobbis noch sein Gesicht sehen. Ich dachte daran, wie sie vor ein paar Stunden meine Lippen geküsst und mich selbstgerecht genannt hatte. Es war schrecklich, dass Nick es ihr auf diese Weise gesagt hatte. Ich wusste genau, wie schrecklich es war.

Das war mir nicht klar, sagte Bobbi. Tut mir leid.

Nein, schon gut.

Na ja. Entschuldigung. Gute Nacht.

Er wünschte ihr eine gute Nacht und schloss die Tür. Wir lauschten ihren Schritten, wie sie die Treppe hinunterging. Oh, scheiße, sagte Nick. Scheiße. Ausdruckslos sagte ich: Sie wird es niemandem sagen. Nick seufzte gereizt und sagte: Na, das will ich hoffen. Er schien abgelenkt, als wäre ihm meine Anwesenheit nicht länger bewusst. Ich zog mein Nachthemd an und sagte, ich würde unten schlafen. Sicher, okay, sagte er.

Nick lag noch im Bett, als Bobbi und ich am nächsten Morgen abfuhren. Melissa brachte uns mit unserem Gepäck zur Haltestelle und sah still zu, wie wir in den Bus stiegen.

Teil 2

18

Es war Ende August. Am Flughafen fragte mich Bobbi: Wie lange läuft das schon zwischen euch beiden? Und ich sagte es ihr. Sie hob die Schultern, als würde sie sagen: Okay. Im Bus vom Flughafen nach Dublin hörten wir einen Radiobeitrag über eine Frau, die im Krankenhaus gestorben war. Ich hatte den Fall eine Zeitlang verfolgt und dann vergessen. Wir waren ohnehin zu müde, um darüber zu reden. Regen schlug gegen die Busfenster, als wir vor dem College hielten. Ich half Bobbi, ihren Koffer aus dem Gepäckfach zu heben, und sie schob die Ärmel ihres Regenmantels runter. Es gießt, sagte sie. Typisch. Ich wollte mit dem Zug nach Ballina fahren, um ein paar Tage bei meiner Mutter zu bleiben, und sagte zu Bobbi, ich würde sie anrufen. Sie winkte sich ein Taxi herbei, und ich ging zur Bushaltestelle, um den 145er zur Heuston Station zu nehmen.

Als ich am Abend in Ballina ankam, machte meine Mutter Spaghetti Bolognese, und ich saß am Küchentisch und zupfte mir die Knoten aus dem Haar. Vor dem Küchenfenster tropften regennasse Blätter wie geflammte Seidenstücke.

Sie sagte, ich hätte Farbe bekommen. Ich ließ ein paar gesplisste Haare auf den Küchenboden fallen und sagte: Ach wirklich? Dabei wusste ich es.

Hast du von deinem Vater gehört, während du weg warst?, fragte sie.

Er hat mich einmal angerufen. Er wusste nicht, wo ich war. Er klang betrunken.

Sie nahm einen Plastikbeutel mit Knoblauchbrot aus dem Kühlschrank. Mein Hals tat weh, und ich wusste nicht, was ich noch sagen sollte.

Er war nicht immer so schlimm, oder?, fragte ich. Es ist schlimmer geworden.

Er ist dein Vater, Frances. Sag du es mir.

Ich hänge jetzt nicht gerade jeden Tag mit ihm ab.

Der Kessel kochte und stieß eine Dampfwolke über Kochplatte und Toaster aus. Ich fröstelte. Ich konnte nicht glauben, dass ich heute Morgen in Frankreich aufgewacht war.

Ich meine, war er schon so, als ihr geheiratet habt?, fragte ich.

Sie antwortete nicht. Ich sah in den Garten hinaus, an der Birke hing ein Futterhäuschen. Meine Mutter mochte bestimmte Vögel lieber als andere; das Häuschen war für die kleinen und besonders verletzlichen. Krähen mochte sie gar nicht. Sie scheuchte sie weg, sobald sie welche sah. Das sind doch alles nur Vögel, gab ich zu bedenken. Sie sagte: Ja, aber manche Vögel können auch ganz gut selbst klarkommen.

Als ich den Tisch deckte, kündigten sich Kopfschmerzen an, aber ich wollte nicht darüber reden. Wann immer ich meiner Mutter sagte, ich hätte Kopfschmerzen, erklärte sie mir, es liege daran, dass ich zu wenig aß und niedrigen Blutzucker hatte. Allerdings hatte ich noch nie den wissenschaftlichen Aspekt hinter dieser Behauptung überprüft. Als das Essen fertig war, spürte ich auch Schmerzen im Rücken, so wie Nerven- oder Muskelschmerzen, bei denen man kaum aufrecht sitzen konnte.

Nach dem Essen half ich ihr dabei, alles in die Spülmaschine zu räumen, und meine Mutter sagte, sie würde jetzt fernsehen. Ich brachte den Koffer in mein Zimmer, obwohl es mir körperlich Schwierigkeiten bereitete, aufrecht zu gehen, als ich die Treppe hinaufstieg. Meine Sehkraft schien klarer und schärfer als üblich zu sein. Ich hatte Angst, mich zu heftig zu bewegen, so als könnte der Schmerz dadurch aufgerüttelt werden und sich verschlimmern. Langsam ging ich ins Bad, schloss die Tür und stützte mich mit den Händen am Waschbecken ab.

Ich blutete wieder. Diesmal war das Blut durch meine Kleidung gedrungen, und ich fühlte mich nicht stark genug, um mich sofort auszuziehen. Nach und nach schaffte ich es, indem ich das Waschbecken zum Stabilisieren benutzte. Meine Kleidung schälte sich feucht ab wie Haut von einer Wunde. Ich wickelte mich in einen Bademantel, der an der Tür hing, setzte mich dann auf den Wannenrand und presste die Hände fest auf meinen Bauch, auf dem Boden verstreut lagen meine blutigen Kleidungsstücke. Erst ging es mir besser, dann schlechter. Ich wollte duschen, fürchtete aber, ich könnte zu schwach sein und umfallen oder ohnmächtig werden.

Mir fiel auf, dass mit dem Blut auch dicke graue Klumpen, die wie Hautgewebe aussahen, herausgekommen waren. Ich hatte so etwas noch nie gesehen, und es machte mir solche Angst, dass ich mich an den einzigen Gedanken klammerte, der mir guttat: Vielleicht passiert das gar nicht. Jedes Mal, wenn Panik in mir aufstieg, kehrte ich zu diesem Gedanken zurück, als wäre wahnsinnig zu werden und eine alternative Realität zu halluzinieren weniger erschreckend als das, was wirklich geschah. Vielleicht passiert das gar nicht. Ich ließ meine Hände zittern und wartete darauf, mich wieder normal zu fühlen, bis mir klar wurde, dass es nicht einfach nur ein Gefühl war, etwas, was ich ausblenden konnte. Es war eine äußere Realität, die ich nicht ändern konnte. Solche Schmerzen hatte ich noch nie gehabt.

Ich ging in die Hocke, um an mein Telefon zu gelangen, und wählte dann die Festnetznummer. Als meine Mutter dranging, sagte ich: Kannst du mal einen Moment hochkommen? Es geht mir nicht besonders gut. Ich konnte hören, wie sie die Treppe heraufkam und sagte: Frances? Süße? Sobald sie eintrat, sagte ich ihr, was geschehen war. Ich hatte zu starke Schmerzen, um zimperlich oder beschämt zu sein.

War deine Periode überfällig?, fragte sie.

Ich versuchte, darüber nachzudenken. Meine Periode war noch nie regelmäßig gewesen, und ich schätzte, dass fünf Wochen seit der letzten vergangen waren, vielleicht auch eher sechs.

Ich weiß es nicht, vielleicht, sagte ich. Warum?

Ich nehme an, es besteht gar keine Möglichkeit, dass du schwanger warst?

Ich schluckte. Ich sagte nichts.

Frances?, fragte sie.

Das ist extrem unwahrscheinlich.

Aber nicht unmöglich?

Ich meine, praktisch nichts ist unmöglich, sagte ich.

Na ja, ich weiß jetzt nicht, was ich dir sagen soll. Wir müssen ins Krankenhaus, wenn du solche Schmerzen hast.

Ich hielt mich mit der linken Hand am Wannenrand fest, bis meine Knöchel weiß wurden. Dann drehte ich mich um und kotzte in die Badewanne. Ein paar Sekunden später, als ich wusste, dass ich mich nicht mehr übergeben würde, wischte ich mir den Mund mit dem Handrücken ab und sagte: Ja, vielleicht sollten wir ins Krankenhaus.

*

Nach langer Warterei bekam ich ein Bett in der Notaufnahme. Meine Mutter sagte, sie würde nach Hause gehen, um ein paar Stunden zu schlafen, und ich solle sie anrufen, wenn es etwas Neues gebe. Der Schmerz hatte ein wenig nachgelassen, war aber nicht fort. Ich hielt ihre Hand fest, als sie sich verabschiedete, die große warme Fläche, wie etwas, was aus der Erde wachsen konnte.

Sobald ich im Bett lag, hängte mich die Krankenschwester an einen Tropf, sagte mir aber nicht, was in dem Tropf drin war. Ich versuchte, ruhig an die Decke zu sehen und im Kopf von zehn abwärts zu zählen. Die Patienten, die ich von meinem Bett aus sehen konnte, waren zumeist älter, aber es gab noch einen jungen Typen auf der Station, der betrunken oder high zu sein schien. Ich konnte ihn nicht sehen, aber ich konnte ihn weinen hören, und er entschuldigte sich bei jeder Krankenschwester und jedem Pfleger, die an ihm vorbeikamen. Und er bekam Antworten wie: Okay, Kevin, ist schon in Ordnung, guter Mann.

Der Arzt, der mir Blut abnahm, sah nicht viel älter aus als ich. Er schien sehr viel Blut zu brauchen, außerdem noch eine Urinprobe, und er stellte mir Fragen nach meiner sexuellen Vorgeschichte. Ich sagte ihm, ich hätte noch nie ungeschützten Verkehr gehabt, und er bewegte ungläubig die Unterlippe und sagte: Noch nie, okay. Ich hustete und sagte: Na ja, nicht vollständig. Dann warf er mir einen Blick über sein Klemmbrett hinweg zu. Seinem Gesichtsausdruck war eindeutig zu entnehmen, dass er mich für eine Idiotin hielt.

Nicht vollständig ungeschützt?, fragte er. Ich kann Ihnen nicht ganz folgen.

Ich merkte, wie ich rot wurde, antwortete aber so trocken und gleichgültig wie möglich.

Nein, ich meinte, es kam nicht vollständig zum Geschlechtsverkehr, sagte ich.

Verstehe.

Dann sah ich ihn an und sagte: Ich meine, er ist nicht in mir gekommen, drücke ich mich so unklar aus? Er sah wieder auf sein Klemmbrett. Wir hassten uns leidenschaftlich, das war eindeutig. Bevor er ging, sagte er, mein Urin würde auf eine Schwangerschaft getestet. Üblicherweise würde der HCG-Wert bis zu zehn Tage erhöht bleiben, das sagte er, bevor er ging.

Mir war klar, dass man einen Schwangerschaftstest machen würde, weil man dachte, ich hätte einen Abgang gehabt. Ich fragte mich, ob die Zellklumpen zu dieser Annahme geführt hatten. Eine sengende Unruhe wuchs bei diesem Gedanken in mir und nahm dieselbe Form an wie immer, ganz egal, welche äußeren Reize sie auslösten: erst die Erkenntnis, dass ich sterben würde, dann die, dass alle anderen auch sterben würden, und schließlich, dass auch das Universum irgendwann dem Hitzetod erliegen würde, eine Gedankenkette, die sich endlos ausdehnte, bis sie zu groß war, um noch in meinem Körper zu bleiben. Ich zitterte, meine Hände waren feucht, und ich war davon überzeugt, dass ich mich wieder übergeben musste. Ich boxte sinnlos auf mein Bein ein, als würde das den Tod des Universums verhindern. Dann fand ich mein Handy unter dem Kopfkissen und wählte Nicks Nummer.

Er ging nach mehrfachem Klingeln dran. Ich konnte meine eigene Stimme nicht hören, aber ich glaube, ich sagte etwas in der Art, dass ich mit ihm sprechen wollte. Meine Zähne klapperten, und vielleicht gab ich nur unverständliches Zeug von mir. Er antwortete flüsternd.

Bist du betrunken?, fragte er. Warum rufst du mich denn so an?

Ich sagte, ich wüsste es nicht. Meine Lunge brannte, und meine Stirn war feucht.

Es ist hier erst zwei Uhr nachts, sagte er. Alle anderen sind noch wach, sie sind nebenan. Willst du mich in Schwierigkeiten bringen?

Ich sagte wieder, dass ich es nicht wüsste, und er sagte mir wieder, ich klänge betrunken. Eine besondere Kombination von Heimlichkeit und Wut lag in seiner Stimme: Die Heimlichkeit befeuerte die Wut, die Wut bezog sich auf die Heimlichkeit.

Jeder hätte sehen können, dass du versuchst, mich anzurufen, sagte er. Herrgott noch mal, Frances. Wie soll ich das denn erklären, falls jemand fragt?

Da merkte ich, dass ich mich aufregte, was sich besser anfühlte als Panik. Okay, sagte ich. Auf Wiederhören. Und ich legte auf. Er rief nicht zurück, schickte aber eine SMS, die aus einer Reihe Fragezeichen bestand. Ich bin im Krankenhaus, tippte ich ein. Dann drückte ich auf das Löschzeichen, bis die Nachricht verschwand, sorgsam geplanter Buchstabe für Buchstabe. Schließlich schob ich das Handy wieder unter mein Kissen.

Ich versuchte, logisch über alles nachzudenken. Angst war nur ein chemisches Phänomen, das schlechte Gefühle hervorrief. Gefühle waren nur Gefühle, sie hatten keinen materiellen Bestand. Wenn ich wirklich schwanger gewesen war, dann hatte ich ohnehin wahrscheinlich eine Fehlgeburt. Na und? Die Schwangerschaft war bereits vorbei, und ich musste nicht über Dinge wie irisches Verfassungsrecht, das Recht auf Freizügigkeit, meinen aktuellen Kontostand und so weiter nachdenken. Und doch würde es bedeuten, dass ich eine Zeitlang, ohne es zu wissen, Nicks Kind oder vielmehr eine geheimnisvolle Halbe-halbe-Mischung aus mir und aus Nick in meinem Körper herumgetragen hatte. Mit so etwas musste ich mich wohl arrangieren, auch wenn ich nicht genau wusste, wie oder was »sich arrangieren« überhaupt bedeutete oder ob ich wirklich noch streng logisch darüber nachdachte. Inzwischen war ich erschöpft und hatte die Augen geschlossen. Ich merkte, wie ich darüber nachdachte, ob es ein Junge gewesen war.

Der Arzt kam einige Stunden später zurück und bestätigte, dass ich nicht schwanger und es kein Abgang gewesen war und dass es keine Anzeichen für Infektionen oder andere Unregelmäßigkeiten in meinem Blut gab. Während er mit mir sprach, bemerkte er, dass ich zitterte und mein Gesicht feucht war, wahrscheinlich sah ich wie ein verängstigter Hund aus, aber er fragte mich nicht, wie es mir ging. Egal, dachte ich, es geht mir gut. Er sagte mir, dass die Gynäkologin nach mir sehen würde, sobald ihre Schicht um acht Uhr anfing. Dann ging er und ließ den Vorhang hinter sich offen. Draußen wurde es langsam hell, und ich hatte nicht geschlafen. Das nicht existente Baby ging in eine neue Kategorie der Nichtexistenz ein, das heißt, es gehörte nun zu den Dingen, die nicht aufgehört hatten zu existieren, sondern tatsächlich niemals existiert hatten. Ich fühlte mich dumm, und die Vorstellung, dass ich je schwanger gewesen war, schien jetzt wehmütig naiv.

Die Gynäkologin kam um acht. Sie stellte mir ein paar Fragen zu meinem Zyklus, dann zog sie die Vorhänge zu und untersuchte mich. Ich wusste nicht genau, was sie mit ihren Händen machte, aber was es auch war, es schmerzte entsetzlich. Es fühlte sich an, als würde an einer extrem empfindlichen Wunde in mir herumgezerrt. Hinterher hielt ich meine Arme um die Brust geschlungen und nickte zu allem, was sie sagte, obwohl ich mir nicht sicher war, ob ich sie wirklich verstand. Sie hatte gerade erst in meinen Körper gefasst und mir die fürchterlichsten Schmerzen zugefügt, die ich jemals empfunden hatte, und der Umstand, dass sie einfach so weiterredete, als erwartete sie, dass ich mich daran erinnern würde, was sie sagte, erschien mir wahrhaft verrückt.

Ich weiß allerdings noch, dass sie mir sagte, ich bräuchte einen Ultraschall, und dass es unterschiedliche Ursachen haben könnte. Dann schrieb sie mir ein Rezept für die Pille auf und sagte mir, ich könne zwei Streifen hintereinander nehmen und somit nur einmal alle sechs Wochen meine Tage haben. Ich sagte ihr, dass ich das tun würde. Sie sagte mir, ich erhielte in den nächsten Tagen einen Brief, was den Ultraschall anging.

Das war's, sagte sie. Sie können jetzt gehen.

Meine Mutter holte mich vor dem Krankenhaus ab. Als ich die Beifahrertür geschlossen hatte, sagte sie: Du siehst fürchterlich aus. Ich sagte ihr: Wenn Geburten auch nur annähernd so schlimm sind wie die gynäkologische Untersuchung gerade, dann bin ich überrascht, dass die Menschheit so lange überlebt hat. Sie lachte und fuhr mir übers Haar. Arme Frances, sagte sie. Was machen wir denn nur mit dir?

Als ich nach Hause kam, schlief ich bis zum Nachmittag auf dem Sofa. Meine Mutter war gegangen und hatte mir eine Nachricht hinterlassen, sie müsse zur Arbeit und ich solle es ihr sagen, wenn ich etwas brauchte. Es ging mir gut genug, dass ich herumlaufen konnte, ohne mich vor Schmerz zu krümmen, und ich machte mir Kaffee und Toast. Ich strich die Butter dick auf den Toast und biss kleine Stückchen ab, die ich langsam kaute. Dann duschte ich, bis ich mich wirklich sauber fühlte, und trottete in Handtücher gewickelt in mein Zimmer zurück. Dort setzte ich mich aufs Bett, Wasser lief mir aus dem

Haar den Rücken hinunter, und ich weinte. Ich konnte ruhig weinen, weil mich niemand sah und ich niemandem davon erzählen würde.

Als ich aufhörte, war mir sehr kalt. Meine Fingerspitzen waren gruselig weißlich-grau. Ich rieb mir die Haut trocken und föhnte mir das Haar, bis es knisterte. Dann fasste ich an die weiche Stelle innen an meinem linken Ellenbogen und zwickte sie so fest mit Daumen und Zeigefinger, dass ich mir die Haut aufriss. Das war's. Jetzt war es vorbei. Alles würde gut werden.

19

Meine Mutter kam am Nachmittag früh von der Arbeit zurück und richtete kaltes Hühnchen an, während ich am Tisch saß und Tee trank. Sie schien mir gegenüber etwas kühl, während sie das Essen zubereitete, und sprach erst mit mir, als sie sich hingesetzt hatte.

Du bist also nicht schwanger, sagte sie.

Nein.

Gestern Abend warst du dir aber nicht ganz so sicher.

Na ja, der Test ist ziemlich eindeutig, sagte ich.

Sie schenkte mir ein merkwürdiges kleines Lächeln und nahm den Salzstreuer. Vorsichtig fügte sie ihrem Huhn eine kleine Menge Salz hinzu und stellte den Streuer neben die Pfeffermühle.

Du hast mir gar nicht erzählt, dass du mit jemandem zusammen bist, sagte sie.

Wer sagt, dass ich mit jemandem zusammen bin?

Es ist aber nicht dieser neue Freund von dir, mit dem du im Urlaub warst? Der gutaussehende Typ, dieser Schauspieler?

Ich trank etwas Tee, hatte aber keinen Hunger mehr.

Du weißt schon, dass uns seine Frau zu dem Urlaub eingeladen hat, sagte ich.

Ich hör gar nichts mehr über ihn. Sonst hast du seinen Namen ziemlich oft erwähnt.

Und doch scheinst du aus irgendeinem Grund nicht mehr zu wissen, wie er heißt.

Da lachte sie laut. Sie sagte: Ich weiß, wie er heißt, Nick irgendwas. Nick Conway. Ein gutaussehender Mann. Ich hab ihn sogar letztens im Fernsehen gesehen, ich hab es für dich aufgenommen.

Das war sehr aufmerksam von dir, Mutter.

Na ja, es wäre mir gar nicht recht, wenn es irgendwas mit ihm zu tun hätte.

Ich sagte ihr, dass das Essen gut war, und bedankte mich bei ihr dafür.

Hörst du mir eigentlich zu, Frances?, fragte sie.

Mir ist jetzt nicht danach, wirklich nicht.

Schweigend beendeten wir unsere Mahlzeit. Ich ging anschließend nach oben und sah mir im Spiegel die Stelle an meinem Arm an, in die ich mich gezwickt hatte. Sie war rot und ein wenig geschwollen, und wenn ich sie berührte, brannte es.

*

Ich blieb während der nächsten Tage zu Hause, lag herum und las. Es gab eine Menge akademischer Texte, die ich hätte lesen können, aber stattdessen las ich die Evangelien. Aus irgendeinem Grund hatte meine Mutter eine dünne, ledergebundene Ausgabe des Neuen Testaments ins Bücherregal meines Zimmers gestellt, zwischen Jane Austens *Emma* und eine Anthologie mit früher amerikanischer Literatur. Im Internet fand ich heraus, dass man mit Markus anfangen sollte, danach die anderen Evangelien in dieser Reihenfolge: Matthäus, dann Johannes, dann Lukas. Markus hatte ich ziemlich schnell durch. Es war in sehr kleine Passagen unterteilt und leicht zu lesen, und ich notierte mir interessante Stellen in einem roten Notizbuch. Jesus sagte nicht viel im Markus-Evangelium, wodurch mein Interesse, die anderen zu lesen, stieg.

Als Kind hatte ich Religion gehasst. Meine Mutter hatte mich jeden Sonntag mit zur Messe genommen, bis ich vierzehn war, aber sie glaubte nicht an Gott und sah die Messe als soziales Ritual, vor dem ich mir die Haare zu waschen hatte. Trotzdem näherte ich mich der Bibel mit der Ansicht, dass Jesus wahrscheinlich philosophisch solide war. Es stellte sich heraus, dass ich vieles, was er sagte, kryptisch und sogar abstoßend fand. Wer aber nicht hat, von dem wird auch das genommen, was er hat, das gefiel mir nicht, obwohl ich mir nicht ganz sicher war, ob ich es richtig verstanden hatte. Bei Matthäus gab es eine Passage, in der die Pharisäer Jesus nach der Ehe fragten, ich las sie um acht oder neun Uhr abends, während meine Mutter vor der Zeitung saß. Jesus sagte, dass Mann und Frau in der Ehe nicht länger zwei, sondern ein Fleisch sind. Was nun Gott zusammengefügt hat, das soll der Mensch nicht scheiden. Ich fühlte mich ziemlich mies, als ich das las. Ich legte die Bibel zur Seite, aber es half nichts.

Am Tag nach dem Krankenhaus hatte ich eine E-Mail von Nick erhalten.

hey. tut mir leid, wie ich mich gestern nacht am telefon aufgeführt hab. ich hatte nur angst, jemand hätte deinen namen auf dem display sehen können und dann wäre es thema geworden. aber es hat niemand was gesehen, und ich habe gesagt dass es meine mutter war (lass uns hier nicht zu psychologisch werden). du hast dich allerdings ziemlich seltsam angehört. ist alles in ordnung?

ps alle sagen mir, ich hätte schlechte laune seit du weg bist. sogar evelyn glaubt dass ich nach dir »schmachte«, was ziemlich peinlich ist.

Ich las sie ziemlich oft, antwortete aber nicht. Am Tag darauf kam der Brief vom Krankenhaus mit dem Termin für den Ultraschall irgendwann im November. Ich fand die Wartezeit ziemlich lang, aber meine Mutter sagte nur, das sei eben so bei dem Ärztemangel heutzutage und wenn man bei der gesetzlichen Krankenversicherung sei. Aber die wissen doch gar nicht, was mit mir nicht stimmt, sagte ich. Sie sagte mir, man hätte mich niemals entlassen, wenn es etwas Ernstes wäre. Ich war mir da nicht so sicher. Jedenfalls löste ich mein Rezept für die Pille ein und fing an, sie zu nehmen.

Ich rief meinen Vater ein paar Mal an, aber er ging nicht ans Telefon und rief auch nicht zurück. Meine Mutter schlug vor, ich könne doch einfach bei ihm »vorbeischneien«, am anderen Ende des Orts. Ich sagte, ich fühlte mich immer noch krank und dass ich nicht umsonst dort hinlaufen wollte, schließlich ging er nicht ans Telefon. Darauf antwortete sie nur: Er ist dein Vater. Für sie war das eine Art mantrisches Gebet. Für mich war das Thema erledigt. Er meldete sich nicht.

Meine Mutter konnte es nicht ausstehen, wie ich über meinen Vater sprach: so als wäre er nur irgendein normaler Mensch und nicht mein besonderer persönlicher Wohltäter oder eine kleine Berühmtheit. Diesen Ärger richtete sie gegen mich, aber es war gleichzeitig ein Symptom ihrer Enttäuschung, weil es meinem Vater nicht gelungen war, sich meinen Respekt zu verdienen. Ich wusste, dass sie während ihrer Ehe mit ihm ihren Geldbeutel im Kissen versteckt hatte, wenn sie schlief. Ich hatte sie weinend angetroffen, als er in Unterwäsche auf der Treppe eingeschlafen war. Ich sah, wie er dort lag, eine rosafarbene Masse, den Kopf auf den Arm gebettet. Er schnarchte, als wäre dies der beste Schlaf seines Lebens. Sie konnte nicht verstehen, dass ich ihn nicht liebte. Du musst ihn lieben, sagte sie zu mir, als ich sechzehn war. Er ist dein Vater.

Wer sagt, dass ich ihn lieben muss?, fragte ich.

Also, ich möchte daran glauben, dass du zu den Menschen gehörst, die ihre Eltern lieben.

Du kannst glauben, was du willst.

Ich glaube, ich habe dich dazu erzogen, nett zu anderen zu sein, sagte sie. Das glaube ich.

War ich nett zu anderen? Es fiel mir schwer, eine klare Antwort zu geben. Falls ich tatsächlich eine Persönlichkeit haben sollte, fürchtete ich, es könnte eine unfreundliche sein. Machte ich mir wegen dieser Frage nur deshalb so viele Gedanken, weil ich das Gefühl hatte, man verlange von mir als Frau, die Bedürfnisse anderer über meine eigenen zu stellen? War »Nettigkeit« nur ein anderer Ausdruck für Unterwerfung im Angesicht eines Konflikts? Solche Dinge schrieb ich als Teenager in mein Tagebuch: Als Feministin habe ich das Recht, niemanden zu lieben.

Ich fand ein Video der Doku, von der Bobbi in Frankreich erzählt hatte, eine Fernsehproduktion von 1992 mit dem Titel *Wunderkinder!* Nick war nicht das Hauptwunderkind in der Folge, es gab sechs Kinder, die gezeigt wurden, jedes hatte andere Interessen. Ich spulte vor, bis ich Aufnahmen von Nick fand, wie er sich Bücher ansah, während eine Stimme aus dem Off erklärte, dass »Nicholas« bereits mit zehn mehrere wichtige Werke der Philosophen der Antike gelesen und Essays über Metaphysik geschrieben hatte. Als Kind war Nick sehr dünn, wie eine Heuschrecke. In der ersten Einstellung wurde ein riesiges Haus in Dalkey gezeigt, vor dem zwei beeindruckende Autos parkten. Später war Nick vor einem blauen Hintergrund zu sehen, und eine Moderatorin stellte ihm Fragen zum platonischen Idealismus, die er kompetent beantwortete, ohne überheblich zu wirken. Irgendwann fragte ihn die Moderatorin: Warum magst du die Welt der Antike so gern? Und Nick sah sich nervös um, so als suchte er seine Eltern. Na ja, ich mag sie nicht unbedingt, sagte er, ich studiere sie nur. Dann siehst du dich also nicht als angehenden Philosophiekönig?, fragte die Moderatorin scherzhaft. Nein, sagte Nick sehr ernst. Er zupfte am Ärmel seines Blazers. Er sah sich immer noch um, als erwartete er, dass jemand auftauchte, um ihm zu helfen. Das wäre mein schlimmster Albtraum, sagte er. Die Moderatorin lachte, und Nick entspannte sich deutlich. Frauen, die lachten, entspannten ihn immer, dachte ich.

Ein paar Tage nach dem Krankenhaus rief ich Bobbi an und fragte sie, ob wir noch Freundinnen seien. Ich merkte, dass sich meine Stimme dumm anhörte, obwohl ich versucht hatte, es wie einen Witz klingen zu lassen. Ich dachte, du rufst mich früher an, sagte sie. Ich war im Krankenhaus, sagte ich. Meine Zunge fühlte sich riesig und treulos in meinem Mund an.

Wie meinst du das?, fragte sie.

Ich erklärte ihr, was passiert war.

Sie dachten, du hättest einen Abgang, sagte sie. Das ist ziemlich heftig, oder?

Ja? Ich weiß nicht – ich wusste nicht, wie ich das finden soll.

Sie seufzte vernehmlich in den Hörer. Ich wollte ihr erklären, dass ich nicht wusste, wie viel ich empfinden durfte oder wie viel ich von dem, was ich zu der Zeit empfunden hatte, jetzt noch rückblickend empfinden durfte. Ich hatte Panik, wollte ich ihr sagen, ich habe schon wieder über den Hitzetod des Universums nachgedacht. Ich habe Nick angerufen und dann einfach wieder aufgelegt. Aber, hätte ich ihr gern erzählt, das alles tat ich, weil ich dachte, mit mir würde etwas geschehen, was sich dann jedoch als falsch herausstellte. Die Vorstellung von dem Kind mit dem gesamten riesigen emotionalen Gewicht und dem Potenzial für andauernde Trauer hatte sich in nichts aufgelöst. Ich war nie schwanger gewesen. Es war unmöglich, vielleicht auch anmaßend, wegen einer Schwangerschaft zu trauern, die es nie gegeben hatte, auch wenn die Gefühle, die ich hatte, zu der Zeit echt gewesen waren. Früher war Bobbi für die Analysen meines eigenen Elends empfänglich gewesen, aber diesmal traute ich mir nicht zu, dass ich ihr die Argumente liefern konnte, ohne ins Telefon zu weinen.

Es tut mir leid, dass du glaubst, ich hätte dich wegen Nick angelogen, sagte ich.

Es tut dir leid, dass ich das glaube, okay.

Es war einfach kompliziert.

Ja, sagte Bobbi. Ich fürchte, außereheliche Beziehungen sind das manchmal.

Bist du immer noch meine Freundin?

Ja. Also wann hast du dieses Ultraschalldings?

Im November, sagte ich ihr. Ich erzählte ihr auch von dem Arzt, der mir Fragen über ungeschützten Geschlechtsverkehr gestellt hatte, und sie prustete los. Ich saß auf dem Bett, die Füße unter der Decke. Im Spiegel an der anderen Wand konnte ich meine linke Hand, meine freie Hand sehen, die nervös über den Saum des Kopfkissenbezugs fuhr. Ich ließ sie fallen und betrachtete sie, wie sie tot auf der Decke lag.

Ich kann einfach nicht glauben, dass Nick es ohne Kondom macht, sagte Bobbi. Das ist so scheiße.

Ich nuschelte etwas zur Verteidigung im Sinne von: Oh, wir haben nicht … Weißt du, es war nicht wirklich …

Ich gebe dir nicht die Schuld, sagte sie. Ich wundere mich nur über ihn, das ist alles.

Ich wusste nicht, was ich sagen sollte. Nichts von den idiotischen Dingen, die wir getan hatten, schien mir Nicks Schuld zu sein, weil er immer nur mitgemacht hatte, wenn ich etwas vorschlug.

Wahrscheinlich war es meine Idee, sagte ich.

Du hörst dich an wie nach einer Gehirnwäsche, wenn du so redest.

Nein, aber er ist eigentlich sehr passiv.

Gut, aber er hätte nein sagen können, sagte Bobbi. Vielleicht gibt er sich auch einfach nur gern passiv, damit er für nichts die Verantwortung übernehmen muss.

Im Spiegel konnte ich sehen, dass meine Hand wieder anfing, diese Sache zu machen. Das Gespräch lief nicht so, wie ich es gern gehabt hätte.

Wenn man dir zuhört, klingt er sehr berechnend, sagte ich.

Ich meine ja nicht, dass er es absichtlich getan hat. Hast du ihm gesagt, dass du im Krankenhaus warst?

Ich sagte nein. Ich merkte, wie sich mein Mund wieder öffnete, um ihr von dem Anruf zu erzählen, als er mich beschuldigt hatte, betrunken zu sein, aber dann entschied ich mich dagegen und verkündete nur: Na ja, nein.

Aber du stehst ihm doch nah, sagte sie. Du erzählst ihm doch von dir.

Ich weiß es nicht. Ich weiß wirklich nicht, wie nahe wir uns sind.

Na ja, du erzählst ihm mehr, als du mir erzählst.

Nein, sagte ich. Weniger als dir. Er denkt wahrscheinlich, dass ich ihm nie irgendwas erzähle.

An jenem Abend beschloss ich, mir die alten Chatnachrichten mit Bobbi durchzulesen. Ich hatte mir schon einmal ein ähnliches Projekt vorgenommen, kurz nachdem wir uns getrennt hatten, und jetzt hatte ich ein paar ganze zusätzliche Jahre Nachrichten zum Lesen. Es tröstete mich zu wissen, dass meine Freundschaft mit Bobbi nicht nur auf Erinnerungen beschränkt war und dass die textlichen Beweise ihrer früheren Zuneigung zu mir ihre tatsächliche Zuneigung notfalls überleben würden.

Das war, aus offensichtlichen Gründen, auch nach der Trennung mein drängendster Gedanke gewesen. Mir war wichtig gewesen, dass Bobbi niemals leugnen konnte, mich einmal sehr gemocht zu haben.

Diesmal lud ich mir unsere Unterhaltungen als riesige Textdatei mit Zeitstempeln herunter. Ich sagte mir, sie sei zu groß, um sie von Anfang bis Ende zu lesen, und sie hatte auch keine durchgehende erzählerische Form, also beschloss ich, sie zu lesen, indem ich nach bestimmten Wörtern oder Phrasen suchte und um sie herum las. Als Erstes probierte ich »Liebe«, was mich zu folgender Unterhaltung von vor sechs Monaten führte:

Bobbi: wenn man liebe nicht nur als zwischenmenschliches phänomen betrachtet
Bobbi: und versucht, sie als soziales wertesystem zu verstehen
Bobbi: dann ist sie sowohl antithetisch zum kapitalismus, indem sie das axiom der selbstsucht herausfordert
Bobbi: welches die gesamte logik der ungleichheit diktiert
Bobbi: sie ist aber auch unterwürfig und vermittelnd
Bobbi: das heißt, mütter ziehen selbstlos ihre kinder ohne gewinnmotiv groß
Bobbi: was den ansprüchen des marktes auf einer ebene entgegensteht
Bobbi: und doch eigentlich nur dazu dient, kostenlose arbeitskräfte zu liefern
ich: ja
ich: Kapitalismus nutzt »Liebe« für den Profit
ich: Liebe ist die diskursive Praxis, und unbezahlte Arbeit ist der Effekt
ich: Aber ich meine, ich versteh es, ich bin schlichtweg Anti-Liebe

Bobbi: das ist flach, frances
Bobbi: du musst mehr tun, als zu sagen, dass du anti-irgendwas bist

Nachdem ich diesen Austausch gelesen hatte, stand ich vom Bett auf, zog mich aus und sah mich im Spiegel an. In gewissen Abständen verspürte ich einen Zwang, das zu tun, obwohl sich nichts an mir je zu verändern schien. Meine Hüftknochen ragten immer noch auf unattraktive Art aus meinem Becken hervor, und mein Bauch war immer noch hart und rund, wenn man ihn berührte. Ich sah aus wie etwas, das zu schnell vom Löffel geglitten war, bevor es Zeit gehabt hatte, sich zu setzen. Meine Schultern waren mit geplatzten violetten Äderchen übersät. Eine Weile stand ich da, sah mich einfach an und spürte, wie meine Abscheu wuchs, als experimentierte ich damit, herauszufinden, wie viel ich empfinden konnte. Schließlich hörte ich ein Klingeln in meiner Tasche und machte mich daran, sie zu suchen.

Als ich mein Handy gefunden hatte, teilte es mir mit, ich hätte einen Anruf von meinem Vater verpasst. Ich versuchte, ihn zurückzurufen, erhielt aber keine Antwort. Mittlerweile war mir kalt, und so zog ich mich wieder an, ging dann runter und sagte meiner Mutter, ich würde bei meinem Vater vorbeischauen. Sie saß am Tisch und las die Zeitung. Sie sah nicht auf. Gute Frau, sagte sie. Grüß ihn von mir.

Ich nahm dieselbe alte Strecke durch den Ort. Ich hatte keine Jacke angezogen, und als ich vor seinem Haus stand und klingelte, hüpfte ich von einem Fuß auf den anderen, um mich aufzuwärmen. Das Glas beschlug von meinem

Atem. Ich klingelte wieder, und nichts geschah. Als ich die Tür öffnete, konnte ich im Haus nichts hören. Der Flur roch nach Feuchtigkeit und nach etwas Schlimmerem als Feuchtigkeit, etwas Säuerlichem. Ein Müllbeutel stand zugeschnürt und verlassen unter dem Flurtisch. Ich rief nach meinem Vater: Dennis?

Ich sah, dass in der Küche Licht brannte, also stieß ich die Tür auf und schlug mir reflexartig die Hand vors Gesicht. Der Geruch war so widerlich, dass er schon etwas Physisches hatte, wie Hitze oder eine Berührung. Mehrere halb gegessene Mahlzeiten stapelten sich auf dem Tisch und den Arbeitsflächen und befanden sich in unterschiedlichen Verwesungsstadien, umringt von dreckigen Taschentüchern und leeren Flaschen. Die Kühlschranktür stand offen, ein gelbes Lichtdreieck schien auf den Boden. Eine Schmeißfliege krabbelte an einem Messer entlang, das in einem großen Mayonnaiseglas vergessen worden war, und vier andere knallten fortlaufend gegen das Küchenfenster. Im Mülleimer konnte ich eine Handvoll weißer Maden erkennen, die sich blind krümmten, wie kochender Reis. Ich trat einen Schritt zurück, aus dem Raum hinaus, und schloss die Tür.

Im Flur versuchte ich noch einmal, Dennis' Handy anzurufen. Er ging nicht ran. Wie ich so in seinem Haus stand, kam ich mir vor, als würde mich jemand, den ich gut kannte, anlächeln, nur ohne Zähne. Ich wollte mir wieder selbst wehtun, um mich daran zu erinnern, dass ich mich in der Sicherheit meines eigenen Körpers befand. Stattdessen wandte ich mich um und ging raus. Ich zog den Ärmel über meine Hand und schloss die Tür.

20

Mein Praktikum in der Agentur endete offiziell Anfang September. Wir hatten alle ein letztes Treffen mit Sunny, um über unsere Zukunftspläne zu sprechen und was wir bei der Arbeit gelernt hatten, obwohl ich nicht glaubte, dass ich irgendetwas zu diesen Themen zu sagen hätte. Ich kam an meinem letzten Tag in ihr Büro, und sie bat mich, die Tür zu schließen und mich zu setzen.

Also, du willst nicht in einer Literaturagentur arbeiten, sagte sie.

Ich lächelte, als hätte sie einen Witz gemacht, während sie einige Unterlagen durchsah und sie dann beiseitelegte. Sie stützte ihre Ellenbogen auf den Schreibtisch, hielt ihr Kinn nachdenklich in den Händen.

Ich mache mir schon so meine Gedanken, was dich betrifft, sagte sie. Du scheinst keine Pläne zu haben.

Ja, die habe ich definitiv nicht.

Du hoffst einfach, dass du auf die Füße fällst.

Ich sah aus dem Fenster hinter ihr auf die schönen georgianischen Gebäude und die Busse, die vorbeifuhren. Es regnete schon wieder.

Erzähl mir von deinem Urlaub, sagte sie. Wie läuft es mit Melissas Artikel?

Ich erzählte ihr von Étables, von Derek, den Sunny kannte, und von Valerie, von der sie gehört hatte. Sunny nannte sie eine »beeindruckende Frau«. Ich verzog ein bisschen das Gesicht, und wir lachten. Mir wurde klar, dass ich Sunnys Agentur gar nicht verlassen wollte, dass es mir so vorkam, als verabschiedete ich mich von etwas, mit dem ich noch nicht fertig war.

Ich weiß nicht, was ich tun werde, sagte ich.

Sie nickte und hob dann vielsagend und akzeptierend die Schultern.

Na ja, deine Gutachten waren immer sehr gut, sagte sie. Wenn du mal eine Referenz brauchst, kannst du mich ansprechen. Und ich bin mir sicher, dass ich dich bald wiedersehen werde.

Danke, sagte ich. Für alles.

Sie schenkte mir einen letzten verständnisvollen oder verzweifelten Blick und wandte sich dann wieder den Unterlagen auf ihrem Schreibtisch zu. Sie sagte mir, ich könne Philip reinschicken, wenn ich ging. Das tat ich.

*

In jener Nacht war ich lange wach und bastelte in meiner Wohnung an Kommas in einem langen Gedicht herum, an dem ich gerade schrieb. Ich sah, dass Nick online war, und schickte ihm eine Nachricht: Hallo. Ich saß am Küchentisch und trank Pfefferminztee, weil die Milch im Kühlschrank schlecht war. Er antwortete, wollte wissen, ob ich vor fünf Tagen seine E-Mail bekommen hatte, und ich sagte ja, und er solle sich wegen des unangenehmen Telefonats keine Gedanken machen. Ich wollte ihm nicht sagen, dass ich im Krankenhaus gewesen war, und auch nicht, warum. Es war eine Geschichte ohne Fazit, und sie war in jedem Fall peinlich. Er sagte mir, in Frankreich würden sie alle Bobbi und mich vermissen.

ich: Gleich viel?
Nick: haha
Nick: na vielleicht vermisse ich dich ein bisschen mehr
ich: Danke
Nick: ja ich werde nachts immer wach, wenn ich jemanden auf der treppe höre
Nick: und dann fällt mir ein dass du weg bist
Nick: niederschmetternde enttäuschung

Ich lachte vor mich hin, obwohl niemand da war, der mich sehen konnte. Ich liebte es, wenn er für mich auf diese Weise verfügbar war, wenn unsere Beziehung wie ein Word-Dokument war, das wir zusammen schrieben und bearbeiteten, oder wie ein Insiderwitz, den niemand außer uns verstehen konnte. Es war ein gutes Gefühl, wenn ich ihn als meinen Kollaborateur sah. Ich stellte mir gern vor, wie er nachts aufwachte und an mich dachte.

ich: Das ist echt ziemlich süß
ich: Ich vermisse dein hübsches Gesicht

Nick: ich wollte dir vorhin schon ein lied schicken, weil ich dabei an dich denken musste
Nick: aber dann hab ich mir deine sarkastische antwort vorgestellt und kalte füße bekommen
ich: Hahaha
ich: Bitte schick es mir!
ich: Ich verspreche, nicht sarkastisch zu sein
Nick: wäre es okay, wenn ich dich anrufe
Nick: ich hab was getrunken, und das tippen bringt mich um
ich: Oh, du bist betrunken, deshalb bist du so nett
Nick: ich meine, john keats hatte einen ausdruck für frauen wie dich
Nick: einen französischen
Nick: siehst du, wo mich das hinführt
ich: Bitte ruf an

Er rief mich an. Er klang am Telefon nicht wirklich betrunken, er klang auf nette Art verschlafen. Wir sagten uns wieder, dass wir uns vermissten. Ich hielt die Tasse mit dem Pfefferminztee in der Hand, merkte, wie er kalt wurde. Nick entschuldigte sich wieder wegen des Anrufs letztens. Ich bin ein schlechter Mensch, sagte er. Ich erwiderte, so was solle er nicht sagen. Doch, ich bin ein schlechter Kerl, sagte er. Er erzählte mir, was sie in Étables gemacht hatten, er sprach über das stürmische Wetter und irgendein Schloss, das sie sich angesehen hatten. Ich erzählte ihm von meinem Praktikum, das jetzt zu Ende war, und er sagte, ich hätte nie den Eindruck gemacht, dass es mich besonders interessierte. Vielleicht war ich von dem Drama in meinem Privatleben abgelenkt, sagte ich.

Oh, ja, das wollte ich noch fragen, sagte er. Wie läuft es zwischen dir und Bobbi? Sie hat das mit uns ja nicht unbedingt auf die beste Art herausgefunden, fürchte ich.

Ja, das war peinlich. Irgendwie ärgert es mich.

Das ist deine erste Beziehung, seit ihr beide nicht mehr zusammen seid, oder?

Scheint so, sagte ich. Meinst du, dass es deshalb komisch ist?

Na ja, ihr wart ja nicht wirklich oft getrennt, seit ihr Schluss gemacht habt. Soll heißen, ihr verbringt immer noch eure gesamte Zeit miteinander.

Sie hat mit mir Schluss gemacht.

Nick hielt inne, und als er weitersprach, klang er, als lächelte er neugierig. Ja, ich weiß, sagte er. Ist das wichtig?

Ich verdrehte die Augen, aber ich genoss das Gespräch mit ihm. Ich stellte die Teetasse auf den Tisch. Oh, verstehe, sagte ich. Jetzt verstehe ich, warum du mich anrufst, okay.

Was?

Du willst mit mir Telefonsex haben.

Er fing an zu lachen. Das hatte ich beabsichtigt, und ich sonnte mich darin. Er lachte lange. Ich weiß, sagte er. Typisch ich. Da wollte ich ihm vom Krankenhaus erzählen, weil er gerade so nett zu mir war, und er hätte tröstende Dinge sagen können, aber ich wusste, dass die Unterhaltung dann ernst werden würde. Ich wollte ihn nicht zu einem ernsthaften Gespräch drängen. Übrigens, sagte er, ich hab heute am Strand eine junge Frau gesehen, die wie du aussah.

Man sagt mir ständig, dass jemand wie ich aussieht, sagte ich. Und wenn ich diese Person dann sehe, sieht sie immer ganz langweilig aus, und ich muss so tun, als würde es mir nichts ausmachen.

Oh, nicht diese Frau. Diese Frau war sehr attraktiv.

Du erzählst mir etwas von einer attraktiven Fremden, die du gesehen hast, wie süß.

Sie hat ausgesehen wie du!, sagte er. Sie war vermutlich weniger feindselig. Vielleicht sollte ich lieber mit ihr eine Affäre anfangen.

Ich nahm einen Schluck Tee. Ich kam mir albern vor, weil ich seine E-Mail so lange nicht beantwortet hatte, und war dankbar, dass er nicht darauf einging oder sich verletzt gab. Ich fragte ihn, was er den ganzen Tag gemacht hatte, und er erzählte mir, er hätte sich vor den Anrufen seiner Eltern gedrückt und deshalb ein schlechtes Gewissen.

Sieht dein Dad so gut aus wie du?, fragte ich.

Warum, willst du ihn besuchen? Er ist sehr rechts. Ich könnte auch darauf hinweisen, dass er verheiratet ist, aber das hat dich ja noch nie gestört.

Oh, wie nett. Wer ist jetzt feindselig?

Tut mir leid, sagte er. Du hast ja recht, du solltest meinen Dad verführen.

Glaubst du, ich bin sein Typ?

Aber ja. Insofern jedenfalls, als du große Ähnlichkeit mit meiner Mutter hast.

Ich musste lachen. Es war ein aufrichtiges Lachen, aber ich wollte trotzdem sicher sein, dass er es hörte.

Das war ein Witz, sagte Nick. Lachst du oder weinst du? Du hast keinerlei Ähnlichkeit mit meiner Mutter.

Ist dein Vater wirklich rechts, oder war das auch ein Witz?

O nein, er ist ein echter Vermögensschöpfer. Er hasst Frauen. Verachtet voll und ganz die Armen. Du kannst dir also vorstellen, wie er mich liebt, seinen tuntigen Schauspielersohn.

Da musste ich wirklich lachen. Du bist nicht tuntig, sagte ich. Du bist offensiv heterosexuell. Du hast sogar eine einundzwanzigjährige Geliebte.

Ich denke, das würde meinem Vater wirklich gefallen. Wie gut, dass er es nie erfahren wird.

Ich sah mich in der leeren Küche um und sagte: Ich habe heute mein Zimmer aufgeräumt, weil du bald aus Frankreich zurückkommst.

Im Ernst? Das gefällt mir. Ich denke, das zählt jetzt wirklich als Telefonsex.

Wirst du mich besuchen?

Nach kurzem Zögern sagte er: Natürlich komme ich zu dir. Ich glaubte zwar nicht unbedingt, dass ich ihn verloren hatte, aber ich wusste, dass er über etwas anderes nachdachte. Dann sagte er: Du hast dich letztens am Telefon wirklich total daneben angehört, warst du betrunken?

Vergiss es einfach.

Du bist nur einfach sonst nicht die große Telefoniererin. Du warst aber nicht verärgert oder so was?

Ich hörte etwas im Hintergrund bei Nick, und dann ein leises Knacken. Hallo?, rief er. Eine Tür öffnete sich, und ich hörte Melissas Stimme: Oh, du telefonierst. Nick sagte: Ja, gib mir noch eine Sekunde. Die Tür ging wieder zu. Ich sagte nichts.

Ich werde dich besuchen, sagte er leise. Ich muss jetzt aufhören, in Ordnung?

Klar.
Tut mir leid.
Mach ruhig, sagte ich. Lebe dein Leben.
Er legte auf.

*

Am nächsten Tag kam unsere Freundin Marianne aus Brooklyn zurück und erzählte uns alles über die Promis, die sie kennengelernt hatte. Sie zeigte uns bei einem Kaffee Fotos auf ihrem Handy: Brooklyn Bridge, Coney Island, Marianne selbst, die mit einem verschwommenen Mann lächelte, von dem ich persönlich nicht glaubte, dass es sich wirklich um Bradley Cooper handelte. Wow, sagte Philip. Cool, stimmte ich zu. Bobbi leckte ihren Teelöffel ab und sagte nichts.

Ich freute mich, Marianne wiederzusehen, freute mich, von ihren Problemen zu hören, als liefe mein Leben genauso wie immer. Ich erkundigte mich nach ihrem Freund Andrew, wie ihm sein neuer Job gefiel, was mit seiner Ex passiert war, die ihm auf Facebook schrieb. Ich prahlte mit Philips Praktikum bei der Agentur, wie aus ihm ein rücksichtsloser Literaturagent werden würde, der Millionen scheffelte, und ich merkte, dass es ihm gefiel. Besser als Waffenhandel, sagte er. Bobbi schnaubte. Herrgott, Philip, ist das dein Nonplusultra?, fragte sie. Wenigstens verkaufe ich keine Waffen?

An dem Punkt entglitt mir die Unterhaltung. Bevor ich Marianne weitere Fragen stellen konnte, wollte Philip wissen, wie es in Étables gewesen war. Nick und Melissa waren immer noch dort, sie würden frühestens in zwei

Wochen zurückkommen. Bobbi sagte ihm, wir hätten »Spaß« gehabt.

Lief's gut mit Nick?, fragte er mich.

Ich starrte ihn an. Marianne erklärte er: Frances hat eine Affäre mit einem verheirateten Mann.

Nein, hab ich nicht, sagte ich.

Philip macht einen Witz, sagte Bobbi.

Der berühmte Nick?, fragte Marianne. Das will ich hören.

Wir sind befreundet, sagte ich.

Aber er ist definitiv in dich verknallt, sagte Philip.

Frances, du Verführerin, sagte Marianne. Ist er nicht verheiratet?

Glücklichst, sagte ich.

Um das Thema zu wechseln, sprach Bobbi davon, ausziehen und eine Wohnung näher am Stadtzentrum finden zu wollen. Marianne sagte, es gebe eine Wohnungskrise, es sei sogar in den Nachrichten gewesen.

Und sie vermieten nicht an Studenten, sagte Marianne. Ernsthaft, seht euch die Anzeigen an.

Du ziehst aus?, fragte Philip.

Es dürfte nicht erlaubt sein, Studenten abzulehnen, sagte Marianne. Das ist Diskriminierung.

Wo suchst du denn?, fragte ich. Du weißt, dass wir das zweite Zimmer in meiner Wohnung demnächst vermieten?

Bobbi sah mich an und stieß dann einen kleinen Lacher aus.

Wir könnten in einer WG wohnen, sagte sie. Wie viel?

Ich frage meinen Dad, sagte ich.

Ich hatte nicht mehr versucht, mit meinem Vater zu

sprechen, seit ich bei ihm zu Hause gewesen war. Als ich ihn am Abend nach dem Treffen anrief, ging er ans Telefon und klang halbwegs nüchtern. Ich versuchte, mir nicht das Mayonnaiseglas oder das Geräusch der Schmeißfliegen vorzustellen, die gegen die Scheibe knallten. Ich wollte mit jemandem sprechen, der in einem sauberen Haus lebte, oder jemandem, der nur eine Stimme war, über dessen Leben ich nichts wissen musste. Am Telefon sprachen wir über das zweite Zimmer der Wohnung. Er sagte mir, dass sein Bruder ein paar Besichtigungstermine ausgemacht hätte, und ich erklärte ihm, dass Bobbi nach einem Zimmer suchte.

Wer ist das?, fragte er. Wer ist Bobbi?

Du kennst doch Bobbi. Wir waren zusammen in der Schule.

Ah, jemand von deinen Freunden. Wer denn genau?

Also, ich war ja nun wirklich nicht mit so vielen Leuten befreundet, sagte ich.

Ich dachte, du wolltest, dass ein anderes Mädchen bei dir wohnt.

Bobbi ist ein Mädchen.

Oh, die kleine Lynch, ja?, fragte er.

Bobbis Nachname war eigentlich Connolly, aber der Geburtsname ihrer Mutter war Lynch, also ließ ich es gelten. Er sagte, sein Bruder könne ihr das Zimmer für sechs fünfzig im Monat geben, ein Preis, den Bobbis Vater bezahlen würde. Er will, dass ich irgendwo in Ruhe lernen kann, sagte sie. Wenn er wüsste.

Am nächsten Tag brachte ihr Vater sie mitsamt all ihren Sachen in seinem Jeep zu mir. Sie hatte Bettzeug und eine gelbe Gelenklampe mitgebracht, außerdem drei Kisten mit Büchern. Nachdem wir alles aus dem Auto geholt hatten, fuhr ihr Vater wieder weg, und ich half Bobbi, das Bett zu beziehen. Sie hängte ein paar Postkarten und Fotos an die Wand, während ich die Kissen in die Bezüge stopfte. Sie hängte ein Foto von uns beiden auf; wir saßen in Schuluniform auf dem Basketballplatz, trugen lange, karierte Röcke und hässliche Schuhe mit genoppten Sohlen, aber wir lachten. Wir sahen uns das Bild zusammen an, sahen auf unsere kleinen Gesichter, die zurückstarrten wie Vorfahren oder vielleicht wie unsere eigenen Kinder.

*

Die Uni fing erst in einer Woche an, und in der Zwischenzeit kaufte Bobbi eine rote Ukulele und lag meistens auf der Couch und spielte »Boots of Spanish Leather«, während ich Abendessen kochte. Sie richtete sich häuslich ein, indem sie Möbel herumschob, wenn ich tagsüber weg war, und Zeitungsausschnitte an die Spiegel hängte. Sie zeigte großes Interesse, unser Viertel kennenzulernen. Als wir einmal zum Metzger gingen, um Hackfleisch zu kaufen, fragte Bobbi den Typen hinter der Theke, wie es seiner Hand ging. Ich hatte keine Ahnung, wovon sie sprach, wusste auch nicht, dass sie schon mal hier gewesen war, aber ich sah, dass der Typ einen blauen Gipsverband am Handgelenk trug. Hören Sie auf, sagte er. Muss operiert werden und alles. Er schaufelte rotes Fleisch in eine Plastiktüte. O nein, sagte Bobbi. Wann denn? Weihnachten, sagte er ihr. Ich will verdammt sein, wenn ich dafür ’nen Tag freikriege, sagte der Typ. Man müsste schon drüben beim Bestatter liegen, bevor man hier einen Tag freikriegt.

Er reichte ihr die Tüte mit dem Fleisch und fügte hinzu: im eigenen Sarg.

Das Porträt wurde kurz vor Kursbeginn veröffentlicht. Ich ging am Morgen im Zeitschriftenladen vorbei und blätterte auf der Suche nach meinem Namen durch das Magazin. Ich blieb an einem ganzseitigen Foto von Bobbi und mir hängen, das im Garten in Étables gemacht worden war. Ich konnte mich nicht daran erinnern, dass Melissa so ein Foto geschossen hatte. Es zeigte uns zusammen am Frühstückstisch, ich lehnte mich rüber, als würde ich Bobbi etwas ins Ohr flüstern, und Bobbi lachte. Es war ein faszinierendes Bild, das Licht war wunderschön, und es vermittelte Spontanität und Wärme, wie es die früheren, gestellten Bilder nicht getan hatten. Ich fragte mich, was Bobbi dazu sagen würde. Der Artikel, der folgte, war eine kurze, bewundernde Beschreibung unserer Spoken-Word-Auftritte und der Poetry-Szene in Dublin im Allgemeinen. Unsere Freunde lasen ihn und sagten, das Foto sei schmeichelhaft, und Sunny schickte mir eine nette E-Mail. Eine Zeitlang hatte Philip immer eine Ausgabe des Magazins dabei und las mit gekünsteltem Akzent daraus vor, aber dieser Witz erschöpfte sich bald. Artikel wie dieser wurden in kleinen Magazinen ständig veröffentlicht, und Bobbi und ich waren seit Monaten nicht mehr zusammen aufgetreten.

Sobald die Uni losging, war ich wieder mit der wissenschaftlichen Arbeit beschäftigt. Philip und ich gingen zusammen in Seminare und hatten kleinere Meinungsverschiedenheiten zu diversen Romanciers des neunzehnten Jahrhunderts, die immer damit endeten, dass er so etwas sagte wie: Gut, du hast wahrscheinlich recht. Eines

Abends riefen Bobbi und ich bei Melissa an, um ihr für den Artikel zu danken. Wir hatten sie auf Lautsprecher, so dass wir am Tisch sitzen und mit ihr sprechen konnten. Melissa erzählte uns alles, was wir in Étables verpasst hatten: die Gewitterstürme und den Schlossbesuch, alles Dinge, von denen ich schon gehört hatte. Wir erzählten ihr, dass wir zusammengezogen waren, und sie klang erfreut. Bobbi sagte: Du musst uns unbedingt mal besuchen. Und Melissa sagte, das fände sie sehr nett. Sie erzählte uns, dass sie am nächsten Tag nach Hause fahren würden. Ich zog mir den Ärmel über die Hand und rieb geistesabwesend an einem kleinen Fleck auf dem Tisch herum.

Ich las mich weiter durch die Unterhaltungen mit Bobbi, gab Suchbegriffe ein, die mir irgendwann so vorkamen, als hätte ich sie mit voller Absicht gewählt, um mich zu ärgern. Eine Suche nach dem Wort »Gefühle« förderte diese Unterhaltung aus unserem zweiten Studienjahr zutage:

Bobbi: also du sprichst ja nicht wirklich über deine gefühle
ich: Du hast dich darauf festgelegt, mich so zu sehen
ich: Als hätte ich so etwas wie ein geheimes Gefühlsleben
ich: Ich bin einfach nur nicht sehr emotional
ich: Ich rede nicht darüber, weil es nichts zu reden gibt
Bobbi: ich denke nicht, dass »emotionslos« eine eigenschaft ist, die man haben kann
Bobbi: das ist, als würde man behaupten, keine gedanken zu haben
ich: Du bist sehr emotional, deshalb glaubst du, alle anderen seien es auch

ich: Und wenn man nicht darüber redet, dann verbirgt man etwas
Bobbi: na gut
Bobbi: da sind wir geteilter meinung

Nicht alle Gespräche waren so. Bei der Suche nach »Gefühle« fand sich auch die folgende Unterhaltung vom Januar:

ich: Ich meine, ich war Autoritätspersonen gegenüber immer negativ eingestellt
ich: Aber erst, seit ich dich kenne, konnte ich diese Gefühle zu Überzeugungen ausformulieren
ich: Du weißt, was ich meine
Bobbi: du wärst da aber schon ganz von allein draufgekommen
Bobbi: du hast eine kommunistische intuition
ich: Hm, nein, ich habe Autorität wahrscheinlich nur so gehasst, weil ich es nicht leiden kann, wenn man mir sagt, was ich tun soll
ich: Wenn du nicht gewesen wärst, hätte aus mir eine Kultführerin werden können
ich: Oder ein Ayn-Rand Fan
Bobbi: hey, ich kann es auch nicht leiden, wenn man mir sagt, was ich tun soll!!
ich: Ja, aber aus spiritueller Reinheit
ich: Nicht aus dem Willen zur Macht
Bobbi: du bist in vielerlei hinsicht wirklich die allerschlechteste psychologin

Ich konnte mich an dieses Gespräch erinnern, daran, wie anstrengend ich es fand, das Gefühl, dass mich Bobbi missverstand oder sogar absichtlich den Blick von dem abwandte, was ich versuchte zu sagen. Ich hatte oben in meinem Zimmer bei meiner Mutter gesessen, eine Decke über mir, mit kalten Händen. Weil ich Weihnachten in Ballina verbracht hatte, ohne Bobbi, hatte ich ihr sagen wollen, dass ich sie vermisste. Das hatte ich anfangs sagen wollen oder es jedenfalls gedacht.

*

Nick kam ein paar Tage nach seiner Rückkehr an einem Nachmittag, als Bobbi Vorlesungen hatte, zu mir in die Wohnung. Als ich ihn reinließ, sahen wir uns erst einmal für ein paar Sekunden an, und es fühlte sich an, als tränke ich kaltes Wasser. Er war sonnengebräunt, sein Haar war heller als vorher. Oh, scheiße, du siehst so gut aus, sagte ich. Darüber musste er lachen. Seine Zähne waren unglaublich weiß. Er sah sich kurz im Flur um und sagte: Aha, schöne Wohnung. Die ist ziemlich zentral, wie hoch ist hier die Miete? Ich sagte: Sie gehört dem Bruder meines Vaters, und er sah mich an und sagte: Oh, du kleines Treuhandfondsbaby. Du hast mir gar nicht gesagt, dass deine Familie Immobilien in den Liberties hat. Das ganze Gebäude oder nur die Wohnung? Ich knuffte leicht seinen Arm und sagte: Nur die Wohnung. Er berührte meine Hand, und dann küssten wir uns wieder, und ich flüsterte: Ja, ja.

21

In der folgenden Woche gingen Bobbi und ich zur Präsentation eines Buchs, in dem ein Essay von Melissa erschien. Der Event war in Temple Bar, und ich wusste, dass Melissa und Nick zusammen dort sein würden. Ich wählte eine Bluse aus, die Nick besonders gern mochte, und ließ die obersten Knöpfe offen, so dass meine Schlüsselbeine zu sehen waren. Ich brachte mehrere Minuten damit zu, die kleinen Unreinheiten in meinem Gesicht sorgfältig mit Make-up und Puder zu verdecken. Als Bobbi zum Gehen bereit war, klopfte sie an die Badezimmertür und sagte: Jetzt komm. Sie sagte nichts über mein Aussehen. Sie trug einen grauen Rollkragenpullover und sah sowieso viel besser aus als ich.

Nick und ich hatten uns ein paar Mal während der Woche gesehen, immer wenn Bobbi Vorlesungen hatte. Er brachte mir kleine Geschenke mit, wenn er zu Besuch kam. Einmal brachte er Eis mit und am Mittwoch Doughnuts von dem Stand an der O'Connell Street. Die Doughnuts waren noch warm, als er ankam, und wir aßen sie zum Kaffee und redeten. Er wollte wissen, ob ich in letzter Zeit Kontakt zu meinem Vater gehabt hätte, und ich wischte mir den Zucker von den Lippen und sagte: Ich fürchte, es geht ihm gerade nicht so gut. Ich erzählte Nick, wie es im Haus ausgesehen hatte. Mein Gott, sagte er. Das klingt traumatisch. Ich trank einen Schluck Kaffee. Ja, sagte ich. Es war verstörend.

Nach diesem Gespräch fragte ich mich, warum ich mit Nick so einfach über meinen Vater redete, obwohl ich das Thema bei Bobbi niemals anschneiden konnte. Es stimmte, dass Nick ein intelligenter Zuhörer war, und ich fühlte mich oft besser, nachdem wir gesprochen hatten, aber dasselbe konnte man von Bobbi sagen. Es lag vielmehr daran, dass Nicks Mitgefühl bedingungslos zu sein schien, als hielte er zu mir, ganz egal, wie ich mich benahm, während Bobbi feste Prinzipien hatte, die sie auf jeden anwandte, auch auf mich. Ich fürchtete mich vor Nicks negativem Urteil nicht so wie vor Bobbis. Er hörte mir gern zu, selbst wenn meine Gedanken nicht sortiert waren, selbst wenn ich Geschichten über mich erzählte, die mich in einem unvorteilhaften Licht zeigten.

Nick war gut angezogen, wenn er mich besuchte, so wie immer. Ich vermutete, dass seine Kleidung teuer war. Statt sie auf den Boden zu werfen, wenn er sich auszog, faltete er sie zusammen und hängte sie über den Stuhl in meinem Schlafzimmer. Er trug gern helle Hemden, manchmal aus leicht verknittertem Leinen, manchmal Oxford-Hemden mit Button-down-Kragen, die Ärmel immer bis zum Ellenbogen hochgekrempelt. Er hatte eine Drillich-Golfjacke, die er sehr zu mögen schien, aber an kalten Tagen trug er einen grauen Kaschmirmantel mit blauem Seidenfutter. Ich liebte diesen Mantel, ich liebte seinen Geruch. Er hatte nur einen schmalen Kragen und eine einzelne Knopfreihe.

Am Mittwoch probierte ich den Mantel an, als Nick im Bad war. Ich stand aus dem Bett auf und ließ meine nackten Arme durch die Ärmel gleiten, spürte die kühle Seide auf meiner Haut. Die Taschen waren voller persönlicher Dinge: Handy und Brieftasche, seine Schlüssel. Ich wog sie in den Händen, als gehörten sie mir. Ich blickte in den Spiegel. Mein Körper wirkte in Nicks Mantel sehr schmal und bleich, wie eine weiße Kerze. Er kam zurück ins Zimmer und lachte gut gelaunt. Er zog sich immer an, wenn er ins Bad ging, falls Bobbi überraschend nach Hause kam. Unsere Blicke trafen sich im Spiegel.

Den kannst du nicht behalten, sagte er.

Ich mag ihn.

Ich leider auch.

War der teuer?, fragte ich.

Wir sahen uns immer noch im Spiegel an. Er stand hinter mir und öffnete mit seinen Fingern den Mantel. Ich sah ihm dabei zu, wie er mich betrachtete.

Er war, äh …, sagte er. Ich weiß es nicht mehr.

Tausend Euro?

Was? Nein. Zwei- oder dreihundert vielleicht.

Ich wünschte, ich hätte Geld, sagte ich.

Er ließ seine Hand in den Mantel gleiten und berührte meine Brust. Irgendwie ist es interessant, wie du auf so sexuelle Weise über Geld redest, sagte er. Obwohl es natürlich auch verwirrend ist. Du willst nicht, dass ich dir Geld gebe, oder?

Irgendwie schon, sagte ich. Aber ich würde diesem Impuls nicht unbedingt vertrauen.

Ja, das ist seltsam. Ich habe Geld, das ich nicht dringend brauche, und es wäre mir lieber, wenn du es hättest. Aber der Akt der Übergabe wäre mir unangenehm.

Es gefällt dir nicht, Macht zu haben. Oder du magst nicht daran erinnert werden, dass du gern Macht hast.

Er hob die Schultern. Er berührte mich immer noch unter dem Mantel. Es war schön.

Ich denke, mich quält der moralische Aspekt unserer Beziehung schon genug, sagte er. Wenn ich dir Geld geben würde, wäre mir das vermutlich zu viel. Obwohl, ich weiß es nicht. Du wärst wahrscheinlich glücklicher mit dem Geld.

Ich sah ihn an, sah mein eigenes Gesicht im Augenwinkel, das Kinn leicht gehoben. Verschwommen am Blickrand fand ich, dass ich recht beeindruckend aussah. Ich glitt aus dem Mantel, und er hielt ihn weiter. Ich setzte mich wieder aufs Bett und fuhr mir mit der Zunge über die Lippen.

Hast du ein Problem mit unserer Beziehung?, fragte ich.

Er stand da und hielt den Mantel irgendwie schlaff in den Händen. Ich merkte, dass er sich amüsierte und zu abgelenkt war, um daran zu denken, ihn aufzuhängen.

Nein, sagte er. Obwohl, ja, aber nur theoretisch.

Du wirst mich nicht verlassen?

Er lächelte, es war ein schüchternes Lächeln. Würdest du mich denn dann vermissen?, fragte er.

Ich legte mich auf den Rücken und lachte über nichts. Er hängte den Mantel auf. Ich streckte ein Bein in die Luft und schlug es langsam über das andere. Es würde mir fehlen, dich in Gesprächen zu dominieren, sagte ich.

Er legte sich neben mich und schob eine Hand flach auf meinen Bauch. Sprich weiter, sagte er.

Ich glaube, du würdest es auch vermissen.

Dominiert zu werden? Aber natürlich. Das ist für uns wie ein Vorspiel. Du sagst kryptische Sachen, die ich nicht verstehe, ich gebe dir unzulängliche Antworten, du lachst mich aus, und dann haben wir Sex.

Ich lachte. Er setzte sich etwas auf, um mich beim Lachen zu betrachten.

Das ist schön, sagte er. Es gibt mir die Gelegenheit, meine Unzulänglichkeit zu genießen.

Ich stützte mich auf einen Ellenbogen und küsste ihn auf den Mund. Er lehnte sich zu mir, als wollte er wirklich geküsst werden, und ich spürte den Rausch meiner Macht über ihn.

Fühlst du dich schlecht wegen mir?, fragte ich.

Manchmal bist du ein bisschen streng mit mir. Nicht, dass ich dir das verübeln würde. Aber nein, ich finde, wir kommen im Moment gut klar.

Ich sah auf meine Hände. Vorsichtig, als würde ich mich selbst herausfordern, sagte ich: Wenn ich auf dich losgehe, dann nur, weil du nicht besonders verwundbar wirkst.

Er sah mich an. Er lachte nicht einmal, es war nur eine Art stirnrunzelnder Blick, als würde er denken, ich machte mich über ihn lustig. Okay, sagte er. Na ja. Ich glaube, niemand hat es gern, wenn man auf ihn losgeht.

Aber ich glaube, du hast keinen besonders verwundbaren Charakter. Ich kann mir zum Beispiel kaum vorstellen, wie du Kleidung anprobierst. Dein Verhältnis zu dir selbst ist nicht so, dass du dein Spiegelbild musterst und dich fragst, ob dir etwas wirklich steht. Du scheinst jemand zu sein, dem das peinlich wäre.

Okay, sagte er. Ich meine, ich bin ein Mensch, ich probiere Kleidung an, bevor ich sie kaufe. Aber ich denke, ich weiß, was du sagen willst. Viele Leute finden mich irgendwie kalt und nicht besonders amüsant.

Ich war begeistert, dass wir eine Erfahrung teilten, die ich so persönlich fand, und sagte schnell: Viele Leute finden mich auch kalt und überhaupt nicht amüsant.

Wirklich?, fragte er. Du wirkst auf mich immer sehr charmant.

Ein plötzlicher und überwältigender Drang packte mich, ihm zu sagen: Ich liebe dich, Nick. Es war kein besonders schlechtes Gefühl; es war etwas erheiternd und verrückt, so wie wenn man von seinem Stuhl aufsteht und plötzlich merkt, wie betrunken man ist. Aber es war die Wahrheit. Ich war in ihn verliebt.

Ich will den Mantel, sagte ich.

Na klar. Den kannst du nicht haben.

Als Bobbi und ich am nächsten Abend zu der Buchpräsentation kamen, waren Nick und Melissa schon da. Sie standen beieinander und sprachen mit Leuten, die wir ebenfalls kannten, Derek und noch ein paar anderen. Nick sah uns reinkommen, aber er erwiderte meinen Blick nicht, als ich versuchte, ihn anzusehen. Er registrierte mich und sah weg, das war alles. Bobbi und ich blätterten durch das Buch und kauften es nicht. Wir begrüßten die anderen, die wir kannten, Bobbi schrieb Philip eine SMS, um zu fragen, wo er blieb, und ich tat so, als würden mich die Autorenbiografien interessieren. Dann fingen die Lesungen an.

Während Melissas Lesung betrachtete Nick sehr aufmerksam ihr Gesicht und lachte an den richtigen Stellen. Meine Erkenntnis, dass ich in Nick verliebt war, nicht nur verknallt, sondern ihm auf eine Weise, die nachhaltige Folgen für mein Lebensglück hatte, zutiefst zugetan war, hatte in mir eine ganz neue Art der Eifersucht auf Melissa geweckt. Ich konnte nicht glauben, dass er jeden Abend zu ihr nach Hause kam oder dass sie zusammen zu Abend aßen oder manchmal Filme auf ihrem Fernseher sahen. Worüber sprachen sie? Hatten sie Spaß zusammen? Sprachen sie über ihr Gefühlsleben, vertrauten sie sich einander an? Respektierte er Melissa mehr als mich? Mochte er sie lieber? Wenn wir beide in einem brennenden Gebäude in Lebensgefahr schwebten, und er könnte nur eine von uns retten, würde er sich dann nicht definitiv für Melissa entscheiden, statt für mich? Es schien mir bösartig, mit jemandem so häufig Sex zu haben, den man später in den Flammen umkommen lassen würde.

Nach ihrer Lesung strahlte Melissa, während wir Beifall klatschten. Als sie sich wieder hinsetzte, sagte ihr Nick etwas ins Ohr, und ihr Lächeln veränderte sich, wurde zu einem echten Lächeln, mit Zähnen und Augen. Er nannte sie vor mir immer »meine Frau«. Anfangs dachte ich, es sei spielerisch gemeint, vielleicht irgendwie sarkastisch, als wäre sie gar nicht wirklich seine Frau. Jetzt sah ich es anders. Es machte ihm nichts aus, mich wissen zu lassen, dass er jemand anderen liebte, er wollte, dass ich es wusste, aber der Gedanke, Melissa könnte herausfinden, dass wir eine Beziehung hatten, entsetzte ihn. Es war etwas, wofür er sich schämte, etwas, vor dem er sie beschützen wollte. Ich war in einem bestimmten Bereich seines Lebens versiegelt, den er sich nicht ansehen oder über den er nicht nachdenken wollte, wenn er unter anderen Leuten war.

Sobald alle Lesungen vorüber waren, holte ich mir ein Glas Wein. Evelyn und Melissa standen mit Mineralwasser in der Nähe, und Evelyn winkte mich zu ihnen. Ich gratulierte Melissa zu ihrer Lesung. Hinter ihrer Schulter sah ich Nick auf uns zukommen, und dann bemerkte er mich und zögerte. Evelyn sprach über die Herausgeberin des Buchs. Nick stellte sich neben sie, und sie umarmten sich so freundschaftlich, dass Evelyns Brille verrutschte und sie sie wieder richtig aufsetzen musste. Nick und ich nickten uns höflich zu. Diesmal hielt er meinen Blick eine Sekunde länger, als er musste, als wollte er sich dafür entschuldigen, dass wir uns auf diese Weise trafen.

Du siehst unglaublich gut aus, sagte Evelyn zu ihm. Wirklich.

Er wohnt quasi im Fitnessstudio, sagte Melissa.

Ich trank einen riesigen Schluck Weißwein und spülte ihn um meine Zähne. Das erzählt er dir also, dachte ich.

Tja, es funktioniert, sagte Evelyn. Du strahlst förmlich vor Gesundheit.

Danke, sagte er. Ich fühle mich gut.

Melissa betrachtete Nick mit einer Art Stolz, als hätte sie ihn nach einer langen Krankheit gesundgepflegt. Ich fragte mich, wie er »Ich fühle mich gut« meinte oder was ich heraushören sollte.

Und wie geht es dir, Frances?, fragte Evelyn. Wie schlägst du dich so?

Gut, danke, sagte ich.

Du wirkst heute ein bisschen bedrückt, sagte Melissa.

Evelyn sagte fröhlich: An deiner Stelle wäre ich auch bedrückt, wenn ich die ganze Zeit bei so alten Leuten wie uns sein müsste. Wo ist Bobbi?

Oh, sie ist hier, sagte ich und deutete in Richtung Kasse, obwohl ich eigentlich nicht wusste, wo sie war.

Werden dir alte Leute langsam langweilig?, fragte Melissa.

Nein, überhaupt nicht, sagte ich. Wenn überhaupt, könnten sie ruhig noch älter sein.

Nick starrte in sein Glas.

Wir müssen dir eine nette, ältere Freundin suchen, sagte Melissa. Jemand mit ganz viel Geld.

Ich hatte nicht den Nerv, Nick anzusehen. Um den Stiel meines Weinglases herum versenkte ich den Daumennagel in der Seite meines Zeigefingers, um den stechenden Schmerz zu spüren.

Ich weiß nicht genau, welche Rolle ich in dieser Beziehung spielen sollte, sagte ich.

Du könntest ihr Liebessonette schreiben, sagte Evelyn.

Melissa grinste. Unterschätze nicht den Effekt von Jugend und Schönheit, sagte sie.

Das klingt nach einem Rezept für verheerendes Unglück, sagte ich.

Du bist einundzwanzig, sagte Melissa. Du solltest verheerend unglücklich sein.

Ich arbeite daran, sagte ich.

Jemand anders gesellte sich zu uns, um mit Melissa zu reden, und ich ergriff die Gelegenheit, um nach Bobbi zu suchen. Sie sprach mit dem Kassierer in der Nähe der Eingangstür. Bobbi hatte nie gearbeitet, und es gefiel ihr, mit Leuten über deren Arbeit zu reden. Sogar die banalsten Details interessierten sie, obwohl sie sie schnell wieder vergaß. Der Kassierer war ein schlaksiger junger Mann mit Akne, der Bobbi begeistert von seiner Band erzählte. Der Geschäftsführer der Buchhandlung kam zu uns und fing an, über das Buch zu reden, das niemand von uns gelesen oder gekauft hatte. Ich stand daneben, beobachtete Melissa auf der anderen Seite des Raums, wie sie gedankenverloren den Arm um Nicks Rücken legte.

Als ich merkte, dass Nick zu uns rübersah, wandte ich mich Bobbi zu, lächelte, schob ihr Haar zur Seite und flüsterte ihr etwas ins Ohr. Sie sah zu Nick, und dann packte sie mich unvermittelt fest am Handgelenk, fester, als sie mich je im Leben angefasst hatte. Es tat mir weh, und ich musste keuchen, dann ließ sie meinen Arm wieder los. Ich drückte ihn schützend gegen meine Rippen. Bobbi starrte mich direkt an und sagte mit eiskalter, ruhiger Stimme: Benutz mich nicht, verdammte Scheiße. Sie hielt für eine Sekunde mit entsetzlichem Ernst meinen Blick, dann wandte sie sich wieder dem Kassierer zu.

Ich holte meine Jacke. Ich wusste, dass mich niemand beobachtete, dass es niemanden interessierte, was ich dachte oder tat, und die Macht dieser verkehrten neuen Freiheit schien mich fast zum Schwingen zu bringen. Ich konnte schreien oder mich ausziehen, wenn ich es wollte, ich konnte auf dem Heimweg vor einen Bus laufen, wer würde es schon mitbekommen? Bobbi würde mir nicht nachgehen. Nick würde in der Öffentlichkeit nicht mal mit mir reden.

Ich machte mich allein auf den Heimweg, ohne jemandem zu sagen, dass ich ging. In meinen Füßen hämmerte es, als ich die Haustür aufschloss. In jener Nacht saß ich im Bett und lud eine Dating-App auf mein Handy. Ich lud sogar ein Foto von mir hoch, eins von Melissas Bildern, auf denen meine Lippen leicht geöffnet waren und meine Augen groß und unheimlich wirkten. Ich hörte, wie Bobbi nach Hause kam, hörte, wie sie ihre Tasche im Flur fallen ließ, statt sie aufzuhängen. Ich hörte sie »Green Rocky Road« vor sich hin singen, laut genug, um zu wissen, dass sie betrunken war. Ich saß in der Dunkelheit und scrollte mich durch eine Reihe Fremder in meiner Gegend. Ich versuchte, sie mir vorzustellen, daran zu denken, wie ich zuließ, dass sie mich küssten, aber stattdessen musste ich immer an Nick denken, wie er von meinem Kissen zu mir aufsah und nach meiner Brust griff, als gehörte sie ihm.

*

Ich sagte meiner Mutter nicht, dass ich die kleine ledergebundene Ausgabe des Neuen Testaments mit nach Dublin genommen hatte. Ich wusste, es würde ihr nicht auffallen, dass sie weg war, und wenn ich versuchen würde, es ihr zu erklären, würde sie nicht verstehen, warum es mich interessierte. Meine Lieblingsstelle in den Evangelien war bei Matthäus, als Jesus sagte: Liebet eure Feinde; segnet, die euch fluchen; tut wohl denen, die euch hassen; bittet für die, so euch beleidigen und verfolgen. Ich teilte dieses Verlangen nach moralischer Überlegenheit gegenüber meinen Feinden. Jesus wollte immer der bessere Mensch sein, ich auch. Ich unterstrich diesen Abschnitt mehrfach mit einem roten Buntstift, um zu zeigen, dass ich die christliche Lebensweise verstand.

Die Bibel erschloss sich mir sehr viel mehr, eigentlich fast vollständig, wenn ich mir Bobbi als Jesus vorstellte. Sie sagte seinen Text nicht ganz unverfälscht auf; oft betonte sie ihn sarkastisch oder mit einem seltsam distanzierten Ausdruck. Der Teil über Ehemänner und Ehefrauen war satirisch, während sie die Passage mit Liebet eure Feinde ganz ernst spielte. Für mich ergab es Sinn, dass sie sich mit einer Ehebrecherin befreunden würde, und auch, dass sie ein ganzes Rudel Jünger hätte, die ihr Wort verkündeten.

Am Tag nach der Buchpräsentation, einem Freitag, schrieb ich Bobbi eine lange E-Mail, um mich für das zu entschuldigen, was in der Buchhandlung geschehen war. Ich versuchte, ihr zu erklären, dass ich mich verletzlich gefühlt hatte, aber ich benutzte dafür nicht das Wort »verletzlich« oder irgendwelche Synonyme. Ich sagte aber Entschuldigung, und zwar mehrfach. Sie antwortete innerhalb weniger Minuten:

> schon okay, ich verzeih dir. aber in letzter zeit hab ich manchmal das gefühl, dass ich mitansehen muss, wie du verschwindest.

Nachdem ich diese E-Mail gelesen hatte, stand ich von meinem Tisch auf und erinnerte mich daran, dass ich in der Unibibliothek war, nahm aber das Bibliotheksumfeld nicht richtig wahr. Ich schaffte es auf die Toilette und schloss mich in einer Kabine ein. Säuerliche Flüssigkeit schoss mir vom Magen in den Mund, und ich beugte mich über das Klo, um mich zu übergeben. Mein Körper war jetzt fort, irgendwohin verschwunden, wo ihn niemand je wieder sehen würde. Wer würde ihn vermissen? Ich wischte mir den Mund mit einem Blatt Toilettenpapier ab, drückte die Klospülung und ging nach oben. Das Display meines MacBooks war schwarz und spiegelte das perfekt rechteckige Strahlen von dem reflektierten Deckenlicht wider. Ich setzte mich davor, loggte mich aus meinen Mails aus und las den James-Baldwin-Essay weiter.

Ich fing an dem Wochenende nach der Buchpräsentation zwar nicht mit Beten an, aber ich sah online nach, wie man meditierte. Es ging in erster Linie darum, die Augen zu schließen und zu atmen, während man vorbeiziehende Gedanken ruhig losließ. Ich konzentrierte mich auf meine Atmung, das durfte man. Man konnte sogar die Atemzüge zählen. Und dann konnte man letztlich über irgendwas nachdenken, man durfte nachdenken, worüber man wollte, aber nachdem ich fünf Minuten lang meine Atemzüge gezählt hatte, wollte ich nicht nachdenken. Mein Kopf fühlte sich leer an, wie das Innenleben eines Glasgefäßes. Ich machte mir meine Angst, gänzlich zu verschwinden, als spirituelle Übung zu eigen. Ich lebte in dem Verschwinden wie in etwas, was offenbaren und anregen konnte, anstatt in Bausch und Bogen zu vernichten. Meine Meditation war meistens nicht erfolgreich.

Mein Vater rief mich am Montagabend gegen elf an und sagte, er hätte mir mein Geld überwiesen. Seine Stimme schwappte unsicher durch die Leitung, und mich überfiel ein schlechtes Gewissen. Oh, danke, sagte ich.

Ich hab noch was extra dazugetan, sagte er. Man weiß ja nie, wann man's mal braucht.

Das war nicht nötig. Ich habe genug Geld.

Ach, dann gönn dir was Schönes.

Nach diesem Anruf war ich nervös, und mir war zu warm, als wäre ich gerade eine Treppe hinaufgerannt. Ich versuchte, mich hinzulegen, aber es half nicht. Nick hatte mir an dem Tag eine E-Mail mit einem Link zu einem Joanna-Newsom-Song geschickt. Ich schickte einen Link zu der Billie-Holiday-Aufnahme von »I'm a Fool to Want You« zurück, aber er antwortete nicht.

Ich ging ins Wohnzimmer, wo sich Bobbi eine Dokumentation über Algerien ansah. Sie klopfte auf das Sofakissen neben ihr, und ich setzte mich.

Hast du jemals das Gefühl, nicht zu wissen, was du mit deinem Leben anfangen sollst?, fragte ich.

Eigentlich wollte ich mir das anschauen, sagte Bobbi.

Ich sah auf den Bildschirm, wo alte Kriegsaufnahmen von einer Voice-over-Stimme begleitet wurden, die die Rolle des französischen Militärs erklärte. Ich sagte: Manchmal geht es mir so. Und Bobbi legte einen Finger auf die Lippen und sagte: Frances. Ich schau mir das an.

*

Am Mittwochabend hatte ich bei dem Datingdings ein Match mit jemandem namens Rossa, und er schickte mir ein paar Nachrichten. Er fragte mich, ob ich Lust hätte, ihn zu treffen, und ich sagte: Klar. Wir gingen auf einen Drink in eine Bar in der Westmoreland Street. Er war auch an der Uni, studierte Medizin. Ich sagte nichts von meinen Uterusproblemen. Ich prahlte sogar damit, wie gesund ich war. Er sprach davon, wie sehr er sich in der Schule hatte anstrengen müssen, was er offenbar als eine Erfahrung ansah, die ihn weitergebracht hatte, und ich sagte ihm, dass ich mich für ihn freute.

Ich habe mich nie für irgendwas angestrengt.

Deshalb studierst du wahrscheinlich Englische Literatur.

Dann sagte er, dass das nur ein Witz gewesen war, und er hätte sogar die Goldmedaille seiner Schule für einen Aufsatz bekommen. Ich liebe Lyrik, sagte er. Ich liebe Yeats.

Ja, sagte ich. Wenn etwas für den Faschismus spricht, dann wohl, dass er einige gute Dichter hervorgebracht hat.

Danach sagte er nichts mehr zum Thema Lyrik. Hinterher lud er mich zu sich in seine Wohnung ein, und ich ließ ihn meine Bluse aufknöpfen. Ich dachte: Das ist normal. Ich mache hier etwas ganz Normales. Er hatte einen kleinen, weichen Oberkörper, ganz anders als Nick, und er tat nichts von den üblichen Dingen, die Nick mit mir machte, bevor wir Sex hatten, wie mich lange Zeit zu berühren und mit leiser Stimme zu reden. Es ging gleich los, ganz ohne Einleitung. Körperlich fühlte ich fast nichts, nur ein leichtes Unbehagen. Ich wurde ganz steif und still und wartete darauf, dass Rossa es bemerkte und mit dem, was er tat, aufhörte, aber das tat er nicht. Ich überlegte, ob ich ihn bitten sollte, aufzuhören, aber die Vorstellung, dass er mich ignorieren könnte, erschien mir ernster, als die Situation sein musste. Gerate jetzt nur nicht in eine große rechtliche Sache, dachte ich. Ich lag da und ließ ihn weitermachen. Er fragte mich, ob ich es gern ein bisschen härter hätte, und ich sagte ihm, eher nicht, aber er zog mich trotzdem am Haar. Ich wollte lachen, und hinterher hasste ich mich für mein Gefühl der Überlegenheit.

Als ich nach Hause kam, ging ich in mein Zimmer und nahm ein in Plastik verpacktes Pflaster aus der Schublade. Ich bin normal, dachte ich. Ich habe einen Körper wie alle anderen auch. Dann kratzte ich mir den Arm auf, bis es blutete, es war nur ein schwacher Blutfleck, der zu einem Tropfen wurde. Ich zählte bis drei, dann nahm ich das Pflaster raus, klebte es sorgfältig auf den Arm und warf die Verpackung weg.

22

Am nächsten Tag fing ich an, eine Geschichte zu schreiben. Es war ein Donnerstag, ich hatte erst um drei Uhr nachmittags einen Kurs, und ich saß mit einer Tasse schwarzem Kaffee auf dem Nachttisch im Bett. Ich hatte überhaupt nicht vorgehabt, eine Geschichte zu schreiben, ich merkte nur nach einer Weile, dass ich die Return-Taste nicht benutzte und sich die Zeilen zu ganzen Sätzen fügten und wie Prosa zusammenfanden. Als ich aufhörte, hatte ich über dreitausend Wörter geschrieben. Es war schon nach drei, und ich hatte den ganzen Tag nichts gegessen. Ich nahm die Hände von der Tastatur, und in dem Licht, das vom Fenster hereinfiel, wirkten sie ausgezehrt. Als ich endlich aufstand, schlug eine Welle aus Benommenheit über mir zusammen und zerlegte alles in einen Niederschlag aus sichtbarem Rauschen. Ich machte mir vier Stück Toast und aß sie ohne Butter. Ich speicherte die Datei unter »b«. Es war die erste Geschichte, die ich je geschrieben hatte.

*

Bobbi und Philip und ich gingen an dem Abend nach dem Kino noch auf einen Milkshake. Während des Films hatte ich sechsmal auf meinem Handy nachgesehen, ob Nick auf eine Nachricht von mir geantwortet hatte. Hatte er nicht. Bobbi trug eine Jeansjacke und einen so dunklen violetten Lippenstift, dass er fast schwarz wirkte. Ich faltete aus der Rechnung für unsere Milkshakes eine komplizierte geometrische Form, während Philip versuchte, uns dazu zu überreden, wieder zusammen aufzutreten. Wir reagierten ausweichend, auch wenn ich nicht genau wusste, warum.

Ich muss viel für die Uni machen, sagte Bobbi. Und Frances hat einen heimlichen Freund.

Ich sah sie mit blankem Entsetzen an. Ich spürte den Schock in meinen Zähnen, dieses feste Klopfen in den Nervenenden. Sie runzelte die Stirn.

Was?, fragte Bobbi. Er weiß es doch schon, er hat letztens darüber geredet.

Worüber geredet?, fragte Philip.

Über Frances und Nick, sagte Bobbi.

Philip starrte erst sie an, dann mich. Bobbi hob die Hand zum Mund, ganz langsam, sie hielt sie flach und horizontal und schüttelte einmal kaum merklich den Kopf. Es reichte, um mir zu zeigen, dass sie wirklich völlig außer sich war und kein Spiel spielte.

Ich dachte, du wüsstest es, sagte Bobbi. Ich dachte, du hättest es selbst letztens gesagt.

Du machst Witze, sagte Philip. Du hast nicht wirklich eine Affäre mit ihm, oder?

Ich versuchte, meinem Mund einen entspannten Ausdruck zu geben. Melissa fuhr am Wochenende zu ihrer Schwester, und ich hatte Nick gefragt, ob er zu mir kommen und bleiben wollte, während sie weg war. Bobbi macht das nichts aus, schrieb ich. Er hatte die Nachricht gesehen, aber nicht geantwortet.

Verdammt, er ist verheiratet, sagte Philip.

Jetzt sei nicht so moralisch, sagte Bobbi. Das fehlt uns noch.

Ich faltete meinen Mund immer kleiner zusammen und sah niemanden an.

Wird er seine Frau verlassen?, fragte Philip.

Bobbi rieb sich mit der Faust das Auge. Leise und mit winzigem Mund sagte ich: Nein.

Nach einer langen und unterbrechungsfreien Pause an unserem Tisch sah mich Philip an und sagte: Ich hätte nicht gedacht, dass du dich von jemandem so ausnutzen lässt. Sein Gesicht hatte einen angewiderten, beschämten Ausdruck, während er die letzten Worte aussprach, und ich bekam Mitleid mit uns allen, als wären wir nur kleine Kinder, die so taten, als seien sie erwachsen. Er ging dann, und Bobbi schob seinen halb ausgetrunkenen Milkshake zu mir über den Tisch.

Tut mir leid, sagte sie. Ich dachte ehrlich, er wüsste Bescheid.

Ich beschloss, so viel von dem Milkshake zu trinken, ohne Luft zu holen, wie ich konnte. Als mein Mund anfing wehzutun, hörte ich nicht auf. Ich hörte auch nicht auf, als mein Kopf anfing wehzutun. Ich hörte erst auf, als

Bobbi sagte: Frances, willst du eigentlich ertrinken? Dann sah ich auf, als wäre alles im Lot, und sagte: Was?

*

Nick lud mich ein, übers Wochenende bei ihm zu bleiben. Er kochte, als ich am Freitagabend kam, und ich war so erleichtert, ihn zu sehen, dass ich mich nach einer albernen romantischen Geste sehnte, wie mich in seine Arme zu werfen. Ich tat es nicht. Ich setzte mich an den Tisch und kaute an meinen Fingernägeln. Er sagte zu mir, ich sei so still, und ich riss mir ein Stück Daumennagel mit den Zähnen ab und betrachtete den Nagel kritisch.

Also, ich sollte dir vielleicht sagen, dass ich letztens mit diesem Typen geschlafen habe, den ich auf Tinder kennengelernt hab, sagte ich.

Ach, wirklich?

Nick schnitt auf seine üblich methodische Art Gemüse in kleine Stücke. Er kochte gern, er hatte mir gesagt, dass es ihn entspannte.

Du bist doch nicht böse auf mich oder so was?, fragte ich.

Warum sollte ich böse sein? Du kannst mit anderen Leuten schlafen, wenn du das willst.

Ich weiß. Ich komme mir nur so dumm vor. Ich glaube, es war echt eine blöde Idee.

Ach, wirklich?, fragte er. Wie war er denn so?

Nick hatte nicht von seinem Schneidebrett aufgesehen. Er schob die gewürfelten Zwiebelstückchen mit der Messerfläche auf eine Seite des Bretts und fing an, rote Paprika zu schneiden.

Er war fürchterlich, sagte ich. Er erzählte mir, dass er Yeats mag, kannst du dir das vorstellen? Ich musste ihn praktisch davon abhalten, »The Lake Isle of Innisfree« in der Bar zu rezitieren.

Wow, du hast mein ganzes Mitgefühl.

Und der Sex war schlecht.

Niemand, der Yeats mag, ist zu menschlicher Intimität fähig.

Wir aßen zu Abend, ohne uns zu berühren. Der Hund wachte auf und wollte raus, und ich half, die Teller in die Spülmaschine zu räumen. Nick ging zum Rauchen raus und ließ die Tür offen, damit wir uns unterhalten konnten. Es kam mir so vor, als wollte er, dass ich ging, und er wäre nur zu höflich, es zu sagen. Er fragte, wie es Bobbi ging. Okay, sagte ich. Wie geht's Melissa? Er hob die Schultern. Schließlich machte er die Zigarette aus, und wir gingen rauf. Ich stieg auf sein Bett und fing an, mich auszuziehen.

Bist du dir sicher, dass du das willst?, fragte Nick.

Er sagte immer so etwas, also sagte ich einfach nur ja oder nickte und öffnete meinen Gürtel. Hinter mir hörte ich ihn unvermittelt sagen: Weil ich nämlich, ich weiß auch nicht. Ich drehte mich um, und er stand da, rieb seine linke Schulter mit der Hand.

Du bist irgendwie so abweisend, sagte er. Wenn du lieber … wenn du lieber woanders wärst, dann möchte ich nicht, dass du dich hier festgenagelt fühlst.

Nein. Tut mir leid. Ich wollte nicht abweisend wirken.

Nein, ich bin nicht … Ich finde es gerade schwierig, mit dir zu reden. Vielleicht ist es meine Schuld, ich weiß es nicht. Ich fühle mich irgendwie …

Üblicherweise ließ er seine Sätze nicht auf diese Art unvollendet. Ich wurde langsam nervös. Ich sagte ihm noch einmal, dass ich nicht abweisend zu ihm sein wollte. Ich begriff nicht, was er mir zu sagen versuchte, und ich fürchtete mich davor, was es sein könnte.

Wenn du es aus irgendwelchen anderen Gründen machst als dem, es einfach zu wollen, sagte er, dann mach es nicht. Wirklich, ich habe daran kein Interesse, weißt du?

Ich murmelte so etwas wie ja, natürlich, aber mir war tatsächlich nicht klar, wovon er jetzt redete. Es klang, als hätte er Angst davor, ich könnte Gefühle für ihn entwickelt haben, und er versuchte mir zu sagen, dass er kein Interesse an irgendetwas hatte außer an Sex. Wie auch immer, ich stimmte ihm in allem zu.

Im Bett lag er oben, und wir hatten kaum Augenkontakt. Spontan hob ich seine Hand hoch und drückte sie auf meinen Hals. Er ließ sie dort ein paar Sekunden lang still liegen, und dann fragte er: Was soll ich machen? Ich hob die Schultern. Ich will, dass du mich tötest, dachte ich. Er streichelte mit den Fingern den festen Muskel an meiner Kehle, dann nahm er die Hand weg.

Nachdem es vorbei war, erkundigte er sich nach dem Pflaster an meinem Arm. Was ist da passiert?, fragte er. Ich warf einen Blick darauf, sagte aber nichts. Ich konnte hören, wie Nick schwer atmete, so als wäre er müde. Ich fühlte vieles, was ich nicht fühlen wollte. Ich fand, dass ich ein kaputter Mensch war, der nichts verdient hatte.

Würdest du mich jemals schlagen?, fragte ich. Ich meine, wenn ich dich darum bitten würde.

Nick sah mich nicht an, seine Augen waren geschlossen. Er sagte: Ähm, ich weiß es nicht. Warum? Willst du es? Ich schloss auch die Augen und atmete ganz langsam aus, bis keine Luft mehr in meiner Lunge war und mein Bauch ganz klein und flach.

Ja, sagte ich. Ich will, dass du es jetzt tust.

Was?

Ich will, dass du mich schlägst.

Ich glaube nicht, dass ich das tun möchte, sagte er.

Ich wusste, dass er sich jetzt aufgesetzt hatte und auf mich herabsah, obwohl ich meine Augen weiter geschlossen hielt.

Manchen Leuten gefällt es, sagte ich.

Du meinst beim Sex? Mir war nicht klar, dass du dich für solche Dinge interessierst.

Ich öffnete die Augen. Er runzelte die Stirn.

Warte, bist du okay?, fragte er. Warum weinst du?

Ich weine nicht.

Zufällig stellte sich heraus, dass ich doch weinte. Es war einfach etwas, was meine Augen machten, während wir uns unterhielten. Er berührte mein Gesicht an der Seite, wo es feucht war.

Ich weine nicht, sagte ich.

Glaubst du, dass ich dir wehtun will?

Ich spürte, wie Tränen aus meinen Augen kamen, aber sie waren nicht heiß wie echte Tränen. Sie fühlten sich kühl an, wie kleine Bäche, die aus einem See kamen.

Ich weiß es nicht, sagte ich. Ich sage dir nur, dass du es tun kannst.

Aber möchtest du, dass ich es mache?

Du kannst mit mir machen, was du willst.

Hm, sagte er. Es tut mir leid. Ich weiß wirklich nicht, was ich dazu sagen soll.

Ich trocknete mir mit dem Handgelenk das Gesicht. Egal, sagte ich. Vergiss es. Lass uns versuchen zu schlafen. Nick sagte erst nichts, er lag einfach da. Ich sah nicht zu ihm rüber, aber ich spürte die Anspannung seines Körpers auf der Matratze, als bereitete er sich darauf vor, sich plötzlich aufzusetzen.

Endlich sagte er: Weißt du, wir haben darüber gesprochen, du kannst nicht einfach auf mich losgehen, nur weil es dir schlechtgeht.

Ich geh nicht auf dich los, sagte ich.

Wie würde es dir gehen, wenn ich mit anderen Frauen schlafen und dann zu dir kommen würde, um damit anzugeben?

Ich erstarrte. Ich hatte tatsächlich mein Date mit Rossa vergessen. Als ich Nick davon erzählte, hatte er so neutral darauf reagiert, dass der Vorfall für mich schlagartig unbedeutend geworden war, und ich hatte nicht mehr daran gedacht. Ich hatte nicht einmal in Betracht gezogen, dass Nicks seltsame Laune etwas damit zu tun haben könnte. Insgeheim musste ich zugeben, hätte er dasselbe mit mir gemacht – sich eine andere Frau gesucht, bedeutungslosen Sex mit ihr gehabt und mir dann nonchalant davon erzählt, während ich für ihn Essen machte –, ich würde ihn nie mehr wiedersehen wollen. Aber das war etwas anderes.

Scheiße, du bist verheiratet, sagte ich.

Ja, danke. Das ist sehr hilfreich. Ich vermute, dass ich verheiratet bin, bedeutet, dass du mich behandeln kannst, wie du willst.

Ich kann nicht glauben, dass du versuchst, das Opfer zu spielen.

Tu ich nicht, sagte er. Aber ich denke, wenn du ehrlich zu dir selbst bist, dann bist du im Grunde froh, dass ich verheiratet bin, weil es bedeutet, dass du dich sonst wie aufführen kannst, und ich bekomme für alles die Schuld zugeschoben.

Ich war es nicht gewohnt, auf diese Art angegriffen zu werden, und es war beängstigend. Ich hielt mich für einen unabhängigen Menschen, so unabhängig, dass mir die Ansichten anderer nichts bedeuteten. Jetzt hatte ich Angst, Nick könnte recht haben: Ich isolierte mich von Kritik, damit ich mich schlecht benehmen konnte, ohne mein Rechtschaffenheitsgefühl zu verlieren.

Du hast mir versprochen, du würdest Melissa von uns erzählen, sagte ich. Was glaubst du, wie es mir damit geht, alle Leute die ganze Zeit anzulügen?

Ich glaube, es stört dich nicht besonders. Um ehrlich zu sein, ich glaube, du willst nur, dass ich es ihr sage, weil du gern sehen würdest, wie wir uns streiten.

Wenn du so von mir denkst, warum machen wir das hier eigentlich?

Ich weiß es nicht, sagte er.

Ich stand aus dem Bett auf und fing an, mich anzuziehen. Er dachte, ich sei ein grausamer und engherziger Mensch, der nur seine Ehe zerstören wollte. Er wusste nicht, warum er sich immer noch mit mir traf, er wusste es nicht. Ich knöpfte meine Bluse zu und fühlte mich so tief gedemütigt, dass ich kaum richtig atmen konnte.

Was machst du?, fragte er.

Ich sollte jetzt besser gehen.

Er sagte, okay. Ich zog meine Strickjacke an. Ich wusste, was ich ihm sagen würde, es war das Verzweifeltste, was ich ihm überhaupt sagen konnte, so als würde ich mich selbst in den Tiefen meiner Erniedrigung nach etwas Schlimmerem sehnen.

Das Problem ist nicht, dass du verheiratet bist, sagte ich. Das Problem ist, dass ich dich liebe und du mich offensichtlich nicht liebst.

Er atmete tief ein und sagte: Du benimmst dich gerade unfassbar dramatisch, Frances.

Fick dich, sagte ich.

Ich knallte seine Schlafzimmertür beim Rausgehen fest zu. Er rief mir etwas hinterher, als ich die Treppe hinunterlief, aber ich hörte es nicht mehr. Ich ging zur Bushaltestelle und wusste, dass meine Blamage nun vollkommen war. Obwohl ich gewusst hatte, dass Nick mich nicht liebte, hatte ich weiterhin zugelassen, dass er Sex mit mir haben konnte, wann immer er wollte, aus Verzweiflung und der naiven Hoffnung heraus, dass er nicht verstand, was er mir damit antat. Jetzt war sogar diese Hoffnung gestorben. Er wusste, dass ich ihn liebte, dass er meine zarten Gefühle für ihn ausnutzte, und es war ihm egal. Es ließ sich nicht ändern. Im Bus nach Hause kaute ich innen auf meinen Wangen und starrte aus dem schwarzen Fenster, bis ich Blut schmeckte.

23

Als ich am Montag versuchte, Bargeld abzuheben, um mir Essen zu kaufen, teilte mir der Geldautomat mit, mein Konto sei überzogen. Ich stand auf der Thomas Street im Regen, einen Stoffbeutel unterm Arm, und spürte einen Schmerz hinter meinen Augen. Ich versuchte es noch einmal, obwohl sich eine kleine Schlange hinter mir gebildet hatte und ich hören konnte, wie mich jemand leise eine »Scheißtouristin« nannte. Die Maschine schob mit einem Klicken meine Karte raus.

Ich hielt mir die Stofftasche über den Kopf und ging zur Bank. Drinnen stand ich mit Menschen in Businessanzügen in einer Schlange, und eine kühle weibliche Stimme sagte Dinge wie: Schalter vier, bitte. Als ich zu einem der Fenster kam, bat mich der Junge hinter der Scheibe, meine Karte einzuführen. Auf seinem Namensschild stand »Darren«, und er sah aus, als wäre er noch nicht ganz in der Pubertät. Nachdem er kurz auf seinen Bildschirm geschaut hatte, sagte Darren, ich hätte mein Konto um sechsunddreißig Euro überzogen.

Was?, fragte ich. Entschuldigung, tut mir leid, was?

Er drehte den Bildschirm zu mir und zeigte mir die neuesten Zahlen: Zwanzig-Euro-Scheine, die ich vom Geldautomaten abgehoben hatte, Kaffee, den ich mit Karte bezahlt hatte. Seit über einem Monat war kein Geld eingegangen. Ich spürte, wie mir das Blut aus dem Gesicht wich, und ich erinnere mich genau daran, dass ich dachte: Dieses Kind, das hier in der Bank arbeitet, denkt jetzt, ich sei dumm.

Entschuldigung, sagte ich.

Haben Sie einen Geldeingang erwartet?

Ja, Entschuldigung.

Es kann drei bis fünf Werktage dauern, bis eine Überweisung gebucht ist, sagte Darren freundlich. Je nachdem, wie es eingezahlt wurde.

Ich sah mein eigenes Spiegelbild in der Glasscheibe, blass und unschön.

Danke, sagte ich. Ich weiß jetzt, was passiert ist. Vielen Dank.

Ich verließ die Bank und blieb dann vor der Tür stehen, um meinen Vater anzurufen. Er antwortete nicht. Ich rief meine Mutter an, stand immer noch auf der Straße, und sie antwortete. Ich sagte ihr, was passiert war.

Dad hat mir gesagt, er hätte überwiesen, sagte ich.

Er muss es einfach vergessen haben, Liebes.

Aber er hat mich extra angerufen und gesagt, dass er es überwiesen hat.

Hast du versucht, ihn anzurufen?, fragte sie.

Er geht nicht ran.

Also, ich kann dir aushelfen, sagte sie. Ich überweise dir heute Nachmittag fünfzig, und du wartest darauf, dass er sich meldet. In Ordnung?

Ich wollte ihr erklären, dass nur noch vierzehn Euro übrig bleiben würden, wenn das Konto ausgeglichen war, aber ich tat es nicht.

Danke, sagte ich.

Mach dir keine Gedanken.

Wir legten auf.

Als ich nach Hause kam, fand ich eine E-Mail von Valerie. Sie erinnerte mich daran, dass sie gern etwas von mir lesen würde, und sagte, Melissa hätte ihr meine E-Mail-Adresse gegeben. Dass ich es geschafft hatte, einen bleibenden Eindruck bei Valerie zu hinterlassen, erfüllte mich mit einem trotzigen Triumphgefühl. Obwohl sie mich beim Abendessen ignoriert hatte, war ich jetzt das interessante Ding, das sie erforschen wollte. In dieser kämpferischen, widerspenstigen Stimmung schickte ich ihr die neue Geschichte, ohne sie auch nur noch mal auf Tippfehler durchzulesen. Die Welt war für mich wie eine zusammengeknüllte Zeitung, etwas, das man herumschießen konnte.

An jenem Abend setzte die Übelkeit wieder ein. Ich hatte meinen zweiten Pillenstreifen vor zwei Tagen beendet, und als ich mich zum Abendessen hinsetzte, fühlte sich das Essen klebrig und falsch in meinem Mund an. Ich kratzte die Reste vom Teller in den Müll, aber von dem Geruch drehte sich mir der Magen um, und mir brach der Schweiß aus. Mein Rücken tat weh, und ich merkte, wie sich Speichel in meinem Mund sammelte. Als ich den

Handrücken gegen die Stirn drückte, war sie heiß und feucht. Es passierte wieder, ich wusste es, aber ich konnte nichts tun.

Gegen vier Uhr morgens ging ich ins Bad, um mich zu übergeben. Sobald mein Magen leer war, legte ich mich zitternd auf den Boden, und der Schmerz wanderte wie ein Tier meine Wirbelsäule hinauf. Ich dachte: Vielleicht sterbe ich, wen interessiert das schon? Ich war mir bewusst, dass ich heftig blutete. Als ich mich gut genug fühlte, um zu kriechen, kroch ich ins Bett. Ich sah, dass mir Nick mitten in der Nacht eine SMS geschrieben hatte, in der stand: Ich habe versucht, dich anzurufen, können wir reden? Ich wusste, dass er mich nicht mehr sehen wollte. Er war ein geduldiger Mensch, und ich hatte seine Geduld überstrapaziert. Ich hasste die schrecklichen Dinge, die ich zu ihm gesagt hatte, ich hasste, was ich ihm über mich verraten hatte. Ich wollte, dass er jetzt grausam war, weil ich es verdiente. Ich wollte, dass er die gemeinsten Sachen zu mir sagte, die ihm einfielen, oder mich so lange schüttelte, bis ich nicht mehr atmen konnte.

Der Schmerz war am Morgen immer noch da, aber ich beschloss, trotzdem zur Uni zu gehen. Ich nahm eine leichte Überdosis Paracetamol und wickelte mich in einen Mantel, bevor ich das Haus verließ. Es regnete auf dem ganzen Weg zur Uni. Ich setzte mich im Seminarraum nach hinten, zitterte immer noch und stellte eine Stoppuhr auf meinem Laptop, um zu wissen, wann ich die nächste Dosis nehmen konnte. Einige Kommilitonen fragten mich, ob es mir gutginge, und nach dem Seminar sprach mich sogar der Dozent an. Er schien nett zu sein, also sagte ich ihm, ich hätte aus medizinischen Gründen viele Veranstaltungen verpasst und dürfte jetzt keine mehr ausfallen lassen. Er sah mich an und sagte: Oh. Ich lächelte gewinnend, trotz des Zitterns, und dann meldete sich der Alarm, um mir zu sagen, dass ich wieder Paracetamol nehmen konnte.

Anschließend ging ich in die Bibliothek, um an einem Essay zu arbeiten, der in zwei Wochen fällig war. Meine Kleider waren noch vom Regen nass, und ich konnte ein feines Klingeln in meinem rechten Ohr hören, ignorierte es aber weitgehend. Meine wahre Sorge galt der Schärfe meiner kritischen Fähigkeiten. Ich war mir nicht sicher, ob ich die Bedeutung des Wortes »epistemisch« richtig im Kopf hatte und ob ich noch lesen konnte. Ich legte meinen Kopf für ein paar Minuten auf den Bibliothekstisch und hörte zu, wie das Klingeln immer lauter wurde, bis es sich fast schon anfühlte wie ein Freund, der zu mir sprach. Du könntest sterben, dachte ich, und zu der Zeit war es ein schön entspannender Gedanke. Ich stellte mir den Tod wie einen Schalter vor, der den ganzen Schmerz und Lärm ausknipste und alles beendete.

Als ich die Bibliothek verließ, regnete es immer noch, und mir war unglaublich kalt. Meine Zähne schlugen aufeinander, und ich konnte mich an keine Wörter mehr erinnern. Regen bewegte sich in flachen Wellen über den Fußweg, wie ein Spezialeffekt. Ich hatte keinen Schirm, und ich registrierte, dass mein Gesicht und mein Haar nass wurden, zu nass, um sich normal anzufühlen. Ich sah Bobbi, die sich vor dem Kunstgebäude untergestellt hatte, und ging auf sie zu, versuchte mich daran zu erinnern, was Menschen üblicherweise zueinander zur Begrüßung sagten. Es fühlte sich auf unbekannte Art anstrengend an.

Ich hob die Hand, um ihr zuzuwinken, und sie kam sehr schnell, wie ich fand, auf mich zu und sagte etwas, was ich nicht verstehen konnte.

Dann wurde ich ohnmächtig. Als ich wieder aufwachte, lag ich unter dem Vordach, ein paar Leute standen um mich herum, und ich sagte das Wort: Was? Alle schienen erleichtert, dass ich sprach. Ein Sicherheitsbeamter sagte etwas in sein Walkie-Talkie, aber ich konnte ihn nicht hören. Der Schmerz in meinem Bauch fühlte sich wie eine Faust an, und ich versuchte, mich aufzusetzen, um zu sehen, ob Bobbi da war. Ich sah, dass sie telefonierte und dabei das freie Ohr mit der Hand abdeckte, als hätte sie Schwierigkeiten zu hören, was die andere Person sagte. Der Regen war so laut wie ein verstimmtes Radio.

Oh, sie ist wach, sagte Bobbi ins Telefon. Eine Sekunde.

Bobbi sah mich an. Bist du in Ordnung?, fragte sie. Sie sah sauber und trocken aus, wie ein Model aus einem Katalog. Aus meinem Haar lief mir Wasser ins Gesicht. Es geht mir gut, sagte ich. Sie telefonierte weiter, ich konnte nicht hören, was sie sagte. Ich versuchte, mir das Gesicht mit einem Ärmel abzuwischen, aber meine Ärmel waren noch nasser als mein Gesicht. Vor dem Vordach prasselte der Regen so weiß wie Milch herab. Bobbi steckte das Handy weg und half mir, mich gerade aufzusetzen.

Es tut mir leid, sagte ich. Es tut mir leid.

Ist das die Sache, die du vorher schon hattest?, fragte Bobbi.

Ich nickte. Bobbi zog ihren Ärmel über die Hand und wischte mir das Gesicht ab. Ihr Pullover war trocken und ganz weich. Danke, sagte ich. Die Leute zerstreuten sich, der Sicherheitsbeamte verschwand um die Ecke.

Musst du wieder ins Krankenhaus?, fragte sie.

Ich vermute, sie werden mir wieder nur sagen, dass ich auf den Ultraschall warten soll.

Dann gehen wir nach Hause. Okay?

Sie hakte sich bei mir unter, und wir gingen auf die Nassau Street, wo direkt ein Taxi vorbeikam. Der Fahrer hielt an und ließ uns hinten einsteigen, obwohl die Autos hinter ihm hupten. Bobbi nannte ihm unsere Adresse, und ich ließ meinen Kopf nach hinten fallen und starrte aus dem Fenster, während Bobbi und der Taxifahrer redeten. Die Straßenlampen tauchten die Umrisse der Menschen in engelsgleiches Licht. Ich sah Ladenfronten und Gesichter in Busfenstern. Dann fielen mir die Augen zu.

Als wir in unserer Straße ankamen, bestand Bobbi darauf zu zahlen. Vor dem Gebäude hielt ich mich an dem Eisengeländer fest und wartete, dass sie aufschloss. Drinnen fragte sie mich, ob ich baden wollte. Ich nickte, ja. Ich stützte mich an der Flurwand ab. Sie ließ das Bad ein, und ich zog langsam meinen Mantel aus. Ein fürchterlicher Schmerz pulsierte in meinem Körper. Bobbi tauchte wieder vor mir auf und nahm mir den Mantel ab, um ihn aufzuhängen.

Brauchst du Hilfe beim Ausziehen?, fragte sie.

Ich dachte an die Geschichte, die ich Valerie am Morgen geschickt hatte, eine Geschichte, die sich ausdrücklich um Bobbi drehte, wie mir jetzt einfiel, eine Geschichte, die Bobbi als ein Mysterium charakterisierte, so allumfassend, dass ich sie nicht ertragen konnte, eine Wucht, die ich mit meiner Willenskraft nicht bezwingen konnte, und die Liebe meines Lebens. Bei dieser Erinnerung wurde ich blass. Irgendwie war es mir nicht bewusst gewesen, oder ich hatte mich gezwungen, es zu vergessen, und jetzt fiel es mir ein.

Reg dich nicht auf, sagte sie. Ich hab dir schon hundertfach beim Ausziehen zugesehen.

Ich versuchte zu lächeln, obwohl mein Atem auf eine Art in meine Lippen hinein- und aus ihnen herausströmte, dass sich mein Lächeln vermutlich verzerrte.

Erinnere mich nicht daran, sagte ich.

Ach, komm schon. Es war doch nicht alles schlecht. Wir hatten auch Spaß.

Du klingst, als würdest du flirten.

Sie lachte. In der Geschichte hatte ich eine Wohnungsparty nach dem Schulabschluss beschrieben, auf der ich eine Unmenge Wodka getrunken und die Nacht mit Kotzen verbracht hatte. Immer wenn jemand versucht hatte, sich um mich zu kümmern, hatte ich diese Person weggestoßen und gesagt: Ich will Bobbi. Bobbi war nicht mal auf der Party.

Ich werde dich total unsexy ausziehen, sagte sie. Keine Sorge.

Die Wanne lief noch voll. Wir gingen ins Bad, und ich setzte mich auf den geschlossenen Klodeckel, während sie ihre Ärmel hochschob, um die Temperatur zu prüfen. Sie sagte mir, es sei heiß. Ich trug an jenem Tag eine weiße Bluse und versuchte, sie aufzuknöpfen, aber meine Hände zitterten. Bobbi drehte den Hahn zu und ging in die Hocke, um mir mit den Knöpfen zu helfen. Ihre Finger waren feucht und hinterließen dunkle Abdrücke an den Knopflöchern. Sie befreite sanft meine Arme aus den Ärmeln, als würde sie eine Kartoffel schälen.

Und da ist überall Blut, sagte ich.

Zum Glück bin ich hier und nicht dein Freund.

Nein, nicht. Wir streiten uns gerade. Es ist, ähm. Es läuft gerade nicht sehr gut.

Sie stand auf und ging wieder zur Wanne. Sie schien mit einem Mal abgelenkt. Im weißen Licht des Badezimmers schimmerten ihre Fingernägel und ihr Haar.

Weiß er, dass du krank bist?, fragte sie.

Ich schüttelte den Kopf. Sie sagte, sie würde mir ein Handtuch holen, und verließ das Bad. Langsam stand ich auf, zog mich ganz aus und schaffte es, in die Wanne zu steigen.

Ich hatte eine Anekdote in die Geschichte eingefügt, in der ich nicht vorkam. Bobbi war für sechs Wochen zum Lernen in Berlin, als wir sechzehn waren, und wohnte bei einer Familie, die eine Tochter namens Liese in unserem Alter hatte. Eines Abends gingen Bobbi und Liese zusammen ins Bett, ohne vorab ein Wort darüber zu verlieren. Sie waren leise, weil sie nicht wollten, dass Lieses Eltern sie hörten, und sie sprachen auch hinterher nicht darüber. Bobbi ließ sich nicht über die sinnlichen Aspekte dieses Vorfalls aus, nicht darüber, ob sie ein Verlangen für Liese verspürt hatte, bevor es geschehen war, nicht darüber, ob sie sich über Lieses Gefühle bewusst gewesen war, oder gar, wie es gewesen war. Wenn mir jemand anders in der Schule dieselbe Geschichte erzählt hätte, ich hätte kein Wort geglaubt, aber weil es sich um Bobbi handelte, wusste ich sofort, dass es stimmte. Ich wollte Bobbi und hätte, wie Liese, alles getan, um mit ihr zusammen zu sein. Sie erzählte mir diese Geschichte, um mir mitzuteilen, dass sie keine Jungfrau mehr war. Sie sprach Lieses Namen ohne besondere Zu- oder Abneigung aus. Es handelte sich nur um ein Mädchen, das sie irgendwann einmal kennengelernt hatte, und Monate danach, vielleicht für immer danach, hatte ich Angst, dass sie eines Tages auch meinen Namen auf diese Weise aussprechen würde.

Das Wasser war seifig und etwas zu heiß. Es hinterließ einen pinkfarbenen Rand an meinem Bein. Ich zwang mich, ganz in die Wanne einzutauchen, wo mich das Wasser obszön leckte. Ich versuchte, mir bildlich vorzustellen, wie der Schmerz aus meinem Körper wich, sich in das Wasser entleerte und auflöste. Bobbi klopfte an die Tür und kam mit einem großen pinkfarbenen Handtuch herein, eines von den neuen, die sie von ihren Eltern mitgebracht hatte. Sie hängte es auf, und ich schloss die Augen. Ich hörte, wie sie das Bad wieder verließ, ein Wasserhahn lief in der Küche, ihre Zimmertür öffnete sich und wurde geschlossen. Ich konnte ihre Stimme hören, sie telefonierte vermutlich.

Ein paar Minuten später kam sie zurück ins Bad und hielt mir ihr Telefon hin.

Nick ist dran, sagte sie.

Was?

Nick ist für dich am Telefon.

Meine Hände waren nass. Ich hob eine aus dem Wasser und trocknete sie umständlich an einem Handtuch, bevor ich das Telefon nahm. Sie ging wieder raus.

Hey, geht's dir gut?, fragte Nicks Stimme.

Ich schloss die Augen. Es lag ein sanfter Klang in seiner Stimme, und ich wollte hineinkriechen, als könnte ich mich darin verstecken.

Jetzt geht es mir ganz gut, sagte ich. Danke.

Bobbi hat mir erzählt, was passiert ist. Das muss dich ganz schön erschreckt haben.

Ein paar Sekunden lang sagte keiner von uns etwas, und dann fingen wir gleichzeitig an zu reden.

Du zuerst, sagte ich.

Er meinte, er würde gern vorbeikommen und mich sehen. Ich sagte, das könne er gern tun. Er fragte, ob ich etwas bräuchte, und ich sagte nein.

Okay, sagte er. Ich steig jetzt ins Auto. Was wolltest du sagen?

Das sag ich dir, wenn du hier bist.

Ich legte auf und platzierte das Telefon vorsichtig auf einem trockenen Teil des Badvorlegers. Dann schloss ich wieder die Augen und nahm die Wärme des Wassers in mich auf, den synthetischen Fruchtgeruch des Shampoos, das Hartplastik der Wanne, den Dampf, der sich auf mein Gesicht legte. Ich meditierte. Ich zählte meine Atemzüge.

Nach einer, wie mir schien, langen Zeit, fünfzehn Minuten oder einer halben Stunde, kam Bobbi wieder rein. Ich öffnete die Augen, und der Raum war sehr hell, strahlend hell und merkwürdig schön. Alles okay?, fragte Bobbi. Ich sagte ihr, Nick würde vorbeikommen, und sie sagte: Gut. Sie setzte sich auf den Wannenrand, und ich sah zu, wie sie ein Päckchen Zigaretten und ein Feuerzeug aus ihrer Strickjacke nahm.

Nachdem sie die Zigarette angezündet hatte, sagte sie: Wirst du ein Buch schreiben? Mir wurde in dem Moment klar, dass sie Philips Frage nach unseren gemeinsamen Auftritten nicht beantwortet hatte, weil sie irgendwie wusste, dass sich etwas verändert hatte, dass ich an etwas Neuem arbeitete. Die Tatsache, dass ihr das aufgefallen war, schenkte mir Zuversicht, zeigte aber auch, dass für Bobbi nichts an mir undurchdringlich war. Sie reagierte zwar langsam, wenn es um schäbige oder banale Dinge ging, aber wahre Veränderungen in mir blieben ihr nie verborgen.

Ich weiß nicht, sagte ich. Du etwa?

Sie schloss ein Auge, als würde es sie stören, und öffnete es wieder.

Warum sollte ich ein Buch schreiben?, fragte sie. Ich bin keine Autorin.

Was machst du nach dem Abschluss?

Ich weiß es nicht. An einer Uni arbeiten, wenn es geht.

Die Formulierung »wenn es geht« stellte klar, dass Bobbi versuchte, mir etwas Ernstes zu sagen, etwas, was sich nicht mit Worten ausdrücken ließ, sondern nur durch eine Veränderung in der Art, wie wir miteinander verbunden waren. Es war nicht nur Unfug, dass Bobbi »wenn es geht« anhängte, weil sie aus einer reichen Familie stammte, eifrig studierte und gute Noten bekam, es ergab auch im Kontext unserer Beziehung keinen Sinn. Bobbi bezog sich auf mich nicht im »wenn es geht«-Sinn. Sie bezog sich auf mich als eine Person, vielleicht die einzige Person, die ihre beängstigende und brutale Macht über Umstände und Menschen verstand. Was sie wollte, konnte sie haben, das wusste ich.

Wie meinst du das, »wenn«?, fragte ich.

Es war zu offensichtlich, und einen Moment lang sagte Bobbi nichts und zupfte ein loses Haar vom Ärmel ihrer Strickjacke.

Ich dachte, du wolltest den globalen Kapitalismus zerstören, sagte ich.

Na ja, nicht ich allein. Jemand muss die Drecksarbeit machen.

Du bist niemand, der die Drecksarbeit macht.

Doch, das bin ich, sagte sie.

Ich wusste nicht genau, warum ich in ihr jemanden sah, der nicht für die »Drecksarbeit« geeignet war. Ich fand niedere Arbeiten gut, so etwas wie Kinder großziehen, Obst ernten, saubermachen. Das waren die wertvollsten Arbeiten, wie ich fand, es waren Arbeiten, die meiner Meinung nach den größten Respekt verdienten. Es irritierte mich, dass ich Bobbi mit einem Mal erklärte, ein Job an einer Universität sei nicht gut genug für sie, aber es irritierte mich auch, mir Bobbi dabei vorzustellen, wie sie etwas so Behäbiges und Gewöhnliches machte. Meine Haut hatte dieselbe Temperatur wie das Wasser, und ich hob ein Knie an die kalte Luft, bevor ich es wieder untertauchte.

Na ja, du wirst eine weltberühmte Professorin, sagte ich. Du wirst Vorlesungen an der Sorbonne halten.

Nein.

Sie wirkte verärgert, fast so, als wollte sie etwas Scharfes erwidern, aber dann wurde ihr Blick plötzlich ruhig und abwesend.

Du glaubst, jeder, den du magst, ist was Besonderes, sagte sie.

Ich versuchte, mich aufzurichten, und spürte die harte Badewanne an meinen Knochen.

Ich bin ein ganz normaler Mensch, sagte sie. Wenn du jemanden magst, gibst du ihm das Gefühl, dass er anders ist als alle anderen. Das machst du mit Nick, das hast du mit mir gemacht.

Nein.

Sie sah mich an, ganz ohne Grausamkeit oder Wut, und sagte: Ich will dich nicht aufregen.

Aber du regst mich auf, sagte ich.

Das tut mir leid.

Ich verzog das Gesicht. Auf der Badematte fing ihr Handy an zu surren. Sie nahm das Gespräch an und sagte: Hallo? Ja, gib mir eine Sekunde. Dann legte sie auf. Es war Nick, sie würde in den Flur gehen und ihn reinlassen.

Ich lag in der Wanne und dachte nichts, tat nichts. Nach ein paar Sekunden hörte ich, wie sie die Wohnungstür öffnete, und dann sagte ihre Stimme: Sie hatte einen echt beschissenen Tag, also sei nett zu ihr. Und Nick sagte: Ich weiß, keine Angst. Ich liebte sie beide in diesem Moment so sehr, dass ich wie ein gütiger Geist vor ihnen erscheinen und Segenswünsche in ihr Leben streuen wollte. Danke, wollte ich sagen. Danke euch beiden. Ihr seid jetzt meine Familie.

Nick kam ins Bad und schloss hinter sich die Tür. Da ist ja wieder der schöne Mantel, sagte ich. Er trug ihn. Er lächelte, er rieb sich ein Auge. Ich hab mir Sorgen um dich gemacht, sagte er. Wie schön, dass es dir wieder so gut geht, dass du wie üblich Konsumgüter zum Fetisch erhebst. Hast du Schmerzen? Ich hob die Schultern. Nicht mehr so schlimme, sagte ich. Er sah mich weiter an. Dann senkte er den Blick auf seine Schuhe. Er schluckte. Geht es dir gut?, fragte ich. Er nickte, wischte sich die Nase mit dem Ärmel. Ich freu mich, dich zu sehen, sagte er. Seine Stimme klang belegt. Mach dir keine Sorgen, sagte ich. Es geht mir gut. Er sah zur Decke, als würde er über sich selbst lachen, und seine Augen waren feucht. Tut gut, das zu hören, sagte er.

Ich erklärte ihm, dass ich aus der Wanne rauswollte, und er reichte mir Bobbis Handtuch. Als ich aus dem Wasser aufstand, sah er mich auf eine Art an, die gar nicht vulgär war. Es war der Blick auf den Körper von jemandem, den man schon oft gesehen und zu dem man eine besondere Beziehung hat. Ich wich ihm nicht aus und war auch nicht peinlich berührt. Ich versuchte mir vorzustellen, wie ich aussehen musste: triefend nass, rot von der Hitze, kleine Wasserbächlein, die aus meinem Haar über die Schultern liefen. Ich betrachtete ihn, wie er dort stand, ohne zu blinzeln, mit ruhigem Blick, so unergründlich wie ein Ozean. Wir mussten nichts zueinander sagen. Er wickelte mich in das Handtuch, und ich stieg aus der Wanne.

24

Nick saß in meinem Zimmer auf dem Bett, während ich mir einen sauberen Pyjama anzog und das Haar trocken rubbelte. Wir konnten hören, wie Bobbi nebenan ihre Ukulele anschlug. Aus meinem Innersten schien Frieden nach außen zu strahlen. Ich war müde und sehr schwach, aber auch das waren auf ihre Art friedliche Gefühle. Schließlich setzte ich mich neben Nick, und er legte seinen Arm um mich. Ich konnte Zigarettenrauch an seinem Hemdkragen riechen. Er wollte wissen, wie es mir gesundheitlich ging, und ich erzählte ihm, dass ich im August im Krankenhaus gewesen war und dass ich auf einen Ultraschall wartete. Er berührte mein Haar und sagte, er bedaure es sehr, dass ich es ihm nicht früher erzählt hatte. Ich sagte, ich wolle kein Mitleid von ihm, und für einen Moment war er still.

Es tut mir wirklich leid, was letztens an dem Abend geschehen ist, sagte er. Ich dachte, du wolltest mir wehtun, und ich habe überreagiert. Es tut mir leid.

Aus irgendeinem Grund konnte ich nur sagen: Schon in Ordnung, mach dir keine Sorgen. Es war das Einzige, was aus mir herauskam, deshalb sagte ich es so beruhigend, wie ich konnte.

In Ordnung, sagte er. Also, kann ich dir was erzählen?

Ich nickte.

Ich habe mit Melissa gesprochen, sagte er. Ich habe ihr gesagt, dass zwischen uns etwas ist. War das in Ordnung?

Ich schloss die Augen. Was ist dann passiert?, fragte ich.

Wir haben eine Weile geredet. Ich denke, es geht ihr gut. Ich habe ihr gesagt, dass ich dich weiterhin sehen will, und das versteht sie, also.

Das hättest du nicht tun müssen.

Das hätte ich von Anfang an tun sollen, sagte er. Es war völlig unnötig, dich dem Ganzen auszusetzen, ich war einfach nur feige.

Wir schwiegen eine Weile. Ich fühlte mich herrlich müde, als würde jede Zelle in meinem Körper in einen tiefen, eigenen Schlaf fallen.

Ich weiß, dass ich kein toller Typ bin, sagte er. Aber ich liebe dich, weißt du? Natürlich liebe ich dich. Es tut mir leid, dass ich dir das nicht schon früher gesagt habe, aber ich wusste nicht, ob du es hören wolltest. Tut mir leid.

Ich lächelte. Meine Augen waren immer noch geschlossen. Es fühlte sich gut an, mit allem falsch gelegen zu haben. Seit wann liebst du mich?, fragte ich.

Seit ich dich kenne, würde ich sagen. Wenn ich es ganz philosophisch betrachten wollte, würde ich sagen, ich habe dich schon davor geliebt.

Oh, du machst mich sehr glücklich.

Wirklich?, fragte er. Das ist gut. Ich will dich sehr glücklich machen.

Ich liebe dich auch.

Er küsste mich auf die Stirn. Als er sprach, klangen seine Worte leicht, aber in seiner Stimme hörte ich verborgene Gefühle, was mich berührte. In Ordnung, sagte er. Du hast jetzt genug gelitten. Ab sofort sind wir einfach nur sehr glücklich.

*

Am nächsten Tag bekam ich eine E-Mail von Melissa. Ich saß in der Bibliothek und tippte einige Notizen ab, als ihre E-Mail kam. Ich beschloss, eine Runde um die Tische zu drehen, bevor ich sie las. Langsam erhob ich mich von meinem Stuhl und ging los. Innen war alles sehr braun. Vor den Fenstern schüttelte der Wind die Bäume durch. Auf dem Cricketrasen lief eine Frau in Shorts, ihre Ellenbogen fuhren rauf und runter wie kleine Kolben. Ich warf einen Blick auf meinen Tisch, um mich davon zu überzeugen, dass mein Laptop noch dort stand. Er leuchtete bedrohlich ins Nichts. Ich drehte eine halbe Runde durch den Raum, bevor ich mich zurück zu meinem Stuhl begab, als wäre dieses Umkreisen der Bibliothekstische irgendein körperlicher Ausdauertest. Dann öffnete ich die E-Mail.

Hi, Frances. Ich bin nicht böse auf dich, ich will, dass du das weißt. Ich schreibe dir nur, weil ich es wichtig finde, dass wir hier auf einer Wellenlänge sind. Nick will mich nicht verlassen & ich will ihn nicht verlassen. Wir werden weiterhin zusammenleben & verheiratet bleiben. Ich schreibe das in diese Mail, weil ich Nick zutraue, dass er dir gegenüber nicht ganz ehrlich ist. Er hat einen schwachen Charakter & erzählt den Leuten zwanghaft, was sie hören wollen. Kurz gesagt, falls du mit meinem Mann schläfst, weil du insgeheim glaubst, dass er eines Tages dein Ehemann sein wird, machst du einen schweren Fehler. Er wird sich nicht von mir scheiden lassen & selbst, wenn er es täte, würde er dich niemals heiraten. Und ebenso, wenn du mit ihm schläfst, weil du glaubst, dass seine Zuneigung beweist, dass du ein guter Mensch bist und vielleicht sogar klug und attraktiv, dann solltest du wissen, dass Nick nicht in erster Linie auf gutaussehende oder moralisch herausragende Menschen steht. Er mag Partnerinnen, die die komplette Verantwortung für all seine Entscheidungen übernehmen, das ist alles. Du wirst aus dieser Beziehung auf Dauer keine Selbstachtung ziehen können. Bestimmt findest du seine vollkommene Ergebung im Moment hinreißend, aber während der Dauer einer Ehe wirkt sie tatsächlich ermüdend. Mit ihm zu streiten ist unmöglich, weil er pathologisch nachgiebig ist, & man kann ihn nicht anschreien, ohne sich selbst dafür zu hassen. Ich weiß das, weil ich ihn heute ziemlich lange angeschrien habe. Weil ich selbst in der Vergangenheit »Fehler gemacht« habe, ist es kaum möglich, mich wahrhaftig und kathartisch durch die Tatsache, dass er hinter meinem Rücken Sex mit einer 21-jährigen hat, ungerecht behandelt zu fühlen, & ich hasse es. Es geht mir, wie es jedem in dieser Situation gehen würde. Ich habe ausführlich geweint, nicht nur sporadisch, sondern auch ohne Unterbrechung für jeweils über eine Stunde. Aber nur weil ich einmal mit einer anderen Frau bei einem Literaturfestival geschlafen habe & dann ein paar Jahre später eine Affäre mit seinem besten Freund hatte, als Nick in der Psychiatrie war, und diese sogar noch fortführte, nachdem Nick es herausgefunden hatte, zählen meine Gefühle nicht. Ich weiß, dass ich ein Monster bin, & wahrscheinlich redet er schlecht über mich. Manchmal denke ich: Ich bin so furchtbar, warum verlässt er mich nicht? Und ich weiß, welche Leute so über ihren Ehepartner denken. Es sind solche, die irgendwann wahrscheinlich ihren Partner ermorden. Ich würde Nick nicht ermorden, aber du musst unbedingt wissen, dass er es absolut zuließe, würde ich es versuchen. Selbst wenn er herausfände, dass ich seinen Mord plante, würde er es nicht ansprechen, um mich nicht zu verärgern. Ich habe mich so daran gewöhnt, ihn armselig & sogar verachtenswert zu finden, dass mir gar nicht erst eingefallen ist, jemand anders könnte ihn lieben. Andere Frauen haben immer das Interesse verloren, sobald sie ihn näher kennenlernten. Aber du nicht. Du liebst ihn, stimmt's? Er hat mir erzählt, dass dein Vater Alkoholiker ist. So wie meiner. Ich frage mich, ob wir uns zu Nick hingezogen fühlen, weil er uns etwas gibt, was uns in unserer Kindheit fehlte, nämlich das Gefühl, die Kontrolle zu haben. Ich habe ihm wirklich geglaubt, als er mir sagte, dass zwischen euch nichts läuft & er nur verknallt war. Ich war erleichtert, ist das nicht furchtbar? Ich dachte, ach, er hat dich erst während des Sommers kennengelernt, da war er immer noch nicht ganz er selbst, es geht ihm seitdem so viel besser. Und jetzt wird mir klar, dass du ein Aspekt der Besserung bist. Geht es meinem Mann wegen dir besser, Frances? Was gibt dir das Recht dazu? Er ist jetzt tagsüber wach, ist mir aufgefallen. Er beantwortet E-Mails & geht wieder ans Telefon. Wenn ich arbeite, schickt er mir manchmal interessante Artikel über die Linken in Griechenland. Schickt er dir dieselben, oder sind sie personalisiert? Ich gebe zu, dass ich mich durch deine Jugend bedroht fühlte. Es ist sehr schockierend, denken zu müssen, dass der eigene Ehemann an jüngeren Frauen interessiert ist. Es war mir an ihm nie aufgefallen. 21 ist doch sehr jung, oder? Aber was, wenn du 19 wärst, hätte er es trotzdem getan? Gehört er zu jenen morbiden Typen in den 30ern, die heimlich auf 15-jährige stehen? Hat er jemals »Teenager« gegoogelt? Darüber musste ich nie nachdenken, bevor du in unser Leben getreten bist. Jetzt frage ich mich, ob er mich hasst. Ich habe ihn nicht gehasst, als ich was mit jemand anderem hatte; ich glaube eher, dass ich ihn da mehr mochte, aber wenn er versuchen würde, mir das zu sagen, würde ich ihm ins Gesicht spucken wollen. Ich glaube, am meisten hat mich schockiert, dass er es sich nicht leicht machen & dich verlassen will. Deshalb weiß ich, dass ich ersetzt wurde. Er sagt, dass er mich immer noch liebt, aber wenn er nicht mehr tut, was ich ihm sage, wie kann ich ihm da glauben? Natürlich hat er in meinem Fall niemals so überreagiert, & ich musste immer denken, dass ich großes Glück hatte. Jetzt frage ich mich, ob er mich überhaupt jemals geliebt hat. Man kann sich nur schwer vorstellen, jemanden zu heiraten, den man nicht liebt, aber das ist wirklich etwas, was Nick tun würde, aus Loyalität & der Sehnsucht nach Bestrafung heraus. Kennst du ihn auch so, oder bin ich die Einzige? Ein Teil von mir wünscht sich, wir könnten Freundinnen sein. Ich fand dich immer sehr kalt & unfreundlich, und erst dachte ich, es läge an Bobbi, was ich dir übelnahm. Jetzt weiß ich, dass es nur Eifersucht & Angst waren, und ich stehe ganz anders zu dir. Aber du musst nicht eifersüchtig sein, Frances. Nick setzt dich vermutlich mit Glück gleich. Ich habe keinen Zweifel daran, dass du für ihn die große Liebe seines Erwachsenenlebens bist. Er & ich hatten nie hinter dem Rücken anderer eine stürmische Affäre. Ich weiß, ich kann ihn nicht bitten, dich nicht mehr zu sehen, obwohl ich das gern tun würde. Ich könnte dich bitten, ihn nicht mehr zu sehen, aber warum sollte ich das tun? Alles ist jetzt besser geworden, das verstehe sogar ich. Früher kam ich abends nach Hause, & er lag schon im Bett. Oder er saß vor dem Fernseher und hatte nicht einmal umgeschaltet, seit er aufgewacht war. Einmal kam ich nach Hause, & es lief eine Art Softporno, in dem sich zwei Cheerleader küssten, & als er mich bemerkte, hob er die Schultern & sagte: »Ich schau mir das nicht an, ich weiß nur nicht, wo die Fernbedienung ist.« Damals tat ich so, als würde ich ihm nicht glauben, weil ich dachte, es wäre weniger verstörend, würde er sich wirklich den Cheerleader-Film ansehen, statt einfach nur dazusitzen und widerstrebend den Film laufen zu lassen, weil er zu deprimiert war, um nach der Fernbedienung zu suchen. Jetzt denke ich immer an all die Abende diesen Monat, an denen ich nach Hause gekommen bin, & er hat gekocht & sich etwas im Radio angehört. Und er ist immer glatt rasiert & fragt mich, wie mein Tag war, & seine Sportkleidung ist immer in der Waschmaschine. Ich sehe manchmal, wie er sich im Spiegel taxiert. Wie hatte ich es nicht wissen können? Aber ich sagte mir immer, ich will, dass er glücklich ist, & jetzt weiß ich, dass es die ganze Zeit gestimmt hat. Ich will wirklich sein Glück. Sogar, wenn es so aussieht, will ich es. Also. Wie auch immer. Vielleicht können wir alle irgendwann mal zusammen zu Abend essen. (Ich werde Bobbi auch einladen.)

Ich las die E-Mail mehrmals. Es wirkte auf mich affektiert, dass Melissa keine Absätze verwendete, als würde sie sagen: Sieh dir diese Gefühlswoge an, die mich mitreißt. Ich war mir auch sicher, dass sie die E-Mail sorgfältigst überarbeitet hatte, um folgenden Effekt zu erzielen: Denk immer daran, wer hier die Autorin ist, Frances. Ich bin es, und nicht du. Das waren die Gedanken, die mir kamen, unfreundliche Gedanken. Sie nannte mich nicht einen schlechten Menschen, sie sagte keines dieser schrecklichen Dinge über mich, die die Situation entschuldigt hätten. Vielleicht hatte wirklich eine Gefühlswoge sie mitgerissen. Die Stelle über meine Jugend ließ mich nicht los, und mir wurde klar, dass es egal war, ob sie es berechnet hatte oder nicht. Ich war jung, und sie war älter. Das allein führte dazu, dass ich mich schlecht fühlte, als hätte ich zu viele Münzen in den Automaten geworfen. Beim zweiten Lesen übersprang ich diese Stelle.

Das Einzige, was mich wirklich interessierte, war die Information über Nick. Er war in der Psychiatrie gewesen, was ich nicht gewusst hatte. Das schreckte mich nicht im eigentlichen Sinne ab; ich hatte darüber in Büchern gelesen, mir war das Konzept, dass Kapitalismus der eigentliche Wahnsinn war, geläufig. Aber ich hatte gedacht, dass Menschen, die mit psychiatrischen Befunden ins Krankenhaus mussten, anders waren als die Menschen, die ich kannte. Mir wurde klar, dass ich nun ein neues soziales Umfeld betreten hatte, in dem schwere Geisteskrankheiten keinen unmodischen Beigeschmack mehr hatten. Ich durchlief eine zweite Erziehung: Ich lernte einen neuen Thesenkatalog, und ich täuschte ein größeres Maß an Verständnis vor, als ich wirklich besaß. Dieser Logik folgend, waren Nick und Melissa wie meine Eltern, die mich in die Welt hinausbrachten und wahrscheinlich mehr hassten und liebten als meine wahren Eltern. Es bedeutete außerdem, dass ich Bobbis böser Zwilling war, und zu jenem Zeitpunkt erschien mir die Metapher nicht übertrieben.

Ich folgte diesem Gedankenmuster oberflächlich, so wie man mit dem Blick vorbeifahrenden Autos folgt. Mein Körper war auf dem Bibliotheksstuhl verdreht wie eine aufgewickelte Sprungfeder, und meine Beine waren zweimal überschlagen, die Wölbung meines linken Fußes hatte ich fest gegen ein Stuhlbein gedrückt. Ich hatte ein schlechtes Gewissen, weil Nick so krank gewesen war und ich nun davon wusste, obwohl er es mir nicht hatte erzählen wollen. Ich wusste nicht, wie ich mit dieser Information umgehen sollte. In der E-Mail gab sich Melissa kaltschnäuzig, als wäre Nicks Krankheit der düstere, komische Hintergrund ihrer Affäre gewesen, und ich fragte mich, ob sie es so empfand oder ob sie nur verschleiern wollte, was sie wirklich fühlte. Ich dachte an Evelyn in der Buchhandlung, die ihm immer wieder sagte, wie gut er aussah.

Nach einer Stunde antwortete ich ihr mit folgender E-Mail:

Viel zum Nachdenken. Abendessen klingt gut.

25

Es war bereits Mitte Oktober. Ich suchte alles an Bargeld zusammen, was ich in meinem Zimmer finden konnte, auch das Geburtstags- und Weihnachtsgeld, das ich vergessen hatte, auf mein Konto einzuzahlen. Insgesamt kam ich auf dreiundvierzig Euro, wovon ich vier fünfzig in einem deutschen Supermarkt ausgab, um Brot, Pasta und Dosentomaten zu kaufen. Morgens fragte ich Bobbi, ob ich mir von ihrer Milch nehmen könne, und sie winkte ab, als wollte sie sagen: Nimm einfach, was du brauchst. Jerry gab ihr jede Woche Geld, und mir war aufgefallen, dass sie einen neuen schwarzen Wollmantel mit Schildpattknöpfen trug. Ich wollte ihr nicht sagen, was auf meinem Konto los war, deshalb bezeichnete ich mich in einem flapsigen Tonfall als »pleite«. Jeden Morgen und jeden Abend rief ich meinen Vater an, und jeden Morgen und jeden Abend nahm er nicht ab.

Wir gingen tatsächlich zu Melissa und Nick zum Abendessen. Wir gingen öfter als einmal hin. Mir fiel auf, dass Bobbi sich in Nicks Gegenwart zunehmend wohlfühlte, sie schien seine Gesellschaft sogar Melissas oder meiner vorzuziehen. Wenn wir zu viert Zeit miteinander verbrachten, trugen sie und Nick gespielte Streitgespräche oder andere Wettbewerbe aus, in die Melissa und ich nicht einbezogen wurden. Sie spielten nach dem Abendessen Videospiele oder magnetisches Reiseschach, während Melissa und ich über Impressionismus sprachen. Einmal, als sie betrunken waren, jagten sie sich gegenseitig durch den Garten. Nick gewann, aber hinterher war er müde, und Bobbi nannte ihn »ältlich« und bewarf ihn mit totem Laub. Sie fragte Melissa: Wer ist hübscher, Nick oder ich? Melissa sah mich an und antwortete schelmisch: Ich liebe alle meine Kinder gleich. Bobbis Beziehung zu Nick wirkte sich merkwürdig auf mich aus. Wenn ich sah, wie sie sich gegenseitig ihre gesamte Aufmerksamkeit schenkten, fand ich es auf bizarre und spannende Art ästhetisch. Physisch waren sie so perfekt wie Zwillinge. Manchmal ertappte ich mich dabei, wie ich mir wünschte, die beiden würden näher zusammenrücken oder sich sogar berühren, als versuchte ich etwas zu vervollständigen, was in meiner Vorstellung unvollendet blieb.

Oft diskutierten wir politische Themen, bei denen wir alle ähnliche Positionen vertraten, uns aber unterschiedlich ausdrückten. Bobbi war beispielsweise eine Aufrührerin, während Melissa, aus grimmigem Pessimismus heraus, dem Rechtsstaatsprinzip den Vorzug gab. Nick und ich standen irgendwo zwischen den beiden und lieferten lieber Kritik als Unterstützung. Eines Abends diskutierten wir über den vorherrschenden Rassismus des US-amerikanischen Justizsystems, über die Polizeibrutalität in Videos, denen sich niemand von uns hatte entziehen können, und was es bedeutete, dass wir als weiße Menschen sagten, es sei »schwer zu ertragen, sie sich anzusehen«, worin wir uns alle einig waren, obwohl wir nicht benennen konnten, was genau es so schwer erträglich machte. Es gab ein Video mit einem schwarzen Teenager im Badeanzug, der nach seiner Mutter schrie, während ein weißer Polizist auf seinem Rücken kniete, wozu Nick sagte, er verspüre Übelkeit, er könne es sich nicht zu Ende ansehen.

Mir ist klar, dass ich es mir leichtmache, sagte er. Aber ich frage mich auch, wozu es gut sein soll, dass ich es mir bis zum Schluss ansehe? Was an sich schon wieder deprimierend ist.

Wir diskutierten auch, ob diese Videos zu einer Art europäischer Überheblichkeit beitrugen, so als wären die Polizeikräfte in Europa nicht vorwiegend rassistisch.

Dabei sind sie es, sagte Bobbi.

Ja, der Spruch heißt ja auch nicht »American cops are bastards«, sagte Nick.

Melissa meinte, sie zweifele nicht daran, dass wir alle Teil des Problems seien, aber es lasse sich schwer sagen, wieso genau, und es sei scheinbar unmöglich, etwas dagegen zu tun, ohne es zunächst zu verstehen. Ich sagte, dass ich manchmal den Wunsch verspürte, meine Ethnizität zu verleugnen, so als wäre ich nicht »wirklich« weiß wie andere weiße Menschen, obwohl ich offensichtlich weiß war.

Nimm's mir nicht übel, sagte Bobbi, aber das ist ehrlich gesagt überhaupt nicht hilfreich.

Ich nehme es dir nicht übel, sagte ich. Ich stimme dir zu.

An meiner Beziehung mit Nick hatte sich manches verändert, seit er Melissa gesagt hatte, wir wären zusammen. Ich schickte ihm tagsüber sentimentale Nachrichten, und er rief mich an, wenn er betrunken war, um mir nette Dinge zu sagen. Der Sex blieb der gleiche, aber hinterher war es anders. Statt mich ruhig zu fühlen, kam ich mir merkwürdig schutzlos vor, wie ein Tier, das sich totstellt. Es war, als könnte Nick durch die weiche Wolke meiner Haut greifen und sich alles nehmen, was in mir drin war, meine Lunge oder andere innere Organe, und ich machte keine Anstalten, ihn aufzuhalten. Als ich davon erzählte, sagte er, es ginge ihm genauso, aber er war bereits am Einschlafen und hatte vielleicht nicht richtig zugehört.

Überall auf dem Campus häufte sich welkes Laub, und ich verbrachte meine Zeit damit, zu Vorlesungen zu gehen und Bücher in der Ussher Library zu suchen. An trockenen Tagen nahmen Bobbi und ich selten benutzte Wege, wirbelten das Laub auf und sprachen über Sachen wie Landschaftsmalerei. Bobbi fand die Fetischisierung der »unberührten Natur« intrinsisch patriarchalisch und nationalistisch. Ich mag Häuser lieber als Felder, bemerkte ich. Sie sind poetischer, weil Menschen darin wohnen. Dann setzten wir uns in die Cafeteria und sahen dem Regen dabei zu, wie er an den Fenstern herabströmte. Etwas zwischen uns hatte sich verändert, aber ich wusste nicht, was. Wir spürten immer noch intuitiv ganz leicht die Stimmung der anderen, wir wechselten die gleichen verschwörerischen Blicke, und unsere Gespräche fühlten sich weiterhin tiefgreifend und intelligent an. Es hatte sich etwas verändert, als sie mir das Bad eingelassen hatte. Seitdem stand Bobbi in einem anderen Verhältnis zu mir, obwohl wir beide dieselben geblieben waren.

Eines Nachmittags gegen Ende des Monats, als meine Finanzen auf sechs Euro runter waren, bekam ich eine E-Mail von einem Mann namens Lewis, der der Herausgeber eines Literaturmagazins in Dublin war. In der E-Mail stand, Valerie hätte die Geschichte eingereicht mit dem Vorschlag, sie zu veröffentlichen, und wenn ich einverstanden wäre, würde er sie sehr gern in einer der nächsten Ausgaben abdrucken. Er sagte, er sei von diesem Projekt »sehr begeistert« und dass er einige Überarbeitungsvorschläge habe, falls mich das interessiere.

Ich öffnete die Datei, die ich an Valerie geschickt hatte, und las den Text in einem Stück durch, ohne darüber nachzudenken, was ich tat. Die Figur in der Geschichte war erkennbar Bobbi, ihre Eltern erkennbar ihre Eltern, und ich eindeutig ich. Niemand, der uns kannte, könnte abstreiten, Bobbi in der Geschichte zu sehen. Es war nicht unbedingt eine unschmeichelhafte Darstellung. Sie konzentrierte sich nur auf die herrischen Aspekte in der Persönlichkeit von Bobbi und mir, weil es in der Geschichte um Dominanz ging. Aber, dachte ich, man muss immer selektieren und betonen, darum geht es beim Schreiben. Bobbi würde das besser verstehen als jeder andere.

Lewis erwähnte auch, dass ich Geld für die Geschichte bekäme, und fügte eine Gebührentabelle für Erstbeiträger an. In ihrer aktuellen Länge würde es für meine Geschichte über achthundert Euro geben. Ich antwortete Lewis, bedankte mich für sein Interesse und teilte ihm mit, dass ich sehr gern mit ihm an den Änderungen arbeiten würde, die er für sinnvoll hielt.

An jenem Abend holte mich Nick bei mir zu Hause ab, um mich nach Monkstown zu bringen. Melissa war für ein paar Tage bei ihrer Familie in Kildare. Im Auto erzählte ich ihm von der Geschichte und dem Gespräch, das ich mit Bobbi im Bad geführt hatte, und was sie über besonders und nicht besonders sein gesagt hatte. Langsam, sagte Nick. Für wie viel hast du die Geschichte verkauft? Ich wusste nicht mal, dass du Prosa schreibst. Ich lachte, ich mochte es, wenn er so tat, als sei er stolz auf mich. Ich sagte zu ihm, es sei meine erste Geschichte, und er bezeichnete mich als einschüchternd. Wir sprachen darüber, dass Bobbi in der Geschichte vorkam, und er sagte, er komme dauernd in Melissas Arbeiten vor.

Aber nur am Rande, sagte ich. So was wie: »Mein Mann war auch da.« Bobbi ist bei mir die Hauptfigur.

Stimmt, hab ich vergessen, du hast ja Melissas Buch gelesen. Du hast recht, sie hält sich nicht lange mit mir auf. Ich bin mir jedenfalls sicher, dass es Bobbi nicht stören wird.

Ich denke gerade darüber nach, ihr nie davon zu erzählen. Sie wird das Magazin schließlich nicht lesen.

Also, das halte ich für keine gute Idee, sagte er. Es gibt ziemlich viele andere Leute, die ihr dann auch nichts davon erzählen dürften. Dieser Philip, mit dem du rumhängst, solche Leute. Meine Frau. Aber natürlich bist du hier der Boss.

Ich machte »hm«, weil ich fand, dass er recht hatte, es aber nicht akzeptieren wollte. Es gefiel mir, wenn er mich Boss nannte. Er trommelte gut gelaunt mit den Händen auf das Lenkrad. Was ist das eigentlich mit mir und Schriftstellerinnen?, fragte er.

Du magst einfach Frauen, die dich intellektuell vernichten, sagte ich. Ich wette, du warst in der Schule in deine Lehrerinnen verliebt.

Dafür war ich sogar berüchtigt. Ich hatte mal was mit einer meiner Unidozentinnen, hab ich dir das schon erzählt?

Ich bat ihn darum, und er erzählte es mir. Die Frau war nicht einfach nur eine Dozentin gewesen, sondern eine echte Professorin. Ich fragte ihn, wie alt sie gewesen war, und Nick lächelte kokett und sagte: Ungefähr fünfundvierzig? Vielleicht fünfzig. Jedenfalls, sie hätte ihren Job verlieren können, es war Wahnsinn.

Ich sehe es aus ihrer Perspektive, sagte ich. Schließlich habe ich dich auf der Geburtstagsfeier deiner Frau geküsst, oder?

Er sagte, er habe Schwierigkeiten zu verstehen, warum er manche Menschen zu so etwas brachte; dass es ihm selten im Leben passiert war, aber immer mit gewaltiger Intensität und ohne wirkliches Zutun von seiner Seite. Eine Freundin seines älteren Bruders habe ähnliche Gefühle für ihn entwickelt, als er fünfzehn war. Und dieses Mädchen war fast zwanzig, sagte Nick. Sie war von mir besessen. So wurde ich entjungfert.

Warst du auch von ihr besessen?, fragte ich.

Nein, ich hatte nur Angst, nein zu ihr zu sagen. Ich wollte sie nicht verletzen.

Ich sagte ihm, dass das trostlos klang und mich traurig machte.

Schnell sagte er: Oh, ich wollte kein Mitleid einheimsen. Ich sagte schließlich ja, es war nicht … Na ja, es war vermutlich illegal, aber ich hatte eingewilligt.

Weil du zu große Angst hattest, nein zu sagen, meinte ich. Würdest du es auch Einwilligung nennen, wenn mir so etwas passiert?

Was, nein. Aber ich fühlte mich nicht körperlich bedroht. Ich meine, sie hat sich sehr seltsam aufgeführt, aber wir waren beide Teenager. Ich glaube nicht, dass sie ein böser Mensch war.

Wir waren immer noch in der Stadt und standen am Nordufer im Stau. Es war früher Abend, aber bereits dunkel. Durch das Fenster betrachtete ich die Fußgänger und den Regenschleier unter den Straßenlaternen. Ich sagte ihm, dass ich ihn unter anderem für ein so ansprechendes Liebesobjekt hielt, weil er so eigenartig passiv war. Ich hab gewusst, dass ich dich zuerst küssen muss, sagte ich. Und dass du mich nie küssen würdest, weshalb ich mich sehr verletzlich fühlte. Aber ich verspürte auch diese schreckliche Macht, in etwa: Wenn du dich von mir küssen lässt, was wirst du mich noch mit dir machen lassen? Das war irgendwie berauschend. Ich hätte nicht sagen können, ob ich die volle Kontrolle über dich hatte oder gar keine.

Und wie siehst du es jetzt?, fragte er.

Mehr so, als hätte ich die volle Kontrolle. Ist das schlimm?

Er sagte, es sei ihm egal. Er fand es richtig, dass wir uns bemühten, die Machtunterschiede auszugleichen, aber er fügte hinzu, dass er glaubte, wir würden es nie vollständig schaffen. Ich sagte, Melissa halte ihn für »krankhaft unterwürfig«, und er sagte, es sei ein Fehler, anzunehmen, dass er deshalb in Beziehungen zu Frauen machtlos sei.

Er meinte, Hilflosigkeit sei oft ein Instrument, um Macht auszuüben. Ich sagte ihm, er klinge wie Bobbi, und er lachte. Das größte Kompliment, das ein Mann je von dir bekommen kann, Frances, sagte er.

In jener Nacht sprachen wir im Bett über das Kind seiner Schwester, wie sehr er die Kleine liebte, wie er manchmal, wenn er deprimiert war, zu Laura ging, nur um der Kleinen näher zu sein und ihr Gesicht zu sehen. Ich wusste nicht, ob Melissa und er Kinder haben wollten oder warum sie noch keine hatten, wenn er Kinder doch so sehr liebte. Ich wollte ihn nicht danach fragen, weil ich Angst hatte, zu erfahren, dass sie welche wollten, also schlug ich stattdessen einen ironischen Tonfall an und sagte: Wir zwei könnten vielleicht zusammen Kinder bekommen. Wir würden sie in einer polyamourösen Kommune großziehen und sie selbst entscheiden lassen, wie sie heißen wollen. Nick erwiderte, er hätte bereits finstere Pläne in dieser Richtung.

Würdest du mich schwanger immer noch attraktiv finden?

Aber sicher.

Fetischistisch?

Hm, das weiß ich nicht, sagte er. Ich habe den Eindruck, dass mir schwangere Frauen eher auffallen als noch vor zehn Jahren. Ich stelle mir dann gern vor, dass ich nett zu ihnen bin.

Das klingt fetischistisch.

Bei dir ist alles ein Fetisch. Ich meinte eher, für sie zu kochen. Aber würde ich immer noch mit dir vögeln wollen, wenn du schwanger wärst? Ja. Da kannst du dir sicher sein.

Da wandte ich mich zu ihm und brachte meinen Mund ganz nah an sein Ohr. Meine Augen waren geschlossen, also fühlte es sich an wie ein Spiel und nicht richtig echt. Hey, sagte ich, ich will dich wirklich. Und ich spürte, wie er nickte, so süß und eifrig. Danke, sagte er. Genau das sagte er. Wir küssten uns. Ich drückte meinen Rücken in die Matratze, und er berührte mich vorsichtig, so wie ein Reh Dinge mit seinem Gesicht berührt. Nick, du bist so ein Geschenk, sagte ich. Ich hab meinen Geldbeutel im Mantel gelassen, antwortete er. Sekunde. Und ich sagte: Mach es einfach so, ich nehm doch die Pille. Seine Hand lag flach auf dem Kissen neben meinem Kopf, und einen Moment lang tat er nichts, und sein Atem fühlte sich sehr heiß an. Ja, willst du es?, fragte er. Ich sagte: Ich will es, und er atmete nur weiter und sagte dann: Ich fühle mich so gut bei dir.

Ich schlang meine Arme um seinen Hals, und er schob seine Hand zwischen meine Beine, um in mich zu gelangen. Wir hatten sonst immer ein Kondom benutzt, und es fühlte sich anders an, oder vielleicht war er auch anders. Seine Haut war feucht, und er stöhnte sehr heftig. Ich spürte, wie sich mein Körper öffnete und wieder schloss, wie ein Zeitrafferfilm von einer Blume, deren Blüten sich öffneten und schlossen, und es war so echt, als würde ich halluzinieren. Nick sagte: Oh, Mist, und dann: Frances, ich wusste nicht, dass es sich so gut anfühlen würde, es tut mir leid. Sein Mund war extrem weich und nah. Ich fragte ihn, ob er schon kommen musste, und er atmete tief ein und sagte dann: Tut mir leid, es tut mir leid. Ich dachte an sein finsteres Verlangen, mich zu schwängern, wie voll und riesig ich mich fühlen würde, wie er mich so liebevoll und mit solchem Stolz berühren würde, und dann hörte ich mich sagen: Nein, es ist gut, ich will es. Es fühlte sich dann sehr seltsam und schön an, und er sagte mir, dass er mich liebte, das weiß ich noch. Er murmelte es mir ins Ohr: Ich liebe dich.

*

Ich musste in der nächsten Zeit einige Essays abgeben, also machte ich mir einen groben Zeitplan. Morgens, bevor die Bibliothek aufmachte, saß ich im Bett und arbeitete an den Änderungen, die mir Lewis vorgeschlagen hatte. Ich sah, wie die Geschichte, die ich geschrieben hatte, Gestalt annahm, sich entfaltete, länger und solider wurde. Dann duschte ich und zog mir übergroße Sweater an, um den ganzen Tag an der Uni zu verbringen. Oft hielt ich es bis spätabends ohne Essen aus, und wenn ich nach Hause kam, kochte ich mir zwei Handvoll Pasta und aß sie mit Olivenöl und Essig, bevor ich einschlief, manchmal ohne mich auszuziehen.

Nick fing mit den Proben für eine *Hamlet*-Inszenierung an, und dienstags und freitags nach der Arbeit kam er zu mir und übernachtete bei mir. Er beschwerte sich, weil der Kühlschrank immer leer war, aber nachdem ich in ironischem Ton gesagt hatte, ich sei pleite, sagte er: Oh, wirklich? Tut mir leid, das wusste ich nicht. Ab da brachte er Essen mit, wenn er mich besuchte. Es gab frisches Brot aus der Temple-Bar-Bäckerei, Himbeergelee, Hummus und Frischkäse. Als er sah, wie ich aß, wollte er wissen, wie pleite ich war. Ich hob die Schultern. Danach brachte er Hähnchenbrust und Plastikdinger mit Hackfleisch, die in den Kühlschrank kamen. Ich fühle mich wie eine Frau, die ausgehalten wird, sagte ich. Er sagte so etwas wie: Na ja, du kannst es einfrieren, wenn du es morgen nicht essen willst. Ich hatte das Gefühl, amüsiert und lässig reagieren zu müssen, weil ich dachte, es wäre Nick unangenehm, wenn er wüsste, dass ich wirklich kein Geld hatte und von seinem Marmeladenbrot lebte.

Bobbi schien Nicks Anwesenheit in unserer Wohnung zu genießen, teils auch, weil er sich nützlich machte. Er zeigte uns, wie man den undichten Wasserhahn in der Küche reparierte. Der Mann des Hauses, sagte sie sarkastisch. Einmal, als er für uns Abendessen kochte, hörte ich, wie er mit Melissa telefonierte, über einen Streit mit ihrem Lektor redete und ihr versicherte, dass die Gegenseite »total unvernünftig« sei. Die meiste Zeit des Gesprächs verbrachte er mit Nicken und dem Herumschieben von Töpfen auf dem Kochfeld, während er sagte: Mhm, ich weiß. Diese Rolle schien ihm besser als jede andere zu gefallen: zuzuhören und intelligente Fragen zu stellen, die zeigten, dass er zugehört hatte. Er fühlte sich nützlich dabei. Damals am Telefon war er grandios. Ich hegte keinen Zweifel daran, dass Melissa diejenige war, die angerufen hatte.

Wir blieben an jenen Abenden lange auf und redeten, manchmal sogar, bis wir merkten, dass es hinter den Jalousien hell wurde. Eines Nachts sagte ich ihm, dass ich Beihilfe bekam, um die Collegegebühren bezahlen zu können. Er reagierte erstaunt und sagte dann sofort: Entschuldige, dass ich so überrascht bin, das ist ziemlich ignorant von mir. Ich sollte nicht davon ausgehen, dass alle Eltern dafür bezahlen können.

Na ja, wir sind nicht arm, sagte ich. Ich sage das nicht zu meiner Verteidigung. Ich will nur nicht, dass du den Eindruck hast, ich wäre in Armut aufgewachsen oder so was.

Natürlich.

Aber ich komme mir schon anders vor als du oder Bobbi, weißt du. Vielleicht ist es ein kleiner Unterschied. Die schönen Sachen, die ich habe, verunsichern mich. Zum Beispiel mein Laptop, er ist gebraucht, er gehörte meiner Cousine. Und trotzdem fühle ich mich verunsichert.

Du darfst schöne Sachen besitzen, sagte er.

Ich kniff mit Daumen und Zeigefinger in die Bettdecke. Der Stoff war hart und kratzig, nicht wie die ägyptische Baumwolle, die Nick bei sich zu Hause hatte.

Mein Dad war mit seiner monatlichen Zahlung in letzter Zeit etwas unzuverlässig, sagte ich.

Was, ehrlich?

Ja. Im Moment habe ich im Grunde gar kein Geld.

Im Ernst?, fragte Nick. Wovon lebst du?

Ich rieb die Decke zwischen meinen Fingern und spürte den Fadenlauf. Na ja, ich darf Bobbis Sachen benutzen, sagte ich. Und du bringst mir immer was zu essen.

Frances, das ist Wahnsinn, sagte er. Warum hast du mir nichts gesagt? Ich kann dir doch Geld geben.

Nein, nein. Du hast selbst gesagt, dass das komisch wäre. Du hast gesagt, es gäbe ethische Bedenken.

Ich hätte größere Bedenken, wenn du verhungerst. Pass auf, du kannst es mir zurückgeben, wenn du möchtest, wir nennen es einen Kredit.

Ich starrte auf die Decke und ihr hässliches Blumenmuster. Ich bekomme Geld für die Geschichte, sagte ich.

Dann werde ich es dir zurückgeben. Am nächsten Morgen ging er zum Geldautomaten, während Bobbi und ich frühstückten. Als er zurückkam, merkte ich, dass er Hemmungen hatte, mir vor ihr das Geld zu geben, und darüber war ich froh. Ich wollte nicht, dass sie wusste, wie sehr ich es brauchte. Ich ging mit ihm in den Flur, als er losmusste, und er nahm seinen Geldbeutel raus und zählte vier Fünfzig-Euro-Scheine ab. Es beunruhigte mich zu sehen, dass er so mit Geld umging. Das ist zu viel, sagte ich. Er verzog gequält das Gesicht und sagte: Dann gib es mir wann anders wieder, mach dir keine Gedanken. Ich machte den Mund auf, und er unterbrach mich: Frances, das ist gar nichts. Für ihn war es wahrscheinlich gar nichts. Er küsste mich auf die Stirn, bevor er ging.

*

Am letzten Oktobertag gab ich einen meiner Essays ab, und hinterher trafen Bobbi und ich Freunde zum Kaffeetrinken. Damals war ich glücklich mit meinem Leben, glücklicher, als ich es je zuvor war. Lewis war mit meiner Überarbeitung sehr zufrieden und wollte die Geschichte in der Januarausgabe des Magazins bringen. Durch Nicks Kredit und das Geld von dem Magazin, das mir selbst nach Rückzahlung meiner Schulden bleiben würde, fühlte ich mich unbesiegbar reich. Es war, als hätte ich endlich meine Kindheit und die Abhängigkeit von anderen Menschen hinter mir gelassen. Mein Vater konnte mir durch nichts mehr schaden, und von dieser Warte aus empfand ich ein neues und aufrichtiges Mitleid mit ihm, das Mitleid eines wohlmeinenden Beobachters.

Wir trafen an jenem Nachmittag Marianne, außerdem ihren Freund Andrew, den niemand wirklich mochte. Philip war ebenfalls dabei, er brachte Camille mit, eine junge Frau, die er vor kurzem kennengelernt hatte. Philip wirkte in meiner Gegenwart unsicher, er versuchte, meinen Blick zu erhaschen, wann immer er konnte, und lächelte über meine Witze, aber auf eine Art, die nicht etwa echte Freundschaft, sondern Mitgefühl auszudrücken schien, vielleicht sogar Mitleid. Ich fand sein Verhalten zu albern, um beleidigt zu sein, obwohl ich noch weiß, dass ich darauf hoffte, Bobbi würde es ebenfalls bemerken, damit wir später darüber reden konnten.

Wir saßen im oberen Stockwerk eines kleinen Cafés in der Nähe des College Green, und irgendwann kam das Gespräch auf Monogamie, ein Thema, zu dem ich nichts zu sagen hatte. Als Erstes fragte Marianne, ob Nicht-Monogamie eine Neigung sei, wie Homosexualität, und ob manche Menschen »von Natur aus« nicht-monogam seien, was Bobbi veranlasste zu erklären, dass keine sexuelle Neigung als solche »von Natur aus« kam. Ich nippte an dem Kaffee, den Bobbi mir spendiert hatte, und sagte nichts, wollte ihr nur zuhören. Sie sagte, Monogamie basiere auf einer Vereinbarung, die Männern in patrilinearen Gesellschaften dazu diene, ihr Eigentum dem genetischen Nachfolger weiterzureichen, traditionell ermöglicht durch sexuellen Anspruch auf eine Ehefrau. Nicht-Monogamie könnte auf einem völlig anderen Modell basieren, sagte Bobbi. Etwas, was eher spontaner Einwilligung entspricht.

Bobbi dabei zuzuhören, wie sie auf diese Weise theoretisierte, war aufregend. Sie sprach in klaren, brillanten Sätzen, als formte sie etwas aus Glas oder Wasser in der Luft. Niemals zögerte sie oder wiederholte sich. Gelegentlich traf sie meinen Blick, und ich nickte: ja, genau. Diese Zustimmung schien sie zu beflügeln, als suchte sie in meinem Blick nach Bestätigung, und sie wandte den Blick wieder ab und fuhr fort: Damit meine ich …

Sie schien den anderen am Tisch keine Aufmerksamkeit zu schenken, während sie sprach, aber ich merkte, dass Philip und Camille Blicke tauschten. Einmal sah Philip zu Andrew, dem einzigen anderen Mann, der bei uns saß, und Andrew hob die Augenbrauen, als gäbe Bobbi Unfug von sich oder unterstützte Antisemitismus. Ich fand es feige von Philip, zu Andrew zu schauen, er mochte ihn nicht einmal, und ich fühlte mich unwohl. Nach und nach bemerkte ich, dass seit einiger Zeit niemand mehr etwas gesagt hatte und dass Marianne peinlich berührt auf ihren Schoß starrte. Auch wenn ich Bobbi liebend gern zuhörte, wenn sie so in Fahrt war, wünschte ich mir, sie würde aufhören zu reden.

Ich glaube nur einfach nicht, dass es möglich ist, mehr als eine Person zu lieben, sagte Camille. Ich meine, von ganzem Herzen wirklich zu lieben.

Hatten deine Eltern ein Lieblingskind?, fragte Bobbi. Das muss schlimm für dich gewesen sein.

Camille lachte nervös, weil sie keine Ahnung hatte, ob Bobbi einen Witz machte, und sie sie nicht gut genug kannte, um zu wissen, dass ihr Verhalten völlig normal war.

Mit Kindern ist es nicht wirklich dasselbe, oder?, sagte Camille.

Nun, das kommt darauf an, ob du an irgendein transhistorisches Konzept von romantischer Liebe glaubst, das sich gleichmäßig durch unterschiedliche Kulturen zieht, sagte Bobbi. Aber ich denke mal, dass wir alle an komisches Zeug glauben, oder?

Marianne warf mir einen Blick zu, nur kurz, aber ich merkte, dass sie dasselbe dachte wie ich: Bobbi war gerade aggressiver als üblich, sie würde Camilles Gefühle verletzen, und Philip würde beleidigt sein. Ich sah zu Philip und merkte, dass es zu spät war. Er hatte die Nasenlöcher leicht gebläht, er war verärgert, und er würde sich mit Bobbi streiten und verlieren.

Viele Anthropologen stimmen darin überein, dass Menschen von Natur aus eine monogame Spezies sind, sagte Philip.

Ist das wirklich dein theoretischer Standpunkt?, fragte Bobbi.

Nicht alles geht auf Kulturtheorie zurück, sagte Philip.

Bobbi lachte, es war ein ästhetisch hinreißendes Lachen, eine Darbietung vollkommener Selbstsicherheit, die Marianne zusammenzucken ließ.

O mein Gott, und die lassen dich einen Abschluss machen?, fragte Bobbi.

Was ist mit Jesus?, fragte ich. Er liebte alle Menschen.

Er lebte auch zölibatär, sagte Philip.

Das ist ein historischer Streitfall, sagte Bobbi.

Erzähl doch mal von deinem Bartleby-Essay, Philip, sagte ich. Den hast du doch heute abgegeben, oder?

Bobbi grinste über mein ungeschicktes Eingreifen und lehnte sich auf ihrem Stuhl zurück. Philip sah nicht mich, sondern Camille an und lächelte, als teilten sie einen Insiderwitz. Ich reagierte gereizt, schließlich hatte ich eingegriffen, um ihn vor einer Demütigung zu bewahren, und es war schlicht unanständig, dass er meine Bemühungen nicht honorierte. Schließlich sprach er über seinen Essay, wie um mir einen Gefallen zu tun, und ich tat so, als würde ich nicht zuhören. Bobbi suchte in ihrer Handtasche nach Zigaretten, hob zwischendurch den Kopf und sagte: Du hättest Gilles Deleuze lesen sollen. Philip warf wieder Camille einen Blick zu.

Ich habe ihn gelesen, sagte Philip.

Dann hast du ihn nicht verstanden, sagte Bobbi. Frances, magst du mit mir zum Rauchen rausgehen?

Ich folgte ihr. Es war noch früh am Abend, und die Luft war frisch und marineblau. Sie fing an zu lachen, und ich stimmte ein, aus Freude darüber, mit ihr allein zu sein. Sie zündete für uns beide Zigaretten an, atmete dann eine weiße Wolke aus und hustete vor Lachen.

Menschliche Natur, ich sag's dir, sagte sie. Du lenkst zu schnell ein.

Ich wirke vermutlich nur deshalb so klug, weil ich so oft wie möglich still bin.

Das amüsierte sie. Liebevoll schob sie mir eine Strähne hinter das Ohr.

Ist das ein Wink mit dem Zaunpfahl?, fragte sie.

O nein. Wenn ich reden könnte wie du, würde ich die ganze Zeit reden.

Wir lächelten uns an. Es war kalt. Die Spitze von Bobbis Zigarette glühte in spektralfarbenem Orange und versprühte winzige Funken. Sie wandte ihr Gesicht zur Straße, wie um ihr perfektes Profil zu zeigen.

Mir ging's in letzter Zeit richtig scheiße, sagte sie. Der

ganze Kram zu Hause, ich weiß auch nicht. Da denkt man immer, man kommt mit so etwas klar, und dann passiert es, und man muss einsehen, dass man gar nicht klarkommt.

Sie balancierte ihre Zigarette auf der Unterlippe, nahe dem Mundwinkel, und schob ihr Haar zu einem Knoten zusammen. Es war Halloween, die Straßen waren voll, und kleine Grüppchen, die Umhänge trugen oder falsche Brillen oder Tigerkostüme, zogen vorbei.

Wie meinst du das?, fragte ich. Was ist passiert?

Jerry ist ziemlich launisch, wie du weißt. Es ist auch nicht so wichtig. Familiendrama, was interessiert dich das?

Mich interessiert alles, was mit dir zu tun hat.

Sie nahm die Zigarette wieder zwischen die Finger und wischte sich mit dem Ärmel die Nase. Das orangefarbene Licht spiegelte sich wie Feuer in ihren Augen.

Er ist mit der Scheidung nicht wirklich einverstanden, sagte Bobbi.

Das war mir nicht klar.

Ja, er benimmt sich echt wie ein Idiot. Er kommt mit diesen ganzen Verschwörungstheorien, was Eleanor betrifft. Zum Beispiel, dass sie nur an sein Geld will oder so was. Und das Schlimmste ist, dass er wirklich von mir erwartet, mich auf seine Seite zu stellen.

Ich dachte daran, wie sie zu Camille gesagt hatte: Hatten deine Eltern ein Lieblingskind? Ich wusste, dass Bobbi immer Jerrys Lieblingskind gewesen war, dass er fand, ihre Schwester sei zu verwöhnt, dass er seine Frau als hysterisch bezeichnete. Ich wusste, dass er Bobbi all diese Dinge erzählt hatte, um ihr Vertrauen zu gewinnen.

Ich hatte immer geglaubt, Jerrys Liebling zu sein wäre für Bobbi ein Privileg, aber jetzt begriff ich, dass es auch mühsam und gefährlich war.

Ich wusste nicht, dass du das alles gerade durchmachst, sagte ich.

Jeder macht immer gerade irgendwas durch, oder? So ist doch das Leben. Es sind nur immer mehr Dinge, die man durchmacht. Du hast den ganzen Scheiß mit deinem Dad, worüber du nie sprichst. Es ist ja schließlich auch für dich nicht alles perfekt.

Ich sagte nichts. Sie blies einen dünnen Rauchfaden aus und schüttelte dann den Kopf.

Tut mir leid, sagte sie. Das hab ich nicht so gemeint.

Nein, du hast ja recht.

Einen Moment lang standen wir einfach nur dicht nebeneinander hinter der Raucherschranke. Mir wurde bewusst, dass sich unsere Arme berührten, und dann küsste mich Bobbi. Ich nahm den Kuss an, ich merkte sogar, wie meine Hand nach ihrer griff. Ich spürte den sanften Druck ihres Mundes, wie sich ihre Lippen teilten, roch den süßen chemischen Duft ihrer Feuchtigkeitscreme. Ich dachte, sie würde ihren Arm um meine Taille legen, aber stattdessen wich sie zurück. Ihr Gesicht war erhitzt und sah außergewöhnlich schön aus. Sie drückte die Zigarette aus.

Wollen wir wieder hochgehen?, fragte sie.

In meinem Körper brummte es wie in einer Maschine. Ich suchte in Bobbis Gesicht nach etwas, das bestätigte, was gerade geschehen war, aber ich fand nichts. Wollte sie nur unterstreichen, dass sie nichts mehr für mich empfand, dass sie genauso gut eine Wand küssen könnte, wenn sie mich küsste? War es eine Art Experiment? Oben im Café holten wir unsere Mäntel und gingen dann zusammen nach Hause, sprachen dabei über die Uni, über Melissas neues Buch, über Dinge, die uns nicht wirklich berührten.

26

Am nächsten Abend wollten Nick und ich uns einen iranischen Film über Vampire ansehen. Auf dem Weg ins Kino erzählte ich ihm davon, wie Bobbi mich geküsst hatte, und er dachte ein paar Sekunden darüber nach und sagte dann: Melissa küsst mich manchmal. Ich wusste nicht, wie ich damit umgehen sollte, und machte deshalb Witze. Du küsst hinter meinem Rücken andere Frauen! Wir waren sowieso schon fast am Kino. Ich will, dass sie glücklich ist, sagte er. Vielleicht ist es dir ja lieber, wenn wir nicht darüber reden. Ich stand an der Eingangstür, die Hände in den Manteltaschen. Worüber reden?, fragte ich. Darüber, dass du deine Frau küsst?

Wir kommen jetzt besser miteinander aus, sagte er. Besser als vorher. Aber ich meine, vielleicht willst du auch gar nichts darüber wissen.

Ich freue mich, dass ihr euch gut versteht.

Ich sollte mich vielleicht bei dir dafür bedanken, dass du aus mir einen erträglichen Menschen gemacht hast, mit dem man gut zusammenleben kann.

Wie Nebel hing unser Atem zwischen uns. Die Kinotür schwang auf, und ein Schwall aus Wärme und Popcorngeruch drang heraus.

Wir kommen zu spät zum Film, sagte ich.

Ich sag nichts mehr.

Hinterher aßen wir Falafel in der Dame Street. Wir saßen in einer Nische, und ich erzählte ihm, dass meine Mutter am nächsten Tag nach Dublin kommen würde, um ihre Schwester zu besuchen, und dass ich dann mit ihr nach Hause fahren würde, wegen meines Ultraschalls. Nick wollte wissen, an welchem Tag die Untersuchung war, und ich sagte ihm, es sei nachmittags am 3. November. Er nickte, er war nicht sehr redselig bei diesen Themen. Also sprach ich über etwas anderes: Meine Mutter traut dir nicht, weißt du?

Ist das schlecht?, fragte Nick.

Dann brachte uns die Bedienung unsere Bestellung, und ich hörte auf zu reden, um zu essen. Nick erzählte etwas von seinen Eltern, es ging darum, dass er sie nicht oft sah, »nach allem, was letztes Jahr war«.

Irgendwie geht es oft um letztes Jahr, sagte ich.

Tatsächlich?

Ja. Fragmentarisch. Ich glaube zu verstehen, dass es eine schlechte Zeit war.

Er hob die Schultern. Er aß weiter. Er hatte wahrscheinlich keine Ahnung, dass ich von seinem Krankenhausaufenthalt wusste. Ich nippte an meiner Cola und sagte nichts. Dann wischte er sich mit der Serviette den

Mund ab und fing an zu erzählen. Ich hatte das eigentlich nicht erwartet, aber er tat es. Niemand saß in den Nischen neben uns, niemand konnte uns zuhören, und er sprach ernst und zurückhaltend, versuchte weder, mich zum Lachen zu bringen, noch, dafür zu sorgen, dass ich mich schlecht fühlte.

Nick erzählte mir, dass er letzten Sommer in Kalifornien gearbeitet hatte. Der Zeitplan war mörderisch gewesen, er war völlig am Ende, hatte zu viel geraucht, und dann war ein Lungenflügel kollabiert. Er hatte nicht zu Ende drehen können, er sagte, er war in einem fürchterlichen amerikanischen Krankenhaus gelandet, kein Mensch, den er kannte, auch nur in der Nähe. Zu der Zeit war Melissa für eine neue Reportage über Zuwanderergemeinschaften durch Europa gereist, und sie hatten nicht viel Kontakt.

Als beide wieder in Dublin waren, erzählte er mir, war er erschöpft. Er wollte nirgendwo mehr mit Melissa hingehen, und wenn sie Freunde zu Besuch hatte, blieb er meist oben und versuchte zu schlafen. Sie waren im Umgang miteinander gereizt und stritten sich oft. Nick erzählte mir, dass sie beide Kinder gewollt hatten, als sie heirateten, aber inzwischen weigerte sich Melissa, darüber zu reden, wenn er das Thema anschnitt. Sie war damals sechsunddreißig. Eines Abends im Oktober sagte sie ihm, sie hätte sich entschieden, keine Kinder zu wollen. Sie stritten sich. Er sagte mir, dass er einige sehr unvernünftige Dinge gesagt hätte. Beide, sagte er. Aber ich bereue, was ich zu ihr gesagt habe.

Schließlich zog er ins Gästezimmer. Er schlief tagsüber viel, nahm drastisch ab. Er sagte, Melissa war anfangs sauer auf ihn, sie dachte, er wolle sie bestrafen oder zu etwas zwingen, was sie nicht wollte. Aber dann wurde ihr klar, dass er wirklich krank war. Sie versuchte, ihm zu helfen, sie machte Termine mit Ärzten und Psychologen, aber Nick ging nie hin. Ich kann es wirklich nicht erklären, sagte er. Ich blicke darauf zurück, wie ich mich verhalten habe, und ich verstehe es selbst nicht.

Im Dezember wurde er schließlich in die Psychiatrie eingeliefert. Er blieb sechs Wochen dort, und während dieser Zeit traf sich Melissa mit jemand anderem, einem gemeinsamen Freund. Er fand es heraus, weil sie ihm eine SMS schickte, die eigentlich für den anderen bestimmt war. Das war vermutlich nicht besonders gut für mein Selbstwertgefühl, sagte er. Aber ich will nicht übertreiben. Ich weiß nicht, ob ich zu diesem Zeitpunkt überhaupt noch irgendeinen Rest an Selbstwertgefühl hatte. Als er entlassen wurde, sagte Melissa, sie wolle die Scheidung, und er willigte ein. Er bedankte sich für alles, was sie für ihn getan hatte, um ihm zu helfen, und mit einem Mal fing sie an zu weinen. Sie erzählte ihm, dass sie große Angst um ihn gehabt hatte und ein schlechtes Gewissen, wenn sie morgens aus dem Haus ging. Ich dachte, du würdest sterben, sagte sie. Sie redeten lange miteinander, sie entschuldigten sich beide. Schließlich einigten sie sich darauf, so lange weiter zusammenzuleben, bis sie eine andere Regelung gefunden hatten.

Nick fing im Frühjahr wieder an zu arbeiten. Er machte Sport, er bekam eine kleine Rolle in einem Arthur-Miller-Stück, bei dem einer seiner Freunde Regie führte. Melissa zerstritt sich mit Chris, dem Mann, mit dem sie ein Verhältnis hatte, und Nick sagte, ihr Leben lief einfach irgendwie weiter. Sie versuchten auszuhandeln, was er als »Quasi-Ehe« bezeichnete. Sie trafen sich mit ihren Freunden, aßen gemeinsam zu Abend. Nick verlängerte seine Mitgliedschaft im Fitnessstudio, ging nachmittags mit dem Hund runter zum Strand, fing wieder an, Romane zu lesen. Er trank Proteinshakes, legte Gewicht zu. Das Leben war okay.

Du musst verstehen, sagte er, dass ich mich zu der Zeit daran gewöhnt hatte, von allen als Last angesehen zu werden. Meine Familie und Melissa wollten natürlich, dass es mir bessergeht, aber sie fühlten sich in meiner Gegenwart nicht gerade wohl. Ich funktionierte zwar wieder, kam mir aber immer noch wie ein sehr wertloser, armseliger Mensch vor, verstehst du? Als würde ich nur anderer Leute Zeit verschwenden. So war der Stand, als ich dich kennenlernte.

Ich starrte ihn über den Tisch hinweg an.

Und es war so schwer, daran zu glauben, dass du dich überhaupt für mich interessieren könntest, sagte er. Weißt du, du hast mir gemailt, und manchmal dachte ich: Geht da was? Und sobald ich darüber nachdachte, schämte ich mich dafür, diesen Gedanken überhaupt zuzulassen. Was bitte ist deprimierender als ein elender, verheirateter Mann, der sich selbst einredet, dass eine schöne jüngere Frau mit ihm schlafen will? Du weißt schon.

Ich wusste nicht, was ich sagen sollte. Ich schüttelte den Kopf oder hob die Schultern. Ich wusste nicht, dass es dir so ging, sagte ich.

Nein, also, ich wollte auch nicht, dass du es weißt. Ich wollte dieser coole Typ sein, für den du mich gehalten hast. Ich weiß, dass du mich manchmal zu zurückhaltend fandst. Es war sehr schwierig für mich. Das klingt vermutlich nach einer Ausrede.

Ich versuchte, zurückzulächeln, schüttelte wieder den Kopf. Nein, sagte ich. Wir ließen einen kleinen Moment der Stille zwischen uns zu. Ich war manchmal so grausam, sagte ich dann. Jetzt fühle ich mich schrecklich.

O nein, sei nicht so streng mit dir.

Ich starrte auf die Tischplatte. Wir sagten beide nichts. Ich trank von meiner Cola. Er faltete seine Serviette zusammen und legte sie auf seinen Teller.

Nach einer Weile sagte er mir, er selbst habe noch nie jemandem erzählt, was in dem Jahr geschehen war. Er habe die Geschichte eigentlich noch nie aus seiner Perspektive gehört, weil er so daran gewöhnt war, dass Melissa sie erzählte, und natürlich hätten sie unterschiedliche Versionen. Es fühlt sich seltsam an, sagte er, wenn ich mich selbst darüber reden höre, als sei ich die Hauptperson. Es wirkt auf mich fast, als würde ich lügen, obwohl alles, was ich gesagt habe, wahr ist. Aber Melissa würde es anders erzählen.

Mir gefällt, wie du es erzählst, sagte ich. Willst du immer noch Kinder?

Sicher, aber das ist jetzt vom Tisch, denke ich.

Das weißt du nicht, du bist noch jung.

Er hustete. Er schien etwas sagen zu wollen, tat es dann aber doch nicht. Er betrachtete mich, wie ich an meiner Cola nippte, und ich sah zu ihm auf.

Ich glaube, du wärst ein toller Vater, sagte ich. Du hast ein freundliches Wesen. Du bist sehr liebevoll.

Er zog ein lustiges, überraschtes Gesicht, dann atmete er durch den Mund aus.

Das ist heftig, sagte er. Danke, dass du das sagst. Ich muss jetzt lachen, sonst fange ich an zu weinen.

Wir aßen auf und verließen das Lokal. Als wir die Dame Street überquert hatten und auf die Uferstraße zugingen, sagte Nick: Wir sollten zusammen wegfahren. Übers Wochenende oder so, hättest du Lust? Ich fragte ihn, wohin, und er sagte: Wie wär's mit Venedig? Ich lachte. Er schob die Hände in die Taschen und lachte ebenfalls, ich glaube, ihm gefiel die Vorstellung, dass wir zusammen wegfuhren, oder einfach nur, weil er mich zum Lachen gebracht hatte.

In dem Moment hörte ich meine Mutter. Ich hörte sie sagen: Ach, hallo, Fräulein. Und da stand sie vor uns auf der Straße. Sie trug eine dicke schwarze Winterjacke und eine Beanie mit Adidas-Logo. Ich weiß noch, dass Nick seinen schönen grauen Mantel trug. Er und meine Mutter sahen wie Charaktere aus verschiedenen Filmen aus, die von völlig unterschiedlichen Regisseuren gemacht worden waren.

Ich wusste gar nicht, dass du heute schon kommst.

Ich habe gerade vor einer Minute geparkt, sagte sie. Ich treffe deine Tante Bernie zum Abendessen.

Ach, das ist mein Freund Nick, sagte ich. Nick, das ist meine Mutter.

Ich konnte ihm nur einen raschen Blick zuwerfen, aber ich sah, dass er ungezwungen lächelte und ihr die Hand entgegenstreckte.

Der berühmte Nick, sagte sie. Ich weiß schon alles über Sie.

Ebenso, sagte er.

Wie gut Sie aussehen, hat sie durchaus erwähnt.

Mum, verdammt noch mal, sagte ich.

Aber ich habe Sie mir älter vorgestellt, sagte meine Mutter. Sie sind ja noch ein junger Kerl.

Er lachte und sagte, er fühle sich geschmeichelt. Sie schüttelten sich wieder die Hände, und sie sagte zu mir, dass wir uns morgen früh sehen würden, und wir gingen auseinander. Es war der 1. November. Die Lichter glitzerten auf dem Fluss, und Busse fuhren wie Lichtkästen vorbei und trugen Gesichter in den Fenstern.

Ich wandte mich zu Nick, der die Hände wieder in den Taschen hatte. Das war nett, sagte er. Und keine spitzen Bemerkungen darüber, dass ich verheiratet bin. Das ist ein Pluspunkt.

Ich lächelte. Sie ist eine coole Lady, sagte ich.

*

Als ich an jenem Abend nach Hause kam, saß Bobbi im Wohnzimmer am Tisch und starrte auf einen Ausdruck, der an einer Ecke zusammengetackert war. Nick war zurück nach Monkstown gefahren und hatte gesagt, er würde mir später noch eine E-Mail wegen Venedig schicken. Bobbis Zähne klapperten leicht. Sie sah mich nicht an, als ich hereinkam, was mir das seltsame Gefühl gab, unsichtbar zu sein, als wäre ich bereits tot.

Bobbi?, fragte ich.

Melissa hat es mir geschickt.

Sie hielt den Ausdruck hoch. Ich konnte sehen, dass der Text darauf einen doppelten Zeilenabstand und lange Absätze hatte, wie ein Manuskript.

Was geschickt?

Sie lachte kurz auf, oder vielleicht atmete sie auch aus, nachdem sie die Luft sehr lange angehalten hatte, und dann warf sie die Seiten nach mir. Ich fing sie ungeschickt vor meiner Brust auf. Als ich den Blick darauf richtete, sah ich die Wörter in serifenloser Schrift. Meine Wörter. Es war meine Geschichte.

Bobbi, sagte ich.

Wolltest du mir irgendwann davon erzählen?

Ich stand da. Meine Augen glitten über die Zeilen, die ich am oberen Rand der Seite sehen konnte, die Seite, auf der ich beschrieb, wie mir als Teenager auf einer Party ohne Bobbi schlecht geworden war.

Es tut mir leid, sagte ich.

Was genau tut dir leid?, fragte Bobbi. Da bin ich jetzt neugierig. Dass du es geschrieben hast? Das bezweifle ich.

Nein. Ich weiß es nicht.

Schon lustig. Ich glaube, ich habe in den letzten zwanzig Minuten mehr über deine Gefühle erfahren als in den letzten vier Jahren.

Mir wurde schwindelig. Ich starrte auf das Manuskript, bis sich die Wörter wie Insekten wanden. Es war die erste Fassung, die Fassung, die ich an Valerie geschickt hatte. Sie musste sie Melissa zum Lesen gegeben haben.

Es ist fiktionalisiert, sagte ich.

Bobbi stand von ihrem Stuhl auf und musterte mich kritisch von Kopf bis Fuß. In meiner Brust stieg eine seltsame Energie auf, als stünden wir kurz vor einem Kampf.

Ich habe gehört, dass du Geld dafür bekommst, sagte sie.

Ja.

Fick dich.

Ich brauche das Geld wirklich, sagte ich. Mir ist klar, dass dir dieses Konzept völlig fremd ist, Bobbi.

Sie schnappte sich die Seiten wieder, und die Heftklammer ritzte mir die Haut am Zeigefinger auf. Sie hielt mir das Manuskript vors Gesicht.

Weißt du, sagte sie, das ist sogar eine gute Geschichte.

Danke.

Dann riss sie die Seiten in der Mitte durch, warf sie in den Mülleimer und sagte: Ich will nicht mehr mit dir zusammenwohnen. Sie packte in jener Nacht noch ihre Sachen. Ich saß in meinem Zimmer und hörte sie. Hörte, wie sie den Koffer in den Flur rollte. Hörte, wie sie die Tür schloss.

*

Am nächsten Morgen holte mich meine Mutter vor dem Haus ab. Ich stieg ins Auto und schnallte mich an. Im Radio lief der Klassiksender, aber sie stellte es ab, als ich die Tür schloss. Es war acht Uhr morgens, und ich beschwerte mich darüber, dass ich so früh hatte aufstehen müssen.

Oh, tut mir leid, sagte sie. Wir hätten im Krankenhaus anrufen können, damit du dort übernachten darfst, wäre das besser gewesen?

Ich dachte, die Untersuchung ist morgen.

Sie ist heute Nachmittag.

Scheiße, sagte ich verhalten.

Sie legte mir eine Literflasche Wasser auf den Schoß und sagte: Du kannst jederzeit anfangen. Ich schraubte den Verschluss auf. Es war keine Vorbereitung für den Ultraschall notwendig, außer sehr viel Wasser zu trinken, aber ich fühlte mich trotzdem von der ganzen Sache überrollt. Wir sagten eine Weile nichts, und dann warf mir meine Mutter von der Seite einen Blick zu.

Das war schon komisch, dich gestern so zu treffen, sagte sie. Du hast wie eine richtige junge Dame ausgesehen.

Und wie seh ich sonst aus?

Sie antwortete erst nicht, wir fuhren durch einen Kreisverkehr. Ich starrte aus dem Fenster auf die vorbeiziehenden Autos.

Ihr beide habt sehr elegant zusammen ausgesehen, sagte sie. Wie Filmstars.

Oh, das liegt an Nick. Er ist einfach sehr glamourös.

Unvermittelt griff meine Mutter nach meiner Hand. Der Wagen war im Stau stehen geblieben. Sie packte fester zu, als ich erwartet hatte, fast schon hart. Mum, sagte ich. Dann ließ sie mich los. Sie strich sich mit den Fingern das Haar zurück und legte ihre Hände ans Lenkrad.

Du bist eine gefährliche Frau, sagte sie.

Ich habe von der Besten gelernt.

Sie lachte. Oh, ich fürchte, ich kann dir das Wasser nicht reichen, Frances. Du musst das alles ganz allein herausfinden.

27

Im Krankenhaus wies man mich an, noch mehr Wasser zu trinken, so viel, dass ich körperliches Unbehagen verspürte, während ich im Wartezimmer saß. Es war sehr viel los. Meine Mutter holte mir einen Schokoriegel aus dem Automaten, und ich saß da und tippte mit meinem Stift gegen das Cover von *Middlemarch*, das ich für einen Kurs über den englischen Roman lesen musste. Das Cover zeigte eine traurig blickende Dame aus viktorianischer Zeit, die sich an irgendwelchen Blumen zu schaffen machte. Ich bezweifelte, dass viktorianische Frauen wirklich so oft Blumen anfassten, wie es die Kunst aus der Zeit nahelegte.

Während ich wartete, kam ein Mann mit zwei kleinen Mädchen herein, eines von ihnen saß im Rollstuhl. Das ältere Mädchen kletterte auf den Platz neben mir und beugte sich über die Schulter seines Vaters, um ihm etwas zu sagen, obwohl er nicht zuhörte. Das Mädchen zappelte herum, um seine Aufmerksamkeit zu bekommen, und seine Leuchtsneakers streiften meine Handtasche und dann meinen Arm. Als sein Vater sich endlich umdrehte, sagte er: Rebecca, was machst du denn da! Du trittst der Frau ja gegen den Arm! Ich versuchte, seinen Blick auf mich zu ziehen, um ihm zu sagen: Schon in Ordnung, gar kein Problem. Aber er sah mich nicht an. Ihm war mein Arm nicht wichtig. Er war nur damit beschäftigt, seiner Tochter ein schlechtes Gewissen zu machen, damit sie sich schämte. Ich dachte daran, wie Nick mit seinem kleinen Hund umging, den er so sehr liebte, und dann hörte ich auf, darüber nachzudenken.

Die Sprechstundenhilfe rief mich auf, und ich betrat einen kleinen Raum mit einem Ultraschallgerät und einer Liege, über die weißes Papier gespannt war. Ich wurde von der Medizintechnikerin gebeten, mich hinzulegen, und sie drückte Gel aus einer Tube auf ein Plastikinstrument, während ich dalag und an die Decke sah. In dem Raum war es dämmrig, beschwörend dämmrig, als gäbe es dort irgendwo ein verstecktes Wasserbecken. Wir plauderten, ich weiß nicht mehr, worüber. Ich hatte den Eindruck, meine Stimme käme von woanders, als hätte ich ein kleines Radio im Mund.

Dann drückte die Medizintechnikerin das Plastikding fest auf meinen Unterleib, und ich starrte nach oben und versuchte, keinen Ton von mir zu geben. Meine Augen tränten. Ich glaubte, sie würde mir jeden Moment ein grobkörniges Bild von einem Fötus zeigen und etwas von Herztönen sagen, und ich würde weise nicken. Die Vorstellung, Bilder von einem leeren Uterus zu machen, erschien mir traurig, so als würde man ein leerstehendes Haus fotografieren.

Nachdem es vorbei war, bedankte ich mich bei ihr. Ich ging ins Bad und wusch mir mehrmals die Hände unter dem Heißwasserhahn. Vielleicht verbrühte ich mich ein wenig, meine Haut war pinkfarben, und die Fingerspitzen sahen geschwollen aus. Dann ging ich zurück und wartete darauf, vom Facharzt aufgerufen zu werden. Rebecca und ihre Familie waren nicht mehr da.

Der Facharzt war ein Mann in den Sechzigern. Er blinzelte zu mir auf, als hätte ich ihn irgendwie enttäuscht, und sagte mir dann, ich solle mich setzen. Er sah sich einen Ordner mit Schriftstücken an. Ich saß auf dem Plastikstuhl und betrachtete meine Fingernägel. Meine Hände waren definitiv verbrüht. Er stellte mir ein paar Fragen über meinen Krankenhausaufenthalt im August, welche Symptome ich gehabt hatte, was die Gynäkologin gesagt hatte, und dann stellte er mir allgemeinere Fragen zu meinem Zyklus und meinen sexuellen Aktivitäten. Während er mir diese Fragen stellte, blätterte er teilnahmslos durch den Ordner. Endlich sah er zu mir auf.

Nun, Ihr Ultraschall ist unauffällig, sagte er. Keine Myome, keine Zysten, nichts in der Art. Das ist die gute Nachricht.

Wie lautet die andere Nachricht?

Er lächelte, aber es war ein seltsames Lächeln, als bewunderte er mich für meine Tapferkeit. Ich schluckte, und ich wusste, dass ich einen Fehler gemacht hatte.

Der Arzt sagte mir, ich hätte ein Problem mit der Gebärmutterschleimhaut, was bedeutete, dass die Zellen aus meiner Gebärmutter an anderen Stellen in meinem Körper wucherten. Er sagte, diese Zellen seien gutartig, also keine Krebszellen, aber die Erkrankung selbst sei nicht heilbar und in manchen Fällen fortschreitend. Sie hatte einen langen Namen, den ich vorher noch nie gehört hatte: Endometriose. Er nannte die Diagnose »schwierig« und »unkalkulierbar«, und dass sie nur mit einer minimalinvasiven Operation bestätigt werden könne. Aber sie passt zu Ihren ganzen Symptomen, sagte er. Und immerhin zehn Prozent aller Frauen leiden darunter. Ich kaute auf meinem verbrühten Daumen herum und sagte Sachen wie: Hm. Er sagte, es bestünde die Möglichkeit für einen operativen Eingriff, aber so gehe man nur in besonders schweren Fällen vor. Ich fragte mich, ob das bedeutete, dass ich kein schwerer Fall war, oder ob man es nur noch nicht wusste.

Er sagte, dass das Hauptproblem für die Erkrankten das »Schmerz-Management« sei. Er erklärte, dass Patientinnen oft während des Eisprungs und der Menstruation Schmerzen hätten und es beim Geschlechtsverkehr zu Beschwerden käme. Ich biss mir auf den Rand des Daumennagels und zog ihn von der Haut weg. Die Vorstellung, dass mir Sex wehtun könnte, erschien mir auf apokalyptische Weise grausam. Der Arzt sagte, »wir« wollten verhindern, dass der Schmerz belastend wurde oder »zur Invalidität führt«. Mein Kinn tat weh, und ich wischte mir mechanisch die Nase.

Das zweite Problem, sagte er, sei »das Thema Fertilität«. Ich erinnere mich sehr genau an diese Worte. Ich sagte: Oh, wirklich? Leider, sagte er, werden viele Frauen durch diese Erkrankung unfruchtbar, das ist eine unserer größten Sorgen. Aber dann sprach er über künstliche Befruchtung, und wie rasant die Fortschritte auf dem Gebiet waren. Ich nickte mit dem Daumen im Mund. Dann blinzelte ich mehrmals schnell hintereinander, als könnte ich den Gedanken, oder gleich das gesamte Krankenhaus, wegblinzeln.

Danach war das Gespräch vorüber. Ich ging raus ins Wartezimmer, wo meine Mutter in *Middlemarch* las. Sie hatte erst zehn Seiten geschafft. Ich stellte mich neben sie, und sie sah erwartungsvoll zu mir auf.

Ach, sagte sie. Da bist du ja. Was hat der Arzt gesagt?

Etwas schien sich um meinen Körper zu schließen, wie eine Hand, die sich fest auf meinen Mund oder meine Augen presste. Ich konnte nicht wiedergeben, was der Arzt mir auseinandergesetzt hatte, weil es so viel war, und es würde so lange dauern und so viele einzelne Wörter und Sätze beanspruchen. Der Gedanke daran, so viele Wörter darüber zu verlieren, bereitete mir körperliche Übelkeit. Laut hörte ich mich sagen: Der Ultraschall war unauffällig.

Dann wissen sie also nicht, was es ist?, fragte meine Mutter.

Komm, wir gehen zum Auto.

Wir gingen zum Wagen raus, und ich schnallte mich an. Ich werde ihr mehr erzählen, wenn wir zu Hause sind, dachte ich. Ich habe mehr Zeit zum Nachdenken, wenn wir zu Hause sind. Sie startete den Motor, und ich fuhr mit den Fingern durch einen Knoten im Haar, merkte, wie es ziepte und dann nachgab, wie die kleinen dunklen Haarspitzen abbrachen und durch meine Finger fielen. Meine Mutter stellte mir wieder Fragen, und ich merkte, dass mein Mund Antworten formulierte.

Es sind nur schlimme Periodenschmerzen, sagte ich. Er hat gesagt, dass es jetzt mit der Pille besser wird.

Sie sagte: Oh. Na gut. Das ist ja dann eine Erleichterung, oder? Jetzt fühlst du dich bestimmt besser. Ich wollte hart und reibungsfrei sein. Ich zog aus Reflex irgendein Gesicht, und sie blinkte links, um vom Parkplatz zu fahren.

Als wir wieder zu Hause waren, ging ich in mein Zimmer, um auf den Zug zu warten, während meine Mutter unten blieb und aufräumte. Ich konnte hören, wie sie Töpfe und Pfannen in Küchenschubladen stellte. Ich legte mich ins Bett und surfte eine Weile im Internet, wo ich einige Beiträge auf Frauenseiten über diese unheilbare Erkrankung, die ich hatte, fand. Üblicherweise handelte es sich dabei um Interviews mit Menschen, deren Leben durch das Leiden zerstört war. Sie wurden begleitet von vielen Archivfotos mit weißen Frauen, die mit besorgter Miene aus dem Fenster sahen, manchmal mit der Hand auf dem Bauch, um Schmerzen anzudeuten. Ich fand auch einige Online-Foren, in denen Menschen schaurige postoperative Fotos teilten mit Fragen wie: »Wie lange dauert es üblicherweise, bis die Hydronephrose besser wird, nachdem ein Stent gesetzt wurde?« Ich betrachtete diese Materialien so leidenschaftslos wie möglich.

Als ich so viel darüber gelesen hatte, wie ich konnte, schloss ich meinen Laptop und nahm die kleine Bibel aus meiner Tasche. Ich blätterte vor zu der Stelle im Markusevangelium, an der Jesus sagte: Meine Tochter, dein Glaube hat dich gesund gemacht; gehe hin in Frieden und sei gesund von deiner Plage! Kranke Menschen waren in der Bibel einzig dazu da, um von gesunden Menschen geheilt zu werden. Aber Jesus wusste eigentlich nichts, und ich auch nicht. Selbst wenn ich glauben könnte, würde es mich nicht gesundmachen. Es hatte keinen Zweck, darüber nachzudenken.

Mein Telefon klingelte in dem Moment, und ich sah, dass Nick anrief. Ich ging ran, und wir begrüßten uns. Dann sagte er: Hey, ich muss dir, glaube ich, etwas sagen. Ich fragte, was, und er zögerte kurz, aber merklich, bevor er weitersprach.

Also, Melissa und ich schlafen wieder miteinander, sagte er. Es kommt mir komisch vor, dir am Telefon davon zu erzählen, aber es kommt mir auch komisch vor, es dir nicht zu sagen. Ich weiß auch nicht.

In dem Moment führte ich das Telefon langsam von meinem Kopf weg und sah es an. Es war nur ein Objekt, es hatte nichts zu bedeuten. Ich konnte hören, wie Nick sagte: Frances? Aber ich hörte ihn nur schwach, und es klang wie irgendein beliebiges Geräusch. Ich platzierte das Handy vorsichtig auf meinem Nachttisch, legte aber nicht auf. Nicks Stimme wurde zu einem Summen, ohne identifizierbare Wörter. Ich saß auf dem Bett und atmete ganz langsam ein und aus, so langsam, dass ich fast gar nicht mehr atmete.

Dann nahm ich das Handy wieder und sagte: Hallo?

Hey, sagte Nick. Bist du da? Ich glaube, da war gerade irgendwas mit der Verbindung.

Nein, ich bin da. Ich hab dich gehört.

Oh. Geht es dir gut? Du klingst verärgert.

Ich schloss die Augen. Als ich sprach, konnte ich hören, wie meine Stimme sich lichtete und hart wie Eis wurde.

Wegen dir und Melissa?, fragte ich. Mal ehrlich, Nick.

Aber du wolltest doch, dass ich dir alles sage, oder?

Klar.

Ich will nur nicht, dass sich zwischen uns etwas ändert, sagte er.

Entspann dich.

Ich konnte hören, wie er vorsichtig einatmete. Er wollte mich beruhigen, das war mir klar, aber ich würde es nicht zulassen. Immer wollten irgendwelche Leute, dass ich Schwäche zeigte, damit sie mich beruhigen konnten. Dadurch fühlten sie sich besser, damit kannte ich mich aus.

Wie geht es dir sonst?, fragte er. Der Ultraschall ist morgen, oder?

Da erst fiel mir ein, dass ich ihm das falsche Datum genannt hatte. Er hatte es nicht vergessen, es war meine Schuld. Er hatte sich vermutlich eine Erinnerung im Handy für den nächsten Tag programmiert: Bei Frances nach dem Ultraschall erkundigen.

Genau, sagte ich. Ich erzähl dir dann alles. Das andere Telefon klingelt gerade, ich muss aufhören, aber ich ruf dich morgen an, wenn ich's hinter mir habe.

Ja, mach das. Ich hoffe, es läuft gut. Du machst dir doch keine Sorgen, oder? Ich vermute mal, du machst dir grundsätzlich keine Sorgen.

Still legte ich den Handrücken an mein Gesicht. Mein Körper fühlte sich kalt an, wie ein lebloses Objekt.

Nein, das überlasse ich dir, sagte ich. Wir reden dann, ja?

Okay. Du meldest dich.

Ich legte auf. Danach spritzte ich mir ganz viel kaltes Wasser ins Gesicht und trocknete es ab, dasselbe Gesicht, das ich schon immer hatte, das ich bis zu meinem Tod haben würde.

*

Als mich meine Mutter am Abend zum Bahnhof brachte, sah sie ständig zu mir rüber, als ob sie etwas an meinem Benehmen störte, wofür sie mich gern tadeln würde, sie aber nicht genau wüsste, was es war. Schließlich sagte sie mir, ich solle die Füße vom Armaturenbrett nehmen, was ich auch tat.

Du bist bestimmt erleichtert.

Ja, heilfroh.

Wie kommst du mit dem Geld klar?

Oh, sagte ich. Da ist alles okay.

Sie warf einen Blick in den Rückspiegel.

Der Arzt hat sonst aber nichts gesagt, oder?, fragte sie.

Nein, das war alles.

Ich sah aus dem Fenster hinaus zum Bahnhof. Ich hatte das Gefühl, dass etwas in meinem Leben vorüber war, das Bild von mir als gesundem oder normalem Menschen vielleicht. Mir wurde klar, dass mein Leben nun aus profanem körperlichem Leiden bestehen würde und dass daran nichts Besonderes war. Leiden machte mich nicht zu etwas Besonderem, und so zu tun, als würde ich nicht leiden, auch nicht. Darüber zu reden oder gar darüber zu schreiben würde das Leiden nicht in etwas Sinnvolles verwandeln. Nichts würde etwas daran ändern. Ich bedankte mich bei meiner Mutter dafür, dass sie mich zum Bahnhof gebracht hatte, und stieg aus dem Wagen.

28

In jener Woche besuchte ich jeden Tag Kurse und verbrachte jeden Abend in der Bibliothek, um Lebensläufe zu schreiben und sie auf den Bibliotheksdruckern auszudrucken. Ich brauchte einen Job, um Nick das Geld zurückgeben zu können. Ich war mittlerweile davon besessen, ihm das Geld zurückzuzahlen, so als hinge alles andere davon ab. Wann immer er mich anrief, drückte ich ihn weg und schickte eine SMS, ich sei beschäftigt. Ich sagte, der Ultraschall sei unauffällig gewesen und es gebe keinen Grund zur Sorge. Okay, schrieb er zurück. Das sind doch gute Nachrichten? Ich antwortete nicht. Es wäre wirklich schön, dich zu sehen, schrieb er. Später schickte er mir eine E-Mail, in der stand: melissa hat gesagt, bobbi sei bei dir ausgezogen, ist alles in ordnung? Ich antwortete auch darauf nicht. Am Mittwoch schrieb er mir noch eine E-Mail.

hey. ich weiß, du bist sauer auf mich und es tut mir auch wirklich leid. ich fände es gut, wenn wir über das was dich nervt reden könnten. im moment gehe ich davon aus, dass es etwas mit melissa zu tun hat, aber vielleicht liege ich damit auch falsch. ich hatte den eindruck du weißt, dass so etwas passieren kann und dass ich es dir einfach sagen soll wenn es so ist. aber vielleicht war ich auch nur schrecklich naiv, was das angeht, und du wolltest eigentlich nicht dass es passiert. ich würde gern tun was du möchtest, aber das kann ich nicht, wenn ich nicht weiß was das ist. womöglich geht es dir aber auch gerade gesundheitlich nicht gut oder du bist wegen etwas anderem verstimmt. es fällt mir schwer, nicht zu wissen wie es dir geht. ich fände es wirklich gut wenn du dich meldest.

Ich schrieb nicht zurück.

Eines Tages kaufte ich mir vor dem Seminar ein billiges graues Notizbuch und führte Buch über meine Symptome. Ich schrieb sie sauber und ordentlich mit Datum auf. Es half mir dabei, Phänomene wie Müdigkeit und Unterleibsschmerzen sehr viel besser einzuschätzen, nachdem sie mir zuvor wie ein vages Unwohlsein ohne bestimmten Anfang oder Ende vorgekommen waren. Jetzt lernte ich sie als meine persönlichen Rachegöttinnen kennen, die mich auf vielfältige Weise heimsuchten. Das graue Notizbuch half mir sogar dabei, die Konturen von Wörtern wie »mittel« und »schwer« zu erfahren, denn sie wirkten nicht mehr ambivalent, sondern endgültig und kategorisch. Ich achtete so sehr auf mich, dass mir alles, was ich verspürte, wie ein Symptom vorkam. Wenn mir morgens nach dem Aufstehen schwindelig war, handelte es sich dann um ein Symptom? Oder was, wenn ich traurig war? Ich entschied mich für einen komplettistischen Ansatz. Einige Tage hintereinander schrieb ich ordentlich in mein graues Notizbuch: Stimmungsschwankungen (Traurigkeit).

Nick feierte am Wochenende in Monkstown seinen Geburtstag, er wurde dreiunddreißig. Ich wusste nicht, ob ich hingehen sollte. Ich las immer wieder seine E-Mail, während ich versuchte, mich zu entscheiden. Bei einer Lesart entdeckte ich Fürsorge und Hingabe, dann wieder kam sie mir unentschlossen oder vage vor. Ich wusste nicht, was ich von ihm wollte. Was ich zu wollen schien, auch wenn ich das nicht glauben wollte, war, dass er auf jeden anderen Menschen, jede andere Sache in seinem Leben verzichtete und sich ausschließlich mir widmete. Das war abwegig, nicht nur, weil auch ich mit jemand anderem während unserer Beziehung geschlafen hatte, sondern weil ich sogar jetzt oft mit anderen Menschen beschäftigt war, besonders mit Bobbi und wie sehr ich sie vermisste. Ich fand nicht, dass die Zeit, die ich damit zubrachte, an Bobbi zu denken, irgendetwas mit Nick zu tun hatte, aber dass er mit den Gedanken bei seiner Frau war, empfand ich als persönlichen Angriff.

Am Freitag rief ich ihn an. Ich sagte ihm, ich hätte eine verrückte Woche, und er sagte mir, wie schön es sei, meine Stimme zu hören. Ich rieb die Zunge an meinen Zähnen.

Du hast mich mit deinem Anruf letzte Woche ziemlich kalt erwischt, sagte ich. Tut mir leid, dass ich überreagiert habe.

Nein, das hast du nicht. Vielleicht habe ich unterreagiert. Bist du böse?

Ich zögerte und sagte: Nein.

Falls du sauer bist, können wir darüber reden, sagte er.

Bin ich nicht.

Ein paar Sekunden lang war er merkwürdig still, und ich fürchtete schon, er hätte noch eine schlechte Nachricht für mich. Schließlich sagte er: Ich weiß, du magst es nicht, wenn man denkt, du wärst verärgert. Aber es ist keine Schwäche, Empfindungen zu zeigen. Da legte sich ein hartes Lächeln über mein Gesicht, und ich spürte in mir die strahlende Energie von Boshaftigkeit aufsteigen.

Natürlich empfinde ich etwas, sagte ich.

Klar.

Ich empfinde nur nichts, wenn es darum geht, ob du deine Frau fickst oder nicht. Das ist für mich kein emotionales Thema.

Okay, sagte er.

Du willst, dass ich etwas empfinde. Weil du eifersüchtig warst, als ich mit jemand anderem geschlafen habe, und es verunsichert dich, dass ich nicht eifersüchtig bin.

Er seufzte ins Telefon, ich konnte ihn hören. Vielleicht, sagte er. Ja, vielleicht sollte ich darüber nachdenken. Ich wollte eigentlich nur … äh, ja. Ich bin froh, dass du nicht sauer bist.

Jetzt lächelte ich wirklich. Ich wusste, dass er mein Lächeln hören konnte, als ich sagte: Du klingst nicht froh. Er seufzte wieder, ein schwacher Seufzer. Es kam mir vor, als läge er am Boden und ich risse ihn mit meinen lächelnden Zähnen auseinander. Es tut mir leid, sagte er. Ich finde dich nur gerade irgendwie feindselig.

Du interpretierst deinen gescheiterten Versuch, mich zu verletzen, als Feindseligkeit meinerseits, sagte ich. Das ist interessant. Die Party ist morgen Abend, ja?

Er erwiderte so lange nichts darauf, dass ich schon Angst hatte, zu weit gegangen zu sein, dass er mir sagen würde, ich sei kein netter Mensch, dass er versucht habe, mich zu lieben, und dass es unmöglich sei. Stattdessen sagte er: Ja, hier im Haus. Meinst du, du kommst?

Klar, warum denn nicht?, sagte ich.

Super. Ich freu mich natürlich drauf, dich wiederzusehen. Komm einfach, wann es dir passt.

Dreiunddreißig ist echt alt.

Ja, ich fürchte auch, sagte er. Ich merke es schon.

*

Als ich zur Party kam, war das Haus laut und voller Menschen, die ich nicht kannte. Der Hund versteckte sich hinter dem Fernseher. Melissa küsste mich ins Gesicht, sie war offensichtlich sehr betrunken. Sie goss mir ein Glas Rotwein ein und sagte mir, ich sähe hübsch aus. Ich stellte mir vor, wie Nick erschauerte, wenn er in ihr kam. Ich hasste sie beide mit der ganzen Intensität leidenschaftlicher Liebe. Ich trank einen gewaltigen Schluck Rotwein und verschränkte die Arme vor der Brust.

Was ist mit dir und Bobbi?, fragte Melissa.

Ich sah sie an. Ihre Lippen waren rot vom Wein, ebenso ihre Zähne. Unter ihrem linken Auge war ein kleiner, aber sichtbarer Mascarafleck.

Keine Ahnung, sagte ich. Ist sie hier?

Noch nicht. Ihr müsst das regeln. Sie hat mir deswegen einige Mails geschickt.

Ich starrte Melissa an, und eine Welle der Übelkeit rollte über meine Haut. Es machte mich wütend, dass Bobbi ihr mailte. Ich wollte ihr ganz fest auf den Fuß treten und sie dann ansehen und leugnen, dass ich es getan hatte. Nein, würde ich sagen. Ich weiß nicht, wovon du redest. Und sie würde mich ansehen und wissen, dass ich bösartig und wahnsinnig war. Ich sagte, ich würde jetzt Nick suchen und ihm gratulieren, und sie deutete auf die Doppeltür zum Wintergarten.

Du bist gerade sauer auf ihn, sagte Melissa. Stimmt's?

Ich biss die Zähne zusammen. Ich dachte darüber nach, wie fest ich sie treten könnte, wenn ich mein gesamtes Gewicht auf den Fuß verlagerte.

Hoffentlich ist das nicht meine Schuld, sagte sie.

Nein, ich bin auf niemanden sauer. Ich geh mal hallo sagen.

Im Wintergarten lief ein Song von Sam Cooke auf der Anlage, und Nick unterhielt sich mit fremden Leuten und nickte. Das Licht war gedämpft, alles wirkte blau. Ich musste sofort wieder gehen. Nick sah mich, unsere Blicke trafen sich. Es fühlte sich an wie immer, ein Schlüssel drehte sich schmerzhaft in mir, aber diesmal hasste ich den Schlüssel, und ich hasste es, für irgendetwas geöffnet zu werden. Er kam auf mich zu, und ich stand da mit meinen verschränkten Armen, schaute vermutlich mürrisch, sah vielleicht auch verängstigt aus.

Er war ebenfalls betrunken, so betrunken, dass er undeutlich sprach, und mir gefiel seine Stimme nicht mehr. Er fragte mich, ob es mir gutginge, und ich hob die Schultern. Du solltest mir vielleicht sagen, was los ist, damit ich mich entschuldigen kann, sagte er.

Melissa glaubt offenbar, dass wir Streit haben, sagte ich.

Und, haben wir den?

Geht es sie irgendwas an, falls es so ist?

Ich weiß es nicht, sagte er. Ich weiß nicht, wie du das meinst.

Mein gesamter Körper verfiel in eine Starre, und mein Kinn hatte sich schmerzlich verkantet. Er berührte mich am Arm, und ich schreckte vor ihm zurück, als hätte er mich geschlagen. Er sah verletzt aus, so wie jeder normale Mensch verletzt aussehen würde. Ich wusste, dass mit mir etwas nicht stimmte.

Zwei Personen, die ich gar nicht kannte, kamen zu uns und gratulierten Nick zum Geburtstag: ein großer Typ und eine dunkelhaarige Frau, die ein kleines Baby im Arm trug. Nick schien sich sehr darüber zu freuen, sie zu sehen. Die Frau sagte ständig: Wir bleiben nicht, wir bleiben nicht, wir schauen nur kurz vorbei. Nick stellte mich ihnen vor, es waren seine Schwester Laura und ihr Mann Jim und ihr Baby, das Nick so sehr liebte. Ich war mir nicht ganz sicher, ob Laura wusste, wer ich war. Das Kind hatte blondes Haar und riesige, himmlische Augen. Laura sagte, sie freue sich, mich kennenzulernen, und ich sagte: Dein Baby ist so wundervoll, wow. Nick lachte und sagte: Ja, nicht wahr? Sie ist das reinste Vorzeigebaby. Sie könnte Werbung für Babykost machen. Laura fragte mich, ob ich sie mal halten wolle, und ich sah sie an und sagte: Ja, darf ich?

Laura reichte mir das Baby und sagte, sie wolle sich schnell ein Glas Mineralwasser holen. Jim und Nick sprachen über irgendetwas, ich weiß nicht mehr, worüber. Das Baby sah mich an und machte den Mund auf und zu. Sein Mund bewegte sich ständig, und einmal steckte es sich die ganze Hand hinein. Es fiel schwer zu glauben, dass ein so perfektes Geschöpf von den Launen Erwachsener abhängig war, die auf Partys Mineralwasser tranken und es Fremden überließen. Das Baby sah mit der nassen Hand im Mund zu mir auf und blinzelte. Ich hielt es fest an meine Brust gedrückt und dachte darüber nach, wie klein es war. Ich wollte mit ihm reden, aber die anderen hätten es gehört, und ich wollte nicht, dass jemand zuhörte.

Als ich aufsah, merkte ich, dass Nick mich beobachtete. Wir hielten für ein paar Sekunden den Blick, und es fühlte sich so ernst an, dass ich versuchte, ihn anzulächeln. Ja, sagte ich. Ich liebe dieses Baby. Es ist ein tolles Kind, zehn Punkte von zehn. Jim antwortete: Oh, Rachel ist Nicks Lieblingsfamilienmitglied. Er liebt sie mehr als wir. Nick lächelte daraufhin, und er berührte die Hand des Babys, mit der es in der Luft herumwedelte, als versuchte es, das Gleichgewicht zu halten. Es umklammerte Nicks Daumen. Oh, ich muss gleich weinen, sagte ich. Sie ist perfekt.

Laura kam zurück und sagte, sie nehme mir die Kleine jetzt wieder ab. Sie ist schwer, oder?, sagte sie. Ich nickte stumm, und dann sagte ich: Sie ist so hinreißend. Ohne das Baby fühlten sich meine Arme dünn und leer an. Sie ist wirklich bezaubernd, sagte Laura. Nicht wahr? Und sie berührte liebevoll die Nase des Babys. Wart mal ab, bis du eigene hast, sagte sie. Ich starrte sie nur an und blinzelte und sagte so etwas wie ja oder hm. Dann mussten sie gehen, sie wollten sich noch von Melissa verabschieden.

Als sie weg waren, legte Nick seine Hand auf meinen Rücken, und ich sagte ihm, wie sehr mir seine Nichte gefiel. Sie ist wunderschön, sagte ich. Es ist ganz schön dämlich, das zu sagen, aber du weißt, was ich meine. Nick sagte, er fände das gar nicht dämlich. Er war betrunken, aber ich merkte, dass er versuchte, nett zu mir zu sein. Ich sagte so etwas wie: Mir geht es gerade nicht so besonders gut. Er fragte, ob alles in Ordnung sei, und ich sah ihn nicht an. Ich sagte: Es macht dir doch nichts aus, wenn ich jetzt wieder gehe? Hier sind sowieso ganz viele Leute, ich will dich nicht in Beschlag nehmen. Er versuchte, meinen Blick einzufangen, aber ich konnte ihn nicht ansehen. Er wollte wissen, was los sei, und ich sagte: Wir reden morgen.

Er ging mir nicht hinterher, als ich das Haus verließ. Ich zitterte, und meine Unterlippe hatte angefangen zu beben. Ich leistete mir ein Taxi zurück in die Stadt.

*

Spät in jener Nacht rief mich mein Vater an. Ich wachte von dem Klingelton auf und stieß mit dem Handgelenk gegen den Nachttisch, als ich versuchte, ans Handy zu gehen. Hallo?, sagte ich. Es war nach drei Uhr morgens. Ich hielt mir den Arm an die Brust und spähte in die Dunkelheit, während ich darauf wartete, dass er etwas sagte. Im Hintergrund klang es nach Wetter, nach Wind oder Regen.

Bist du das, Frances?, fragte er.

Ich habe versucht, dich zu erreichen.

Ich weiß, ich weiß. Hör zu.

Er seufzte ins Telefon. Ich sagte nichts, er allerdings auch nicht. Als er endlich sprach, klang er unendlich müde.

Es tut mir leid, Liebes, sagte er.

Was tut dir leid?

Das weißt du doch, das weißt du doch selbst. Es tut mir leid.

Ich habe keine Ahnung, wovon du redest, sagte ich.

Obwohl ich wochenlang versucht hatte, ihn wegen der Unterstützung zu erreichen, war klar, dass ich das Thema jetzt nicht erwähnen, vielleicht sogar leugnen würde, dass das Geld nicht gekommen war, wenn er davon anfing.

Hör zu, sagte er. Das war einfach ein schlechtes Jahr. Es ist irgendwie schiefgelaufen.

Was denn?

Er seufzte wieder.

Ich sagte: Dad?

Klar, du wärst im Moment ohne mich besser dran, sagte er. Stimmt doch, oder?

Natürlich nicht. Sag so was nicht. Wovon redest du überhaupt?

Ach. Nichts. Nur Unsinn.

Ich zitterte. Ich versuchte, an etwas zu denken, was mir das Gefühl von Sicherheit und Normalität gab. Materieller Besitz: die weiße Bluse, die auf dem Bügel im Bad trocknete, die alphabetisch geordneten Romane in meinem Bücherregal, die grünen Porzellantassen.

Dad?, sagte ich.

Du bist eine tolle Frau, Frances. Wir mussten uns nie Sorgen um dich machen, nie.

Geht es dir gut?

Deine Mutter hat mir erzählt, dass du jetzt einen Freund hast, sagte er. Gutaussehender Kerl, hab ich gehört.

Dad, wo bist du? Irgendwo draußen?

Er schwieg ein paar Sekunden lang, und dann seufzte er wieder, diesmal klang es fast wie ein Stöhnen, als litte er körperliche Qualen, von denen er nicht sprechen oder die er nicht beschreiben konnte.

Hör zu, sagte er. Es tut mir leid, ja? Es tut mir leid.

Dad, warte.

Er legte auf. Ich schloss die Augen, und es war, als verschwände das gesamte Mobiliar aus meinem Zimmer, wie bei einem rückwärts gespielten Tetris, alles kletterte auf dem Display nach oben und löste sich dann in Luft auf, und das Nächste, was verschwinden würde, war ich. Ich wählte seine Nummer immer wieder, obwohl ich wusste, dass er nicht antworten würde. Irgendwann klingelte es nicht mehr, vielleicht war sein Akku leer. Ich lag dort in der Dunkelheit, bis es hell wurde.

*

Als mich Nick am nächsten Tag anrief, lag ich noch im Bett. Ich war gegen zehn Uhr morgens eingeschlafen, und jetzt war es nach Mittag. Die Jalousien warfen einen hässlichen grauen Schatten an die Decke. Als ich ranging, fragte er, ob er mich geweckt hätte. Ich sagte: Schon in Ordnung. Ich habe nicht gut geschlafen. Er fragte, ob er vorbeikommen könne. Ich streckte die Hand aus, um die Jalousien hochzuziehen, und sagte: Klar, in Ordnung.

Ich wartete im Bett, während er ins Auto stieg. Ich ging nicht mal duschen. Ich zog ein schwarzes T-Shirt über, um ihn reinzulassen, und schon war er da, sah ganz frisch rasiert aus und roch nach Zigaretten. Ich fasste mir an den Hals, als ich ihn sah, und sagte so etwas wie: Oh, du hast aber nicht lang gebraucht, um in die Stadt zu kommen. Wir gingen in mein Zimmer, und er sagte: Ja, die Straßen waren ziemlich frei.

Ein paar Sekunden lang standen wir da und sahen uns an, und dann küsste er mich auf den Mund. Er sagte: Ist das in Ordnung? Ich nickte und murmelte irgendwas Dummes. Er sagte: Tut mir leid wegen gestern Abend. Ich habe viel über dich nachgedacht. Ich vermisse dich. Es klang, als hätte er diese Aussagen vorbereitet, damit ich ihm später nicht vorwerfen könnte, nichts dergleichen gesagt zu haben. Mein Hals tat weh, als würde ich gleich weinen. Ich spürte, wie er mich unter dem T-Shirt berührte, und dann weinte ich tatsächlich, was verwirrend war. Er sagte: O nein, was ist los? Hey. Und ich hob die Schultern und machte seltsame, bedeutungslose Gesten. Ich weinte sehr heftig. Er stand nur da und wirkte unbeholfen. Er trug ein hellblaues Hemd an dem Tag, ein Button-down-Hemd mit weißen Knöpfen.

Können wir darüber reden?, fragte er.

Ich sagte, es gebe nichts zu reden, und dann hatten wir Sex. Ich kniete mich hin, und er war hinter mir. Diesmal benutzte er ein Kondom, wir sprachen nicht darüber. Wenn er etwas zu mir sagte, tat ich meistens so, als könne ich ihn nicht hören. Ich weinte immer noch ziemlich heftig. Bei manchen Sachen musste ich noch schlimmer weinen, zum Beispiel, als er meine Brüste anfasste und als er mich fragte, ob es sich gut anfühle. Dann sagte er, er wolle aufhören, also hörten wir auf. Ich zog die Decke über meinen Körper und drückte mir die Hand auf die Augen, damit ich ihn nicht ansehen musste.

War es nicht gut?, fragte ich.

Können wir reden?

Sonst hat es dir immer gefallen, oder?

Darf ich dich etwas fragen? Willst du, dass ich sie verlasse?

Da sah ich ihn an. Er wirkte müde, und mir wurde klar, dass er alles hasste, was ich ihm antat. Mein Körper fühlte sich vollkommen austauschbar an, wie ein Platzhalter für etwas Wertvolleres. Ich stellte mir vor, wie er auseinandergenommen wurde, wie meine Glieder nebeneinander aufgereiht und miteinander verglichen wurden.

Nein, sagte ich. Das will ich nicht.

Ich weiß nicht, was ich machen soll. Es geht mir verdammt beschissen damit. Irgendwie bist du sauer auf mich, und ich weiß nicht, wie ich dich glücklich machen kann.

Na ja, vielleicht sollten wir uns einfach nicht mehr sehen.

Ja, sagte er. Okay. Ich denke, du hast wohl recht.

Da hörte ich auf zu weinen. Ich sah ihn nicht an. Ich schob mir das Haar aus dem Gesicht und band es mit einem Haargummi, das ich am Handgelenk trug, zurück. Meine Hände zitterten, und ich sah bereits schwache Lichter, wo in Wirklichkeit kein Licht war. Er sagte, es tue ihm leid und dass er mich liebte. Er sagte noch etwas in der Art, er habe mich nicht verdient oder so. Ich dachte: Wäre ich doch nur heute Morgen nicht ans Telefon gegangen, dann wäre Nick noch mein Freund und alles wäre normal. Ich hustete und räusperte mich.

Nachdem er die Wohnung verlassen hatte, nahm ich eine kleine Nagelschere und schnitt mir in die Innenseite meines linken Oberschenkels. Ich fand, dass ich etwas

Dramatisches tun musste, um nicht mehr daran zu denken, wie schlecht es mir ging, aber der Schnitt machte gar nichts besser. Er blutete nur sehr stark, und es ging mir schlechter. Ich saß auf dem Boden in meinem Zimmer und blutete ein zusammengeknülltes Stück Seidenpapier voll und dachte über meinen Tod nach. Ich war wie ein leeres Glas, das Nick ausgekippt hatte, und jetzt musste ich mir ansehen, was aus mir herausgequollen war: all meine irregeleiteten Vorstellungen über meinen eigenen Wert und meine Behauptungen, ein Mensch zu sein, der ich nicht war. Als ich noch voll mit diesen Dingen war, hatte ich sie nicht sehen können. Jetzt, da ich nichts als ein leeres Glas war, konnte ich alles über mich erkennen.

Ich säuberte mich und suchte ein Pflaster, das ich auf den Schnitt klebte. Dann zog ich die Jalousien runter und klappte meine Ausgabe von *Middlemarch* auf. Letztlich war es egal, ob Nick die erstbeste Gelegenheit ergriffen hatte, mich zu verlassen, sobald Melissa ihn wieder wollte, oder ob mein Gesicht und mein Körper so hässlich waren, dass ihm davon schlecht wurde, oder ob er Sex mit mir so sehr hasste, dass er mittendrin aufhören musste. Dafür würden sich meine Biografen später nicht interessieren. Ich dachte über all das nach, was ich Nick nie von mir erzählt hatte, und dadurch ging es mir besser, als umgäbe mich meine Verschwiegenheit wie eine Grenzschicht, die meinen Körper beschützte. Ich war eine vollkommen autonome und unabhängige Person mit einem Innenleben, das noch nie jemand berührt oder wahrgenommen hatte.

Der Schnitt pochte übel, selbst nachdem er zu bluten

aufgehört hatte. Mittlerweile hatte ich sogar Angst, etwas sehr Dummes getan zu haben, obwohl ich wusste, dass ich niemandem davon erzählen musste und dass es nie mehr vorkommen würde. Als Bobbi mit mir Schluss gemacht hatte, hatte ich mir zwar keine Löcher in die Haut geschnitten, aber ich hatte mich so lange unter die Dusche gestellt, bis es kein heißes Wasser mehr gab, und war stehen geblieben, bis meine Finger blau wurden. Insgeheim nannte ich dieses Verhalten »mich ausleben«. Mir den Arm aufzukratzen war, »mich auszuleben«, ebenso wie mich zufällig zu unterkühlen und es einem Sanitäter am Telefon erklären zu müssen.

An jenem Abend dachte ich über den Anruf meines Vaters in der Nacht zuvor nach und dass ich Nick davon hatte erzählen wollen, und einen Moment lang dachte ich wirklich: Ich rufe Nick an, und er kommt zurück. Solche Dinge kann man rückgängig machen. Aber ich wusste, dass er niemals zurückkommen würde, nicht wirklich. Er gehörte nicht mehr mir allein, diese Zeit war vorüber. Melissa wusste Dinge, die ich nicht wusste. Nach allem, was zwischen ihnen geschehen war, begehrten sie einander noch immer. Ich dachte an ihre E-Mail und daran, dass ich krank und wahrscheinlich ohnehin unfruchtbar war und dass ich Nick nichts geben konnte, was ihm irgendetwas bedeutete.

Während der nächsten Tage starrte ich stundenlang auf mein Handy und brachte nichts zustande. Ich konnte zusehen, wie die Zeit auf der erleuchteten Displayuhr verging, und doch kam es mir vor, als bemerkte ich nicht, wie sie verstrich. Nick rief mich weder an jenem Abend noch in der Nacht an. Er rief mich am nächsten Tag nicht an, und auch nicht am Tag darauf. Niemand rief an. Nach und nach fühlte sich das Warten weniger wie Warten an, sondern so, wie das Leben einfach war: Wir erledigen die Aufgaben, die uns ablenken, während das, worauf wir warten, nicht eintritt. Ich bewarb mich um Jobs und besuchte meine Seminare. Es ging weiter.

29

Ich bekam einen Job in einem Sandwichladen, wo ich abends und am Wochenende für den Kaffee zuständig war. An meinem ersten Tag gab mir eine Frau namens Linda eine schwarze Schürze und zeigte mir, wie man Kaffee kochte. Man drückte auf einen kleinen Hebel, um den Siebträger mit gemahlenem Kaffee zu füllen, einmal für einen einfachen, zweimal für einen doppelten. Dann drehte man den Filter fest auf die Maschine und drückte auf den Wasserschalter. Es gab auch eine kleine Dampfdüse und ein Kännchen mit Milch. Linda erklärte mir eine Menge über Kaffee, den Unterschied zwischen Latte und Cappuccino, solche Dinge. Es war auch Mokka im Angebot, aber Linda sagte mir, Mokka sei »kompliziert«, deshalb sollte ich ihn den anderen überlassen. Die Leute bestellten sowieso nie Mokka, sagte sie.

Ich war davon überzeugt, Bobbi an der Uni zu treffen, aber ich sah sie nirgends. Ich drückte mich immer wieder über längere Zeiträume im Kunstgebäude herum, auf der Rampe, wo sie üblicherweise rauchte, oder bei den Räumen des Debattierclubs, wo es kostenlose Ausgaben des *New Yorker* gab und man die Küche benutzen konnte, um sich Tee zu kochen. Sie tauchte nie auf. Unsere Stundenpläne ähnelten sich ohnehin nicht. Ich wollte ihr zu einem Zeitpunkt begegnen, der mir passte, einem Zeitpunkt, zu dem ich meinen kamelhaarfarbenen Mantel trug, vielleicht noch einen Stapel Bücher im Arm, und dann würde ich sie zaghaft anlächeln wie jemand, der einen Streit vergessen will. Meine größte Angst war, dass sie in den Sandwichladen kam und herausfand, dass ich einen Job hatte. Immer wenn eine schlanke Frau mit einem dunklen Pony durch die Tür kam, drehte ich mich zwanghaft zur Kaffeemaschine um und tat so, als würde ich Milch aufschäumen. In den vorangegangenen Monaten hatte ich geglaubt, ich hätte die Möglichkeit eines alternativen Lebens erspäht, die Möglichkeit, Einkommen zu erwirtschaften, indem ich einfach nur schrieb und redete und mich für Dinge interessierte. Als meine Geschichte von dem Magazin angenommen wurde, kam es mir sogar so vor, als wäre ich nun in diese Welt eingetreten, hätte mein altes Leben hinter mir zusammengefaltet und weggelegt. Die Vorstellung, Bobbi könnte in den Sandwichladen kommen und mit eigenen Augen sehen, wie verblendet ich gewesen war, beschämte mich.

Ich erzählte meiner Mutter vom Anruf meines Vaters. Wir stritten sogar deshalb am Telefon, und danach war ich eine Stunde lang zu erschöpft, um zu sprechen oder mich zu bewegen. Ich bezichtigte sie der »Beihilfe«. Sie sagte: Ach, dann ist das also meine Schuld, ja? Alles ist meine Schuld. Sie sagte, sein Bruder habe ihn erst am Tag zuvor in der Stadt gesehen und es gehe ihm gut. Ich erinnerte sie an den Vorfall aus meiner Kindheit, als er mir den Schuh ins Gesicht geworfen hatte. Ich bin eine schlechte Mutter, sagte sie, das willst du mir doch damit sagen. Wenn das die Schlussfolgerung ist, die du aus den Fakten ziehst, dann ist das dein Problem, sagte ich. Sie warf mir vor, ich hätte meinen Vater ohnehin nie geliebt.

Dir zufolge ist Liebe nur dann echt, wenn man sich wie Scheiße behandeln lässt, sagte ich.

Sie legte einfach auf. Hinterher lag ich auf dem Bett und kam mir vor, als hätte man mich ausgeknipst.

An einem Tag gegen Ende November postete Evelyn einen Videolink auf Melissas Facebook-Pinnwand mit der Nachricht: Das hab ich gerade wiederentdeckt, und jetzt bin ich TOT. Von der Vorschau konnte ich darauf schließen, dass das Video in Melissas Küche gedreht worden war. Ich klickte es an. Das Licht in dem Video war buttrig-gelb, im Hintergrund hing eine Lichterkette, und ich konnte Nick und Melissa nebeneinander vor der Küchentheke stehen sehen. Dann ging der Ton an. Jemand hinter der Kamera sagte: Okay, okay, beruhigt euch. Die Kameraführung war wackelig, aber ich sah, wie sich Melissa Nick zuwandte, sie lachten beide. Er trug einen schwarzen Sweater. Er nickte, als gäbe sie ihm Zeichen, und dann sang er: *I really can't stay*. Melissa sang: *But baby, it's cold outside*. Sie sangen ein Duett, es war lustig. Alle im Raum lachten und applaudierten, und ich konnte Evelyns Stimme hören: Pscht, pscht! Ich hatte Nick noch nie singen gehört, er hatte eine schöne Stimme. Ebenso wie Melissa.

Es kam gut rüber, wie sie es aufführten, Nick, der sich sträubte, und Melissa, die versuchte, ihn zum Bleiben zu überreden. Es passte zu ihnen. Sie hatten es offensichtlich für ihre Freunde geprobt. Jeder konnte auf dem Video sehen, wie sehr sich die beiden liebten. Hätte ich sie vorher so gesehen, dachte ich, dann wäre vielleicht nichts passiert. Vielleicht hätte ich es dann gewusst.

Ich arbeitete an den Werktagen nur von fünf bis acht am Abend, aber wenn ich nach Hause kam, war ich so erschöpft, dass ich nichts mehr essen konnte. Ich blieb mit meiner Arbeit für die Uni zurück. Durch die Stunden im Sandwichladen hatte ich weniger Zeit, meine akademische Lektüre zu beenden, aber das wirkliche Problem war meine Aufmerksamkeit. Ich konnte mich nicht konzentrieren. Ideen weigerten sich, sinnvolle Formen anzunehmen, und mein Wortschatz kam mir geringer und weniger präzise vor. Nachdem mein zweiter Lohn eingetroffen war, hob ich zweihundert Euro von meinem Konto ab und steckte sie in einen Umschlag. Auf einen Notizzettel schrieb ich: Danke für den Kredit. Dann schickte ich das Geld an Nicks Adresse in Monkstown. Er teilte mir nie mit, ob er es erhalten hatte, aber das erwartete ich mittlerweile auch nicht mehr.

Es war schon fast Dezember. Ich hatte noch drei Pillen im Streifen übrig, dann zwei, dann eine. Sobald die Packung leer war, fühlte sich alles wieder so an wie zuvor. Es dauerte Tage. Ich ging wie üblich zu meinen Kursen, biss die Zähne zusammen. Die Krämpfe kamen in Wellen und ließen mich schwach und verschwitzt zurück, wenn sie abklangen. Eine Dozentin rief mich auf, weil ich etwas zu der Figur Will Ladislaw sagen sollte, und obwohl ich *Middlemarch* gelesen hatte, konnte ich nur den Mund auf- und wieder zuklappen, wie ein Fisch. Schließlich brachte ich heraus: Nein, tut mir leid.

An jenem Abend ging ich die Thomas Street entlang nach Hause. Meine Beine zitterten, und ich hatte seit Tagen nichts Richtiges mehr gegessen. Mein Bauch fühlte sich geschwollen an, und ein paar Sekunden lang stützte ich mich auf einen Fahrradständer. Vor meinen Augen schien sich alles aufzulösen. Meine Hand auf dem Fahrradständer wirkte durchsichtig, wie ein Fotonegativ, das vor ein Licht gehalten wird. Die Kirche in der Thomas Street war nur ein paar Schritte von mir entfernt, und mit schiefem Gang schob ich mich auf die Tür zu, umschloss dabei mit einem Arm meine Rippen.

Die Kirche roch muffig nach Weihrauch und trockener Luft. Hinter dem Altar erhoben sich Säulen aus buntem Glas wie lange, Klavier spielende Finger, und die Decke hatte die weiße und mintgrüne Farbe von Süßigkeiten. Ich war seit meiner Kindheit nicht mehr in einer Kirche gewesen. Zwei alte Frauen saßen mit ihren Rosenkränzen an der Seite. Ich setzte mich nach hinten und sah an dem bunten Glas hinauf, versuchte, es in meinem Blickfeld scharf zu stellen, so als könnte seine Beständigkeit mein Verschwinden verhindern. Diese dumme Krankheit hat noch niemanden umgebracht, dachte ich. Mein Gesicht war schweißbedeckt, oder vielleicht hatte ich auch nur nicht bemerkt, dass es draußen feucht war. Ich knöpfte meinen Mantel auf und wischte mir mit der trockenen Seite des Schals über die Stirn.

Ich atmete durch die Nase ein, spürte, wie sich bei dem Versuch, meine Lunge zu füllen, meine Lippen teilten.

Ich umklammerte meine Hände im Schoß. Der Schmerz stieß gegen mein Rückgrat, strahlte in den Schädel aus und ließ meine Augen tränen. Ich bete, dachte ich. Ich sitze tatsächlich hier und bete zu Gott, damit er mir hilft. Es stimmte. Bitte hilf mir, dachte ich. Bitte. Ich wusste, dass es Regeln dafür gab, dass man an ein göttliches Ordnungsprinzip glauben musste, bevor man es um etwas bitten konnte, und ich glaubte nicht. Aber ich gebe mir Mühe, dachte ich. Ich liebe meine Mitmenschen. Tu ich das? Liebe ich Bobbi, nachdem sie meine Geschichte in Stücke gerissen und mich alleingelassen hat? Liebe ich Nick, obwohl er nicht mehr mit mir vögeln will? Liebe ich Melissa? Habe ich das jemals getan? Liebe ich meine Mutter und meinen Vater? Könnte ich jeden Menschen lieben, sogar schlechte Menschen? Ich senkte die Stirn auf meine gefalteten Hände und fühlte mich matt.

Statt mächtige Gedanken zu wälzen, versuchte ich mich auf etwas Kleines zu konzentrieren, das Kleinste, was mir einfiel. Jemand hat irgendwann diese Kirchenbank gemacht, auf der ich sitze, dachte ich. Jemand hat das Holz geschmirgelt und lackiert. Jemand hat sie in die Kirche getragen. Jemand hat diese Bodenfliesen gelegt, jemand hat die Fenster eingebaut. Jeder Ziegelstein war von Menschenhand gelegt, jedes Scharnier an jede Tür angepasst, jede Straßendecke draußen, jede Birne in jeder Straßenlaterne. Und sogar die Dinge, die Maschinen gebaut hatten, waren in Wirklichkeit von Menschen gemacht, die die Maschinen ursprünglich gebaut hatten. Und Menschen selbst wurden von anderen Menschen gemacht, die sich bemühten, glückliche Kinder und Familien zu erschaffen. Ich, alle Kleider, die ich trug, meine gesamte Sprache. Wer hat mich hier in diese Kirche gebracht, damit ich diese Dinge denke? Andere Menschen, manche von ihnen kenne ich sehr gut, und andere habe ich nie kennengelernt. Bin ich ich selbst, oder bin ich sie? Bin ich Frances? Nein, das bin ich nicht. Das sind die anderen. Verletze und schade ich mir manchmal selbst, missbrauche ich das unverdiente kulturelle Privileg des Weißseins, ist für mich die Arbeit anderer selbstverständlich, habe ich manchmal eine vereinfachte Wiederholung der Gendertheorie ausgenutzt, um mich ernsthaften moralischen Verbindlichkeiten zu entziehen, habe ich ein gestörtes Verhältnis zu meinem Körper, ja. Will ich frei sein von Schmerz und fordere deshalb, dass andere ebenfalls frei von Schmerz sind, dem Schmerz, der mein ist und deshalb auch ihrer, ja, ja.

Als ich die Augen öffnete, spürte ich, dass ich etwas verstanden hatte, und die Zellen meines Körpers schienen aufzuscheinen wie Millionen glühende Kontaktpunkte, und ich war mir einer tiefgründigen Erkenntnis bewusst. Dann stand ich auf und brach zusammen.

*

Ich hatte mich daran gewöhnt, in Ohnmacht zu fallen. Ich versicherte der Frau, die mir aufgeholfen hatte, dass es schon öfter vorgekommen war, und sie wirkte etwas verärgert, in etwa: Dann kümmern Sie sich drum. Ich hatte einen schlechten Geschmack im Mund, war aber stabil genug, um ohne Hilfe laufen zu können. Meine spirituelle Erweckungserfahrung hatte mich verlassen. Ich machte auf dem Heimweg einen Abstecher zu Centra, kaufte mir zwei Päckchen Fertignudeln und einen abgepackten Schokokuchen und ging langsam und vorsichtig, einen Fuß vor den anderen setzend, nach Hause.

Dort öffnete ich den Deckel der Kuchenschachtel, nahm einen Löffel und wählte Melissas Handynummer. Es klingelte, das Klingeln hörte sich wie ein zufriedenes Schnurren an. Dann ihr Atem.

Hallo?, sagte Melissa.

Können wir uns kurz unterhalten? Oder ist es schlecht?

Sie lachte, oder jedenfalls glaubte ich, dass das Geräusch ein Lachen war.

Meinst du allgemein oder jetzt?, fragte sie. Allgemein ist es schlecht, aber jetzt im Moment geht es.

Warum hast du Bobbi meine Geschichte geschickt?

Ich weiß nicht, Frances. Warum hast du mit meinem Ehemann gefickt?

Soll mich das jetzt schockieren?, fragte ich. Du schockierst, indem du schlimme Wörter benutzt, okay. Nachdem wir das jetzt festgestellt haben: Warum hast du Bobbi meine Geschichte geschickt?

Sie war still. Ich fuhr mit der Löffelspitze über die Kuchenglasur und leckte sie ab. Sie schmeckte zuckrig und nach nichts.

Du hast wirklich manchmal diese spontanen Aggressionsausbrüche, oder?, sagte sie. Wie mit Valerie. Fühlst du dich durch andere Frauen bedroht?

Ich habe dir eine Frage gestellt, wenn du sie nicht beantworten willst, dann leg auf.

Was gibt dir das Recht, eine Erklärung für mein Verhalten zu fordern?

Du hast mich gehasst, sagte ich. Oder?

Sie seufzte. Ich weiß nicht mal, was das bedeutet, sagte sie. Ich stieß den Löffel in den Kuchen, in den Biskuit, und aß einen Bissen.

Du bist mir mit vollkommener Verachtung begegnet, sagte Melissa. Und ich rede nicht von Nick. Als du zum ersten Mal bei uns zu Hause warst, hast du dich nur umgesehen nach dem Motto: Das hier ist so bürgerlich und peinlich, dass ich es zerstören werde. Und ich meine, du hattest solchen Spaß daran, es zu zerstören. Mit einem Mal sehe ich mich in meinem eigenen verdammten Haus um und denke: Ist das Sofa hässlich? Ist es kitschig, Wein zu trinken? Und Dinge, mit denen ich mich bisher wohlgefühlt habe, erscheinen mir ab sofort armselig. Einen Ehemann zu haben, statt den einer anderen zu vögeln. Einen Buchvertrag zu haben, statt gemeine Kurzgeschichten über Menschen, die ich kenne, zu schreiben und sie an ein angesehenes Magazin zu verkaufen. Ich meine, du bist in mein Haus gekommen, mit deinem beschissenen Nasenpiercing, nach dem Motto: Oh, dieses ganze Arrangement werde ich mit Genuss in die Bedeutungslosigkeit befördern. Sie ist ja so Establishment.

Ich stach den Löffel so in den Kuchen, dass er von allein aufrecht stehen blieb. Dann massierte ich mir mit meiner freien Hand das Gesicht.

Ich habe kein Nasenpiercing, sagte ich. Das ist Bobbi.

Okay. Meine untertänigste Entschuldigung.

Mir war nicht klar, dass du mich als so subversiv empfunden hast. In Wirklichkeit habe ich dein Haus gar nicht verachtet. Ich wollte, dass es mein Haus ist. Ich wollte dein ganzes Leben. Vielleicht habe ich fiese Dinge getan, um es zu bekommen, aber ich bin arm, und du bist reich. Ich wollte dein Leben nicht zerstören, ich wollte es stehlen.

Sie gab eine Art Schnaublaut von sich, aber ich glaubte nicht, dass sie das, was ich gesagt hatte, wirklich wegwischen wollte. Es war mehr Performance als Reaktion.

Du hattest also eine Affäre mit meinem Ehemann, weil du mich so gern mochtest, sagte Melissa.

Nein, ich habe nicht gesagt, dass ich dich mochte.

Okay. Ich mochte dich auch nicht. Aber du warst auch kein sehr netter Mensch.

Wir waren beide still, als hätten wir uns gegenseitig eine Treppe hinaufgejagt und wären jetzt außer Atem und würden darüber nachdenken, wie dumm es war.

Das bereue ich, sagte ich. Ich bereue es, dass ich nicht netter war. Ich hätte mich mehr anstrengen sollen, um deine Freundin zu sein. Es tut mir leid.

Was?

Es tut mir leid, Melissa. Dieser aggressive Anruf tut mir leid, das war dumm. Ich weiß selbst nicht genau, was ich im Moment eigentlich mache. Wahrscheinlich habe ich gerade eine schlechte Zeit. Tut mir leid, dass ich dich angerufen habe. Und weißt du was, mir tut alles leid.

Herrje, sagte sie. Was ist los, geht's dir nicht gut?

Doch. Ich finde nur, dass ich nicht der Mensch war, der ich hätte sein sollen. Ich weiß nicht, was ich da gerade sage. Ich wünschte, ich hätte dich besser kennengelernt und wäre freundlicher zu dir gewesen, ich möchte mich dafür entschuldigen. Ich lege jetzt auf.

Ich legte auf, bevor sie etwas dazu sagen konnte. Ich aß von dem Kuchen, eilig und hungrig, dann öffnete ich meinen Laptop und schrieb eine E-Mail.

Liebe Bobbi,

heute Abend wurde ich in einer Kirche ohnmächtig, das hätte dir sehr gefallen. Es tut mir leid, dass ich mit meiner Geschichte deine Gefühle verletzt habe. Ich glaube, es hat so wehgetan, weil dadurch klar wurde, dass ich zu jemand anderem ehrlich sein konnte, während ich dir gegenüber nicht ehrlich war. Ich hoffe, dass dies der Grund ist. Ich habe Melissa heute Abend angerufen und sie gefragt, warum sie dir die Geschichte geschickt hat. Ich habe eine Weile gebraucht, bis ich gemerkt habe, dass ich in Wirklichkeit fragen wollte: Warum habe ich die Geschichte geschrieben? Es war ein ziemlich peinlicher und wirrer Anruf. Vielleicht ist sie für mich eine Art Mutter. Die Wahrheit ist, dass ich dich liebe und immer geliebt habe. Meine ich das platonisch? Ich habe nichts dagegen, wenn du mich küsst. Die Vorstellung, dass wir beide wieder miteinander schlafen, war immer erregend. Als du mit mir Schluss gemacht hast, kam es mir vor, als hättest du mich bei einem Spiel geschlagen, das wir beide zusammen spielten, und ich wollte dich ebenfalls schlagen. Jetzt denke ich nur, dass ich mit dir schlafen will, ohne Metaphern. Das bedeutet nicht, dass ich keine anderen Sehnsüchte habe. Jetzt im Moment esse ich beispielsweise Schokokuchen mit einem Teelöffel aus der Schachtel. Um jemanden im Kapitalismus zu lieben, musst du alle lieben. Ist das Theorie oder nur Theologie? Wenn ich die Bibel lese, stell ich mir dich als Jesus vor, also ist ohnmächtig werden in der Kirche doch eine Metapher. Aber ich versuche jetzt nicht, was Kluges zu sagen. Ich kann mich nicht dafür entschuldigen, dass ich die Geschichte geschrieben oder das Geld genommen habe. Ich kann sagen, es tut mir leid, dass du so schockiert warst, ich hätte dir vorher davon erzählen müssen. Du bist für mich nicht einfach nur eine Idee. Wenn ich dich jemals so behandelt habe, tut es mir leid. Als du an dem einen Abend über Monogamie gesprochen hast, habe ich deinen Verstand geliebt. Ich habe nicht verstanden, was du versucht hast, mir zu sagen. Vielleicht bin ich doch sehr viel dümmer, als wir beide jemals gedacht haben. Als wir zu viert waren, habe ich immer in Paaren gedacht, was ich bedrohlich für mich fand, weil alle möglichen Paarungen, an denen ich keinen Anteil hatte, so viel interessanter erschienen als die mit mir. Du und Nick, du und Melissa, sogar Nick und Melissa auf ihre Art. Aber jetzt verstehe ich, dass nichts aus zwei Menschen besteht oder auch nur drei. Meine Beziehung zu dir wird auch durch deine Beziehung zu Melissa geformt, und zu Nick und zu deinem Kindheits-Ich, etc. etc. Ich wollte etwas für mich allein, weil ich dachte, ich existiere. Du wirst mir zurückschreiben und erklären, wie Lacan das wirklich meinte. Oder vielleicht schreibst du auch gar nicht zurück. Ich wurde wirklich ohnmächtig, falls du etwas gegen meine Prosa einzuwenden hast. Das war nicht gelogen, und ich zittere immer noch. Ist es möglich, dass wir ein Alternativmodell entwickeln, wie wir einander lieben? Ich bin nicht betrunken. Bitte schreib zurück. Ich liebe dich.

Frances

Irgendwann war der Schokokuchen aufgegessen. Ich sah in die Schachtel, dort waren nur noch Krümel und Glasur, die am Papierrand klebte, den ich vergessen hatte zu entfernen. Ich stand vom Tisch auf, setzte den Kessel auf und kippte zwei Löffel Kaffee in die Stempelkanne. Ich nahm ein paar Schmerztabletten, trank den Kaffee, sah mir einen Krimi auf Netflix an. Ein fast friedliches Gefühl hatte mich überkommen, und ich fragte mich, ob Gott schließlich doch etwas damit zu tun hatte. Nicht, dass

Gott auf irgendeine materielle Weise existierte, aber als gemeinschaftliche kulturelle Praxis, die so weit verbreitet war, dass sie materiell erschien, wie Sprache oder Gender.

Um zehn nach elf an jenem Abend hörte ich ihren Schlüssel in der Tür. Ich ging in den Flur, und sie zog den Reißverschluss ihres Regenmantels auf, den sie im Sommer mit nach Frankreich genommen hatte, und Wasserbächlein liefen an ihren Ärmeln hinab und tropften mit einem leichten Trommelton auf die Holzdielen. Unsere Blicke trafen sich.

Das war eine seltsame E-Mail, sagte Bobbi. Aber ich liebe dich auch.

30

Wir sprachen in jener Nacht zum ersten Mal über unsere Trennung. Es war, als öffnete man eine Tür, die schon immer im Haus gewesen war, eine Tür, an der man jeden Tag vorbeiging und über die man nicht nachzudenken versuchte. Bobbi sagte mir, sie wäre wegen mir unglücklich gewesen. Wir saßen auf meinem Bett, Bobbi lehnte am Kopfende und hatte sich die Kissen in den Rücken geschoben, ich saß im Schneidersitz am Fußende der Matratze. Sie sagte, ich hätte sie während Streitereien ausgelacht, als wäre sie ein Idiot. Ich sagte ihr, was Melissa gesagt hatte, dass ich kein sehr netter Mensch sei. Bobbi musste nun selbst lachen. Melissa muss es ja wissen, sagte sie. Wann war sie denn mal zu irgendjemandem nett?

Vielleicht ist Nettigkeit der falsche Maßstab, sagte ich.

Natürlich geht es in Wirklichkeit um Macht, stimmte Bobbi zu. Aber es ist anstrengender, herauszufinden, wer die Macht hat, deshalb verlassen wir uns stattdessen auf »Nettigkeit« als eine Art Ersatz. Ich meine, das ist Thema im öffentlichen Diskurs. Wir fragen uns letztlich, ob Israel »netter« als Palästina ist. Du weißt, was ich meine.

Ja.

Jerry ist natürlich »netter« als Eleanor.

Ja, sagte ich.

Ich hatte Bobbi eine Tasse Tee gemacht, und sie hielt sie im Schoß zwischen ihren Oberschenkeln. Sie wärmte sich die Hände daran, während wir uns unterhielten.

Ich nehme es dir übrigens nicht übel, dass du gegen Geld über mich schreibst, sagte Bobbi. Ich finde es sogar lustig, sofern ich in den Witz eingeweiht bin.

Ich weiß. Ich hätte dir davon erzählen können, und ich habe es nicht getan. Aber irgendwie betrachte ich dich immer noch als die Person, die mir das Herz gebrochen und mich für normale Beziehungen unfähig zurückgelassen hat.

Du unterschätzt deine eigene Macht, damit du dir selbst nicht die Schuld geben musst, wenn du andere Menschen schlecht behandelst. Du redest dir das selbst ein. Ach ja, Bobbi ist reich, Nick ist ein Mann, ich kann diesen Menschen gar nicht wehtun. Wenn überhaupt, dann wollen sie mir wehtun, und ich verteidige mich nur.

Ich hob die Schultern. Mir fiel nichts ein, was ich hätte sagen können. Sie nippte an ihrem Tee, dann stellte sie die Tasse wieder zwischen ihre Schenkel.

Du könntest eine Therapie machen, sagte sie.

Ernsthaft?

Du stehst nicht drüber. Es könnte dir guttun. Es ist nicht unbedingt üblich, in Kirchen ohnmächtig zu werden.

Ich versuchte erst gar nicht, ihr zu erklären, dass die Ohnmacht keine psychischen Ursachen hatte. Aber was wusste ich schon? Wenn du meinst, sagte ich.

Ich meine, es würde dich umbringen, sagte Bobbi. Zuzugeben, dass du Hilfe von einem gefühlsduseligen Psychologieabsolventen brauchst. Wahrscheinlich auch noch Labour-Wähler. Aber vielleicht würde es dich auf eine gute Art umbringen.

Wahrlich, ich sage dir: wenn jemand nicht von Neuem geboren wird.

Ja. Ich bin nicht gekommen, Frieden zu bringen, sondern das Schwert.

Nach jener Nacht ging Bobbi mit mir abends nach der Uni oft zu dem Sandwichladen. Sie lernte Linda kennen und unterhielt sich mit ihr, während ich mir die Schürze anzog. Lindas Sohn war in der irischen Armee, erfuhr Bobbi. Wenn ich später nach Hause kam, aßen wir zusammen. Sie räumte ein paar ihrer Sachen in mein Zimmer, einige T-Shirts und saubere Unterwäsche. Im Bett falteten wir uns wie Origami ineinander. Es ist möglich, unendlich dankbar zu sein, wenn man nachts keinen Schlaf bekommt.

Marianne sah eines Tages, dass wir an der Uni Händchen hielten, und sagte: Ihr seid wieder zusammen! Wir zuckten die Schultern. Es war eine Beziehung, und es war zugleich keine Beziehung. Jede unserer Gesten war spontan, und wenn wir von außen wie ein Paar wirkten, war das für uns ein interessanter Zufall. Daraus entspann sich ein Witz zwischen uns, der für alle, auch für uns, bedeutungslos war: Was *ist* eine Freundin?, sagten wir dann heiter. Was *ist* ein Gespräch?

Morgens stand Bobbi gern vor mir auf, damit sie das gesamte heiße Wasser in der Dusche aufbrauchen konnte, so wie zu der Zeit, als sie noch in dem anderen Zimmer gewohnt hatte. Dann trank sie mit tropfnassem Haar eine ganze Kanne Kaffee am Küchentisch. Manchmal brachte ich ihr ein Handtuch aus dem Trockenschrank und drapierte es auf ihrem Kopf, aber sie ignorierte mich nur weiter und las online etwas über sozialen Wohnungsbau. Sie schälte Orangen und ließ die weiche, süßlich riechende Schale dort liegen, wo sie hinfiel, bis sie auf dem Tisch oder der Sofalehne getrocknet war und sich kräuselte. Abends gingen wir unter einem Schirm durch den Phoenix Park, die Arme eingehakt, und rauchten am Fuße des Wellington-Denkmals.

Im Bett unterhielten wir uns stundenlang, die Gespräche schraubten sich von Beobachtungen zu großen, abstrakten Theorien und wieder zurück. Bobbi sprach über Ronald Reagan und den IWF. Sie hatte ungewöhnlich großen Respekt vor Verschwörungstheoretikern. Sie interessierte sich für die Natur der Sache, aber sie war auch großzügig. Mit ihr erging es mir nicht wie mit anderen Menschen, die einfach schon vorbereiteten, was sie als Nächstes sagen wollten, während ich sprach. Sie war eine gute Zuhörerin, eine aktive Zuhörerin. Manchmal, wenn ich etwas sagte, machte sie ein plötzliches Geräusch, als würde sich die Stärke ihres Interesses an dem, was ich gerade sagte, einfach nur durch ihren Mund ausdrücken. Oh!, sagte sie dann. Oder: Stimmt!

Eines Abends im Dezember gingen wir zu Mariannes Geburtstagsparty. Alle hatten gute Laune, draußen war die Weihnachtsbeleuchtung an, und jeder erzählte eine lustige Geschichte darüber, was Marianne getan hatte, als sie betrunken oder müde gewesen war. Bobbi ahmte sie nach, senkte den Kopf und spähte niedlich durch ihre Wimpern, hob die Schultern in vorgetäuschter Gleichgültigkeit. Ich lachte, es war wirklich lustig, und sagte: Noch mal! Marianne wischte sich die Tränen weg. Hör auf, sagte sie. O Gott. Bobbi und ich hatten Marianne Handschuhe geschenkt, hübsche blaue aus Leder, von jeder kam jeweils ein Handschuh. Andrew fand das billig, und Marianne sagte ihm, er hätte einfach keine Phantasie. Sie zog sie vor uns an: Der Frances-Handschuh, sagte sie. Und der Bobbi-Handschuh. Dann tat sie so, als würden sie wie Puppen miteinander reden. Immer weiter und weiter und weiter, sagte sie.

In jener Nacht sprachen wir über den Krieg in Syrien und die Invasion im Irak. Andrew fand, Bobbi verstehe die Geschichte nicht, und sie würde einfach dem Westen für alles die Schuld geben. Alle am Tisch machten »Oooh«, als säßen wir gemeinsam in einer Gameshow. Bei der folgenden Meinungsverschiedenheit legte Bobbi eine erbarmungslose Intelligenz an den Tag, sie schien alles über egal welches Thema gelesen zu haben, das Andrew anschnitt, korrigierte ihn nur, wenn es für ihre weitere Beweisführung notwendig war, spielte nicht einmal auf die Tatsache an, dass sie kurz vor dem Abschluss in Geschichte stand. Ich wusste, ich hätte es als Erstes erwähnt, wenn jemand versucht hätte, mich kleinzumachen. Bobbi war anders. Während sie redete, war ihr Blick oft nach oben gerichtet, auf Lampenfassungen oder weit entfernte Fenster, und sie gestikulierte mit den Händen. Ich konnte dann nur noch meine Aufmerksamkeit auf andere Leute richten, sie beobachten, ob sie zustimmend oder ablehnend reagierten, versuchen, sie zur Teilnahme an der Diskussion zu animieren, wenn sie still waren.

Zu der Zeit waren Bobbi und Melissa immer noch in Kontakt, aber es war klar, dass sie sich voneinander entfernt hatten. Die neuen Theorien, die Bobbi über Melissas Charakter und Privatleben entwickelt hatte, waren deutlich weniger schmeichelhaft als die früheren. Ich war bestrebt, jeden zu lieben, was bedeutete, dass ich versuchte, nichts dazu zu sagen.

Wir hätten ihnen nicht trauen dürfen, sagte Bobbi.

Es gab gerade chinesisches Essen aus Pappschachteln, wir saßen auf meinem Sofa und ließen einen Greta-Gerwig-Film nebenbei laufen.

Wir wussten nicht, wie sehr sie voneinander abhängig sind, sagte Bobbi. Ich meine, sie haben das alles nur für sich selbst gemacht. Wahrscheinlich hilft es ihrer Beziehung, wenn sie manchmal diese dramatischen Affären haben, dadurch bleibt es interessant.

Vielleicht.

Ich sage ja nicht, dass Nick absichtlich so fies zu dir war. Nick mag ich sogar. Aber letztlich wollten sie immer nur wieder zurück zu ihrer beschissenen Beziehung, weil sie das so gewöhnt sind. Weißt du was? Ich bin so sauer auf die beiden. Wir waren für sie nur Mittel zum Zweck.

Du bist enttäuscht, weil wir ihre Ehe nicht zerstört haben, sagte ich.

Sie lachte, den Mund voller Nudeln. Auf dem Bildschirm schubste Greta Gerwig aus Spaß jemanden ins Gebüsch.

Wer heiratet denn auch?, fragte Bobbi. Das ist finster. Wer will denn mit staatlichen Mitteln seine Beziehung aufrechterhalten?

Ich weiß es nicht. Was erhält unsere aufrecht?

Genau! Ganz genau das ist es, was ich meine. Nichts. Nenne ich mich etwa deine Freundin? Nein. Würde ich mich deine Freundin nennen, würde ich uns eine vorgefertigte kulturelle Dynamik aufzwingen, die außerhalb unserer Kontrolle liegt. Etwa nicht?

Ich dachte darüber nach, bis der Film zu Ende war. Dann sagte ich: Warte, das bedeutet also, dass du nicht meine Freundin bist? Sie lachte. Meinst du das ernst?, fragte sie. Nein. Ich bin nicht deine Freundin.

*

Philip sagte, er glaube schon, dass Bobbi meine Freundin sei. Wir gingen unter der Woche zusammen einen Kaffee trinken, und er erzählte mir, dass ihm Sunny einen Teilzeitjob angeboten hatte, mit echter Bezahlung. Ich sagte ihm, ich sei nicht neidisch, was ihn enttäuschte; aber ich fürchtete, dass es eine Lüge war. Ich mochte Sunny. Mir gefiel die Vorstellung von Büchern und vom Lesen. Ich wusste nicht, warum ich Dinge nicht so genießen konnte wie andere Menschen.

Ich frage dich nicht, ob sie meine Freundin ist, sagte ich. Ich sage dir, dass sie es nicht ist.

Aber sie ist es doch ganz offensichtlich. Ich meine, ihr zieht da irgendein radikales lesbisches Ding oder so was durch, aber im allgemeinen Sprachgebrauch ist sie deine Freundin.

Nein. Noch mal, das ist keine Frage, sondern eine Feststellung.

Er zerknüllte ein Zuckertütchen zwischen den Fingern. Wir hatten eine Weile über seinen neuen Job gesprochen, eine Unterhaltung, nach der ich mich so fade wie ein Softdrink fühlte.

Na ja, ich finde, sie ist es, sagte er. Ich meine das auf eine gute Art. Ich glaube, dass es wirklich gut für dich ist. Besonders nach den ganzen Unannehmlichkeiten mit Melissa.

Welche Unannehmlichkeiten?

Du weißt schon, diese abgefahrene Sexsache, die da lief. Mit dem Ehemann.

Ich starrte ihn an, und mir fiel rein gar nichts mehr ein, was ich hätte sagen können. Ich sah zu, wie die blaue Tinte des Zuckertütchens auf seine Finger abfärbte und dünne blaue Furchen in die Kuppen zeichnete. Endlich sagte ich mehrmals »Ich«, was er nicht zu bemerken schien. Der Ehemann?, dachte ich. Philip, du weißt, wie er heißt.

Welches abgefahrene Ding?, fragte ich.

Du hast doch mit beiden geschlafen? Jedenfalls erzählt man sich das.

Nein, habe ich nicht. Abgesehen davon, dass daran nichts Falsches wäre, aber es stimmt nicht.

Oh, okay, sagte er. Ich habe von allen möglichen schrägen Sachen gehört.

Ich weiß wirklich nicht, warum du mir so was erzählst.

Daraufhin sah mich Philip schockiert an und wurde deutlich rot. Das Zuckertütchen rutschte ihm beinahe weg, und er musste es schnell wieder festhalten.

Entschuldigung, sagte er. Ich wollte dich nicht aufregen.

Du erzählst mir nur von diesen Gerüchten, weil du denkst, ja, was denn, ich würde drüber lachen? Weil ich es lustig finde, wenn irgendwelche Leute hinter meinem Rücken fiese Dinge über mich sagen?

Tut mir leid, ich dachte doch nur, du weißt das schon.

Ich atmete tief durch die Nase ein. Ich konnte einfach von diesem Tisch aufstehen, aber ich wusste nicht, wohin ich gehen sollte. Mir fiel nichts ein, wo ich jetzt gern wäre. Ich stand trotzdem auf und nahm meinen Mantel von der Stuhllehne. Ich merkte zwar, dass sich Philip unwohl fühlte, dass er sogar ein schlechtes Gewissen hatte, weil er mich verletzt hatte, aber ich wollte nicht länger dortbleiben. Ich knöpfte meinen Mantel zu, und er sagte schwach: Wo gehst du hin?

Schon in Ordnung, sagte ich. Vergiss es. Ich muss nur an die Luft.

*

Ich erzählte Bobbi nichts von dem Ultraschall oder dem Gespräch mit dem Facharzt. Indem ich mich weigerte, meine Krankheit anzuerkennen, glaubte ich, sie außerhalb von Raum und Zeit halten zu können, als wäre sie etwas, das nur in meinem Kopf stattfand. Wenn andere Menschen davon erfuhren, würde die Krankheit wahr werden, und ich müsste den Rest meines Lebens als kranke Person verbringen. Das konnte sich nur negativ auf meine anderen Ziele auswirken, wie beispielsweise Erleuchtung zu erlangen und eine fröhliche junge Frau zu sein. Ich ging in Internetforen, um abschätzen zu können, ob dies auch für andere ein Problem war. Ich suchte nach »Kann niemandem sagen, dass ich«, und Google schlug vor: »schwul bin« und »schwanger bin«.

Manchmal, wenn Bobbi und ich nachts zusammen im Bett lagen, rief mich mein Vater an. Ich ging mit dem Telefon ins Bad und antwortete leise. Was er sagte, wurde immer unzusammenhängender. Gelegentlich schien er zu glauben, dass ihn jemand verfolgte. Er sagte: Ich habe diese Gedanken, schlimme Gedanken, weißt du? Meine Mutter sagte, seine Brüder und Schwestern würden ebenfalls solche Anrufe erhalten, aber was konnte man da schon tun? Er war nie zu Hause, wenn sie bei ihm vorbeischauten. Ich konnte oft vorbeifahrende Autos im Hintergrund hören, deshalb wusste ich, dass er draußen war. Ab und zu schien er sich auch um meine Sicherheit zu sorgen. Er sagte mir, sie dürften mich nicht finden. Ich sagte: Das werden sie nicht, Dad. Die finden mich nicht. Ich bin hier in Sicherheit.

Ich wusste, dass die Schmerzen jederzeit einsetzen konnten, also fing ich an, täglich die Höchstdosis Ibuprofen zu nehmen, für alle Fälle. Ich verbarg mein graues Notizbuch zusammen mit den Schmerztabletten in der obersten Schublade meines Schreibtisches, und ich nahm sie nur heraus, wenn Bobbi unter der Dusche oder an der Uni war. Diese obere Schublade schien für alles zu stehen, was mit mir nicht stimmte, alles, was ich schlecht an mir fand, und wann immer mein Blick darauf fiel, wurde mir wieder übel.

Bobbi fragte nie danach. Weder erwähnte sie den Ultraschall, noch fragte sie, wer mich mitten in der Nacht anrief. Ich wusste, dass es meine Schuld war, aber ich wusste nicht, was ich dagegen tun konnte. Ich wollte mich wieder normal fühlen.

*

Meine Mutter kam am Wochenende nach Dublin. Wir gingen einkaufen, sie kaufte mir ein neues Kleid, und wir aßen in einem Café in der Wicklow Street zu Mittag. Sie wirkte müde, und ich war auch müde. Ich bestellte einen Bagel mit Räucherlachs und stocherte mit der Gabel in den schmierigen Fischstückchen herum. Das Kleid war in einer Papiertüte unter dem Tisch, und ich trat immer wieder unabsichtlich dagegen. Ich hatte das Café vorgeschlagen, und ich merkte, dass meine Mutter versuchte, höflich zu sein, obwohl mir in ihrer Gegenwart auffiel, dass die Sandwiches unfassbar teuer waren und mit einem Beilagensalat serviert wurden, den niemand aß. Als sie sich Tee bestellte, wurde er in einer Kanne mit einer fummeligen Porzellantasse mit Untertasse serviert, worüber sie schwach lächelte. Gefällt es dir hier?, fragte sie.

Geht so, antwortete ich und merkte, wie sehr ich den Laden hasste.

Ich hab gestern deinen Vater gesehen.

Ich spießte ein Lachsstück mit der Gabel auf und beförderte es in meinen Mund. Es schmeckte nach Zitrone und Salz. Ich schluckte es runter, tupfte mir die Lippen mit der Serviette ab und sagte: Oh.

Es geht ihm nicht gut, sagte sie. Das merke ich.

Es ging ihm noch nie gut.

Ich habe versucht, mit ihm zu reden.

Ich sah sie an. Sie starrte mit leerem Blick auf ihr Sandwich, vielleicht wollte sie aber auch nur etwas anderes verbergen.

Eins musst du verstehen, sagte sie. Er ist nicht wie du. Du bist stark, du kommst mit den Dingen klar. Dein Vater findet das Leben sehr schwierig.

Ich versuchte, diese Aussagen zu bewerten. Trafen sie zu? War es wichtig, ob sie zutrafen? Ich legte meine Gabel hin.

Du hast Glück, sagte sie. Ich weiß, dass es dir vielleicht nicht so vorkommt. Du kannst ihn bis an dein Lebensende weiter hassen, wenn du willst.

Ich hasse ihn nicht.

Eine Bedienung ging vorbei und balancierte unsicher drei Suppenschüsseln. Meine Mutter sah mich an.

Ich liebe ihn, sagte ich.

Das wäre mir neu.

Na ja, ich bin nicht wie du.

Da lachte sie, und es ging mir besser. Sie griff über den Tisch nach meiner Hand, und ich ließ sie sie halten.

31

In der folgenden Woche klingelte mein Telefon. Ich erinnere mich ganz genau, wo ich in dem Moment war: direkt vor dem Regal bei Hodges Figgis, in dem die neue Literatur stand, und es war dreizehn Minuten nach fünf. Ich suchte nach einem Weihnachtsgeschenk für Bobbi, und als ich das Handy aus meiner Manteltasche geangelt hatte, stand auf dem Display: Nick. Hals und Schultern versteiften sich, und ich fühlte mich mit einem Mal völlig ungeschützt. Ich ließ meine Fingerspitze über das Display gleiten, hob das Handy an die Wange und sagte: Hallo?

Hey, sagte Nicks Stimme. Hör mal, es gibt hier keine roten Paprika, sind denn gelbe auch okay?

Seine Stimme schien mich irgendwo hinter meinen Knien zu treffen und mit einem warmen Schwall in mir aufzusteigen, also musste ich wohl rot geworden sein.

Oje, sagte ich. Ich fürchte, du hast die falsche Nummer gewählt.

Eine Sekunde lang sagte er nichts. Leg nicht auf, dachte ich. Leg nicht auf. Ich ging an dem Regal entlang und ließ meinen Finger über die Buchrücken gleiten, als würde ich immer noch nach etwas Bestimmtem suchen.

Großer Gott, sagte Nick langsam. Bist du das, Frances?

Ja, ich bin's.

Er machte ein Geräusch, das ich kurz für ein Lachen hielt, dann merkte ich, dass er hustete. Ich fing an zu lachen und musste das Handy von mir weghalten, damit er nicht glaubte, ich würde weinen. Als er sprach, klang er bedächtig, seine Verwirrung schien echt.

Ich habe keine Ahnung, wie das passieren konnte, sagte er. Hab ich dich gerade angerufen?

Ja. Du hast mich was wegen Paprika gefragt.

O mein Gott. Es tut mir leid. Ich kann mir nicht erklären, warum ich deine Nummer gewählt hab. Das war wirklich ein Versehen, tut mir leid.

Ich ging weiter zu dem Tisch im vorderen Bereich der Buchhandlung, die eine Auswahl neuer Bücher aus unterschiedlichen Genres zeigte. Ich nahm einen Science-Fiction-Roman und tat so, als würde ich die Rückseite lesen.

Hast du versucht, Melissa zu erreichen?, fragte ich.

Hab ich. Ja.

Schon in Ordnung. Ich vermute, du bist im Supermarkt.

Daraufhin lachte er, als würde er über die Absurdität der Situation lachen. Ich legte den Science-Fiction-Roman hin und blätterte in einem historischen Liebesroman. Die Wörter lagen platt auf der Seite, meine Augen versuchten erst gar nicht, sie zu lesen.

Ich bin im Supermarkt, sagte er.

Ich bin in einer Buchhandlung.

Ach wirklich. Weihnachtseinkäufe?

Ja, sagte ich. Ich suche was für Bobbi.

Er machte »hm« oder so etwas, kein richtiges Lachen, aber es klang trotzdem amüsiert oder zufrieden. Ich klappte das Buch zu. Leg nicht auf, dachte ich.

Dieser Chris-Kraus-Roman ist gerade erst neu aufgelegt worden, sagte er. Ich habe eine Besprechung gelesen, ich glaube, der könnte dir gefallen. Obwohl mir gerade einfällt, dass du mich gar nicht um Rat gebeten hast.

Ich freue mich über deinen Rat, Nick. Du hast eine bezaubernde Stimme.

Er sagte nichts. Ich verließ die Buchhandlung, drückte das Handy fest an mein Gesicht, so dass sich das Display heiß und ein wenig fettig anfühlte. Draußen war es kalt. Ich trug eine Kunstpelzmütze.

Bin ich bei unserem spielerischen Schlagabtausch zu weit gegangen?, fragte ich.

Oh, nein, tut mir leid. Ich hatte nur versucht, etwas Nettes zu dir zu sagen, aber alles, was mir einfällt, klingt so …

Unaufrichtig?

Zu aufrichtig, sagte er. Bedürftig. Ich denke gerade, wie macht man seiner Exfreundin ein Kompliment, aber auf distanzierte Art?

Ich lachte daraufhin, und er auch. Die Erleichterung dieses gemeinsamen Lachens war herrlich, und meine Befürchtungen, er könne einfach auflegen, verflogen zumindest für den Moment. Neben mir ratterte ein Bus durch eine Pfütze, und meine Beine wurden nass. Ich ging von der Uni weg, auf St. Stephen's Green zu.

Du warst nie der Typ für große Komplimente, sagte ich.

Nein, ich weiß. Ich bedauere das.

Manchmal, wenn du betrunken warst, hast du was Nettes gesagt.

Ach ja, sagte er. Ist es das? Dass ich nur nett zu dir war, wenn ich betrunken war?

Ich lachte wieder, diesmal nur ich. Das Handy schien eine merkwürdige radioaktive Energie in meinen Körper zu übertragen, so dass ich schneller ging und grundlos lachte.

Du warst immer nett, sagte ich. Das hab ich nicht gemeint.

Du hast Mitleid mit mir, oder?

Nick, ich habe seit einem Monat nichts von dir gehört, und jetzt reden wir nur, weil du meinen Namen mit dem deiner Frau verwechselt hast. Ich habe sicher kein Mitleid mit dir.

Na ja, ich habe mich ernsthaft bemüht, dich nicht anzurufen, sagte er.

Ein paar Sekunden lang schwiegen wir, aber keiner legte auf.

Bist du noch im Supermarkt?, fragte ich.

Ja, wo bist du? Du bist jetzt draußen.

Ich geh die Straße lang.

Alle Restaurants und Bars hatten Miniweihnachtsbäume und falsche Stechpalmenzweige in den Fenstern. Eine Frau ging vorbei, sie hielt ein winziges blondes Kind an der Hand, das sich über die Kälte beschwerte.

Ich hab auf deinen Anruf gewartet, sagte ich.

Frances, du hast gesagt, du willst mich nicht mehr sehen. Ich wollte dich schließlich nicht belästigen.

Ich blieb zufällig vor einem Spirituosengeschäft stehen und sah mir die Cointreau- und Disaronno-Flaschen an, die im Schaufenster wie Juwelen aufgestapelt waren.

Wie geht's Melissa?, fragte ich.

Ganz gut. Sie hat ziemlichen Druck wegen ein paar Deadlines. Deshalb wollte ich sie anrufen, um zu vermeiden, dass ich Ärger kriege, weil ich das falsche Gemüse gekauft habe.

Lebensmittel scheinen eine große Rolle bei ihrer Stressbewältigung zu spielen.

Das hab ich tatsächlich schon versucht, ihr zu erklären, sagte er. Wie geht's Bobbi?

Ich wandte mich von dem Schaufenster ab und ging weiter die Straße hinauf. Die Hand, mit der ich das Telefon hielt, wurde kalt, aber mein Ohr war heiß.

Bobbi geht's gut, sagte ich.

Ich hab gehört, ihr seid wieder zusammen.

Na ja, sie ist nicht meine Freundin in dem Sinne. Wir schlafen miteinander, aber ich denke, wir loten die Grenzen für beste Freundinnen aus. Ich weiß eigentlich nicht, was wir da tun. Es scheint aber gut zu funktionieren.

Das ist sehr anarchistisch von euch, sagte er.

Danke, das wird ihr gefallen.

Ich wartete auf die Ampel, um die Straße zum St. Stephen's Green zu überqueren. Die Scheinwerfer der Wagen blitzten an mir vorbei, und oben auf der Grafton Street sangen ein paar Straßenmusiker »Fairytale of New York«. Auf einer gelben Leuchtreklame stand ERLEBEN

SIE WAHREN LUXUS … DIESES JAHR AN WEIHNACHTEN.

Darf ich dich um einen Rat bitten?, fragte ich.

Ja, natürlich. Ich liege zwar ständig daneben, was meine eigenen Entscheidungen angeht, aber wenn du meinst, dass es hilft, können wir es gern versuchen.

Weißt du, es gibt da etwas, was ich Bobbi verschweige, und ich weiß nicht, wie ich es ihr sagen soll. Ich meine das nicht kokett, es geht nicht um dich.

Ich hätte dir nie Koketterie unterstellt, sagte er. Sprich weiter.

Ich sagte ihm, ich wolle erst über die Straße gehen. Es war bereits dunkel, und alles versammelte sich um Lichtpunkte: Schaufenster, vor Kälte gerötete Gesichter, eine Reihe Taxis, die am Straßenrand warteten. Ich hörte Zügel schnalzen und Hufe über die Straße klappern. Ich betrat den Park durch ein Seitentor, und der Straßenlärm schien sich von selbst abzuschalten, als würde er sich in den nackten Zweigen verfangen und in Luft auflösen. Mein Atem formte vor mir einen weißen Pfad.

Weißt du noch, letzten Monat, als ich zu einer Untersuchung ins Krankenhaus musste?, fragte ich. Und ich hatte dir gesagt, dass alles in Ordnung sei.

Erst sagte Nick nichts. Dann sagte er: Ich bin immer noch im Laden. Es ist vielleicht besser, wenn ich ins Auto gehe, dann können wir reden, ja? Hier ist es ziemlich laut, gib mir zehn Sekunden. Ich war einverstanden. In meinem linken Ohr konnte ich das weiche weiße Plätschern des Wassers hören, Schritte kamen näher und entfernten sich, und in meinem rechten Ohr hörte ich die Stimme der Automatenkasse, als Nick daran vorbeiging.

Dann die Automatiktüren, dann den Parkplatz. Ich hörte das Piepen, das sein Auto machte, als er es mit der Fernbedienung aufschloss, und dann konnte ich hören, wie er einstieg und die Tür schloss. Sein Atem klang in der Stille lauter.

Du wolltest gerade was sagen, sagte er.

Tja, es wurde festgestellt, dass ich diese Krankheit habe, bei der die Zellen aus meinem Uterus an den falschen Orten wachsen. Endometriose, wahrscheinlich hast du davon schon gehört, ich vorher noch nicht. Es ist nicht gefährlich oder so, aber eben auch nicht heilbar, deshalb habe ich chronische Schmerzen. Ich falle ziemlich oft in Ohnmacht, was unangenehm ist. Und ich kann wohl keine Kinder bekommen. Ich meine, man weiß nicht, ob es sich bei mir so auswirkt oder nicht. Vermutlich ist es dumm, sich darüber aufzuregen, wenn man es noch nicht weiß.

Ich ging an einer Laterne vorbei, die meinen Schatten lang und hexenhaft vor mich warf, so lang, dass meine Ränder im Nichts verschwanden.

Es ist nicht dumm, sich darüber aufzuregen, sagte er.

Nicht?

Nein.

Als ich dich das letzte Mal gesehen habe, sagte ich. Als wir zusammen im Bett waren, und dann hast du gesagt, du wolltest aufhören, da dachte ich, du weißt schon. Dass ich mich für dich nicht mehr gut anfühle. Als würdest du spüren, dass mit mir etwas nicht stimmt. Was verrückt ist, weil ich diese Krankheit schon die ganze Zeit habe. Aber es war das erste Mal, dass wir zusammen waren, nachdem du wieder angefangen hattest, mit Melissa zu schlafen, und vielleicht fühlte ich mich sehr verletzlich, ich weiß es nicht.

Er atmete ein und aus. Er musste von mir aus gar nichts sagen, musste nicht erklären, was er empfand. Ich blieb vor einer kleinen, feuchten Bank neben einer Bronzestatue stehen und setzte mich.

Und du hast Bobbi nichts von dieser Diagnose erzählt, sagte er.

Ich habe niemandem etwas erzählt. Nur dir. Ich denke, wenn ich darüber rede, sehen mich die Leute nur noch als kranken Menschen.

Ein Mann ging mit seinem Yorkshire Terrier vorbei, und der Terrier bemerkte mich und zog an der Leine, um zu meinen Füßen zu kommen. Er trug ein gestepptes Jäckchen. Der Mann schenkte mir ein eiliges, entschuldigendes Lächeln, und sie gingen weiter. Nick sagte nichts.

Also, was denkst du?, fragte ich.

Wegen Bobbi? Ich finde, du solltest es ihr erzählen. Du kannst sowieso nicht kontrollieren, wie sie über dich denkt. Krank oder gesund, das wirst du nie können. Jetzt hintergehst du sie nur für die Illusion von Kontrolle, und das ist es wahrscheinlich nicht wert. Ich schätze meine Ratschläge allerdings nicht als sehr wertvoll ein.

Das ist ein guter Rat.

Die Kälte der Bank war durch meinen Wollmantel und in meine Haut und Knochen gewandert. Ich stand nicht auf, ich blieb sitzen. Nick sagte, es tue ihm sehr leid zu hören, dass ich krank sei, und ich nahm es an und bedankte mich bei ihm. Er stellte noch ein paar Fragen dazu, wie die Symptome zu behandeln waren und ob es mit der Zeit besser werden konnte. Er kannte eine Frau, die es ebenfalls hatte, die Frau seines Cousins, und er sagte, sie hätten Kinder, falls das irgendwie helfen würde. Ich sagte, künstliche Befruchtung höre sich für mich beängstigend an, und er sagte, na ja, bei ihnen war es keine künstliche Befruchtung, das glaub ich nicht. Aber sind diese Behandlungen inzwischen nicht weniger invasiv? Es verbessert sich doch definitiv was auf dem Gebiet. Ich sagte, ich wisse es nicht.

Er hustete. Weißt du, als wir uns das letzte Mal gesehen haben, sagte er, wollte ich aufhören, weil ich Angst hatte, dir wehzutun. Das ist alles.

Okay, sagte ich. Danke, dass du mir das sagst. Du hast mir nicht wehgetan.

Wir schwiegen.

Du hast gar keine Ahnung, wie sehr ich mich zusammenreißen musste, um dich nicht anzurufen, sagte er endlich.

Ich dachte, du hättest mich ganz vergessen.

Die Vorstellung, irgendetwas von dir zu vergessen, ist ganz fürchterlich.

Ich lächelte. Ich sagte: Ach, wirklich? Meine Füße wurden gerade in den Stiefeln kalt.

Wo bist du jetzt?, fragte er. Du gehst nicht mehr, du bist irgendwo, wo es ruhig ist.

Ich bin im Stephen's Green.

Ach, wirklich? Ich bin auch in der Stadt, nur zehn Minuten von dir entfernt. Ich werde jetzt nicht vorbeikommen, keine Angst. Ich finde es nur lustig, dass du ganz in der Nähe bist.

Ich stellte ihn mir vor, wie er im Auto saß, am Handy vor sich hinlächelte, wie entsetzlich schön er aussah. Ich steckte meine freie Hand in den Mantel, um sie zu wärmen.

Als wir zusammen in Frankreich waren, sagte ich, weißt du noch, wie wir im Meer waren und ich dich bat, mir zu sagen, dass du mich willst, und du hast mir Wasser ins Gesicht gespritzt und »fick dich« gesagt?

Als Nick antwortete, konnte ich hören, dass er immer noch lächelte. Wenn du das sagst, höre ich mich wie ein totaler Scheißkerl an, sagte er. Ich hab nur Spaß gemacht, ich hab das mit dem »fick dich« nicht ernst gemeint.

Aber du konntest auch nicht einfach sagen, dass du mich wolltest.

Ach, alle anderen haben ständig darüber geredet. Ich fand es ein bisschen überflüssig.

Ich hätte wissen müssen, dass es mit uns nicht funktioniert.

Wussten wir das nicht die ganze Zeit?, fragte er.

Ich hielt einen Moment inne. Dann sagte ich nur: Ich nicht.

Na ja, aber was bedeutet es bei einer Beziehung, wenn sie »funktioniert«?, fragte er. Es wäre nie etwas Konventionelles daraus geworden.

Ich stand von der Bank auf. Es war zu kalt, um draußen zu sitzen. Ich wollte mich aufwärmen. Von unten beleuchtete, leere Äste kratzten am Himmel.

Das hätte es auch nicht sein müssen, sagte ich.

Ach, das sagst du jetzt, aber du warst ganz offensichtlich nicht so glücklich darüber, dass ich jemand anderen liebe. Es ist in Ordnung, das macht dich nicht zu einem schlechten Menschen.

Aber ich liebe auch jemand anderen.

Ja, das weiß ich, sagte er. Aber du wolltest nicht, dass ich es tue.

Es hätte mir nichts ausgemacht, wenn …

Mir fiel nicht ein, wie ich den Satz hätte beenden können, ohne zu sagen: wenn ich anders wäre, wenn ich der Mensch wäre, der ich immer sein wollte. Stattdessen ließ ich ihn einfach in die Stille fallen. Es war so kalt.

Ich kann nicht glauben, dass ich dich am Telefon habe und du sagst, du hättest auf meinen Anruf gewartet, sagte er leise. Du kannst dir wirklich nicht vorstellen, wie sehr es mich umhaut, das zu hören.

Was glaubst du, wie es mir geht? Du wolltest nicht mal mit mir sprechen, du hast gedacht, ich wäre Melissa.

Natürlich wollte ich mit dir sprechen. Wie lang telefonieren wir jetzt schon?

Ich ging zu dem Tor, durch das ich hereingekommen war, aber es war verschlossen. Meine Augen brannten bereits vor Kälte. Draußen vor dem Geländer standen Menschen in einer Schlange und warteten auf den 145er. Ich ging in Richtung Haupteingang, vor dem die Lichter des Einkaufszentrums durch die Nacht leuchteten. Ich dachte daran, wie Nick und Melissa »Baby It's Cold Outside« in ihrer warmen Küche vor all ihren Freunden sangen.

Du hast es selbst gesagt, sagte ich. Es hätte nie funktioniert.

Und, funktioniert es jetzt? Wenn ich kommen und dich einsammeln würde, und wir würden herumfahren und reden, und ich würde sagen, oh, tut mir leid, dass ich dich nicht angerufen habe, ich bin ein Idiot, funktioniert das?

Wenn sich zwei Menschen gegenseitig glücklich machen, dann funktioniert es.

Man kann einen Fremden auf der Straße anlächeln und ihn damit glücklich machen, sagte er. Das, worüber wir hier sprechen, ist viel komplizierter.

Während ich mich dem Ausgang näherte, hörte ich eine Glocke läuten. Der Verkehrslärm setzte allmählich wieder ein, wie ein Licht, das immer heller wurde.

Muss es kompliziert sein?, fragte ich.

Ja, ich denke schon.

Die Sache mit Bobbi ist mir wichtig.

Da sagst du was, sagte er. Ich bin verheiratet.

Es wird immer so beschissen sein, oder?

Aber diesmal werde ich dir häufiger Komplimente machen.

Ich war am Ausgang. Ich wollte ihm von der Kirche erzählen. Das war ein anderes Gespräch. Ich wollte Dinge von ihm, die alles andere kompliziert machten.

Was für Komplimente genau?, fragte ich.

Es gibt da etwas, was kein richtiges Kompliment ist, aber ich denke, es wird dir gefallen.

Okay, dann sag.

Weißt du noch, als wir uns zum ersten Mal geküsst haben?, fragte er. Auf der Party. Und ich sagte, ich fände die Waschküche keinen guten Ort zum Küssen, und wir gingen raus. Ich ging rauf in mein Zimmer und wartete auf dich, weißt du das? Ich meine, stundenlang. Erst dachte ich wirklich, du würdest kommen. Ich habe mich vermutlich noch nie in meinem ganzen Leben so erbärmlich gefühlt, es war so eine Art ekstatische Erbärmlichkeit, die ich irgendwie auch genoss. Denn wenn du wirklich raufgekommen wärst, was dann? Das Haus war voller Leute, es wäre sowieso nichts passiert. Aber jedes Mal, wenn ich daran dachte, wieder runterzugehen, glaubte ich dich auf der Treppe zu hören, und ich konnte nicht weg, ich meine, ich schaffte es körperlich nicht. Jedenfalls, so wie ich mich damals gefühlt habe, zu wissen, dass du in der Nähe bist, und mich dadurch völlig gelähmt zu fühlen, das ähnelt sehr diesem Anruf. Wenn ich dir sagen würde, wo mein Auto in diesem Moment steht, könnte ich mich wahrscheinlich nicht bewegen, ich würde hierbleiben müssen, nur für den Fall, dass du dir alles anders überlegst. Ich habe immer noch diesen Impuls, für dich verfügbar sein zu wollen. Dir wird aufgefallen sein, dass ich nichts im Supermarkt gekauft habe.

Ich schloss die Augen. Dinge und Menschen zogen an mir vorbei, nahmen Positionen in obskuren Hierarchien ein, waren Teil eines Systems, von dem ich nichts wusste und nie etwas wissen würde. Ein komplexes Netzwerk aus Objekten und Konzepten. Man durchlebt bestimmte Dinge, bevor man sie versteht. Man kann nicht immer die analytische Position einnehmen.

Komm und hol mich, sagte ich.

Danksagung

Als ich dieses Buch schrieb, zog ich vieles aus den Gesprächen mit meinen eigenen Freunden, besonders Kate Oliver und Aoife Comey; ich möchte mich bei beiden sehr bedanken. Danke auch an die Freunde, die frühe Fassungen des Manuskripts gelesen haben: Michael Barton, Michael Nolan, Katie Rooney, Nicole Flattery und besonders John Patrick McHugh, dessen exzellentes Feedback grundlegend zur Entwicklung des Buchs beigetragen hat.

Besonderer Dank geht an Thomas Morris für sein frühes und unerschütterliches Eintreten für meine Arbeit und für viele Jahre bereichernder Freundschaft. Aufrichtigen Dank, Tom.

Ich bin Chris Rooke sehr dankbar, in dessen Wohnung große Teile dieses Buchs geschrieben wurden, auch Joseph und Gisele Farrell, deren Gastfreundschaft mir die Möglichkeit gab, auch in der Bretagne zu arbeiten. Dank gebührt auch dem Arts Council of Ireland für die finanzielle Unterstützung, um dieses Projekt zu beenden.

Vielen, vielen Dank an meine Agentin Tracy Bohan und meine Lektorin Mitzi Angel; ihr Verständnis und ihre Hilfe waren wirklich unbezahlbar. Danke auch dem gesamten Team bei Faber, das sich so gut um mich gekümmert hat, und Alexis Washam bei Hogarth.

Wie immer bin ich meinen Eltern unglaublich dankbar.

Vor allem konnte ich mich in jeder Phase des Schreibens und Überarbeitens dieses Romans auf John Prasifka und seine Hilfe, seinen Rat und seine Unterstützung verlassen. Ohne ihn gäbe es kein Buch; das Beste darin ist von ihm.

Die Originalausgabe erschien 2017 unter dem Titel
»Conversations with Friends« bei Faber & Faber Ltd, London.

FSC
www.fsc.org
MIX
Papier aus verantwortungsvollen Quellen
FSC® C014496

Verlagsgruppe Random House FSC® N001967

1. Auflage

Umschlaggestaltung: buxdesign | München
Covermotiv: © Thais Ramos Varela
Satz: Greiner & Reichel, Köln
Druck und Einband: GGP Media GmbH, Pößneck
Printed in Germany
ISBN 978-3-630-87541-5

www.luchterhand-literaturverlag.de
facebook.com/luchterhandverlag